Das Buch

Unsere Erde in der nahen Zukunft. Bei einem Urlaub in Portugal verliebt sich Medizinstudentin Liza in den Touristenführer Atto. Doch ehe sich die beiden näherkommen können, geschieht das Unfassbare: Überall am Himmel tauchen gewaltige Raumschiffe auf, die der Menschheit eine Botschaft übermitteln: »Ihr habt dreißig Tage Zeit, um die Antarktis zu erreichen. Jeder Mensch, der es nicht schafft, wird vernichtet.«

Zwanzig Jahre später. Liza und Atto gehören zu den wenigen, die das Rennen in die Antarktis überlebt haben. Sie haben alles verloren, und doch an diesem tödlichen Ort Liebe und Glück gefunden. Ihre Tochter Echo ist kein gewöhnlicher Mensch, sondern das Ergebnis eines wagemutigen Experiments: Wissenschaftler in der McMurdo-Station haben menschliche und tierischen DNA kombiniert, um Wesen zu erschaffen, die an das Leben in der Kälte angepasst sind. Doch nicht alle »neuen Menschen« sind bereit, den Planeten mit ihren Vorfahren zu teilen. Echo muss eine Entscheidung treffen – für oder gegen ihre Eltern, für oder gegen Wesen wie sie. Eine Entscheidung, die das Schicksal der gesamten Menschheit für immer verändern wird …

Der Autor

Tom Rob Smith wurde 1979 als Sohn einer schwedischen Mutter und eines englischen Vaters in London geboren, wo er auch heute noch lebt. Er studierte in Cambridge und Italien und arbeitete anschließend als Drehbuchautor. Mit seinem Debüt *Kind 44* gelang Tom Rob Smith auf Anhieb ein internationaler Bestseller. Der in der Stalin-Ära angesiedelte Thriller basiert auf dem wahren Fall des Serienkillers Andrej Chikatilo und wurde u. a. mit dem Steel Dagger ausgezeichnet, für den Man Booker Prize nominiert und bisher in dreißig Sprachen übersetzt. Nach *Kind 44* und *Kolyma* schloss der Autor seine Trilogie um den Geheimdienstoffizier Leo Demidow mit dem Roman *Agent 6* ab. Nun legt er mit *Kälte* seinen ersten Science-Thriller vor.

Mehr über Tom Rob Smith und seine Werke erfahren Sie auf:

diezukunft.de

TOM ROB SMITH

KÄLTE

Roman

Aus dem Englischen von
Michael Pfingstl

WILHELM HEYNE VERLAG
MÜNCHEN

Titel der Originalausgabe:
COLD PEOPLE

Penguin Random House Verlagsgruppe FSC® N001967

Deutsche Taschenbuchausgabe 12 / 2024
Redaktion: Ralf-Oliver Dürr
Copyright © 2023 by Tom Rob Smith
Copyright © 2024 dieser Ausgabe und der Übersetzung
by Wilhelm Heyne Verlag, München,
in der Penguin Random House Verlagsgruppe GmbH,
Neumarkter Straße 28, 81673 München
Printed in Germany
Umschlaggestaltung: DAS ILLUSTRAT, München,
unter Verwendung von Motiven von Shutterstock.com
(Deviney Designs und Kichigin)
Satz: Schaber Datentechnik, Austria
Druck und Bindung: GGP Media GmbH, Pößneck

ISBN 978-3-453-32337-7

www.diezukunft.de

Für Suzanne Baboneau,
die seit fünfzehn Jahren meine Lektorin ist

ERSTER TEIL

VORANGEGANGENE EREIGNISSE

VOR ZWEITAUSEND JAHREN

Erste Sichtung der Antarktis

Ui blickte in den Nachthimmel hinauf und sah ihm unbekannte Sterne. Das hier waren andere Konstellationen als die, von denen er sich zwischen den Inseln seiner polynesischen Heimat leiten ließ. Das hier waren die Sterne vom äußersten Rand des Himmels – sein Volk hatte sich nie die Mühe gemacht, ihnen einen Namen zu geben, da man nicht nach ihnen navigieren konnte, und sie als *petuu vare* abgetan: die törichten Sterne. Ui stellte sich vor, wie sie auf ihn herabblickten und fragten, wer hier der Tor war. Er, ganz allein und so weit weg von zu Hause. Ein starker Wind blähte das aus Blättern des Schraubenbaums geflochtene Segel, und sein Boot machte gute Fahrt. Die beiden von einem Bambusgeflecht zusammengehaltenen schlanken Rümpfe schnitten elegant durch die Wellen. Sie waren aus dem Holz des ältesten Calophyllumbaums seiner Heimatinsel geschnitzt. Sein Vater war ein Meister des Schiffbaus und hatte monatelang daran gearbeitet. Er hatte jede Fuge mithilfe von Schlammpaste überprüft, sie betupft und dann auseinandergezogen, um jede noch so kleine undichte Stelle zu finden, wo Wasser eindringen könnte. Die Fähigkeiten seines Vaters waren hochgeschätzt, Seefahrer von weit entfernten Inseln fragten seine Dienste an, und doch hatte er alle Angebote ausgeschlagen und ausschließlich an dem Schiff seines Sohnes gearbeitet, dem besten, das je gebaut worden war.

Viele in Uis Gemeinschaft hielten sowohl den Bau des Schiffs als auch Uis Expedition für bloße Eitelkeit, denn für ihr Patagonien gab es durch diese Reise ins Unbekannte nichts zu gewinnen. Dass niemand an seine Navigationskünste und seefahrerischen Fähigkeiten heranreichte, war hinlänglich bekannt. Ui hatte nichts zu beweisen. Er wurde von vielen Frauen bewundert und von vielen Freunden beneidet. In ihren Augen war dieses Abenteuer nichts als eine Torheit, die er nur aus Besessenheit beging, besessen von dem mythischen Land Iraro.

Das erste Mal hörte Ui das Wort, als er noch ein kleiner Junge war und sein Vater ihm anhand einer in den Sand gezeichneten Karte Polynesien zeigte. Ui betrachtete die Inseln, deutete auf die Ränder des Ozeans und fragte: »Was ist das?«

»Wir nennen diese Wasser Iraro.«

»Was ist Iraro?«

»Der Ort, über den wir nichts wissen.«

»Warum wissen wir nichts darüber?«

»Weil niemand je dort war.«

»Eines Tages segle ich dorthin.«

Sein Vater lachte weder, noch tat er Uis Worte als die Prahlerei eines kleinen Kindes ab. Er beugte sich herunter und wischte die Karte weg in der Furcht, er könnte einem beeinflussbaren Geist einen gefährlichen Floh ins Ohr gesetzt haben. »Und wenn du dorthin segelst, mein Sohn, den ich sehr liebe und ohne den ich nicht leben könnte, wirst du dann auch wieder zurückkehren?«

Ui hielt das Boot an. Er holte das Segel ein und suchte den Horizont ab. Wenn er nicht bald Land fand, würde er umkehren müssen. Die hohlen Rümpfe waren voller Vorräte, Päckchen mit fermentiertem Gemüse, Zuckerrohrbündel, hauptsächlich aber Kokosnüsse zum Trinken, denn Nahrung gab es im Ozean genug. Auf seiner Reise hatte Ui unbekannte Lebewesen gesehen, Schulen eleganter Fische mit milchfarbenen Schuppen und Augen wie Perlen, die in unvorstellbarer Zahl aus dem Wasser schossen wie Vögel. Früher hatte er geglaubt, Wärme bedeute Leben und Kälte bedeute Tod. Doch jetzt wusste er, dass er sich getäuscht hatte. Kälte war lediglich eine andere Form von Leben.

Er schnitt eine Kerbe in den Mast als Markierung für den neunundsechzigsten Tag auf See ohne Land. Die Luft in Iraro war kalt, Ui hatte sich in die dicksten Kleider und Pelze gewickelt, die eigens für seine Reise gemacht worden waren. Er nippte an der kostbaren Kokosmilch, trank gerade genug, damit sein Geist und sein Körper bei Kräften blieben, und überlegte, wie es wäre, wenn er mit leeren Händen nach Hause zurückkehrte. Ui war sich seiner Eitelkeit vollauf bewusst und dachte, dass er angesichts der Erwartungen seiner Landsleute möglicherweise lügen würde, sein Scheitern verbergen, indem er Geschichten über seltsame Lande erfand, die von seltsamen Kreaturen bevölkert waren. Die meisten würden ihm in stummer Ehrfurcht zuhören, ganz egal, was für fantastische Geschichten er erzählte, und ihm glauben. Nur sein Vater nicht, denn ihn hatte Ui nie belügen können. Mit leeren Händen heimzukehren würde bedeuten, dass dieses prächtige Boot, geschnitzt aus dem ältesten Baum der Insel, in Schande zurückkam. Und mit einer Lüge. Es würde seinem Vater das Herz brechen. Besser nicht zurückkehren. Besser sterben als lügen.

Ui setzte sich, er streckte den Arm nach unten und legte seine Hand aufs Wasser. Die Wellen zu lesen, galt vielen als eine Art Magie, über die nur jene verfügten, die der Geist des Meeres berührt hatte. Die Wellen draußen auf dem Ozean hatten eine mächtige Stimme. Ihr Vor und Zurück war anders als das sanfte Auf und Ab der Wellen, die vom Land zurückgeworfen wurden, das immer leiser wurde, je weiter man sich von der Küste entfernte, und schließlich ganz verstummte. Uis Körper zitterte vor Kälte. Er beschwor den Ozean, zu ihm zu sprechen, ihn zu leiten. Zu seiner Erleichterung antwortete er diesmal, flüsterte, dass Land in der Nähe war.

Er kroch über das Bambusgeflecht und wühlte in seinen Vorräten nach einem hölzernen Käfig, in dem ein Fregattvogel saß, den roten Kehlsack gebläht vor Kummer über seine Gefangenschaft. Diese Vögel landeten nicht auf dem Wasser, da sich ihr Gefieder schnell vollsaugte und sie dann nicht mehr fliegen konnten. Aus schierer Notwendigkeit würde der Vogel zum Boot zurückkehren – außer er fand Land. Ui fütterte ihn mit etwas getrocknetem Fisch und ließ ihn frei. Doch nach so vielen Tagen Gefangenschaft verstand der Vogel zunächst nicht und blieb einfach sitzen, bis Ui ihn anstupste und er sich endlich in den Himmel erhob. Ui stand auf und verfolgte seine Flugbahn. Der Fregattvogel umkreiste das Boot ein paarmal und flog dann davon. Er musste Land gesehen haben. Iraro.

Nachdem Ui dem Vogel viele Stunden lang gefolgt war, erreichte er einen eigenartigen Ozean mit zahllosen kleinen Inseln, die glatt und weiß aussahen wie Wolken. Die Luft war so kalt, dass sein Atem zu Nebel wurde. Er holte das Segel ein und navigierte sein Boot mithilfe des Steuerpaddels zur nächstgelegenen Insel. Es gab keine Bäume oder Pflanzen dort und auch keine Tiere. Er schabte mit dem Paddel über den Boden der Insel und sah ein feines weißes Pulver darauf, das zwischen seinen Fingern zu Wasser wurde. Ui betupfte seine Zunge damit. Es schmeckte nicht salzig wie Meerwasser, sondern frisch wie Regen, als wären diese Inseln tatsächlich ins Meer gefallene Wolken. Vielleicht war dies der Ort, an dem die Wolken sich niederließen, wenn sie nicht mehr fliegen konnten. Oder der Ort, an dem sie geboren wurden. Wenn Ui lange genug blieb, könnte er vielleicht beobachten, wie sie sich aufblähten und in den Himmel erhoben.

Er kletterte auf den Mast, hielt sich ganz oben mit perfekter Balance fest und spähte in die Ferne. Er sah weiße Klippen, hoch und glatt, die sich vom einen Ende des Horizonts bis zum anderen erstreckten. Ui fragte sich, wie sie so geworden waren. Vielleicht gab es jenseits dieser weißen Klippen weiße Vulkane, die statt rot glühender Lava weiße kalte spuckten. Vielleicht gab es weiße Wälder mit weißen Bäumen voller weißer Blätter. Vielleicht ganze Herden von Tieren mit weißem Fell und Stämme weißhäutiger Männer und Frauen. Er fragte sich, was für Menschen in einem Land wie diesem leben mochten. Bestimmt waren sie anders. Wild. Nur wilde Menschen könnten in dieser Kälte überleben.

VOR EINHUNDERTFÜNFZIG JAHREN

Insel Südgeorgien
Zweitausend Kilometer nördlich der Antarktis

Nur die von der Gesellschaft Verstoßenen konnten in diesem eiskalten Klima überleben. Im Lauf der Jahre war Captain Moray zu dem Schluss gekommen, dass es keine Ausnahmen von dieser Regel gab. Manche aus seiner Mannschaft konnten durchaus eine Weile in zivilisierter Gesellschaft zubringen, konnten einen Raum mit Geschichten von ihren Abenteuern unterhalten – aber wenn sie jemanden nicht mochten, und das passierte leicht, waren sie schnell mit dem Messer bei der Hand. Moray kommandierte das erfolgreichste auf Südgeorgien stationierte Robbenfangschiff und war Experte darin, seine Besatzung unter den verfügbaren Verstoßenen auszuwählen. Er bevorzugte melancholische Typen, sexuelle Abweichler und Diebe: Für die Diebe gab es nichts zu stehlen, die Melancholischen konnten auf den Ozean starren, und für die sexuellen Abweichler gab es andere Abweichler. Er erzählte niemandem von seiner eigenen Vergangenheit und kultivierte das Bild von einem autoritären, aber gerechten Mann, einer Bastion der Ordnung in diesem so barbarischen Geschäft. Auf seinem Schiff war nicht genug Platz für noch einen Mörder.

Moray war Kapitän des Zweihundert-Tonnen-Dampfsegelschiffs *Red Rose*, das in der King-Edward-Bucht vor Anker lag. Er beabsichtigte, ein letztes Mal an Land zu gehen, bevor er Segel in Richtung Kanton in China setzte, wo ein Käufer für seine Ladung

Robbenpelze gefunden worden war. Der Preis lag bei drei Dollar und fünfzig Cent pro Fell und damit deutlich unter seinem Rekordpreis von neun Dollar, den er erzielt hatte, als er noch einer der wenigen Robbenfänger gewesen war, die sich so weit nach Süden wagten. Heute ankerten um Südgeorgien herum über sechzig Schiffe, und da der Markt mit Pelzen überschwemmt war, konnte er selbst diese drei Dollar nur erzielen, solange sein Ruf für Qualität garantierte.

Morays letzte Aufgabe vor dem Ankerlichten war ein Abendessen mit dem Magistrat Seiner Majestät, der die Verwaltung der Falklandinseln und Südgeorgiens vertrat, die auf diesem abgelegenen Vorposten das Sagen hatte. Ohne den Segen des Magistrats konnte er nicht in diesen Gewässern operieren. Der Zollinspekteur würde astronomische Gebühren erheben, der Polizeibeamte der Insel würde seine Mannschaft für tatsächliche oder vorgeschützte Verstöße einsperren, und Morays Geschäfte würden zum Stillstand kommen. Vier Besatzungsmitglieder ruderten ihren Kapitän in einer Schaluppe, einem wendigen kleinen Boot mit flachem Boden, das gut für die Jagd und andere Ausflüge geeignet war, an Land. Als sie in dem neuen Hafen anlegten, dachte Moray an die noch nicht allzu lange zurückliegende Zeit, als die Insel noch von Menschen unberührt gewesen war und die Strände so voller Robben, dass er den Kies unter ihren fetten Bäuchen kaum hatte sehen können. Jetzt gab es auf den Felsen nur noch von Sturmvögeln kahl gepickte Robbenschädel und eine Fabrik, die aus Waltran Öl herstellte, fünfzig Cent die Gallone, und dabei einen Übelkeit erregenden Gestank verbreitete, den nur die stärksten Winde zu vertreiben vermochten. Es gab klapprige Schlafsäle für die Arbeiter – menschliche Kolonien voller Etagenbetten und Wäscheleinen, an denen derbe Wollsocken hingen. Hinter den Schlafsälen befanden sich eine Krankenstation und eine behelfsmäßige Kapelle mit einem aus Treibholz gezimmerten Kruzifix.

Als Moray sich der Residenz des Magistrats näherte, fiel ihm der unpassende Lattenzaun um einen Garten mit schwarzer Erde und Büschelgras auf. Die Frau des Magistrats verabscheute diese Insel und gab sich alle Mühe, damit ihr Zuhause so aussah, als befände sie sich auf dem Lande in Großbritannien. Sie hatte Kaninchen mitgebracht, um sich zu trösten, aber die Schiffsratten hatten sie aufgefressen. Sie hatte Wiesenblumen gepflanzt, aber in der salzigen Meeresgischt waren sie verkümmert. Aus Furcht vor den verkommenen Robbenfängern bestand der Magistrat darauf, dass sie einen Beaumont-Adams-Revolver bei sich trug, wann immer sie die Grenzen ihres Gartens verließ. Und zwar nicht versteckt unter der Kleidung, sondern deutlich sichtbar in ihrer Hand. Soweit Moray wusste, hatte sie den Revolver nur einmal benutzt und dabei gut gezielt.

Der Butler, ebenfalls ein britischer Import, öffnete die Eingangstür, seine Miene zu einer permanenten Grimasse verzogen, um von vornherein klarzustellen, dass auch er nicht hierhergehörte. Nachdem Moray seine Lederstiefel ausgezogen und gegen ein Paar Seidenpantoffeln aus der Savile Row eingetauscht hatte, folgte er dem Butler ins Wohnzimmer, das mit schicken Mahagonimöbeln eingerichtet war und dessen Wände Ölgemälde von englischen Landschaften schmückten. Im Kamin knisterte ein Feuer, und mit den zugezogenen Vorhängen, die die trostlose Realität draußen verbargen, sah das Ensemble aus wie der billige Abklatsch eines Salons.

Der Magistrat trat ein und nahm die Flasche Chateau Margaux, die Moray als Geschenk mitgebracht hatte, ohne ein Wort des Dankes entgegen. Zum Abendessen gab es in Scheiben geschnittene pochierte Seeelefantenzunge, serviert mit verschiedenerlei gedünstetem Meeresgemüse. Die importierten Vorräte des Magistrats waren nicht angerührt worden, was Moray nicht als Beleidigung nahm, obwohl genau das beabsichtigt war. In der

Hierarchie der Seefahrtsberufe standen die Robbenfänger ganz unten, weit unter den Marineoffizieren Ihrer Majestät und den Händlern, sogar unter den Hochseefischern und den Walfängern. Über Robbenfänger wurden keine Geschichten geschrieben, denn es war ein schändlicher Beruf. Selbst in diesen entlegenen Gewässern hatte sich ein Klassensystem etabliert, als gäbe es keinen Ort auf der Welt, der ohne auskäme.

Moray kam schnell zur Sache. »Ich bin hier, um mich zu erkundigen, welche Gebühren noch zu begleichen sind.«

Normalerweise sprach der Magistrat nur zu gerne über seine Bestechungsgelder, aber heute schien er daran nicht interessiert und drängte den Captain zu einem anderen Thema. »Ich habe gehört, dass dies Ihr letztes Jahr hier sein soll. Dass Sie ein Auge auf ein Stadthaus am Cavendish Square geworfen haben. Kann das sein?«

Moray schnitt sich ein kleines Stück Seeelefantenzunge ab und kaute nachdenklich. Es stimmte. Die Robben standen kurz vor der Ausrottung, weil undisziplinierte Besatzungen Jagd auf Jungtiere und trächtige Kühe machten. Die einst unbegrenzte Ressource der Insel war nicht länger unbegrenzt. Die Robbenindustrie würde keine fünf Jahre mehr überleben, und der Magistrat trug die Schuld daran, denn statt die Gesetze durchzusetzen, ließ er sich lieber schmieren. Und wenn die Robbenindustrie zusammenbrach, würde ihn nicht einmal die Abgeschiedenheit dieses Ortes vor einer Untersuchung aus London bewahren.

»Diese Insel ist am Ende, Sir. Wir haben sie ruiniert.«

»Ruinen sind lediglich das Ende einer Gelegenheit und der Beginn einer neuen.«

Der Magistrat klatschte in die Hände, und der Butler trat ein. Moray lehnte sich überrascht zurück, als der Butler die Flasche Wein servierte, die er als Geschenk mitgebracht hatte. Einen solchen Akt der Großzügigkeit hatte es noch nie gegeben.

»Letzte Woche sah ich auf den Klippen über der Cumberland Bay eine Gruppe Robbenfänger. Sie hatten eine Herde weiblicher Seeelefanten mit ihren Jungen in die Enge getrieben, es gab kein Entkommen. Die Mannschaft tötete sie in aller Ruhe und trieb die Tiere mit Knüppeln zurück, wenn sie versuchten zu entwischen. In ihrer Verzweiflung brach eine der Kühe aus und sprang von der Klippe – sie stürzte hundert Meter in die Tiefe und federte beim Aufprall ein Stückchen zurück in die Luft, aber sie überlebte und schleppte sich ins Meer. Da sprang noch eine, um dem Massaker zu entgehen, und dann noch eine, und schließlich folgte ihr die gesamte Herde über die Klippe. Viele starben bei dem Sturz, aber einige überlebten, von ihren üppigen Fettpolstern geschützt. Die Jungtiere folgten ihren Müttern, aber sie waren zu klein, und alle starben.«

Der Magistrat nippte an dem guten Wein und musterte Moray. »Glauben Sie, dass die Londoner Gesellschaft Sie als den Gentleman akzeptieren wird, der Sie zu sein vorgeben? Dass man Sie zu sich nach Hause einladen oder Ihre Gesellschaft wünschen wird? Natürlich werden Sie lügen, was Ihre Vergangenheit betrifft. Sie werden erzählen, Sie hätten als Händler ferne Länder bereist und mit teuren Gewürzen gehandelt, mit Safran und Zimt. Sie werden die feinsten Kleider tragen und sich Kunstwerke an die Wände hängen. Aber die Londoner werden den Blubber auf Ihrer Haut riechen und die schmutzigen Geschichten unter Ihren Fingernägeln sehen. In ihren Augen werden Sie ein Schlächter sein. Ein Wilder in einem Seidenhemd.«

Moray dachte über die Worte des Magistrats nach. »Das mag sein. Aber die Robben sind Geschichte, Sir. Bald wird das einzige Gewerbe hier darin bestehen, toten Seeelefanten die Zähne aus dem Schädel zu ziehen und sie zu polieren, damit sie für Schmuck taugen. Das ist kein Gewerbe für einen Mann, nicht einmal für einen unzivilisierten.«

Der Magistrat hatte anderes im Sinn. »Nach Süden, Moray, Sie müssen nach Süden gehen, zu den großen Eisweiten, dem unerforschten Kontinent, wo es unentdeckte Kreaturen und unberührte Reichtümer jenseits unserer Vorstellungskraft gibt.«

Er legte eine Künstlermappe auf den Tisch, die voller Skizzen von außergewöhnlichen Kreaturen war, die auf dem unerforschten Eis gesichtet worden waren. Da waren Robben mit einem Horn aus Ozeanelfenbein auf der Stirn, ein Walross mit einem glitzernden Silberpelz und Vögel mit Federn von solcher Schönheit, dass die feinsten Pariser Modehäuser sie würden haben wollen.

»Das Eis ist unpassierbar.«

»Nein, es gibt Wege hindurch, und Sie werden sie finden. Gefährlich, aber das Risiko wert.«

»Und Sie?«

»Ich werde meine schützende Hand über Sie halten. Sie werden diese Insel als Basis nutzen und an diesem Tisch essen. In London können Sie kein Gentleman sein, aber hier können Sie es. Sie werden wichtig sein, und man wird Sie respektieren. In England wird Ihnen das nie gelingen. Moray, wir können nicht zurück. Nie mehr. Diese Insel hat uns gebrandmarkt. Wir gehören hierher, ob es uns gefällt oder nicht.«

Der Butler kam zurück und brachte ein Tablett mit Desserts: ägyptische Datteln, Lavendelblütenhonig, dunkle Schokolade und Brandy-Sahne. Bald war Moray trunken von Träumen von kalten Geschöpfen mit Hauern aus gedrehtem Perlmutt und einem Fell so weich wie Schnee. Mit vom Portwein fleckigen Zähnen sagte der Magistrat: »Das Eis, Captain, wir werden das Eis plündern!«

VOR FÜNFZEHN JAHREN

Antarktis
McMurdo-Forschungsstation

Doug Reynolds hatte die Angewohnheit, Neuankömmlingen ein paar Weisheiten mit auf den Weg zu geben, wie zum Beispiel: *Das Schwierigste am Überleben in der Antarktis ist nicht die Kälte, es sind die Menschen.*

Als Veteran, der acht Jahre lang auf dem antarktischen Kontinent gelebt hatte, amüsierte Doug die Verwirrung der Leute, wenn sie herauszufinden versuchten, was seine Worte bedeuten mochten. Immerhin war Antarktika der kälteste, windigste und lebensfeindlichste Kontinent auf dem gesamten Planeten. Zu behaupten, das Schwierigste hier seien die Menschen, war schlicht bizarr. Zunächst einmal gab es nicht allzu viele davon. Im Sommer lebten in der McMurdo-Basisstation tausend Wissenschaftler und Hilfskräfte, im Winter schrumpfte diese Zahl auf unter zweihundert. Außerdem war es ein prestigeträchtiger Arbeitsplatz. Wer hier stationiert wurde, zählte zu den Besten seines Fachs und war vom Antarktis-Programm der amerikanischen Regierung in einem harten Bewerbungsverfahren ausgewählt worden. Auf dem Papier gehörten sie zu den ausgeglichensten Menschen, die je an einem Ort versammelt gewesen waren. Sie alle hatten sich einer strengen psychologischen Untersuchung unterzogen, bei der unter anderem folgende Fragen beantwortet werden mussten:

1. *Wurde bei Ihnen je eine Depression diagnostiziert?*
2. *Hatten Sie je Alkohol- oder Drogenprobleme?*
3. *Neigten Sie je zu Gewaltausbrüchen?*

Die psychiatrischen Gutachter gingen noch etwas weiter und stellten Fragen wie:

1. *Welche Verschwörungstheorien finden Sie interessant?*
2. *Wurden Sie in einer erotischen Situation je wütend?*
3. *Ihnen fällt eine Gruppe von Menschen auf, die lachen. Sie fragen, worüber, aber die Angesprochenen lachen so heftig, dass sie nicht antworten können. Wie fühlen Sie sich in dieser Situation?*

Doch Doug wusste, egal wie viele Experten erklärten, dass ein Subjekt mit dem Leben im Eis zurechtkommen würde, man wusste es nie mit Sicherheit. Es stellte sich erst heraus, wenn die Betreffenden hier waren. Dieser Kontinent veränderte die Menschen. Intelligente, stabile, anständige Leute verloren den Verstand, und kein Gutachten konnte vorhersagen, wer als Nächster durchdrehen würde. Trotzdem hätte Doug nach acht erfolgreichen Jahren niemals gedacht, dass es ausgerechnet ihn treffen würde.

Er wohnte in Gebäude 201 und stand jeden Morgen um sechs Uhr auf. Selbst an seinen freien Tagen schlief er nicht länger, um seine Routine nicht zu durchbrechen. Er duschte nie länger als zwei Minuten und sah sogar auf die Stoppuhr, um das kostbare Wasser nicht zu vergeuden, das vor Ort durch kraftstoffhungrige Umkehrosmose aufbereitet wurde. Vor ein paar Jahren hatte eine der brillantesten Wissenschaftlerinnen der Station – die bislang unbekannte Bakterien in den Tiefen der zugefrorenen Seen erforschte – begonnen, länger zu duschen. Aus drei Minuten wurden fünf, aus fünf wurden zehn, bis ihre besorgte Mitbewohnerin es der Aufsicht meldete. Auf die Länge ihrer Duschen angesprochen, geriet die Wissenschaftlerin in Rage, sie beschimpfte ihre Mitbewohnerin als Verräterin und drohte damit, ihre Sachen zu verbrennen, die ihrer Meinung nach in dem beengten gemeinsamen Zimmer viel mehr Platz einnahmen als ihre eigenen. Sie entdecke neue Lebensformen, schrie sie, sie könne so lange duschen, wie sie wolle. Daraufhin wurde sie sediert, gefesselt und mit dem nächsten Sanitätsflug evakuiert.

Am heutigen Morgen informierte die an der Plastikseifenablage befestigte Stoppuhr Doug darüber, dass er bereits seit einer Minute und fünfundfünfzig Sekunden unter der Dusche stand. Er sagte laut und mit ruhiger Stimme, als handele es sich um eine öffentliche Bekanntmachung: »Es ist Zeit, das Wasser abzustellen.«

Dougs Hände bewegten sich nicht. Die Frist verstrich. Zwei Minuten elf, zwölf, dreizehn. Er lehnte den Kopf an die Wand, das Wasser lief ihm über Lippen und Nase: »Stell das Wasser ab, Doug. Reiß dich zusammen und dreh es ab.«

Zwei Minuten zwanzig, zwei Minuten einundzwanzig. Seine Stimme klang jetzt eher wie die eines Liebhabers, der um eine zweite Chance bettelt: »Bitte stell das Wasser ab, bitte …«

Zwei Minuten dreißig. Zwei Minuten vierzig. Er schrie: »Stell sofort das Wasser ab!«

Mit einer Drehung des Handgelenks stellte Doug das Wasser ab, stand tropfend und nach Luft schnappend da und starrte auf die Stoppuhr. Zum ersten Mal seit acht Jahren hatte er seine Routine durchbrochen.

Eine seiner eigenen Weisheiten ignorierend – dass kleine Brüche im Verhalten immer Vorboten von größeren sind –, zog Doug sich an, redete sich ein, dass alles in Ordnung sei, streifte seinen Gänsedaunenparka über und machte sich auf den Weg zu Gebäude 155, um zu frühstücken. Er betrat die Kantine und begutachtete das Selbstbedienungsbuffet. Im Winter änderte sich die Auswahl nur selten, es gab weder frische Kräuter noch Obst oder

Gemüse. Doug starrte die aus einer Pulvermischung zubereiteten Rühreier an und konnte den Blick nicht von der unnatürlich leuchtend gelben Farbe abwenden. Er konnte es nicht länger leugnen. Irgendetwas stimmte nicht, und dieses Etwas war ein Neuankömmling, ein Mann namens Zack.

Zack war Neuseeländer und gehörte zum Rettungsteam. Alle waren sich einig, dass er ein außergewöhnlich netter Kerl war, genauso freundlich wie gut aussehend, genauso charmant wie tatkräftig. Wenn sie auf der Station einen Beliebtheitswettbewerb abhalten würden, würde Zack nicht nur gewinnen, sondern wäre auch noch überrascht davon. Im Lauf der Jahre hatte sich Doug bemüht, sympathischer zu werden. Er war vielleicht nicht der aufgeweckteste Kerl und ganz sicher nicht der attraktivste, aber er war interessant und freundlich. Er bemühte sich, Neuankömmlingen bei der Eingewöhnung auf der Station zu helfen. Er zeigte den Leuten witzige Passagen aus dem »Antarktis-Leitfaden«, die sie dann per E-Mail an ihre Freunde und Familien weiterleiteten:

»U.S. Antarktis-Leitfaden:
Geld. Am Südpol stehen aufgrund der begrenzten Satellitenverfügbarkeit weder Geldautomaten noch Kreditkartennutzung zur Verfügung.

Aber aus diesen Begegnungen entstand nie eine tiefere Freundschaft. Seine engste Beziehung hatte Doug schon immer zu seiner Arbeit gehabt. Er machte nur dann einen Schritt auf jemanden zu, wenn er betrunken war. Auf Nachfragen am nächsten Tag erhielt er stets eine Abfuhr. Jegliche Intimität wurde als eine Nacht unverbindlichen Vergnügens an einem Ort mit begrenzten Möglichkeiten abgetan. Doug spielte mit und vertrat ebenfalls die Meinung, dass es besser war, lediglich befreundet zu bleiben. Ablehnung hatte ihn nie gestört, bis Zack kam. Nichts hatte ihn je gestört, bis Zack kam. Er hasste Zack. Es war irrational, aber deshalb nicht weniger real. Doug holte tief Luft und sagte: »Das ist Eisgerede. Du hasst diesen Zack nicht. Du kannst ihn gar nicht hassen. Niemand hasst ihn.«

Mit seinem Frühstückstablett in der Hand setzte Doug sich an einen leeren Tisch am Ende des Raums – mit dem Rücken zu den anderen, um zu signalisieren, dass er an diesem Morgen keine Gesellschaft wollte. Er hatte erst wenige Bissen von den pulvrig glänzenden Eiern genommen, als er eine Stimme hörte: »Darf ich mich zu Ihnen setzen?«

Es war Zack. Sein Job war es zu spüren, wenn Menschen in emotionaler Bedrängnis waren. Je mehr sie sich versteckten, desto mehr suchte er sie auf. Lächelnd setzte er sich, und Dougs erster Gedanke war zu gehen. Er schätzte ab, wie viel von seinem Frühstück noch übrig war. Er hatte kaum damit begonnen, und wenn er so viel davon wegwarf, würde das Aufmerksamkeit erregen. Die McMurdo-Kantine war streng, was Lebensmittelverschwendung betraf. Man würde Fragen stellen. Es würden Berichte geschrieben werden. Er sagte sich: *Sei nett. Sag einfach was Nettes.*

Stattdessen sagte Doug: »Haben Sie je von Air New Zealand Flug 901 gehört?«

Es war der einzige Passagierflug, der je in der Antarktis abgestürzt war. An der Flanke des Mount Erebus, dem Vulkan unweit der Basis, lagen bis heute Wrackteile herum. Zack schien die Frage nicht zu verstehen.

»Flug 901?«

»Alle Menschen an Bord starben, als das Flugzeug gegen den Mount Erebus gekracht ist. Es war ein Rundflug, in niedriger Höhe, von Christchurch aus. Sind Sie aus Christchurch?«

»Auckland.«

»Die Maschine ist jedenfalls in Christchurch gestartet, aber einige Passagiere könnten auch aus Auckland gewesen sein. Wie auch immer, die Passagiere konnten sich frei im Flugzeug bewegen und Fotos machen. Einige Kameras wurden sogar geborgen. Wissen Sie, was das Verrückteste von allem ist? Nach dem Absturz haben die Inspekteure die Filme entwickelt. Und wissen Sie, was sie gefunden haben? Der Himmel war strahlend blau. Keine einzige Wolke. Wie kann ein Flugzeug gegen einen Berg krachen, wenn der Himmel klar ist und das Flugzeug keinen technischen Defekt hat? Im Abschlussbericht steht, ›heimtückische Polarlichter‹ hätten eine Rolle gespielt. Verschwörungstheoretiker behaupten, dass das Flugzeug mit einem Ufo zusammengestoßen ist. Wollen Sie wissen, was der wahre Grund für den Absturz war?«

Eisgerede, ohne Zweifel. Zack aß nicht, er starrte Doug nur mit seinen großen freundlichen, fürsorglichen Augen an.

»Und zwar?«

»Menschen.«

»Menschen?«

»Menschen haben das Flugzeug zum Absturz gebracht. Menschen, die ihren Verstand verloren haben. Vielleicht war der Pilot zu sehr von dem Vulkan fasziniert. Vielleicht glaubte er, auf eine Wolkendecke zu blicken, dabei war es das ewige Eis unter ihm. In der Antarktis besteht eine Kluft zwischen dem, wie wir die Welt wahrnehmen, und dem, wie sie tatsächlich ist.«

»Diese Kluft besteht doch immer, meinen Sie nicht?«

»Aber hier ist sie am größten.«

»Eine interessante Theorie.«

»Wie finden Sie Ihre Eier, Zack?«

»Meine Eier?«

»Wie schmecken Ihnen Ihre künstlichen knallgelben Eier? Außergewöhnliche Farbe, oder? Es gibt zwar keine Sonne hier, aber dafür haben wir Eier in Pulverform.«

»Doug? Ist alles okay?«

»Natürlich, wie auch nicht? Mein Job ist, die Sterne zu studieren, und es gibt keinen besseren Ort auf der Erde dafür als genau diesen. Die Südpol-Teleskopstation befindet sich auf einem Plateau dreitausend Meter über dem Meeresspiegel, wo die katabatischen Winde nicht so stark sind und die Luft fast keine Wassertröpfchen enthält. Wie können Sie hier sitzen und mich fragen, ob alles okay ist, wenn ich einen Blick auf die Sterne habe, wie er nur vom All aus noch besser sein könnte? Wissen Sie, was ich gesehen habe? Neulich?«

»Nein, Doug. Was haben Sie gesehen?«

»Eine Sternschnuppe. Sie zieht über den Himmel, und dann, ganz plötzlich, hält sie an. Diese Sternschnuppe, sie hält einfach an, wendet um neunzig Grad und fliegt weiter über den Himmel, aber in eine völlig andere Richtung.«

»Sie hat die Richtung geändert?«

»Eine Sternschnuppe hat die Richtung geändert. Ich habe es mit meinen eigenen Augen gesehen.«

»Wie ist das möglich?«

»Sagen Sie's mir, Zack, sagen Sie's mir.«

»Ich war nicht dabei, Doug. Ich weiß es nicht.«

Doug stand abrupt auf und schob seinen Stuhl so schnell zurück, dass Zack zusammenzuckte. »Wenn Sie mich entschuldigen, ich habe zu arbeiten. Es gibt neue Galaxien, die entdeckt werden müssen. Ich wünsche Ihnen noch einen schönen Tag.«

Mit diesen Worten verließ er den Tisch und fühlte sich bereits besser, weil er nicht mehr an diesem Tisch saß, nicht mehr bei Zack. Doug kratzte seinen Teller ab und reagierte auf den missbilligenden Blick des Küchenchefs. »Schauen Sie mich nicht so an. Es sind nicht einmal echte Eier.«

An der Tür, als er gerade gehen wollte, spürte Doug eine Hand auf seiner Schulter, und er drehte sich um. Zack stand vor ihm.

»Wie wäre es, wenn Sie noch ein bisschen mit mir abhängen? Der Wind frischt auf. Es fehlt nicht mehr viel zu Kategorie zwei.«

»Sie können mich nicht disziplinieren, weil ich bei Kategorie zwei nach draußen gehe.«

»Niemand spricht von Disziplinierung. Vielleicht sollten Sie noch einen Moment warten. Trinken Sie einen Kaffee, setzen Sie sich zu mir. Sie brauchen nicht zu reden. Wir warten einfach, bis der Wind nachlässt.«

Es gab drei Kategorien für das Wetter. Kategorie drei hieß normale Bedingungen ohne Bewegungseinschränkungen, Kategorie zwei hieß Winde von über achtundvierzig Knoten, und Kategorie eins, die schlimmste, bedeutete Winde von über fünfundfünfzig Knoten und einen Windchill von minus einhundert. Bei Kategorie eins durfte niemand die Station verlassen, niemand durfte sich im Freien aufhalten. Als Sicherheitsbeauftragter der Station hatte Zack die Befugnis, jedes gefährliche Verhalten zu melden. Die Stationsleitung war paranoid, was Unfälle betraf. Aus diesem Grund ließen sich die meisten Mitarbeitenden bei kleinen Schnittwunden und Prellungen gar nicht erst behandeln, weil sie fürchteten, dass damit eine Risikobewertung eingeleitet werden würde, die damit enden könnte, dass sie abgezogen wurden. Denn man könnte argumentieren, dass eine kleine Verletzung stets als Vorstufe zu einem ernsten Zwischenfall gesehen werden musste.

»Ich will nicht mit Ihnen abhängen, Zack. Ich will keinen Kaffee trinken. Ich will die Sterne studieren. Das ist mein Job, die Sterne zu studieren, und das kann ich nicht, wenn ich mit Ihnen an einem Tisch sitze und so tue, als wären wir Freunde, was wir nicht sind.«

Ohne eine Antwort abzuwarten, öffnete Doug die Tür und trat ins Freie. Er hatte noch nicht einmal den Reißverschluss zugezogen und ging mit flatterndem Parka hinaus in den starken Wind. Zack würde ihm bestimmt hinterherlaufen, voller Sorge und Mitgefühl. Der Gedanke ließ Doug wie von der Tarantel gestochen losrennen. Der Wind brüllte so laut, dass er seine eigenen Gedanken nicht mehr hören konnte. Die Kälte war überall, sie breitete sich in Dougs Armen, den Beinen und seinem Körper aus. Mit jedem Schritt verlor er an Kraft, er blieb stehen, sank auf die Knie und akzeptierte die nüchterne Wahrheit: Nach acht Jahren war seine Zeit gekommen.

Langsam stand er auf, änderte die Richtung und stapfte auf die Krankenstation zu. Wenn er hineinging und ihnen die Wahrheit sagte, würden sie Verständnis zeigen – Doug hatte niemandem etwas getan. Aber er wusste, dass der Wahnsinn nur noch schlimmer werden würde. Jemand würde zu Schaden kommen, und das wäre wahrscheinlich er selbst. Wenn er die Situation erklärte, würde man ihn von der Arbeit abziehen, sedieren und in Sicherheit bringen, bis ein Sanitätsflugzeug eintraf. Eines war sicher, er würde nie wieder zur South-Pole-Telescope-Station zurückkehren. Dougs Karriere im Eis war vorbei. Sein Leben in der Antarktis war vorbei. Doug öffnete die Tür zur Krankenstation und sagte: »Mir ist kalt.«

ZWEITER TEIL

GEGENWART

PORTUGAL

Lissabon
Praça do Comércio
6. August 2023

Ihr Fremdenführer schwadronierte: »Wir stehen hier auf der Praça do Comércio, was übersetzt Platz des Handels bedeutet. Früher befand sich hier der Königspalast, bis er am 1. November 1755 durch das Große Erdbeben von Lissabon zerstört wurde. Dieses Erdbeben, von dem Sie wahrscheinlich noch nie gehört haben, tötete über einhunderttausend Menschen und hinterließ einen fünf Meter tiefen Graben in der Stadt. Das Meerwasser wurde aus dem Hafen herausgerissen wie von einer Mutter, die ihrem schlafenden Kind das Bettlaken wegzieht, alle Schiffe und Boote blieben auf dem Sand und dem Schlick liegen. Dann kam ein Tsunami und schleuderte dieselben Boote und Schiffe gegen Häuser und Paläste – das Meer schoss so schnell die Ufer hinauf, dass sich nur Leute mit Pferden rechtzeitig in Sicherheit bringen konnten. Während die Fluten die tiefer gelegenen Gebiete verwüsteten, steckten die umgestürzten Kerzen der Allerheiligen-Gottesdienste die hölzernen Ruinen auf den Hügeln in Brand. Unten Überschwemmungen, oben Feuer: Tod und Zerstörung, wie es sie in der Geschichte meiner Stadt noch nie gegeben hat. Es war eine Katastrophe von solchem Ausmaß, dass sich das Schicksal meiner Nation an einem einzigen Tag für immer veränderte. Ganze Familien wurden ausgelöscht, von den Urgroßeltern bis zu den Enkeln. Die Wirtschaft lag am Boden, unsere globalen Ambitionen waren für immer zunichtegemacht. Seitdem existiert das portugiesische Imperium nur noch in den Geschichtsbüchern, und neue Imperien sind aufgestiegen. So ist der Lauf der Welt: Aufstieg und Fall.«

Liza betrachtete den Platz, der einst das Tor zu einem Ozeane und Kontinente überspannenden Weltreich gewesen war und heute nur noch eine Touristenattraktion mit Akkordeonmusik, Eisverkäufern und Händlern, die auf gemusterten Tüchern ihren Schmuck feilboten. Da sie befürchtete, dass der Reiseleiter ihnen gleich schildern würde, wie China die USA eines Tages von der Weltherrschaft verdrängen wird, brach sie die private Tour mit ihrer Familie ab.

»Ich gehe eine Flasche Wasser kaufen. Bin gleich wieder da.«

Sie schlenderte davon, der Fluss zog sie an, weil sie einen Moment allein sein wollte. Liza setzte sich auf die Steintreppen am Ufer zu den anderen Touristen, die, an eiskalten Limonaden nippend, ihre laminierten Stadtpläne studierten, und ließ ihre Gedanken schweifen. Das Licht, das sich auf dem schimmernden Wasser spiegelte, hatte etwas Hypnotisches. Da merkte Liza, dass sie den Namen des Flusses vergessen hatte. Zu ihrer Verteidigung sei gesagt, dass heute der dreizehnte Tag ihrer zweiwöchigen Familienreise durch ein Europa voller Flüsse und historischer Brücken, Könige und Architekten, Marmorsorten und Statuen war, weshalb ihr Kopf vor Fakten regelrecht überquoll. Während sie die Sonne genoss, spielte sie ein kleines Spiel: Sie stellte sich vor, wie es wäre, hier zu leben, ein neues Leben anzufangen und eine neue Sprache zu lernen. Würde sie ein anderer Mensch werden, wenn sie an einem anderen Ort lebte? Glücklicher vielleicht. Natürlich würde sie es nie ausprobieren, es war nur ein müßiger Gedanke, trotzdem genoss Liza das Spiel.

An der Anlegestelle lag ein ungewöhnliches Holzboot vertäut, kein modernes, sondern eine Nachbildung der *caravelas*, die sie heute Morgen auf den mittelalterlichen Gemälden im Museu da Lisboa gesehen hatte. Auf dem Bug saß ein junger Mann, der unter den Passanten nach potenziellen Kunden Ausschau hielt. Er war Anfang zwanzig, hatte dunkles lockiges Haar und grüne Augen und trug merkwürdige markenlose Kleidung: altmodische Leinenhosen, die von einer sandfarbenen Kordel zusammengehalten wurden, dazu ein wallendes weißes Baumwollhemd.

Liza vermutete, dass es sich bei der Kleidung um eine Tracht für jene handelte, die diese Imitationen historischer Boote fuhren. Die meisten Leute hätten darin einfach nur lächerlich gewirkt, aber nicht dieser Mann. Er sah außergewöhnlich gut aus, als gehörte auch er auf ein Gemälde in einem Museum, auf dem er ehrfürchtig nach oben zeigte, während Gott aus den flauschigen Kumuluswolken herabschaute. Vielleicht spürte der junge Mann ihren Blick, denn er drehte sich um und sah, wie Liza ihn anstarrte. Sie errötete und schaute weg.

Ohne weitere Aufforderung sprang er von seinem Boot und kam näher. »Das ist mein Boot.«

Liza war so überrascht, angesprochen zu werden, dass es ihr die Sprache verschlug. Der junge Mann stellte ein Bein auf die unterste Stufe der Treppe wie eine Figur aus einem altmodischen Broadway-Musical: der gut aussehende Matrose, kurz davor, ihre Hand zu nehmen und mit ihr über den Platz zu tanzen.

»Vielleicht hast du zu viel Zeit in Galerien und Museen verbracht.«

Als Liza wieder sprechen konnte, erwiderte sie: »Warum sagst du das?«

»Du bist es nicht gewohnt, dass die Dinge, die du anstarrst, zu dir sprechen.«

»Ich habe nur dein Boot bewundert.«

»Wenn das so ist, hast du Lust auf ein Abenteuer?«

»Ein Abenteuer?«

»Ist das nicht die beste Frage, die dir je gestellt wurde?«

»Auf jeden Fall die beste am heutigen Tag.«

»Alles, was du tun musst, ist Ja sagen.«

»Wohin soll es denn gehen?«

Er deutete übers Wasser, unter der roten Hängebrücke hindurch.

»An den Rand des Ozeans, wo alle großen Abenteuer beginnen.«

Liza stellte sich die Reise einen Moment lang vor, ein unerwartetes Abenteuer mit einem unerwartet aufgetauchten Mann. »Das ist sehr nett. Aber ich bin mit meinen Eltern unterwegs. Wir haben schon einen Führer.«

Sie gestikulierte in Richtung ihrer Familie. Der junge Mann begutachtete die kleine Gruppe kurz.

»Stimmt. Aber er hat kein Boot.«

»Nein, aber er hat einen Plan, und den hält er streng ein.«

»Soll ich mit deinen Eltern reden?«

Obwohl er die Frage mit einem Lächeln stellte, spürte Liza einen Anflug von Verärgerung und verschränkte die Arme. Sie wusste, dass er sie nur aufzog. Sie hatte gerade ihr zweites Jahr an der Harvard Medical School abgeschlossen und würde einen Beruf ergreifen, bei dem es um Leben und Tod ging. Sie brauchte nicht wegen jeder Kleinigkeit ihre Eltern zu fragen. Eigentlich war sie schon zu alt für so einen Urlaub. Aber ihr Vater hatte die Reise organisiert, nachdem er sich von seiner Krebserkrankung erholt hatte, und die zwei Wochen waren ein voller Erfolg gewesen. Über dem gesamten europäischen Festland lag eine Hitzewelle, und in den Städten, die sie besucht hatten, herrschte eine Art Karnevalsstimmung. Die Brunnen waren ausgetrocknet und die Flussbetten erst recht. Sie nächtigten in umgebauten Klöstern oder restaurierten Schlössern, alle mit Klimaanlage und historischem Ambiente, in dem Rucolasalat mit Olivenöl und gegrillter Fisch serviert wurde. Es hatte keinen Streit gegeben, und ihre Mutter hatte sich nicht ein einziges Mal bei ihrer Arbeitsstelle gemeldet, zumindest hatte niemand etwas davon mitbekommen. Es war der erste Moment in diesen zwei Wochen, in dem Liza sich wünschte, sie wäre alleine hier.

»Meine Eltern werden keine Lust auf eine Bootsfahrt haben.«

»Und du? Was hättest du geantwortet, wenn deine Eltern nicht hier wären?«

»Ich hätte gefragt, ob einer deiner Konkurrenten billiger ist.«

Er lachte. Liza mochte sein Lachen sehr.

»Das bezweifle ich.«

»Wie kannst du da so sicher sein?«

»Weil ich kein Geld verlange.«

»Du hast wohl auf alles eine Antwort.«

»Und du hast immer noch nicht geantwortet.«

Liza hörte, wie ihr Name gerufen wurde. »Ich muss gehen.«

Der Bootsführer sagte: »Für heute hat niemand eine Sonnenuntergangstour gebucht. Wenn du gegen sechs Uhr wieder hier bist, fahre ich mit dir raus, dreißig Minuten, eine Stunde, solange du eben Zeit hast.«

»Ich werd's versuchen.«

Liza hatte ihm durch die Blume sagen wollen, dass sie nicht kommen würde. Aber zu ihrer Überraschung hatten ihre Worte so geklungen, als würde sie alles Menschenmögliche versuchen, um bis sechs Uhr wieder hier zu sein.

Als Liza zu ihrer Familie zurückkehrte, spielte sie den Grund ihrer Abwesenheit herunter. Ja, es stimmte, der gut aussehende Mann hatte sie angesprochen und ihr eine Bootstour angeboten, aber sie habe kaum zugehört.

Ihr privater Führer bezeichnete die Einladung als einen Fake-Service von arbeitslosen Fischern, die die meisten Touristen für unwissend und leichtgläubig hielten und nur vorgaukelten, sich mit der Stadtgeschichte auszukennen. »Die meisten dieser Männer haben noch nie in ihrem Leben ein Buch gelesen.«

Er musterte Liza missbilligend. Sie hatte ihn zweimal vor den Kopf gestoßen. Zuerst, indem sie einfach ging, und dann noch einmal, als sie mit einer Einladung von einem Fischer zurückkehrte, der sich als Reiseführer ausgab.

Als sie aufbrachen, schaute Liza noch einmal zum Platz und hoffte, den Bootsführer irgendwo in der Menschenmenge zu entdecken. Aber er war verschwunden. Es war eine jugendliche Schwärmerei, sagte sie sich, nichts weiter. Dennoch hatte sich die Begegnung irgendwie bedeutsam angefühlt. Fast hätte sie gelacht, was sicherlich ein Selbstschutzmechanismus war. Emma, ihre jüngere Schwester, legte ihr einen Arm um die Taille und flüsterte Liza ins Ohr: »Es ist heiß heute, findest du nicht? So was von heiß.«

Liza liebte ihre schelmische kleine Schwester sehr und küsste sie auf die Wange.

CASTELO DE SÃO JORGE

Gleicher Tag

In dem Terrassencafé neben dem Castelo de São Jorge, das auf einem der höchsten Hügel der Stadt lag, saß Liza mit ihrer Familie und blickte auf die Skyline aus Basiliken, Kirchturmspitzen und roten Ziegeldächern. Sie hatte nicht vorgehabt, sich mit Blick auf die Praça do Comércio zu setzen, wo sie die kleinen Touristenboote sehen konnte, die von der Anlegestelle aus zu ihren Sonnenuntergangstouren aufbrachen. Sie hatte auch nicht vorgehabt, auf die Uhr zu schauen, sobald sie sich gesetzt hatte, und festzustellen, dass es fünf Minuten vor sechs war. Der Platz lag eine Viertelstunde zu Fuß entfernt. Liza wusste nicht, warum sie diese Berechnungen anstellte, denn sie hatte nicht vor, noch einmal hinzugehen und zu überprüfen, ob die Begegnung mit dem Bootsmann wirklich so bedeutsam war, wie sie sich in ihrer Fantasie angefühlt hatte. Sie spielte mit den Eiswürfeln in ihrer Cola light und fragte: »Wie heißt dieser Fluss noch mal?«

In Lizas Gedanken hatte die Frage unschuldig geklungen, aber laut ausgesprochen wirkte sie wie ein Geständnis, dass sie nicht an Wasser und Flüsse, sondern an Boote und Bootsführer dachte.

Der Reiseleiter, der gerade mit Lizas Familie einen Aperitif genoss, sah ungehalten in ihre Richtung, denn er hatte ihr ungebührliches Verhalten von vorhin nicht verziehen. »Er heißt Rio Tejo oder einfach Tajo, wenn Sie sich das besser merken können.«

Er schien misstrauisch, doch ihre Eltern, im Schatten eines alten Olivenbaums sitzend, waren vollkommen ahnungslos. Lizas Mutter war in Gedanken bei den historischen Bauwerken, in denen sie den größten Teil des Tages verbracht hatten, während ihr Vater die vielen Broschüren studierte, die er unterwegs gesammelt hatte. Liza war erstaunt, wie wohl ihre Eltern sich miteinander fühlten. Nach fünfundzwanzig Jahren Ehe war ihre Beziehung stärker denn je, und Liza sehnte sich nach diesem Gefühl – einem gemeinsamen Glück. Sie war jetzt zwanzig, und obwohl sie als Medizinstudentin die Anatomie des menschlichen Herzens in- und auswendig kannte, war sie noch nie verliebt gewesen.

Sie stand abrupt auf, als gäbe es einen Notfall. »Haben wir vor dem Abendessen noch ein bisschen Freizeit?«

Ihre Mutter nickte. »Wir treffen uns um neun in der Hotellobby.«

»Die Sache ist die, dass ich noch gar keine Geschenke gekauft habe. Für meine Freunde. Zu Hause.«

Die Lüge wurde mit jedem Wort absurder, als hätte Liza gerade einen Ausflug zum Mars angekündigt oder so. Ihr Vater fragte: »Hast du Geld dabei?«

Wie so viele Lügen scheiterte auch diese schon beim ersten Test. »Nein, ich glaube, ich habe keins.«

Lizas Schwester trommelte vergnügt mit den Fingern auf den Tisch. Offensichtlich genoss sie das quälende Schauspiel. »Es ist schwer, ohne Geld Geschenke zu kaufen.«

Ihr Vater holte seine Brieftasche hervor und gab ihr einen Fünfzigeuroschein. Ihre Mutter staunte über den großzügigen Betrag, entschied sich aber, nichts zu sagen, und Liza war ihren Eltern unendlich dankbar. Sie wusste, dass sie diesen Abgang noch weit unangenehmer hätten gestalten können.

»Wir sehen uns dann um neun. Ich werde pünktlich sein.«

Ihre Schwester fand die Situation viel zu lustig, um Liza so leicht davonkommen zu lassen. »Vielleicht nicht. Ich meine, wer weiß schon, was alles passiert? Ich könnte mich verspäten. Papa könnte sich verspäten. Oder Mama.«

»Nun, ich nicht.«

Als Liza wegging und den Schein zusammenfaltete, hörte sie ihre Schwester rufen: »Ich hoffe, du findest was Schönes!«

Liza war erst ein paar Schritte gegangen, da spürte sie eine Berührung am Arm. Sie drehte sich um und sah, dass ihr Reiseleiter sie eingeholt hatte.

»Ich tue so, als würde ich Sie beim Geschenkekauf beraten.«

»Warum?«

»Ich möchte Sie warnen. Diese hübschen Bootsführer sind berüchtigt. Sie schmeicheln schönen amerikanischen Mädchen, schönen französischen Mädchen, schönen Mädchen aus der ganzen Welt. Sie nehmen sie bei Sonnenuntergang mit aufs Meer, und alles ist ganz furchtbar romantisch. Sie sagen ihnen, wie besonders sie sind, aber sie tun das jeden Tag, jede Woche, in jeder einzelnen Saison. Wenn Sie in sein Boot steigen, ist das, was Sie für etwas Besonderes halten, für alle anderen nur ein schlechter Witz.«

Liza wollte ihm klarmachen, dass er kein Recht hatte, so mit ihr zu sprechen. Stattdessen sagte sie: »Danke für die Warnung. Aber ich kaufe nur Geschenke für meine Freunde.«

»Dann seien Sie vorsichtig. Es gibt viele Fälschungen da draußen.«

Liza lief den Hügel hinunter, vorbei an einem Souvenirladen nach dem anderen, und war zunehmend verärgert über die Einmischung des Reiseleiters. Sie stellte sich vor, wie die anderen von ihrem malerischen Aussichtspunkt aus ihre Route durch die Stadt verfolgten, während der Reiseleiter abfällige Bemerkungen darüber machte, dass Liza bereits an den besten Geschäften vorbeigelaufen sei und er sich frage, wohin sie eigentlich wolle. Vielleicht machte sie sich tatsächlich lächerlich. Mit ziemlicher Sicherheit war der Bootsführer bereits mit anderen Touristen aufgebrochen, oder er hatte noch zwanzig anderen, hübscheren Frauen das gleiche Angebot gemacht. Aber sie würde es trotzdem versuchen. Sie ging ein Risiko ein. Sie musste. Ihre Schwester Emma, die immer in der einen oder anderen Beziehung war – manchmal sogar in zweien gleichzeitig –, hatte einmal gesagt, Liza erwecke wahrscheinlich den Eindruck, dass sie niemanden brauche. Sie wirke so selbstsicher und gelassen, dass die Leute sie unnahbar fänden. Weniger mitfühlende Beobachter würden Liza wahrscheinlich als arrogant und abgehoben beschreiben. Ein Mitstudent, mit dem sie einmal zusammen gewesen war, hatte nach einem Monat mit ihr Schluss gemacht und seinen Freunden erzählt, Liza sehe zwar heiß aus, sei aber innerlich kalt. Als sie ihn zur Rede stellte, entschuldigte er sich und gab dem Alkohol die Schuld. Doch seine Worte hatten sie verletzt, und Liza war zu dem Schluss gekommen, dass man sich nicht verlieben konnte, indem man andere beeindruckte. Es gehörte etwas Magisches dazu, und was auch immer das sein mochte, sie hatte es nicht.

Als sie mit zwanzig Minuten Verspätung auf dem Platz ankam, trug sie immer noch dieselbe verstaubte Sightseeing-Kleidung wie zuvor: Shorts, Turnschuhe und ein Poloshirt. Sie fühlte sich unwohl, während die eleganten Einheimischen mit edlem Designerschwarz, makellosen Frisuren und Moschusparfüm an ihr vorbeistolzierten. Liza hatte keinen Umweg übers Hotel gemacht, um sich umzuziehen. Sie trug weder Make-up noch Parfüm, und der Bootsführer wäre wahrscheinlich enttäuscht, weil sie sich keinerlei Mühe gegeben hatte. Vielleicht wäre er sogar brüskiert und bereute, dass er sie überhaupt eingeladen hatte. Mitten während ihrer Selbstzweifel sah sie ihn, und da wusste Liza, dass er niemanden sonst gefragt hatte. Er wartete auf sie.

Als sie die Stufen zum Steg hinunterging, sagte er: »Ich heiße Atto.«

»Ich bin Liza.«

»Freut mich, dich kennenzulernen.«

»Ich freue mich auch, dich kennenzulernen.«

Vielleicht war es die Förmlichkeit, die Liza zum Lachen brachte. »Ich weiß selber nicht, was ich gerade so lustig finde.«

Er grinste. »Ich bin genauso nervös wie du.«

RIO TEJO

Gleicher Tag

Als sie unter der Ponte 25 de Abril hindurchfuhren, schlüpfte Atto in die Rolle des Tourguides. »Bei ihrer Fertigstellung war das die längste Hängebrücke Europas. Sie wurde nach António de Oliveira Salazar benannt, dem Diktator, der Portugal bis 1968 regiert hat. Und danach hat man sie umbenannt, um den Tag seines Sturzes zu feiern.«

»Ich habe den Namen Salazar noch nie gehört.«

Liza erwartete einen Schwall von Fakten über Salazar oder die Brücke: Salazars Aufstieg zur Macht, wie viel Stahl für den Bau der Brücke verwendet wurde und dergleichen. Stattdessen sagte Atto: »Ich werde jetzt aufhören, wie ein Fremdenführer zu reden.«

»Sind wir im Moment nicht beide Fremdenführer?«

»Ach ja? Wie das?«

»Wir haben unser erstes Date und führen uns gegenseitig herum: Hier sind meine guten Eigenschaften, da drüben gehst du besser nicht hin, da liegt mein emotionaler Ballast.«

Er lachte, was Liza daran erinnerte, wie sehr sie sein Lachen mochte.

»Mach deine Augen zu.«

»Ich soll die Augen schließen?«

»Vertrau mir.«

Liza schloss die Augen und fragte sich, ob Atto sie gleich küssen würde und wie es sich wohl anfühlen würde.

»Was hörst du?«

Die Frage überraschte Liza. Sie brauchte einen Moment, um darüber nachzudenken. Obwohl sie wusste, dass sie sich an einem schönen sonnigen Abend auf einem ruhigen Fluss befanden, hörte sie Wind heulen, einen furchterregenden Atlantiksturm, als würde sie, wenn sie die Augen wieder öffnete, auf eine dreißig Meter hohe Wand aus wütenden grauen Wellen blicken anstatt auf das ruhige Blau des Meeres.

»Ich höre einen Sturm.«

»Was für einen Sturm?«

»Weit draußen auf dem Meer.«

Liza öffnete die Augen und starrte auf die Brücke, die wie ein riesiges Musikinstrument jedes Windgeräusch verzerrte und verstärkte. Atto nickte.

»Ich höre auch einen Sturm, aber wenn ich die Augen schließe, sehe ich Schnee. Das ist komisch.«

»Warum ist das komisch?«

»Ich habe nur einmal in meinem Leben Schnee gesehen.«

»Wann denn?«

»Vor zehn Jahren. Damals hat es in Lissabon zum ersten Mal seit fünfzig Jahren geschneit.«

»Du lebst schon immer in Lissabon?«

»Mein Vater kommt aus Marokko. Als er achtzehn Jahre alt war, ist er nach Portugal gezogen und hat sich verliebt. Die Leute behaupten, er hätte meine Mutter nur geheiratet, damit er im Land bleiben kann. Aber das stimmt nicht. Sie haben sich geliebt, und sie lieben sich immer noch, bis heute.«

»Was macht er beruflich?«

»Er ist Fischer. Vor ein paar Jahren hat er dieses Boot für mich gekauft.«

»Du wolltest kein Fischer werden?«

Attos gute Laune schwand. »Doch, ich wollte. Aber meine älteren Brüder arbeiten auf dem Boot meines Vaters, und mein Vater hielt es nicht für klug, wenn wir alle vom selben Beruf abhängig sind. Es gibt eine Obergrenze, wie viel Fisch meine Familie fangen darf. Manchmal dürfen wir gar nicht rausfahren. Früher gab es hunderttausend Tonnen Sardinen vor der Küste, jetzt sind es nur noch zwanzigtausend, und die Bestände erholen sich nicht, selbst wenn wir ein ganzes Jahr lang nicht fischen.«

»Warum nicht?«

»Wir haben zu viel genommen. Und das Meer verändert sich. Es wird immer wärmer. Mein Vater hatte also recht mit seiner Entscheidung. Ich kann mich nicht beschweren. Dieser Job hat viele Vorteile. Mein Englisch ist gut geworden, oder?«

»Es ist perfekt.«

»Weil ich den ganzen Tag mit Touristen rede.«

»Wenn ich das sagen darf – du klingst ein bisschen traurig darüber, dass du kein Fischer mehr bist.«

Atto blickte ihr fest in die Augen und nickte. »Es ist das Geschäft meiner Familie, und meine Familie wollte nicht, dass ich mitmache. Mein Vater sieht in mir eine Art Schausteller, der diese Klamotten trägt und den Touristen Witze erzählt. Das hat etwas – wie sagt man? – Gefälschtes an sich. Es ist aber nichts Falsches daran, ein Fischer zu sein. Meine Brüder segeln durch Stürme. Sie riskieren ihr Leben. Und ich? Ich bin ein Unterhaltungskünstler. Kein ernsthafter Mensch. Ich liebe meinen Job, und ich liebe meine Stadt. Die Leute denken, ich wüsste nichts, weil ich nicht auf der Uni war. Aber ich habe viele Bücher gelesen. Und ich begegne Menschen aus der ganzen Welt. Sie erzählen mir von ihrem Leben, und mir ist nie langweilig. Ist es gefährlich? Nein. Muss ich gegen Wellen und Wetter ankämpfen? Nein. Aber es ist interessant. Und die meiste Zeit bin ich glücklich.«

Als Atto merkte, dass er lange genug geredet hatte, gab er dem Gespräch eine andere Wendung. »Was ist mit dir, Liza aus den Vereinigten Staaten? Wer bist du?«

Sie lachte. »Wer ich bin? Okay. Ich komme aus New York. Aber jetzt studiere ich auf dem College in Boston Medizin.«

»Willst du Ärztin werden?«

»Das ist der Plan.«

»Ein guter Plan.«

»Klar.«

Als Reaktion auf ihren Tonfall und in Anlehnung an Lizas Worte von vorhin sagte er: »Wenn ich dir deinen Satz klauen darf – du klingst irgendwie traurig darüber.«

Liza ertappte sich dabei, dass sie auf eine Art antwortete, wie sie es noch nie getan hatte, weder vor ihren Eltern noch vor ihrer Schwester, ja nicht einmal vor sich selbst. »Ich verbringe meine Zeit unter einigen der klügsten Studenten auf der ganzen Welt, und sie alle studieren mit Leidenschaft. Deshalb strenge ich mich an, weil ich Angst habe zurückzufallen. Aber egal, wie hart ich arbeite, ich werde nie die gleiche Leidenschaft aufbringen wie sie. Und wenn ich ehrlich bin – wenn ich mutiger wäre, sollte ich das Studium abbrechen und erst einmal herausfinden, was ich wirklich will.«

»Du willst keine Ärztin werden?«

»Es ist einer der besten Berufe der Welt. Niemand fragt dich, warum du Ärztin werden willst, und auch ich habe mich das nie gefragt. Es ist so, als hätte ich die Entscheidung nie wirklich getroffen, es ist einfach so passiert. Ich wollte einen Beruf, der etwas bedeutet, und habe diesen Weg eingeschlagen, aber ich weiß nicht, ob es *mein* Weg ist.«

Verwirrt, dass dieses Geständnis einfach so aus ihr herausgesprudelt war, fügte sie hinzu: »Es tut mir leid ... Ich weiß nicht, was das war.«

»Die Wahrheit, oder?«

»Wenn meine Mutter hören würde, wie ich laut über einen Studienabbruch nachdenke, würde sie sofort einen Herzinfarkt bekommen. Ich müsste sie wiederbeleben, und das Erste, was sie zu mir sagen würde, wenn sie die Augen öffnet, wäre, dass ich ihr gerade das Leben gerettet habe und wie ich da auch nur daran denken kann, mein Studium abzubrechen.«

Atto fragte: »Vielleicht würde sie es verstehen?«

»Meine Mutter? Sie würde bestimmt nicht verstehen, wenn ich aussteige. Sie hat in ihrem Leben noch nie etwas abgebrochen. Sie ist … die viertmächtigste Frau in New York.«

»Wirklich?«

»Ja, wirklich. Genau genommen die neuntmächtigste.«

»Woher weißt du das?«

»Hochglanzmagazine haben diese Listen – die zehn besten Restaurants in New York, die zehn mächtigsten Menschen, die zehn besten Restaurants, ausgewählt von den zehn mächtigsten Menschen, und so weiter.«

»Und dein Vater?«

»Er ist Lehrer. Für englische Literatur. Er ist der netteste und sanfteste Mann der Welt. Ich weiß nicht, warum ich dir das alles erzähle.«

»Liza, darf ich dich was fragen? Vertraust du deinen Gefühlen?«

»Nein.«

»Außer heute.«

»Woher willst du das wissen?«

»Weil du sonst nicht in diesem Boot sitzen würdest.«

TORRE DE BELÉM

Gleicher Tag

Der Torre de Belém war eine Festung am Nordufer des Flusses, kurz bevor der Tajo in den Atlantik mündete. Er stammte aus den Zeiten der Renaissance und hatte die Form eines übergroßen Zahns. Als sie den Turm passierten, holte Atto das Segel ein und ließ sein Boot in den Sonnenuntergang treiben, als hätte er das Schauspiel persönlich so arrangiert. Es waren nur wenige andere Schiffe in der Nähe: eine Touristenfähre, die aussah wie eine Zahnpastawurst und die gerade von irgendeinem Strand zurückkehrte, außerdem ein Kreuzfahrtschiff in der Ferne, das den nächsten Hafen anfuhr. Atto deutete auf den Turm.

»Stell dir den Anblick hier vor fünfhundert Jahren vor. Der Torre de Belém war das Tor zu meiner Stadt. Wir sind hier an dem Ort, an dem die legendärsten Entdecker der Welt in See gestochen sind – Gaspar Corte-Real, Vasco da Gama und Bartolomeu Dias. Wir befinden uns hier am Ausgangspunkt von einigen der größten Abenteuer in der Menschheitsgeschichte: die erste Reise nach Indien, ans südliche Ende Afrikas und nach Brasilien. Rechts von hier lagen Handelsgaleonen vor Anker, die tausend Tonnen und mehr wogen. Zu unserer Linken lagen die königlichen Kriegsschiffe, vollgepackt mit Kanonen. Heute gibt es hier nur dich und mich und dieses kleine Boot.«

Das ist der Spruch, dachte Liza, *das ist sein Stichwort.*

Tatsächlich saß Atto ganz dicht neben ihr, sein Bein berührte ihres. Aus einem unerfindlichen Grund wurde er plötzlich ernst. »Ich mache mir Sorgen.«

»Worüber?«

»Dass du denkst, ich würde diese Bootsfahrt jeden Tag mit irgendeiner hübschen Frau unternehmen, die über den Platz läuft.«

Liza zuckte die Achseln. »Ich muss nicht die erste sein, die du küsst.«

»Du glaubst, das alles ist inszeniert? Der Sonnenuntergang, der Turm, das Boot, meine Worte?«

»Ich gebe zu, dass ich kurz daran gedacht habe. Aber es ist mir egal.«

»Liza, ich will nicht, dass du denkst, dass das alles nur ein Trick ist. Als ich dich in der Mittagssonne auf den Steinstufen sitzen gesehen habe, musste ich dich ansprechen. Ich konnte nicht anders. Es waren so viele Menschen auf dem Platz, aber du warst diejenige.«

Sie lächelte. »Selbst wenn du das schon mal mit anderen Frauen gemacht hast, ist das in Ordnung. Es macht mir nichts aus.«

Liza hatte gehofft, ihn damit zu beruhigen, aber seine Stimmung schien nur noch düsterer zu werden.

»Du bist nicht sehr erfahren, oder?«

»Erfahren in was?«

»In der Liebe.«

Liza wurde zum zweiten Mal an diesem Tag rot, diesmal vor Beschämung. Dass etwas an ihr unzulänglich war, wusste sie bereits. Aber dass selbst ein vollkommen Fremder es so schnell bemerkte, tat ihr weh. »Jedenfalls bestimmt nicht so erfahren wie du.«

»Ich sage das nur, weil ich glaube, dass da etwas zwischen uns ist.«

»Was denn?«

»Eine Verbindung. Ich spüre es wahrscheinlich stärker als du, weil ich jede Woche mit Tausenden von Menschen spreche. Vielleicht kommt dir das alles hohl vor. Ein bisschen Spaß haben, mehr nicht. Aber alles, woran ich denken kann, ist, wie traurig ich sein werde, wenn wir anlegen und uns verabschieden. Dabei sollte ich dich jetzt anstrahlen, mit dir flirten und Witze reißen.«

»Strahlen, flirten und Witze reißen hört sich eigentlich ganz gut an.«

»Ich sollte versuchen, dich zu küssen. Aber ich kann es nicht. Weil du denkst, dass das alles nicht echt ist.«

Liza sah Atto an und versuchte, seine Worte zu verstehen. »Vielleicht ist es ein kulturelles Problem oder ein sprachliches, aber ich habe keine Ahnung, wovon du redest.«

»Lass es mich so sagen: Wärst du beleidigt, wenn ich nicht versuchen würde, dich zu küssen?«

»Wenn du *nicht* versuchst, mich zu küssen? Wenn du mich *nicht* küsst, ob ich dann beleidigt wäre? Das ist die Frage?«

»Du bist beleidigt.«

»Unsinn, ich möchte mir nur im Klaren sein, worum ich gebeten werde: Du bittest mich um Erlaubnis, mich *nicht* zu küssen. Habe ich das richtig verstanden?«

»Um zu beweisen, dass das hier echt ist.«

»Indem du mich *nicht* küsst?«

Liza lachte. Die Situation war völlig absurd. Sie musste ein besonderes Talent haben, jede Lust zu ersticken. Das war die einzige Erklärung. Das Gefühl der Demütigung wurde so stark, dass auch ihre Stimmung umschlug. »Weißt du was? Ich bin beleidigt.«

»Es war nicht meine Absicht, dich …«

»Was auch immer deine Absicht war, was auch immer du glaubst, mit dieser Nummer …«

»*Nummer?*«

»Diesem romantischen Theaterstück, das du aufführst.«

»Ich hatte recht. Du glaubst nicht, dass es echt ist.«

»Eines kann ich dir mit Sicherheit sagen: Es gibt keine Verbindung, kein kosmisches Band, keine Seelenverwandtschaft zwischen uns. Nichts.«

»Warum bist du dann so aufgewühlt?«

»Ich bin nicht aufgewühlt.«

»Da ist etwas. Ich weiß es. Und du weißt es auch.«

»Ich will zurück.«

»Warte …«

»Bring mich zurück.«

Obwohl Liza nur selten weinte, war sie den Tränen nahe. Sie war verblüfft, wie sehr diese Begegnung mit einem Mann, den sie kaum kannte, sie mitnahm.

»Lass es mich dir erklä…«

»Ich schwöre, wenn du jetzt anfängst, mir zu erklären, warum du mich nicht küssen willst, springe ich ins Wasser und *schwimme* ans Ufer. Ich bin eine gute Schwimmerin und werde es tun, das schwöre ich bei Gott. Kein einziges Wort mehr.«

Atto wollte gerade etwas sagen, aber Liza hob den Finger.

»Kein … einziges … Wort.«

Atto blinzelte ungläubig wie ein Tier, das arglos in eine Falle getappt war, ging zurück zum Ruder und wendete das Boot, weg vom Atlantik und dem romantischen Sonnenuntergang, zurück Richtung Stadt.

RIO TEJO

Gleicher Tag

Liza stand über die Vorderseite des Bootes gebeugt wie eine traurige Galionsfigur und schwieg. Auf der Rückfahrt grübelte sie darüber nach, dass ihr Leben zwar voller lobenswerter Errungenschaften war, aber ohne Zuneigung. Atto brach das Schweigen und fragte: »Darf ich sprechen?«

Sie warf einen Blick auf den gut aussehenden jungen Mann am Heck des Bootes. Die untergehende Sonne umrahmte melancholisch seine Silhouette, und Liza zuckte kaum merklich die Achseln.

»Ich hatte mal einen Touristen in diesem Boot. Ich weiß seinen Namen nicht mehr. Er war mit seiner Frau unterwegs. Die beiden waren schon seit dreißig Jahren zusammen. Ich habe sie gefragt, wie sie sich kennengelernt haben, und er erzählte, dass sie sich bei ihrem ersten Date einen Film angesehen haben. Nach der Vorführung hat er die Eintrittskarte behalten. Als sie das zweite Mal zusammen ins Kino gingen, behielt er die Eintrittskarte wieder. Nach jedem Film, den sie zusammen gesehen haben, behielt er die Eintrittskarte. Ein paar Jahre später, als er ihr schließlich einen Heiratsantrag gemacht hat, überreichte er ihr alle Kinokarten, eine nach der anderen, jede davon hübsch eingerahmt, die Geschichte ihrer Kinobesuche seit ihrem allerersten Date. Das konnte er nur, weil er schon bei ihrem allerersten Treffen genau gewusst hat, dass sie die Richtige ist.«

Liza konnte nicht anders, als zu erwidern: »Vielleicht hat er das bei all seinen Dates gemacht, und sie war diejenige, die Ja gesagt hat. Eines Tages wird sie eine schäbige Kiste unter seinem Bett finden, voller alter Kinokarten.«

»Glaubst du das?«

»Ich glaube, dass wir uns in zehn Minuten nie wiedersehen werden.«

Die Bemerkung klang härter, als Liza beabsichtigt hatte. Attos Antwort überraschte sie.

»Wir leben in sehr unterschiedlichen Welten, willst du mir damit sagen.«

»Das habe ich nicht gemeint.«

»Wenn ich an deinem College studieren würde, würdest du mich dann wiedersehen wollen?«

»Ja, würde ich. Aber du studierst nicht an meinem College.«

»Im Stadtzentrum gibt es einen Starbucks. Sie verlangen vier Euro für einen Espresso, den man in jedem normalen Café für einen Euro bekommt. Ich sehe viele Leute in meinem Alter dort an ihren Laptops arbeiten. Nicht, weil sie den Kaffee dort lieber mögen, sondern weil sie zeigen wollen, wie international sie sind. Ihre Träume gehen über diese Stadt hinaus. Eines Tages werden sie ihren Kaffee bei Starbucks in Manhattan oder in Hollywood trinken. Ich gehöre nicht zu diesen Leuten. Das hier ist mein Leben. Ein kleines Leben vielleicht, aber ein gutes Leben. Wir können nicht so tun, als ob ich eines Tages in die USA fliegen würde oder wir uns zufällig irgendwann wieder begegnen.«

»Du glaubst wirklich, dass etwas zwischen uns ist?«

»Hast du es nicht gespürt? Wir sind fast zurück, das ist der Abschied. Sag es mir: Ja oder nein?«

»Ja, ich habe etwas gespürt. Deshalb bin ich zurückgekommen. Ich hätte ins Fitnessstudio gehen können. Ich hätte auf der Hotelterrasse sitzen und mir beim Zimmerservice Mojitos bestellen können. Stattdessen bin ich auf diesem Boot, mit dir, und mache eine Trennung durch, obwohl wir uns noch nicht einmal geküsst haben.«

»Ich verbringe jeden einzelnen Tag damit, Leute auf dieses Boot zu locken. Ich flirte mit Frauen. Ich flirte mit Männern. Ich will damit nicht prahlen, es ist einfach mein Job, dass sich die Leute bei mir willkommen fühlen. Ich lächle, mache Witze, berühre die Leute am Arm und so. Es ist ein Spiel. Aber so etwas wie mit dir habe ich noch nie gefühlt.«

»Was gefühlt?«

»Dass ich ... dir *alles* erzählen will. Dass ich will, dass *du* mir alles erzählst. Dass ... es ausgeschlossen ist, dass wir uns nie wiedersehen. Und als wir den Strand hinter uns gelassen haben, wollte ich weiterfahren. Auf ein Abenteuer, wie die großen Entdecker der Vergangenheit. Der Gedanke, dass sich unsere Wege jetzt trennen und wir uns nie wieder begegnen ... schmerzt mich. Ich weiß, es ist lächerlich und ... Wie lächerlich ich mich gerade anhöre. Ich habe es vermasselt. Ich habe dich verletzt, und das tut mir leid.«

Seine Stimme klang so verwundet und aufrichtig, dass Liza schmunzelte.

»Es muss dir nicht leidtun. Du hast mir den Ozean gezeigt. Ich habe den Geräuschen der Brücke gelauscht. Wir haben den Sonnenuntergang gesehen. Wir haben uns fast geküsst. Es war schön, größtenteils.«

»Ich habe versucht, mehr aus uns zu machen – mehr, als wir jemals sein könnten. Das war mein Fehler. Ich hätte nichts sagen sollen. Ich hätte dich küssen und schweigen sollen. Es ist meine Schuld. Und das tut mir leid.«

Eine zärtliche Entschuldigung. Liza hätte es dabei belassen können, aber sie ertappte sich dabei, wie sie fragte: »Erzähl mir eine Geschichte, die du noch niemandem erzählt hast.«

Überrascht und erfreut über die Aufforderung, dachte Atto kurz nach und erwiderte dann: »Nur, wenn du danach das Gleiche tust.«

»Klingt fair.«

»Ich war zehn Jahre alt. Wir verbrachten den Tag am Strand, nicht weit von hier. Meine Mutter, mein Vater und meine drei älteren Brüder. Wir hatten ein Picknick vorbereitet, Brot, Obst und Käse, und ich habe sie gebeten, auf mich zu warten, während ich zu den Toiletten am Ende der Dünen ging. Ich rannte los, so schnell ich konnte, und als ich zurückkam, hatten sie schon angefangen, ohne mich. Ich weiß noch, dass sie gerade über irgendeinen Witz gelacht haben. Ich war so wütend, und sie konnten nicht verstehen, was mein Problem war. Es war noch genug da, außerdem waren wir ja nicht in einem Restaurant oder so, es war kein ›richtiges‹ Essen. Aber ich hatte sie gebeten, auf mich zu warten, und das haben sie nicht. Und das bedeutete etwas, das wusste ich schon damals, als Kind. Und ich weiß es auch jetzt. Anstatt mich zu ihnen zu setzen, bin ich ins Wasser gerannt und habe geweint. Als ich zurückkam, wusste niemand, dass ich geweint hatte, alle dachten, meine Augen wären rot vom Meer. Sie haben mir was aufgehoben, aber ich habe nichts angerührt.«

Als Liza diese Anekdote hörte, fasste sie einen Entschluss. Sie würde Atto zum Abschied küssen, wenn sie auf dem Platz ankamen. Sie freute sich, dass diese Begegnung nun doch noch mit einem romantischen Moment enden würde. Zufrieden mit ihrer Entscheidung, blickte sie auf die Stadt und überlegte, welche Geschichte sie ihm erzählen sollte. Erst jetzt, als sie sich der Anlegestelle näherten, bemerkte sie, dass die Touristenmassen verschwunden waren. Alle Boote waren leer. Weit und breit war niemand zu sehen. Die Praça do Comércio lag vollkommen verlassen da.

PRAÇA DO COMÉRCIO

Gleicher Tag

Atto öffnete die Notfalltruhe, holte ein gummiummanteltes Fernglas hervor und suchte den Platz ab. Nachdem er es wieder abgesetzt hatte, fragte Liza: »Was ist da los? Konntest du irgendwas sehen?«

Unfähig, etwas zu sagen, kam er an den Bug und reichte Liza das Fernglas. Schließlich sah sie, dass alle Menschen, die gerade noch im Freien den Abend genossen hatten, nun dicht gedrängt in den Restaurants und Bars saßen. Wer keinen Platz mehr bekommen hatte, drängte sich so nahe wie möglich an die Fenster und starrte auf die Fernsehschirme, als stünde Portugal gerade beim Finale der Fußball-WM im Elfmeterschießen. Viele hielten sich an den Händen, Kinder saßen auf den Schultern ihrer Eltern oder drückten sich an ihre Beine. Halb leer gegessene Teller standen verwaist auf den Terrassentischen. Anstatt sich auf die Überreste zu stürzen, flogen die Meisen in seltsamen geometrischen Formationen Zickzack, fast wie Schmeißfliegen in der Wohnung an einem heißen Sommertag.

Als sie sich dem Hafen näherten, kamen sie an verlassenen Touristenbooten vorbei, die nicht vertäut waren und wie Geisterschiffe vor sich hin trieben.

»Warum lassen sie ihre Boote einfach liegen?«

»Ich habe keine Ahnung. So etwas habe ich noch nie gesehen.«

Sie überprüften ihre Handys. Keines funktionierte, die Bildschirme waren schwarz, als wäre der Akku leer. Atto machte sein

Boot am Pier fest und bot Liza seine Hand an – nicht weil sie Hilfe bräuchte, sondern als Angebot: Sie würden diese Situation gemeinsam meistern, als Team. Liza verstand und nahm Attos Hand. Sie kletterten auf den Steg und liefen angespannt über den gespenstisch leeren Platz, wie Entdecker, die den Fuß auf einen unbekannten Strand setzten und nervös darauf warteten, was für Menschen sie begegnen würden: Freund oder Feind.

Die Stadt war so still wie ein gescholtenes Kind, und als sie die Mitte des Platzes erreichten, wurde der Abendhimmel blendend hell, als hätten Sonne und Mond die Positionen getauscht. Liza schloss die Augen und bedeckte ihr Gesicht, als ein forschendes Licht durch ihre Haut zu dringen schien. Sie spürte es am ganzen Körper, wie Strahlen, die hungrig jedes Molekül durchleuchteten. Schwebte sie? Es fühlte sich so an, aber sie war sich nicht sicher. Ihr Körper kribbelte, ihre Zähne klapperten – und dann war es weg. Die Schwingungen hörten auf, das Licht verschwand, und der Himmel war wieder dunkel. Langsam ließ sie ihre Arme sinken und öffnete die Augen. Ihre Füße standen fest auf dem Boden, und als sie sich an die Dunkelheit gewöhnt hatte, blickte sie nach oben. Dort sah sie Sterne, die sich wie Bakterien in einer Petrischale vermehrten. Doch das waren keine Sterne, dafür waren sie zu hell, zu groß und zu geordnet. Das waren Schiffe, Schiffe am Nachthimmel. Eine atemberaubend schöne außerirdische Armada war auf die Erde gekommen – der Moment, über den viele spekuliert hatten, von dem aber nur wenige dachten, dass er jemals eintreten würde. Bisher hatte sich Liza nie für den Weltraum interessiert, sondern eher für die Welt um sie herum, und sie war überrascht, wie schnell ihr Verstand die neue Realität akzeptierte. Als analytische Wissenschaftlerin brachte sie lediglich ihr Wissen über das Universum auf den neuesten Stand: Die Menschheit war nicht allein im Kosmos, und, noch wichtiger, sie war gefunden worden.

Oben in der Stadt, über den roten Ziegeldächern und Kirchtürmen, war das erste Geräusch, das die ehrfürchtige Stille durchbrach, das Wehklagen einer älteren Frau; es klang wie ein Gebetsruf. Wie als Antwort jagten Kampfjets im Tiefflug über den Himmel, plump und schwerfällig im Vergleich zur Eleganz der Sternenschiffe hoch über ihnen. Auf das Dröhnen der Triebwerke folgte das Heulen von Sirenen, so viele Geräusche, die sich gegenseitig überlagerten, dass sofort klar war, dass die Stadt nie wieder still sein würde.

Liza drehte sich zu Atto um, einem Mann, den sie kaum kannte und dessen Hand sie hielt, um diesen Moment mit ihm zu teilen. Er starrte immer noch zu den Sternenschiffen empor und beobachtete, wie sie in die Atmosphäre eintraten. Liza sah, dass er weniger Angst als vielmehr ein Gefühl der Verwunderung empfand, vollkommen eingenommen von der Großartigkeit der Invasion, die sich über ihren Köpfen abspielte.

»Atto?«

Er sah sie an wie jemand, der gerade aus einem tiefen Schlaf erwacht und versucht, die Welt um sich herum zu verstehen. Die verblüfften Menschen vor den Bars und Restaurants setzten sich in Bewegung. Einige schnell, als wüssten sie genau, was sie bei einer Invasion von Aliens zu tun hatten, während andere weiter fassungslos in den Nachthimmel starrten. Immer noch gebannt von der Armada hoch oben, lief eine Frau auf die Straße und wurde von einem rasenden Polizeiauto überfahren, das nicht einmal stehen blieb. Die Menschen in der Nähe eilten zu ihr, und Lizas Instinkt als Medizinstudentin war, ebenfalls zu helfen.

Atto drückte ihre Hand. »Es wird kein Krankenwagen kommen, keine Behandlung im Krankenhaus. Diese Zeiten sind vorbei.«

Viele Menschen schienen fliehen zu wollen, wussten aber nicht, in welche Richtung – aus der Stadt heraus oder in die Keller ihrer

Häuser? Sollten sie sich auf Boote in der Mitte des Flusses flüchten, weg von den Gebäuden, oder höher gelegenes Gelände aufsuchen? Ohne Orientierung und ohne jemanden, der sie anleitete, schienen sie nicht mehr zu wissen, wo ihr Platz in dieser Welt war und wo der Platz der Welt im Universum. Alles war jetzt möglich. Atto hatte sich wieder gesammelt und fragte: »Wo ist deine Familie?«

»Im Hotel.«

»Welchem?«

»Im Ritz.«

Er nickte. Einen Moment lang dachten sie über die Kluft zwischen ihnen nach, aber diese Dinge waren jetzt nicht mehr wichtig.

»Gehen wir sie suchen.«

»Solltest du nicht besser zu deiner Familie gehen?«

»Das kann ich später immer noch. Komm, bevor die Straßen unpassierbar werden.«

»Nur um ganz sicher zu sein ... Bevor wir losgehen, darf ich dich fragen, was du da oben siehst?«

Atto blickte in den Himmel.

»Ich sehe Schiffe. Außerirdische Schiffe.«

»Es ist also wahr?«

»Ja, es ist wahr. Lass uns gehen.«

Händchen haltend eilten sie an einem Obdachlosen vorbei, der gerade Zigaretten aus einem Kiosk stahl. Kleinlicher Opportunismus, der so wenig mit dem Ausmaß ihrer tatsächlichen Notlage zu tun hatte, dass Liza beinahe lachen musste. Sie kamen an dem Starbucks vorbei, den Atto vorhin erwähnt hatte. Banner mit raffinierten Kaffeegetränken schmückten die Fassade, während die Angestellten mit ihren Schürzen draußen versammelt standen, als warteten sie darauf, dass ihr Chef sie rettete. Gleich daneben versuchte ein elegant gekleideter älterer Herr mit seidenem Halstuch und einem antiken Gehstock, von irgendjemandem eine Antwort auf seine Fragen zu bekommen, offensichtlich in der Annahme, dass er der Einzige war, den bisher niemand in das Geheimnis eingeweiht hatte, was hier vor sich ging.

Liza sah einen Mann, der auf dem Dach eines hohen Gebäudes stand, als wollte er einen besseren Blick auf die außerirdischen Schiffe erhaschen. Stattdessen musste sie mit ansehen, wie er über die Kante trat und sich in den Tod stürzte, nicht gewillt, in dieser neuen Welt zu leben. Bis zu diesem Zeitpunkt war Liza vollkommen ruhig geblieben, doch nun prasselte alles gleichzeitig auf sie ein. Sie geriet nicht in Panik oder dergleichen – sie konnte sich schlicht nicht mehr bewegen oder sonst wie handeln.

»Ich muss kurz anhalten.«

Atto blieb stehen und fragte sich, ob Liza sich gleich übergeben würde, während sie zusammengekrümmt zu Boden starrte, unfähig, die Ereignisse um sie herum zu verarbeiten. Als sie Attos Hand auf ihrem Rücken spürte, schärfte sie sich ein, tief durchzuatmen, und das Gefühl der Lähmung verschwand. Ihr Körper stellte sich auf die Angst und Verunsicherung ein. Liza richtete sich auf.

»Bist du wieder okay?«

Sie nickte und beobachtete über Attos Schulter hinweg, wie zwei Autos ineinanderkrachten.

Auf der Avenida da Liberdade, einer der angesagtesten Einkaufsmeilen der Stadt mit Luxusmarken wie Dior und Chanel, wurden sie von einer Menschenmenge aufgehalten, die mehrere Hundert Leute umfasste und von Minute zu Minute größer wurde. Atto musste schreien, als er die Menschen am Rand des Tumults über den Lärm hinweg fragte: »*O que esta acontecendo?*«

Sie erzählten ihm, dass in der Mitte des Pulks zwei Polizisten standen, denen die Leute immer wieder genau die gleiche Frage stellten.

»Was passiert hier gerade?«

Liza verstand den Drang der Menschen, nach Bestätigung zu suchen. Sie selbst hatte vorhin das Gleiche getan, aber das hier war etwas anderes: Die Leute klammerten sich an tröstende Lügen, sprachen von einem Scherz, von einer Verschwörung, und von den Polizeibeamten als Vertretern der Staatsgewalt erwarteten sie nun Antworten.

Atto schüttelte den Kopf. »Sie wissen nichts.«

»Warum bist du da so sicher?«

»Hätte die Regierung gewusst, dass eine Alieninvasion bevorsteht, hätte sie die Dinge bestimmt nicht einfach weiterlaufen lassen. Die Flughäfen wären geschlossen worden, die Supermärkte ebenfalls ...«

»Wir sollten nicht hierbleiben.«

Die Menge geriet zunehmend außer Kontrolle. Die ersten Rangeleien brachen aus, Tritte und Schläge, und die Gewalt verbreitete sich wie ein Virus, das durch die Luft übertragen wurde.

Da ein Weg durch das Gewühl ausgeschlossen war, nahmen sie eine Seitenstraße neben einem Louis-Vuitton-Geschäft, in dessen Schaufenster zehntausend Dollar teure Handtaschen kunstvoll wie Regentropfen arrangiert waren. Irgendwo ertönte eine Explosion, die erste, die sie hörten. Die Druckwelle zerschmetterte Fenster und ließ Alarmsirenen losheulen – die Geräusche des Krieges. Atto und Liza duckten sich hinter ein Auto, warteten, ob noch eine zweite folgen würde, während sie sich fragten, ob die Explosion von Menschen oder Außerirdischen verursacht worden war. Als sie keine weitere hörten, sagte Atto mit festem Blick: »Lass uns rennen.«

AVENIDA ENGENHEIRO DUARTE PACHECO

Gleicher Tag

Das Ritz war ein modernistischer Betonklotz auf einer Hügelkuppe und ganz ohne den historischen Glanz der Hotels in Paris oder Budapest. Liza erinnerte sich, wie enttäuscht sie gewesen war, dass ihr letztes Hotel in Europa gleichzeitig das unattraktivste war. Diese Enttäuschung erschien ihr vollkommen unbedeutend, während sie mit Atto durch die Lobby eilte, vorbei an einem erlesenen Blumenarrangement, das möglicherweise auch das letzte seiner Art war, denn nun würde sich kaum jemand mehr die Mühe machen. Sie bahnten sich ihren Weg durch Hunderte von betuchten Gästen, die in Blazern von Brooks Brothers und Gucci-Espadrilles das Hotelpersonal ausfragten, das entweder bemerkenswert engagiert war oder die Ereignisse, die sich draußen abspielten, komplett leugnete. Jedenfalls kümmerten sie sich so gut wie möglich um die Sorgen der Gäste und trugen weiter ihre makellosen schwarzen Uniformen mit goldenen Reversabzeichen, als wäre die Alieninvasion eine Angelegenheit für den Concierge. Die Szene war so surreal, dass Liza allen zurufen wollte, dass die Zeit der Spas und des Zimmerservice, der Luxushotels und der frisch gebügelten Baumwollbettwäsche vorbei war. Diese Art zu leben gehörte jetzt der Vergangenheit an.

Emma sah Liza als Erste. Sie rief ihren Namen und rannte auf Liza zu, ihre Mutter folgte ihr dicht auf den Fersen, dann lagen sich alle drei in den Armen. Liza kämpfte mit den Tränen. Auf dem

Weg hierher hatte es Momente gegeben, in denen sie nicht sicher war, ob sie ihre Familie je wiedersehen würde. Sie hielten sich immer noch an den Händen, als sie wieder voneinander abließen, und Liza fragte: »Wo ist Papa?«

»Er sucht dich.«

Ihre Mutter war zu klug, als dass sie ihm erlaubt hätte, das Hotel ohne einen Plan zu verlassen. »Er kommt um Mitternacht zurück, egal, ob er dich gefunden hat oder nicht.«

Erst jetzt wandte sich ihre Mutter an Atto und schenkte ihm zum ersten Mal ihre Aufmerksamkeit.

»Das ist Atto«, sagte Liza.

»Ich muss jetzt zu meiner Familie«, erklärte er. »Ich gebe euch allen einen Rat. Erwartet nicht, dass euch jemand hilft. Ich glaube nicht, dass die Lage sich beruhigen wird. Von jetzt an wird alles nur noch schwieriger werden, noch schlimmer. Auf Wiedersehen, Liza.«

Er küsste sie nicht auf die Wange, sondern auf die Lippen, und erst jetzt verstand Liza, wovon er auf dem Boot gesprochen hatte, was er von Anfang an gewusst hatte – diese Verbindung zwischen ihnen, die sich jeder rationalen Analyse oder Erklärung entzog, spürte sie nun ebenfalls. Und dann war er weg. Ihre Mutter überlegte, ob sie den gut aussehenden Fremden und den leidenschaftlichen Kuss kommentieren sollte, entschied aber, dass es Wichtigeres gab, um das sie sich jetzt kümmern mussten.

HOTEL RITZ

Rua Rodrigo da Fonseca 88
Nächster Tag

Als Lizas Vater um Mitternacht zurückkehrte, war die Familie zwar wiedervereint, aber die chaotischen Szenen vor dem Hotel hatten ihn derart erschüttert, dass er ihnen verbot, sich auch nur eine Sekunde voneinander zu trennen, während sie von Zimmer zu Zimmer gingen, um ihre Sachen zu holen.

»Wir bleiben zusammen, egal was passiert.«

Die Atmosphäre hatte sich von Grund auf gewandelt. Türen wurden zugeknallt, Gäste eilten mit den Armen voller Kleidung aus ihren Zimmern und stürzten auf den Flur, während ein paar wohlhabende Ruheständler sich weigerten, auch nur daran zu denken, das Hotel zu verlassen, und sich mit selbst gemixten Gin Martinis auf die Panoramaterrasse setzten, um von dort zu beobachten, wie die Stadt in Anarchie versank.

Für Lizas Eltern war der nächste Schritt klar: Sie mussten schleunigst zurück nach Hause, in die Vereinigten Staaten – was auch immer kommen mochte, sie würden sich dem zu Hause stellen. Sie machten sich nicht die Mühe, ihre Rimowa-Aluminiumkoffer zu packen, die nur für glatte Böden geeignet waren, und ließen sie zusammen mit dem Großteil ihrer Habseligkeiten in ihrem Luxuszimmer im siebten Stock zurück. In ihren praktischsten Kleidern – Sneaker und Khakis – und jeder mit nur einem Rucksack, sammelten sie ihre Pässe und Bargeld ein und fragten sich gleichzeitig, ob diese Dinge überhaupt noch irgendeinen Wert hatten. Liza fiel auf, wie schnell sich ihre Mutter auf die Krise eingestellt hatte: Sie holte ihre Medikamente und leerte die Minibar, packte ihre Ledertasche voll mit Premium-Quellwasser von einem Gletscher in Norwegen und zehn Euro teuren Tütchen mit gesalzenen Cashewnüssen. Diese Dinge hatten immer noch einen Wert, zwar nicht den überteuerten, den das Hotel dafür verlangte, aber es waren Lebensmittel, die bald sehr knapp werden könnten. Wenn sie überleben wollten, mussten sie alles vergessen, was sie über die alte Welt zu wissen geglaubt hatten. Denn dies war eine neue Welt mit neuen Regeln. Liza hatte sich oft darüber beschwert, wie viel Zeit ihre Mutter in der Arbeit verbrachte, doch jetzt war sie voller Bewunderung, als sie sah, wie ruhig ihre Mutter unter Druck blieb.

»Wir stehen das durch«, erklärte sie, als hätte sie oder ihr Mann lediglich den Job verloren oder eine Affäre gehabt. Sie waren eine Familie, daran hatte sich nichts geändert und würde es auch nie, und daran klammerten sie sich. Es war das Einzige, dessen sie sich noch sicher sein konnten.

In der Hotelgarage gab es Streit um die Autos. Noch nicht allzu heftig, denn noch erinnerten sich die Leute an die Grundsätze von Recht und Ordnung, an Dinge wie die Polizei, an das Konzept von Privateigentum und die negativen Auswirkungen auf ihre Stellung in der Gesellschaft, wenn sie gegen diese Regeln verstießen. Sie schrien eher, statt zu schlagen oder zu treten, aber die Gewalt würde nicht lange auf sich warten lassen. Bald würden die Menschen akzeptieren, dass die alten Grundsätze nicht mehr galten und alles, was übrig blieb, ein Naturgesetz war: das Recht des Stärkeren, Gewaltanwendung ohne negative Konsequenzen. Natürlich war es absurd, dass sie in einer Stadt, in der man sich zu Fuß viel besser bewegen konnte, überhaupt ein Auto gemietet hatten. Doch Lizas Vater liebte das Fahren, und er hatte vorgehabt, die Weinberge außerhalb Lissabons zu besuchen. Nicht um ein paar Flaschen Wein zu kaufen – im Zuge seiner Reha hatte er dem Alkohol gänzlich abschwören müssen –, aber er wollte wenigstens ein bisschen probieren. Alle vier stiegen möglichst geräuschlos in den Wagen, dann fuhren sie langsam an den einst zivilisierten Hotelgästen vorbei, die nur wenige Stunden zuvor noch Wellness-Termine gebucht hatten. Der Leihwagen erregte sofort Aufmerksamkeit. Mehrere Gäste klopften an die Scheiben, fragten sich, wohin das Auto wohl fuhr, vor allem aber brauchten sie jemanden, der ihnen sagte, was sie nun tun sollten. Ein Mann hämmerte so heftig gegen die Scheibe, dass sie beinahe zersprang, und gestikulierte wild in Richtung seiner Frau und Kinder. Liza fragte: »Warum nehmen wir sie nicht mit? Wir haben doch Platz.«

Ihr Vater schüttelte nur den Kopf. »Keine Passagiere. Wir fahren ohne Zwischenstopp direkt zum Flughafen.«

»Aber er hat Familie.«

»Wenn wir das hier überleben wollen, dürfen wir nicht anhalten, für niemanden.«

Der Mann stellte sich vor das Auto und zwang ihren Vater, um ihn herum zu beschleunigen. Er schrammte gegen die Leitplanke, Funken schlugen aus dem Kotflügel, und der Seitenspiegel riss ab. Liza drehte sich um, wollte dem Mann sagen, dass sie selbst kaum wussten, was sie in so einer Situation tun sollten. Ihre Flucht war ein Reflex, sie waren Ausländer in einem fremden Land und wollten nur noch zum Flughafen, denn zu Hause würden sie wieder wissen, was zu tun sei. Dort hätten die Dinge wieder einen geordneten Ablauf und sie selbst einen Platz darin, wie auch immer der aussehen mochte. Neben ihrer Familie schien ihnen ihr Heimatland das Einzige, was noch real war.

Sie schafften es bis zur Marques de Pombal, der Ringstraße in der Nähe des Hotels, bevor der Verkehr zum Stillstand kam. Die Straßen waren in jeder Richtung mit Fahrzeugen aller Art verstopft. Die Leute wollten raus aus Lissabon, wollten zur Autobahn, wollten zum Flughafen oder zum Hafen. Ein Massenexodus, wie Liza ihn noch nie in ihrem Leben gesehen hatte. Durch die schmalen Lücken zwischen den Fahrzeugen schlängelten sich Menschen mit Koffern, die so vollgestopft waren, dass sie schon bei der kleinsten Unebenheit der Straße aufsprangen und der Inhalt herausquoll: Schlafsäcke, Toilettenpapier, Wasserflaschen, Trockennahrung und Vitaminpillen. Andere hatten sich seit Beginn der Invasion kaum bewegt. Sie machten keinerlei Anstalten zu fliehen, stolperten mit verständnislosem Blick umher und starrten immer wieder mit kindlichem Staunen nach oben, wo Hubschrauber und Jets kreuz und quer über den Himmel jagten, während hoch über dem Tumult die fremde Armada in die Erdatmosphäre eintauchte.

Von Zeit zu Zeit erstrahlte das gesamte Firmament, als würde ein himmlischer Suchscheinwerfer von der Größe des Mondes die Stadt durchleuchten. Die Menschen hielten inne, während das grelle Licht in ihre Knochen drang, und warteten auf einen göttlichen Akt der Vergeltung, dass die Schwerkraft aussetzte oder alle Autos zu Staub zerfielen. Doch dann verschwand das Licht wieder, ohne einen erkennbaren Effekt gehabt zu haben – außer dass manche den Verstand verloren. Ein Mann stellte sich auf die Motorhaube seines Autos und sprach zu den vorbeiströmenden Menschen, als wären sie seine Jünger. Ein Obdachloser auf einer Parkbank lachte und lachte, unendlich amüsiert darüber, dass nun alle obdachlos waren.

Liza saß auf dem Rücksitz des Mietwagens, die Türen verriegelt, und beobachtete eine Auseinandersetzung zwischen zwei Männern, deren Gesten immer wilder wurden, bis einer der beiden weinend zusammenbrach. Er vergrub das Gesicht in den Händen und lief weinend zu seinem Auto zurück. Aus seiner Gesäßtasche lugte der Griff eines Küchenmessers. Er ließ den Motor an, fuhr auf den Bürgersteig und von dort in den Park, wo er beschleunigte. Als das Auto an ihnen vorbeiraste, sah Liza seine Frau auf dem Beifahrersitz und die Kinder auf der Rückbank. Der Mann fuhr mit einer Geschwindigkeit, die schon auf einer normalen Straße gefährlich gewesen wäre. In seinem Wahn weigerte er sich, auf das verzweifelte Flehen seiner Familie, das Tempo zu drosseln, zu reagieren, bis das Auto gegen eine von der Dunkelheit verborgene Parkbank krachte. Die Motorhaube sprang auf, und seine Frau wurde durch die Windschutzscheibe auf das vertrocknete Gras geschleudert, auf dem noch wenige Stunden zuvor fröhliche Kinder Ball gespielt und den langen Sommerabend genossen hatten. Der Fahrer kletterte mit Knochenbrüchen und blutverschmiertem Gesicht aus dem rauchenden Wrack und schrie um Hilfe, doch die Menschen wurden zunehmend immun gegen das Unglück anderer. Sie begriffen, dass es keine Hilfe mehr gab – von nun an waren alle auf sich allein gestellt.

»Dad, lass mich sehen, was ich tun kann.«

»Bleib im Auto!«

»Da sind Kinder auf dem Rücksitz.«

»Wir können ihnen nicht helfen!«

»Wir können nicht einfach nichts tun!«

»Keiner verlässt den Wagen!«

Lizas Eltern klammerten sich noch immer an die Vorstellung, dass dieses Auto ihnen irgendwie helfen konnte, dass es sie in Sicherheit oder an einen Ort bringen würde, an dem sie gerettet wurden. Aber dieser Stau würde sich nie mehr auflösen, weder heute noch morgen. Höchstwahrscheinlich hatten die Autos hier ihre letzte Ruhestätte gefunden.

Liza beugte sich nach vorn. »Wir kommen hier nicht weg, und das wird sich auch nicht ändern. Ihr wollt niemandem helfen, und das finde ich nicht richtig, aber so kommen wir genauso wenig weiter. Wir müssen das Auto stehen lassen.«

Ihre Eltern starrten weiterhin auf den Lkw vor ihnen, als ob der Verkehr jeden Moment weitergehen würde. Als könnten sie den Flughafen erreichen und mit Bordverpflegung und einem Film zur Unterhaltung nach Hause fliegen.

»Wenn wir jetzt aussteigen, bekommen wir das Auto nie wieder zurück.«

»Dieses Auto ist nutzlos! Der Verkehr bewegt sich keinen Millimeter!«

Ihre Schwester protestierte. »Aber … hier drin sind wir doch sicher.«

Liza drehte sich zu ihr um. »Ich weiß, dass es sich so anfühlt, aber das stimmt nicht. Wenn wir hier drinbleiben, werden wir sterben.«

Die Mutter sah ihre Töchter an. »Ich will dieses Wort nicht mehr hören. Niemand wird sterben. Wir werden das durchstehen. Wir bleiben zusammen, egal, was passiert.«

Als sie geendet hatte, fügte ihr Vater hinzu: »Wir werden Folgendes tun: Wir lassen das Auto stehen und verlassen die Stadt zu Fuß. Wir gehen aufs Land und warten dort die weitere Entwicklung ab.«

Ihre Mutter sagte: »Wenn wir aus dem Auto steigen, halten wir einander an den Händen fest. Wir lassen auf keinen Fall los, ist das klar? Sagt mir, dass ihr das verstanden habt. Wir lassen nicht los. Sagt es.«

»Wir lassen nicht los.«

Mit diesem Versprechen verließen sie den Wagen.

MARQUES DE POMBAL

Gleicher Tag

Liza hatte noch nie etwas Derartiges gesehen. Alle verließen ihre Häuser und strömten auf die altehrwürdigen Straßen, um sich in Sicherheit zu bringen, oder einfach nur, um die Außerirdischen am Himmel zu bestaunen. Menschen wurden ohnmächtig von all der panischen Anspannung, und wenn kein Freund oder Partner sie auffing, blieben sie einfach auf dem Asphalt liegen und standen nie wieder auf. Kinder, die ihre Eltern verloren hatten, standen weinend da, aber noch bevor jemand sie nach ihrem Namen fragen konnte, waren sie schon verschwunden, mitgerissen von der Menge.

Als Liza aufblickte, sah sie, dass sich die Alienarmada nur noch wenige Tausend Meter über dem Boden befand. Die Schiffe waren so nah, dass sie die Oberfläche der Rümpfe erkennen konnte. Sie waren von silbrig glänzenden Schuppen bedeckt und sahen fast aus wie Fische, ihre Konstruktion hatte nichts mit menschengemachten Maschinen gemein, sie hatten weder Triebwerke noch Antennen, weder Flügel noch Waffen. Ihre Form war so schlicht, dass schwer zu begreifen war, wie sie fliegen konnten. Liza konnte keinerlei Hinweis darauf entdecken, wie sie sich so elegant bewegten, mehr Wolke als Maschine. Sie waren so atemberaubend in ihrer Form und so fremdartig in ihrer Eleganz, dass es schwerfiel, sich nicht von ihrer Pracht überwältigen zu lassen.

Mit ihrem Vater an der Spitze kletterten sie auf das Dach eines Taxis und versuchten, einen Weg aus dem Gedränge zu finden.

Wie Schiffbrüchige in einem Meer aus Menschen suchten sie nach einer Rettungsmöglichkeit, während die Stadt, in der jeder Quadratzentimeter von Menschen, Haustieren und Besitztümern verstopft war, ringsum in einem noch nie da gewesenen Chaos versank. Da bemerkte Liza einen jungen Mann, der über die Dächer der Autos rannte und von Motorhaube zu Motorhaube hüpfte, als wären sie Sprungbretter. Es war Atto, der jetzt nicht mehr seine Pseudouniform trug, sondern eine olivgrüne Hose, leuchtend orange Sneaker und ein weißes T-Shirt. Obwohl Liza kein Grund einfiel, warum er nach ihr suchen sollte, hatte sie nicht den geringsten Zweifel daran, dass er genau das tat. Er folgte der Autoschlange vom Hotel in ihre Richtung, doch Liza rief nicht nach ihm. Zum Teil, weil es keinen Sinn hatte, bei diesem Lärm zu schreien, aber vor allem, weil sie sicher war, dass er sie finden würde und dass es eine Verbindung zwischen ihnen gab, die sie zwar nicht verstand, aber auch nicht mehr infrage stellte. Etwa fünfzig Meter entfernt hielt Atto an, um zu verschnaufen, und drehte sich in Lizas Richtung. Wie bei ihrer ersten Begegnung starrten sie sich einen Moment lang an. Trotz all des Chaos lächelte Atto und winkte schüchtern. Liza brach ihr Versprechen, ließ die Hand ihrer Mutter los und winkte zurück.

Mit beeindruckender Behändigkeit sprang Atto von Auto zu Auto, Windschutzscheiben splitterten unter seinen Füßen wie Eisplatten, bis er das Taxi erreichte, auf dem sie standen. Schweißgebadet holte er Luft und sprach zu Lizas Familie: »Der Flughafen ist geschlossen. Die Armee hat ihn besetzt und erschießt jeden, der sich nähert.«

Lizas Vater starrte ihn an. »Wer bist du?«

»Ich heiße Atto.«

Liza befreite ihren Vater aus seiner Verwirrung und sagte: »Du bist zurückgekommen.«

»Sieht ganz so aus.«

Dieser Mann, den sie erst heute kennengelernt hatte, hatte wider besseres Wissen sein Leben riskiert, um zu ihr zurückzukehren.

»Wir sind auf dem Weg aufs Land.«

»Aufs Land? Wozu?«

»Wir dachten, dort ist es sicherer als in der Stadt.«

»Habt ihr es nicht gehört?«

»Was gehört?«

Atto zögerte. »Wir werden ein Boot brauchen.«

PORTUGAL

Stadt Setúbal
Achtundvierzig Kilometer südlich von Lissabon
Gleicher Tag

Atto hätte nie gedacht, dass das Fischerboot seiner Familie – ein schlichter Kutter, gebaut für den Fang von Makrelen und Sardinen – eines Tages Menschen transportieren würde, noch dazu so viele. Das Steuerhaus am Heck war für eine sechsköpfige Besatzung ausgelegt, die Schlafkabine hatte vier schmale Etagenbetten, der Laderaum war für Fische gedacht und so glitschig vom Öl, dass man sich darin kaum auf den Beinen halten konnte, und doch befanden sich über sechshundert Menschen an Bord. Die Alten und Gebrechlichen drängten sich in den Etagenbetten zusammen, die etwas Rüstigeren kauerten im Laderaum, eingewickelt in Decken und mit Stofffetzen über Mund und Nase, um den Gestank abzuhalten, während die Kräftigsten an Deck den Elementen trotzten.

Nachdem sie sich einen Weg durch die Menschenmassen gebahnt hatten, verließen sie Lissabon auf der Ladefläche des Lastwagens von Attos Bruder. Fünfzig Freunde und Familienangehörige drängten sich dort zusammen und hatten Glück, dass der Bruder am Stadtrand wohnte, wo manche Straßen noch befahrbar waren. Immer wieder mussten sie Panzern und Mannschaftstransportern ausweichen, die auf dem Weg ins Stadtzentrum waren. Liza und ihre Familie waren die einzigen Ausländer in der Gruppe, in der sich alle kannten und ausschließlich Portugiesisch sprachen.

Es gab nur ein Gesprächsthema: die Anweisungen der außerirdischen Invasionsmacht. Sie hatten die Kontrolle über alle Fernseher, Radios, Computer und Handys übernommen und sendeten in einer Endlosschleife immer wieder dieselbe Nachricht: Die Menschheit hatte dreißig Tage Zeit, sich auf den Kontinent Antarktika zu begeben. Was mit denjenigen passieren würde, die es nicht rechtzeitig schafften, blieb unklar. Es wurden keine Drohungen ausgesprochen und keine Konsequenzen genannt. Es grenzte an Magie, aber die Anweisungen wurden stets in der Muttersprache desjenigen gesprochen, der das Gerät in der Hand hielt, und waren mit Dokumentarbildern der Antarktis untermalt. Die Leute im Lastwagen debattierten und versuchten, sich einen Reim darauf zu machen.

»Kann man es in dreißig Tagen überhaupt bis dorthin schaffen?«

»Ja, aber es gibt nicht genug Flugzeuge und Boote für alle, nicht annähernd genug.«

»Im Winter landen keine Flugzeuge in der Antarktis.«

»Diesen Winter schon.«

»Selbst wenn wir es schaffen, dort ist es jetzt stockdunkel und eiskalt.«

»Der Ort, an den wir uns in Sicherheit bringen sollen, ist ausgerechnet der gefährlichste auf der ganzen Erde.«

»Der einzige Ort, an dem wir nicht überleben können.«

»Warum bringen sie uns nicht gleich alle um? Das geht wenigstens schneller.«

Zögerlich, inmitten all der Einheimischen Englisch zu sprechen, fragte Liza ihre Eltern im Flüsterton, was sie von den Anweisungen hielten. Seit der Bekanntmachung waren die beiden ungewöhnlich ruhig, sie starrten auf ihre Telefone und schauten sich die Nachricht immer wieder an, als gäbe es ein Rätsel zu lösen. Als die Aussicht auf eine Rückkehr nach Hause sie noch motiviert hatte, hatten sie höchst effizient gehandelt. Aber jetzt, wo diese Rückkehr unmöglich war, dachten sie nur hilflos darüber nach, wie viel sie verloren hatten. Sie würden nie wieder in ihre Vierzimmerwohnung mit der Terrasse, auf der sie im Sommer immer frühstückten, an der New Yorker Upper West Side zurückkehren. Sie würden ihren Golden Retriever nie wieder aus dem Hundehotel abholen, in das sie ihn bei jedem Urlaub gaben. Sie würden nie wieder im Central Park joggen gehen oder mit ihren Freunden brunchen. In einer einzigen Sekunde hatten sie ihr Land, ihr Zuhause und ihre Zukunft verloren – der Verlust war so groß, dass sie sich außerstande sahen, sich darauf einzustellen. Emma orientierte sich ausschließlich an ihren Eltern und weinte von Zeit zu Zeit. Nur Liza schien in der Lage, sich anzupassen, und konzentrierte sich voll und ganz auf ihr neues Ziel, denn ein anderes gab es nicht mehr. Die einzige andere Möglichkeit war zu verzweifeln und das kam für Liza nicht infrage. *Sie* würde jetzt die Führung übernehmen. Atto fragte: »Wie geht es deiner Familie?«

»Nicht gut.«

»Wir werden es schon schaffen.«

»Sie denken nur daran, was wir alles verloren haben.«

Als der Lkw in dem malerischen Fischerdorf ankam und die Anlegestelle nicht erreichen konnte, ließen sie ihn mitten auf der Straße stehen und machten sich zu Fuß auf den Weg, alle hielten sich an den Händen und drängten sich zu dem Fischkutter von Attos Familie durch. Das Boot war mit so vielen Menschen beladen, wie es nur tragen konnte, schon weit mehr, als die Sicherheitsbestimmungen zuließen. Als Atto, der jüngste Sohn, an Bord war, ließ sein Vater den Motor an. Das Geräusch verursachte einen Aufruhr im Hafen, immer mehr Menschen versuchten, noch an Bord zu kommen. Die Zeit lief ab, Mütter und Väter baten flehentlich diejenigen, die das Glück gehabt hatten, auf das

Schiff zu kommen, ihre Kinder mitzunehmen. Eine Frau warf ihren kleinen Jungen an Deck. Er landete auf den dicht an dicht stehenden Passagieren und schrie weinend nach seiner Mutter, doch als sie ihn ihr zurückgeben wollten, flehte die Mutter die Leute an Deck an, ihn in Sicherheit zu bringen, und zog sich in die Menge zurück, während sich der Kutter bereits vom Kai entfernte.

Attos Vater schwang sein altes Gewehr, das er für die Kaninchenjagd benutzte, feuerte Warnschüsse ab und beschwor die Menschen auf dem Steg, dass das Schiff bereits überladen war und kentern würde, wenn sie noch mehr Passagiere aufnahmen. Wie schon auf dem Lastwagen waren Liza und ihre Familie die einzigen Amerikaner. Alle anderen stammten aus Lissabon, und es herrschte eine offene Feindseligkeit gegenüber den Ausländern, die kostbaren Platz beanspruchten, der für Freunde oder Verwandte hätte genutzt werden können.

»Wie kommen die überhaupt auf das Schiff?«

Atto brachte die Zweifler zum Schweigen und machte deutlich, dass es ausgeschlossen war, Liza oder ihre Familie zurückzulassen. Der Kutter hinterließ eine Wand aus Menschen auf dem Kai. Einige sprangen und klammerten sich an der Bordwand fest, andere verfehlten sie und fielen ins Wasser. Liza sah zu einem Mann hinunter, der sich an der Reling festhielt, und bot ihm ihre Hand an. Er nahm sie, aber er war so schwer, dass Liza fast über Bord gezogen wurde. Ihr Vater konnte sie gerade noch rechtzeitig an der Taille festhalten. Den Mann verließen die Kräfte, und Liza musste mit ansehen, wie er ins schaumige Wasser stürzte.

Vor der Küste schlossen sie sich einer kleinen Flotte von Fischerbooten an, einer Armada aus Flüchtlingen, die auf eigene Faust den Anweisungen der Aliens folgten, ohne jegliche Unterstützung von der Regierung. Ein hoffnungslos überladener Kutter neigte sich bedrohlich zur Seite. Hilfeschreie ertönten, als das

Boot kenterte und die Passagiere vom Deck ins Wasser stürzten. Die Schreie zerrissen allen das Herz, die sie hörten. Niemand fragte, ob sie helfen konnten, denn alle wussten, dass dies unmöglich war. Die Flottille drehte nach Süden ab, und die Hilferufe wurden leiser.

ATLANTIK

Westafrikanische Küste
Mauretanien
Zwei Wochen später

Liza und ihre Familie gehörten zu den Stärksten und Gesündesten an Bord, sie waren in der Nähe des Bugs an der Reling festgezurrt, damit sie nicht vom Schiff gespült wurden. Nachdem sie tagelange Atlantikstürme überstanden hatten, bei denen drei Personen über Bord gegangen waren, fuhren sie nun durch ruhigere Gewässer vor der Küste Mauretaniens und schützten sich mit improvisierten, bunt gemusterten Überdachungen aus Hemden und Kapuzenpullis vor der sengenden Sonne. Niemand hatte Sonnencreme eingepackt, und es gab noch unzählige andere wichtige Dinge, an denen plötzlich eklatanter Mangel herrschte. Ihnen blieben weniger als sechzehn Tage, um die Antarktis zu erreichen, und sie hatten kaum noch Treibstoff oder Trinkwasser. Der Aufbruch war so hektisch gewesen, dass kaum Zeit für Vorbereitungen geblieben war, und Attos Vater, ein Mann mit einem ausgeprägten Sinn für Menschlichkeit, hatte lieber Passagiere an Bord genommen statt Vorräte, weil er sicher war, unterwegs genug Fische zu fangen und außerdem irgendwo Treibstoff auftreiben zu können.

Seit sich der Sturm gelegt hatte und der Himmel in tropischem Blau erstrahlte, waren auch die Alienschiffe wieder zu sehen. Scheinbar ohne Rücksicht auf Aerodynamik oder physikalische Gesetze schwebten sie mühelos zum äußeren Rand der Erdatmosphäre hinauf und dann wieder herunter, um wenige Hundert Meter über dem Ozean anzuhalten und das Wasser unter ihnen zum Brodeln zu bringen. Es gab keinerlei Anzeichen einer Bedrohung, das Schauspiel wirkte eher wie eine Halluzination als eine Invasion. Mehrere Schiffe verbanden sich zu einem, aber nicht mit dem Krachen und Klirren menschengemachter Maschinen. Mitten in der Luft fügten sie sich zu einem Ganzen zusammen, das nicht mehr geschwungen und glatt war, sondern einer Endlostreppe von M. C. Escher ähnelte, deren Stufen im Nirgendwo endeten – eine riesige optische Täuschung, die sich langsam am Himmel drehte.

Als Atto Liza auf den Treibstoffmangel aufmerksam machte, kletterte sie ans Ende eines Auslegers und suchte mit dem Fernglas die Küste ab wie auf dem Ausguck eines Piratenschiffs. Selbst wenn sie zusätzlichen Treibstoff fänden, würden sie es nicht rechtzeitig in die Antarktis schaffen; ihr Kutter war ein überlastetes Arbeitstier, das die Strecke schlicht nicht innerhalb der Frist zurücklegen konnte.

Die Stimmung unter den Passagieren war von vorübergehender Erleichterung in Nervosität umgeschlagen, dass auch dieses Schiff sie nicht retten konnte und sie auf ein anderes umsteigen mussten. Liza kam vom Ausleger zurück und bahnte sich einen Weg durch die Menschen an Deck. Sie sah Atto im Steuerhaus, wo er sich mit seinem marokkanischstämmigen Vater und seiner portugiesischen Mutter unterhielt. Es war nicht schwer zu erkennen, woher er sein gutes Aussehen hatte. Gleichzeitig war klar, dass er der Außenseiter in der Familie war und anders tickte als seine Eltern – Poesie versus Sachlichkeit.

Als Liza das Steuerhaus betrat, drehten sich alle drei zu ihr um. Sie sprach leise, um die anderen Passagiere nicht zu erschrecken.

»Bis zur Antarktischen Halbinsel sind es noch vierzehntausend Kilometer. Die Höchstgeschwindigkeit dieses Kutters beträgt acht Knoten, das sind knapp fünfzehn Kilometer pro Stunde, 360 Kilometer am Tag. Wir würden vierzig Tage brauchen, um die Spitze der Halbinsel zu erreichen, selbst wenn wir genug Treibstoff hätten. Wir müssen dieses Schiff verlassen und auf ein schnelleres umsteigen.«

Atto brauchte nicht zu übersetzen, sein Vater war zu demselben Schluss gekommen, bevor sie überhaupt in See stachen. Er hatte gehofft, dass sie von einem Schiff aufgenommen würden, dessen Besatzung ihnen wohlgesinnt war, vielleicht von einer Mission der Vereinten Nationen. Aber es schien niemanden zu geben, der gewöhnlichen Menschen half. Für sie gab es keine Hilfe. Die Regierungsschiffe nahmen keine Passagiere auf und fuhren weiter. Atto hatte sich daran gewöhnt, dass Liza nie auf ein Problem hinwies, wenn sie nicht auch schon eine Lösung im Sinn hatte, und fragte: »Was schlägst du vor?«

»Vor der Küste ankert ein Supertanker. Soweit ich sehen konnte, befindet er sich auf einer humanitären Mission. Sie nehmen Passagiere an Bord, Tausende und Abertausende. Schau selbst.«

Atto nahm das Fernglas und begutachtete das Schiff. »Wie schnell kann so ein Koloss fahren?« Die Frage war an seinen Vater gerichtet.

»Ungefähr vierundzwanzig Knoten.«

Liza hörte die Zahl und rechnete. »Schafft der Tanker es rechtzeitig zur Antarktischen Halbinsel?«

»Ja, das wäre möglich.«

»Seht euch an, wie groß das Ding ist. An Deck ist bestimmt noch Platz für uns.«

Atto war sich da nicht so sicher. »Warum sollten sie uns mitnehmen? Sie müssen die Bevölkerung eines ganzen Landes retten.«

Liza dachte über seine Worte nach. Atto hatte recht. Die Crew dieses Tankers schuldete ihnen gar nichts, und als sie selbst noch ein Leihauto mit viel Platz gehabt hatten, hatten sie auch niemandem geholfen, nur sich selbst.

»Dann sorgen wir eben dafür, dass wir für sie von Nutzen sind.«

»Wir sind ein Fischkutter ohne Proviant und ohne Treibstoff. Wie soll das gehen?«

WESTAFRIKANISCHE KÜSTE

Mauretanien
Zweiunddreißig Kilometer
westlich von Nouakchott
Gleicher Tag

Als selbst ernannter Kapitän des gekaperten Supertankers
stand Bedri an Deck und überwachte die letzten Schritte des Um-
baus vom Rohöl- zum Personentransporter. Das 370 Meter lange
Schiff, das einer holländischen Reederei gehörte, war in einer süd-
koreanischen Werft gebaut worden, um drei Millionen Barrel
saudischen Öls zu transportieren. Es gehörte zu den größten
Fahrzeugen des Planeten und war ein Zwerg im Vergleich zu den
Alienschiffen am Himmel. Bedri hatte vor, damit zur Antarktischen Halbinsel zu fahren, dem freundlichsten Teil des unwirtlichen Kontinents. Er wollte versuchen, vor Ablauf der Frist die
nördlichste Spitze zu erreichen und so einer Million seiner Landsleute das Leben zu retten. Die Zahl war aus der Luft gegriffen,
denn Bedri hatte keine Ahnung, wie viele Menschen ein umge-
bauter Supertanker transportieren konnte. Fairerweise muss man
sagen, dass diese Frage auch noch nie gestellt worden war. Der
Tanker hatte eine Maximalzuladung von sechshunderttausend
Tonnen, doch Menschen waren ein empfindliches Frachtgut: Sie
brauchten Platz, Wasser, Luft und Nahrung. Trotz seiner enormen Größe hatte das Schiff nur Quartiere für vierzig Mann, die
sich in dem rechteckigen Kontrollturm am Heck befanden. Das
ganze Fahrzeug war so konzipiert, dass es von einer möglichst

kleinen Besatzung bedient werden konnte, um Kosten zu sparen. Es gab nur zwanzig Toiletten, zehn Duschen, eine Kantine, einen kleinen Fitnessraum und einen Erholungsraum. Selbst wenn sie alles Überflüssige wie Hometrainer und Fernseher über Bord warfen und jeden Korridor und jede Treppe mit Passagieren vollstopften, konnten sie kaum mehr als zwanzigtausend Leute im Kontrollturm unterbringen. Das weitläufige Oberdeck ließ sich in ein mobiles Flüchtlingslager mit Platz für vielleicht hunderttausend Menschen umwandeln. Davon, einer Million Menschen eine sichere Überfahrt zu ermöglichen, war Bedri dennoch meilenweit entfernt. Um diese Zahl zu erreichen, musste er ein mittelgroßes Wunder vollbringen und den für Öl vorgesehenen Stahlbauch des Schiffes in einen Raum verwandeln, in dem Menschen überleben konnten. Wenn das gelang, würde er mit einer einzigen Schiffsreise mehr Menschenleben retten als irgendjemand zuvor in der Geschichte der Menschheit. Sollte er scheitern, wäre es die schlimmste Schiffskatastrophe aller Zeiten.

Bedri war vierunddreißig Jahre alt, als Sohn eines prominenten Politikers wurde er in ein privilegiertes Leben hineingeboren. Sein Vater hatte seit dem Militärputsch einen Kabinettsposten im Parlament von Nouakchott inne. Von klein auf wusste Bedri, dass sein Vater korrupt war; er hatte nie einen Hehl daraus gemacht und seinem Sohn erklärt, so sei die Welt nun mal. Bedri war unter einem Vater aufgewachsen, der genauso zu verschwenderischer Großzügigkeit neigte wie zu Gewaltausbrüchen, und er hatte sich seine ganze Kindheit lang gefragt, warum dieser Mann weder Interesse daran hatte, sein eigenes Heim zu einem Ort der Liebe zu machen, noch daran, die Lage in seinem Heimatland zu verbessern. Nach einer teuren Ausbildung in Schweizer Internaten kehrte Bedri nach Nouakchott zurück, verließ sein Elternhaus und gründete seine eigene Partei. Für ihn war Piraterie politisch – ein Protest gegen die ausländischen Schiffe, die ihren Fisch stahlen und an ihrer unbewachten Küste tödliche Chemikalien verklappten. Eine Form der Vergeltung an einem globalen Handelssystem, das seine Heimat plünderte und lediglich einen symbolischen Betrag für die Ausbeutung der Ressourcen Kupfer, Gips und Phosphat bezahlte. Nach dem Vorbild der radikalen südamerikanischen Kommunisten der Vergangenheit hatte Bedri vorgerechnet, wie sich mit der Kaperung eines einzigen Supertankers das nötige Geld beschaffen ließe, um die Regierung zu stürzen. Er wollte das Schiff für viele Millionen Dollar an den Konzern zurückverkaufen, mit dem Geld seine neue sozialistische Partei finanzieren und der Korruption ein Ende machen. Aber die Piraterie war in seinem Land genauso in Verruf geraten wie die Politik. Es war so viel von dem erpressten Geld für Prostituierte und die Droge Khat vergeudet worden, dass die Vorstellung, Piraterie könne ein Motor des Guten werden, geradezu lächerlich erschien. Als der Vater von den Umtrieben seines Sohnes erfuhr, verstieß er ihn, und kurz darauf wurde ein Kopfgeld auf Bedri ausgesetzt. Bekannte Piraten wurden gejagt und getötet, manchmal war es als Kneipenschlägerei inszeniert, andere verschwanden auf See. Bedri war seit Monaten auf der Flucht gewesen und hatte nur darauf gewartet, dass das Mordkommando ihn aufspürte, als die Welt aus den Fugen geriet und die Alieninvasion ihm die Chance bot, der Mann zu sein, von dem er immer geträumt hatte: eine Vaterfigur für das Land, das er liebte.

Den Supertanker hatten sie gekapert, als er gerade auf dem Weg in die Antarktis war. Der Kapitän hatte keine zusätzlichen Passagiere aufgenommen und wollte das riesige Schiff benutzen, um lediglich seine vierzig Besatzungsmitglieder zu retten – eine Ungeheuerlichkeit, ein Verbrechen gegen die Menschlichkeit, denn Transportmittel waren nun das kostbarste Gut überhaupt. Wahrscheinlich hatte die größtenteils westliche Besatzung argumentiert, dass jeder Versuch, Passagiere aufzunehmen, zu einer Massenpanik geführt hätte und sie die Kontrolle über das Schiff verloren hätten. Vielleicht hatten sie auch gedacht, dass sie nur an der afrikanischen Küste Passagiere aufnehmen konnten, wenn sie es noch rechtzeitig zu ihrem Ziel schaffen wollten, und waren wenig motiviert gewesen, Menschen von dort zu retten. Viele von Bedris Landsleuten wollten die Besatzung über Bord werfen. Er entgegnete, dass sie sich diese Art von alttestamentarischer Gerechtigkeit nicht leisten konnten – die Besatzung kannte das Schiff besser als jeder andere und konnte bei den Umbauten helfen. Sie brauchten diese Leute. Von nun an, so argumentierte er, sollte nur noch eines ihre Entscheidungen bestimmen: nicht Hass oder Rache, sondern die Rettung möglichst vieler Menschenleben.

Da der Tanker leer war, als sie ihn kaperten, brauchten sie keine drei Millionen Barrel Rohöl in den Ozean abzulassen. Damit erledigte sich auch die Frage, ob die außerirdische Besatzungsmacht – die neuen Besitzer des Planeten – den umweltzerstörerischen Akt in irgendeiner Form bestraft hätten. Als Bedri den höhlenartigen Bauch des Schiffes betrat, staunte er über die schieren Ausmaße. Es war der größte von Menschenhand geschaffene Raum, den er je gesehen hatte: zwanzig Meter hoch, sechzehn Meter breit und dreihundert Meter lang. Mit Baumwolltüchern um den Mund gewickelt, damit sie möglichst wenige giftige Dämpfe einatmeten, überlegten er und seine Leute, wie sie diesen Raum bewohnbar machen könnten. Der erste Schritt bestand darin, die Tanks mit Meerwasser zu spülen, bis alle Ölreste herausgewaschen waren. Dann machten sie sich daran, die Belüftung zu verbessern, und schnitten Luftlöcher in das Hauptdeck. Es gab nur zwei hohe, schmale Leitern, die in den Tank hinunterführten, und keinerlei Wohnmöglichkeiten. Tausende von Plastikeimern, die vom Festland herangeschafft worden waren, dienten als Toiletten, die dann über ein Seilzugsystem an Deck gehievt und über Bord entleert werden mussten.

Viele seiner Mitstreiter waren der Meinung, dass Bedri schon genug getan hatte. Sie hatten eine Transportmöglichkeit für etwa zweihunderttausend Menschen geschaffen, die von ihrer Regierung genauso im Stich gelassen worden waren wie von der internationalen Gemeinschaft. Eine Million Menschenleben zu retten sei unmöglich, sagten sie. Ihre Einstellung machte Bedri wütend. Er weigerte sich, diese Zahl zu akzeptieren. Sein Antrieb war nicht Eitelkeit oder sein jugendliches Ego – es ging ihm um das Überleben ganzer Dörfer, Familien, Generationen. Einer seiner engsten Freunde fragte verärgert: »Was sollen wir denn noch alles tun?«

Bedri schaute nach oben und deutete auf die gähnende Leere unter der Decke. »Sieh dir doch all diesen Platz an!«

Seine Mitstreiter waren ihm treu ergeben, aber sie verstanden ihn einfach nicht. Sie hatten keine Zeit, neue Decks zu bauen.

Bedri schüttelte den Kopf. »Keine Decks, Hängematten! Wir spannen Seile von einer Seite des Rumpfs zur anderen, fünfzehn Stockwerke hoch, einen Meter Abstand dazwischen, vom Bug bis zum Heck – wie Wäscheleinen, nur dass wir Hängematten dranhängen statt Wäsche.«

Er lief den Schiffsbauch der Länge und Breite nach ab und zählte. »Eins, zwei, drei, vier, fünf, sechs, sieben, acht, neun, zehn, elf – elf Hängematten pro Seil.«

»Wer kann sich da reinlegen?«

»Leute, die stark genug sind, um an Seilen raufzuklettern.«

»Wie sollen wir das anstellen?«

»Wir brauchen Seil, kilometerweise! Wenn wir nicht genug Seil haben, benutzen wir Tücher, Fahnen, irgendwas. Aber wir sind hier noch nicht fertig. Jede Hängematte ist ein Menschenleben.«

Im ganzen Land besorgte die Besatzung Taue, Stoffe, Tuch – alles, was fest genug war, damit ein Heer von Arbeitern es auf dem Oberdeck zu Seilen und Hängematten verarbeiten konnte. Fünfzehn Tage später war der Laderaum des Tankers von einem mit Bolzen an den Rumpfwänden befestigten Netz durchzogen, als würde eine Riesenspinne dort hausen. Etwa zehntausend Hängematten hingen dort, und Bedri akzeptierte erschöpft, dass er nicht mehr tun konnte; wenn sie es rechtzeitig schaffen wollten, mussten sie noch heute aufbrechen. Die letzten Passagiere kamen an Bord, zuerst füllten sie den Boden des Rumpfs, dann die Hängematten darüber. Die Auswahl wurde genauso fair wie rücksichtslos getroffen: Es waren keine Männer oder Frauen über fünfundvierzig Jahren zugelassen, keine Kinder unter vierzehn, keine Kranken oder Gebrechlichen, denn selbst wenn sie die Reise überstanden, würde spätestens das Leben in der extremen Kälte ihnen den Rest geben. Wenn sie ihr Ziel erreichten, brauchten sie eine Bevölkerung, die stark genug war, um sich unverzüglich an die Arbeit zu machen. Mütter und Väter, die sich weigerten, ihre kleinen Kinder zurückzulassen, durften ebenfalls nicht an Bord. Viele ältere Männer führten ins Feld, welch wichtige Persönlichkeit sie seien und dass für sie eine Ausnahme gemacht werden müsse, doch Bedri blieb standhaft. Es gab keine Ausnahmen. Er blieb absolut unbestechlich.

Von einem fast schon religiösen Eifer durchdrungen, schritt er wie ein Prophet durch die vielen Tausend Menschen, die zusammengepfercht auf dem roten Stahldeck kauerten. Die Knie hatten sie sich unters Kinn gepresst und die Schienbeine gegen den Rücken des Passagiers vor ihnen, ein wirklich bemerkenswerter Anblick. Die Menschenmenge war so dicht, dass kein Fleck des leuchtenden Rots darunter zu sehen war. Jeder musste sich ein Stück zur Seite neigen, damit Bedri überhaupt den Fuß aufsetzen konnte. Er ging auf den Zehenspitzen, stützte sich mit der Hand auf den Schultern der Flüchtlinge ab und redete mit jeder Familie, hieß sie auf seinem Schiff willkommen und versprach, sie in

Sicherheit zu bringen. Die einzigen schattigen Fleckchen an Deck gab es unter den Rohren, unter denen nur einige Glückliche Platz gefunden hatten. Die weniger Glücklichen saßen darüber und versuchten, nicht abzurutschen. Zum Glück lag das Deck zwanzig Meter über dem Wasserspiegel, weshalb Bedri glaubte, dass die überwältigende Mehrheit selbst einen Sturm überleben würde. Als alles bereit zum Auslaufen war, rief eine Stimme: »Bedri! Hier ist ein Passagier für dich.«

»Wir sind voll. Es gibt keinen Platz mehr.«

»Es ist dein Vater.«

Bedris Vater trug seine Militäruniform mit dem grünen Revers und den unverdienten Auszeichnungen – zweifellos in der Überlegung, dass sie ihm in dieser Krise einen Vorteil verschaffen würde, da er darin aussah wie jemand, der etwas zu sagen hatte. Er blickte auf das mit Flüchtlingen überfüllte Deck, als hätte er selbst einen Anteil zu dieser humanitären Glanzleistung geleistet.

»Ich bin stolz auf dich.«

»Warum bist du nicht auf einem der Evakuierungsflüge der Regierung?«

Einen Moment lang wirkte sein Vater verletzt, verstoßen von genau den Leuten, denen er sein ganzes Leben lang zu gefallen versucht hatte. Wie niederschmetternd musste das für ihn gewesen sein: Der innere Kreis, bei dem er sich stets eingeschmeichelt hatte, hatte ihn ausgeschlossen. Wahrscheinlich hatte es nur sehr wenige Flüge gegeben. Der internationale Flughafen Nouakchott-Oumtounsy, nördlich der Hauptstadt, wurde lediglich von einer Handvoll Fluggesellschaften wie Air Algerie, Air France und Royal Air Maroc angeflogen. Die nationale Fluggesellschaft Mauritania Air verfügte über nur sechs kleine Boeing- und Embraer-Maschinen, die jeweils etwa einhundertsechzig Passagiere befördern konnten.

»Du hast es nicht in die Auswahl geschafft?«

»Falls es dich tröstet: Die alten Koranhandschriften aus den Bibliotheken von Chinguetti wurden gerettet.«

»Und wie viele Menschen?«

»Dreitausend.«

»In einem Land mit fünf Millionen Einwohnern hat unsere Regierung nur dreitausend gerettet?«

Sein Vater ging an den Rand des Decks und zeigte nach unten. Bedri stellte sich neben ihn und sah ein Motorboot, in dem hauptsächlich Politiker saßen, aber auch ein paar prominente Akademiker und Wissenschaftler, die sein Vater zweifellos als wohlkalkuliertes Druckmittel einsetzte, damit Bedri auch die anderen mitnehmen würde.

»Das sind einige der besten Wissenschaftler, Ingenieure und Architekten unseres Landes. Wir werden neue Führungskräfte brauchen, wenn wir in der Antarktis sind. Wir werden eine Welt aus dem Nichts aufbauen.«

»Das Schiff ist voll, Papa. Es gibt keinen Platz für dich und deine Freunde.«

»Wir brauchen keine Kabine. Wir können überall schlafen.«

»Du hörst mir nicht zu. Das Schiff ist voll. Es gibt keinen Platz.«

»Du wirst doch wohl eine Kabine an Bord haben?«

»Jeder hier wurde nach strengen Regeln ausgewählt.«

»Und die wären?«

»Keine Vetternwirtschaft. Keine Bestechung. Keiner über fünfundvierzig.«

»Du nimmst diese Bidhan mit, aber nicht meine Ingenieure?«

»Wen sollte ich deiner Meinung nach von Bord schicken?«

»Diese Bauern und Bettler!«

»Der Einzige, der hier bettelt, bist du.«

»Hast du den Verstand verloren? Was sollen diese Leute tun, wenn ihr in der Antarktis seid? Sie haben noch nie ihr Dorf verlassen.«

»Selbst wenn wir noch Platz hätten, hätten wir bestimmt keinen für Leute wie dich und deine Freunde.«

»Was soll das heißen?«

»Wir werden eine neue Welt erschaffen, eine, die fair und gerecht ist.«

Sein Vater zündete sich eine Zigarette an und dachte über diese neue Entwicklung nach. Obwohl er erst vor Kurzem den Befehl gegeben hatte, Bedri zu jagen und zu töten, schien er überrascht.

»Mein Sohn, du bist immer noch ein Träumer. Wie sieht dein Traum diesmal aus? In der Antarktis eine neue Gesellschaft aufbauen? In Schnee und ewigem Eis? Glaubst du, das Leben dort unten wird gerechter sein? Mein Sohn, die Existenz dort wird härter als alles, was wir bisher erlebt haben. Ihr braucht Leute wie mich. Menschen wie du werden nicht überleben. Ihr seid weich im Herzen und weich im Kopf. Du hast gut daran getan, so viele Menschen zu retten. Aber wenn wir ankommen, werdet ihr Männer wie mich brauchen.«

»Das hier sind nicht deine Leute. Du bist nicht ihr Anführer. Und das ist nicht dein Schiff.«

Bedri drehte sich zu den Menschen an Deck um, den Tausenden, die ihn beobachteten und abwarteten, ob er vor seinem Vater einknicken oder standhaft bleiben würde. Es war der erste Test für seine neue Gesellschaftsordnung. Er nickte seiner Besatzung zu, woraufhin mehrere Männer vortraten, seinen Vater an den Armen packten, hochhoben und über die Reling hielten. Bedris Vater spuckte aufs Deck – ein Ausdruck dafür, was er von diesem Schiff hielt und allem, wofür es stand.

»Diese Leute haben keine Chance.«

Bedri sah nicht weg, als sein Vater über Bord geworfen wurde.

WESTAFRIKANISCHE KÜSTE

Mauretanien
Fünfundzwanzig Kilometer
westlich von Nouakchott
Gleicher Tag

Da sie nicht einfach an den Tanker heranfahren und um Aufnahme bitten konnten, hatten Liza und Atto einen Plan ausgearbeitet. Der Tanker hatte drei Schornsteine, den höchsten an der Vorderseite und zwei schmalere in Richtung des Kontrollturms, die zum Ablassen der Gase aus dem Laderaum dienten. Diese Masten waren noch frei. Ihr Fischkutter hatte zwar wenig zu bieten, aber sie hatten mehrere Kilometer stabiler Fischernetze an Bord. Ihre Idee war, mithilfe dieser Netze aufblasbare Rettungsboote an den Masten aufzuhängen – wie Obstsäcke, nur mit Menschen gefüllt. Das wäre unbequem, vielleicht sogar entwürdigend für die Betroffenen, aber es würde Platz für zusätzliche Passagiere schaffen, und das zusätzliche Gewicht wäre für ein Schiff dieser Größe unerheblich.

Atto steuerte den Kutter an den Tanker heran, kletterte auf das Dach des Steuerhauses und feuerte eine Leuchtrakete ab, um die Aufmerksamkeit der Besatzung zu erregen. Sogleich kamen Menschen an die Reling. Zahlreiche Gesichter blickten auf die unglücklichen Flüchtlinge in ihrem winzigen Fischerboot hinunter. Atto, der dank seiner Arbeit in der Tourismusbranche mehrsprachig war, versuchte es auf Französisch, Spanisch und Englisch. Nach einiger Aufregung erschien ein gut aussehender Mann, offenbar der Kapitän des Tankers, und antwortete in Internats-englisch: »Wir sind voll. Es gibt keinen Platz mehr.«

Atto war auf die Abfuhr gefasst und unterbreitete sein Angebot.

»Wir werden euch keinen Platz wegnehmen, sondern welchen für Hunderte von zusätzlichen Passagieren schaffen.«

»Jeder freie Quadratzentimeter ist belegt. Wie soll das gehen?«

»Wir haben Fischernetze.«

»Und?«

»Damit könnten wir aufblasbare Boote und Rettungsinseln an den Masten des Tankers aufhängen. Dann wären wir über dem Deck. Und im Moment sind die Masten ohnehin ungenutzt.«

»Rettungsboote voller Menschen? An den Masten aufgehängt?«

»Ich weiß, es klingt verrückt, aber es könnte funktionieren.«

Der Kapitän verschwand.

Atto nahm Lizas Hand und wartete, ob er zurückkommen würde. Als er es tat, war sein Auftreten verändert. Er war weit weniger brüsk.

»Mein Name ist Bedri, ich bin der Kapitän dieses Schiffs.«

»Ich heiße Atto. Und das ist Liza.«

»An den Masten aufgehängte Rettungsboote sind eine interessante Idee. Wie viele habt ihr?«

»Wir könnten alle Menschen auf diesem Kutter darin unterbringen. Und Hunderte mehr.«

Bedri machte einen Gegenvorschlag. »Für zwei meiner Landsleute, die ihr rettet, könnt ihr eine Person von eurem Schiff mitnehmen. Wir legen bei Sonnenuntergang ab. Hängt eure Netze auf.«

Liza war unendlich stolz, dass sich Attos Vertrauen in sie bezahlt gemacht hatte. Sie wollte ihn gerade umarmen, da rief Bedri zu ihnen herunter: »Die Regeln für die Aufnahme bleiben dieselben: niemand über fünfundvierzig, niemand unter vierzehn, niemand, der krank oder gebrechlich ist. Es hat keinen Sinn, die Schwachen mitzunehmen. Wir fahren an den unwirtlichsten Ort der Erde, nur die Stärksten werden dort überleben. Diese Regeln gelten für alle, es gibt keine Ausnahmen.«

Von einem Augenblick auf den anderen schlug Lizas Hochgefühl ins Gegenteil um. Die Hälfte der Menschen auf dem Kutter würde nicht an Bord gelassen werden, darunter auch ihre Eltern. Sie zurückzulassen kam nicht infrage. Sie sah Atto an und erwartete, dass er genauso dachte wie sie – dass sie entweder alle retten würden oder keinen.

Seine Stimme klang unsicher. »Du solltest mit deinen Eltern reden. Ich rede mit meinen.«

»Ich lasse sie nicht zurück.«

»Dieser Tanker kann uns in Sicherheit bringen. Der Kutter nicht.«

»Ich lasse sie nicht zurück.«

»Rede mit ihnen. Warte, was sie sagen.«

»Sie werden dasselbe sagen.«

»Ich wäre mir da nicht so sicher.«

Liza kletterte vom Dach des Steuerhauses herunter und stolperte von Hitze und Enttäuschung wie betäubt über das überfüllte Deck, stützte sich auf den Schultern ihrer Mitreisenden ab, bis sie bei ihren Eltern und ihrer Schwester war. Sie hatte alles versucht, war so voller Hoffnung gewesen, und jetzt konnte sie kaum sprechen. Aber das brauchte sie gar nicht.

Ihre Mutter nahm ihre Hände. »Wir sind so stolz auf dich.«

»Worauf denn? Ich habe versagt. Er lässt uns nicht an Bord.«

»Ältere Passagiere lässt er nicht an Bord. Aber dich und deine Schwester schon.«

»Nein, wir bleiben zusammen. Wir haben es uns versprochen, denn wir sind eine Familie, das ist alles, was zählt. Wir bleiben zusammen, egal was passiert, das war schon die ganze Zeit so.«

»Der Kutter hat keinen Treibstoff mehr. Wir werden an Land gehen, ohne Wasser und ohne Essen, Tausende Kilometer von unserem Zielort entfernt, um uns dort wie unzählige andere ein neues Schiff zu suchen. Das soll nicht heißen, dass es hoffnungslos wäre, denn niemand weiß, was noch alles passieren wird. Aber dieser Öltanker kann dich und Emma retten.«

»Wir werden schon was anderes finden. Wir finden gemeinsam eine Lösung.«

Ihre Mutter küsste sie auf die Wange. »Liza, eines habe ich in meinem Leben gelernt: Wenn sich dir eine Chance bietet, musst du sie nutzen, denn es könnte sein, dass es keine zweite mehr gibt. Im Moment haben wir kein anderes Transportmittel, und die Zeit läuft uns davon. Aber du und Emma, ihr habt eine Chance. Eine gute sogar. Dieser Tanker wird es schaffen. Er hat genug Treibstoff, und er ist schnell genug. Er kann euch in Sicherheit bringen. Du gehst an Bord dieses Schiffes und nimmst deine Schwester mit. Glaub mir, alle anderen Familien auf diesem Kutter werden es genauso machen.«

Ihr Vater war der gleichen Meinung. »Deine Mutter hat recht. Wir können nichts mehr für dich tun, wir können dich nicht beschützen, und wir haben keinen Plan B. Wir haben immer das getan, was das Beste für dich war, und im Moment ist es das Beste für dich, wenn wir uns trennen.«

Seine Stimme brach, und Emma fing an zu weinen. »Nein, nein, bitte, ich will, dass wir zusammenbleiben.«

»Und aufgeben? Niemals.«

»Zusammenbleiben ist nicht das Gleiche wie aufgeben. Wir finden einen anderen Weg.«

Liza merkte, wie ihre Eltern mit sich kämpften. Sie schauten hinauf zu dem riesigen Öltanker und sahen Sicherheit, die sie ihr nicht bieten konnten.

»Ich würde es mir nie verzeihen, wenn ich euch diese Chance verwehre.«

Liza war nicht überzeugt.

»Wenn du wirklich glauben würdest, dass ihr einen anderen Weg findet, würden wir zusammenbleiben. Du lässt uns nur auf diesen Tanker, weil du glaubst, dass ihr es nicht schaffen werdet.«

»Da ist was dran. Es gibt zwar immer eine Chance, aber im Moment ist keine in Sicht. Ich kann sie mir nicht mal vorstellen. Aber ich kann sehen, dass dies *eure* Chance ist zu überleben, und ihr müsst sie ergreifen.«

Alle Familien auf dem Kutter führten ähnliche Gespräche. Ehefrauen wurden von ihren Männern getrennt, die bereits zu alt waren. Familien wurden auseinandergerissen, einige Mitglieder wurden gerettet, andere zurückgelassen.

Liza schüttelte den Kopf. »Ich gehe nicht.«

Ihr Vater küsste sie auf die Stirn und sagte: »Wir lieben dich sehr.«

»Ihr habt es versprochen.«

»Wir haben versprochen, das Beste für dich zu tun, egal was passiert. Dieses Versprechen steht an oberster Stelle. Wenn du einmal selbst Kinder hast, wirst du uns verstehen.«

Ihre Mutter versuchte, nicht zu weinen, und fügte hinzu: »Wir treffen uns dort.«

ATLANTIK

Äquator
Nächster Tag

Zutiefst betrübt über die Trennung von ihren Eltern, war Emma irgendwann vor schierer Erschöpfung auf Lizas Schoß eingeschlafen. Sie befanden sich in einer Rettungsinsel, die über dem Deck des Öltankers baumelte wie eine Netzfalle in einem Dschungel aus Menschen. Liza saß Rücken an Rücken mit Atto, denn eine andere Stütze gab es nicht, und zum Hinlegen war nicht genug Platz. Viele Stunden nachdem sie sich von ihren Familien verabschiedet hatten, spürte sie die Erschütterungen in Attos Körper, als er weinte. Erst jetzt wurde ihm seine Trauer bewusst. Nachdem sie Lissabon verlassen hatten, waren alle, die ihm wichtig waren, auf dem Fischkutter versammelt gewesen, viele seiner Freunde und seine ganze Familie. Es war das erste Mal, dass er echten Verlust erlebte. Einer seiner Brüder war zwar mit an Bord, in einer anderen dieser seltsamen schwebenden Konstruktionen, aber seine Eltern waren zu alt und durften nicht mitkommen. Sie waren zusammen mit Lizas Eltern auf dem Kutter geblieben, als der Tanker in See stach. Da sie ihn nicht umarmen oder trösten konnte, sagte Liza nichts, und hielt einfach seine Hand, während er weinte.

Sie lehnte ihren Kopf an Attos Schulter, schaute in den Nachthimmel, der mit Tausenden Sternen gesprenkelt war, bis auf eine Stelle, einen dunklen Fleck, an dem ein Alienschiff den Himmel versperrte, und grübelte: »Als die Polynesier die Inseln Henderson und Lisianski erforscht haben, Inseln, auf die noch nie ein

Mensch den Fuß gesetzt hatte, verschwanden innerhalb weniger Jahre zweitausend Vogelarten, die jahrtausendelang dort gelebt hatten. Auf Guam rottete die Braune Nachtbaumnatter, die mit Frachtschiffen eingeschleppt wurde, innerhalb eines Jahrzehnts alle einheimischen Landvögel aus – die Guamkrähe, den mikronesischen Star, den Eisvogel, den Guam-Fliegenschnäpper und die Jungferntaube.«

»Woher weißt du das alles?«

»Ich lese viel. Ich bin nicht sehr gesellig und habe mich unter Leuten nie wirklich wohlgefühlt. Bücher waren mir lieber.«

»Denkst du, dass wir jemals die Chance haben werden, wieder ein Buch zu lesen?«

»Wenn wir überleben, schon.«

»Du glaubst doch, dass wir es schaffen können, oder?«

»Wir werden es schaffen. Ich habe es meinen Eltern versprochen.«

Irgendwann schliefen sie ein, Rücken an Rücken.

Am nächsten Morgen, irgendwo mitten im Atlantik, sahen sie bei Sonnenaufgang das Ausmaß der Armada, die nach Süden unterwegs war. Es mussten tausendmal so viele Schiffe sein wie damals in Dünkirchen: französische und amerikanische Flugzeugträger, niederländische Frachter, britische Zerstörer und norwegische Kreuzfahrtschiffe. Als der tropische Regen einsetzte, sagte Atto, dass sie so viel wie möglich davon trinken sollten, denn Süßwasser war knapp. Also saßen sie mit aufgerissenen Mündern da wie frisch geschlüpfte Küken, die darauf warteten, gefüttert zu werden, und fingen die Tropfen auf. Eine Zeit lang war es lustig, bis der Regen aufhörte und sie zu frösteln begannen. Dabei war es nicht einmal annähernd so kalt, wie es schon bald werden würde.

DRAKESTRASSE

Antarktische Halbinsel
4. September
Noch elf Stunden

Als der Supertanker seine elftausend Kilometer lange Reise nach Süden hinter sich gebracht hatte, staute sich der Schiffsverkehr in der Drakestraße, die wegen ihrer von der zirkumpolaren Meeresströmung und siebzig Knoten schnellen Winden aufgepeitschten, dreißig Meter hohen Wellen gefürchtet war. Die Küste hatte sich in das wässrige Pendant der Autobahnen von Los Angeles verwandelt. Stahlrümpfe schlugen gegeneinander wie riesige Zimbeln, wieder und wieder, kleinere Schiffe wurden eingeklemmt und konnten nirgendwo hin, bis ihre Rümpfe schließlich barsten und sie mit erschreckender Geschwindigkeit sanken. In dem vergeblichen Versuch, so viele Leben wie möglich zu retten, wurden von den benachbarten Schiffen Taue herabgeworfen, während die Boote vom Wasser verschluckt wurden, das so kalt war, dass kein Mensch länger als ein paar Sekunden überleben konnte. Es war ein Anblick entsetzlicher Not – hätte Liza nicht wochenlang bei einem Notarzt in der Nachtschicht hospitiert, wäre es ihr vielleicht wie all den anderen ergangen, die sich wegdrehen und die Augen zuhalten mussten. Liza hingegen konnte nicht wegschauen, denn jeder Teil dieses nie gekannten Schauspiels war voller Tragik und Triumph.

Es blieben nur noch elf Stunden, um die Antarktis zu erreichen, bevor die von den Aliens gesetzte Frist ablief. Niemand wusste, was passieren würde, wenn das Ultimatum verstrich – wenn sie es nicht rechtzeitig auf den Kontinent schafften. Noch wussten sie nicht, wo genau die Grenzen ihres Reservats verliefen und wie sie durchgesetzt würden. Gehörten die kleinen Süd-Shetland-Inseln vor der Spitze der Halbinsel noch dazu? Was war mit Deception und Elephant Island? Das waren gute Inseln, weit freundlicher als das Festland, mit Vegetation und der geothermischen Wärme eines aktiven Vulkans. Vielleicht war die Trinity-Halbinsel, die äußerste Spitze der Antarktis, die Grenze der Sicherheitszone, die von den scheinbar allmächtigen Aliens gezogene Demarkationslinie, über die sich die Menschen nicht hinauswagen durften. Es hatte keine weiteren Erklärungen gegeben, nur die immer gleiche Nachricht, während der Countdown ablief.

Direkt vor ihrem Supertanker lagen ein Kreuzfahrtschiff und ein Atom-U-Boot. Es gab keine Möglichkeit, näher ans Festland heranzukommen. Hinter ihnen erstreckte sich eine kilometerlange Schlange von Schiffen. Nachdem sie vor der Küste Mauretaniens bereits ihren Kutter verlassen hatten, wusste Liza, dass es jetzt an der Zeit war, das Gleiche noch einmal zu tun. Bedri hörte ihr aufmerksam zu, als sie auf der Brücke dafür plädierte, alle Passagiere an Land zu evakuieren.

»Warum sollten wir dieses Schiff verlassen?«

»Um die Antarktis zu erreichen.«

»Wir haben die Antarktis erreicht. Das sind antarktische Gewässer.«

»Was, wenn wir uns auf dem Festland befinden müssen?«

»Die Anweisungen lauten, sich in die Antarktis zu begeben, und das ist die Antarktis. Wir haben es geschafft.«

»Und wenn tausend Meter Entfernung schon zu viel sind? Was, wenn beispielsweise der Luftraum nicht zählt? Was, wenn es nicht zählt, auf einem Schiff zu sein, das vor der Küste ankert? Die einzige Möglichkeit, ganz sicher zu sein, ist, an Land zu gehen.«

»Sicher in Bezug auf was? Sicher wäre uns höchstens der Tod. Schau dir dieses Land an! Dort gibt es nichts – keine Unterkunft, kein Essen. Wenn wir das Schiff verlassen, geben wir unseren einzigen Schutz gegen die Kälte auf. Wir haben alle von Deck geholt, weil sie draußen nicht überlebt hätten.«

»Das weiß ich, aber …«

»Ich habe über zweihunderttausend Menschen an Bord. Sie tragen Kittel und Hemden, keine Parkas und Schneestiefel. Die Außentemperatur liegt unter dem Gefrierpunkt, und der Wind hat fünfzehn Knoten. Wenn ich eine Evakuierung anordne, wie viele werden dann sterben? Wie viele werden ins Wasser stürzen oder einfach wegen der Kälte zusammenbrechen? Und wofür? Um an der Küste zu stehen, wenn die Frist abläuft?«

»Ja, um an der Küste der Antarktis zu stehen, wenn die Frist abläuft. Wir haben keinen Grund zu glauben, dass die Aliens uns besonders nachsichtig behandeln werden. Ich weiß, es ist gegen jeden Instinkt, die Wärme zu verlassen und sich in die Kälte zu begeben. Stell dir einfach Folgendes vor: Wir haben es hier mit einer unberechenbaren Macht zu tun, die wahrscheinlich weder nachsichtig noch gnädig ist, und die Küste ist die Ziellinie. Entweder wir überqueren sie oder eben nicht.«

»Ich bin verantwortlich für die letzten Überlebenden meines Landes. Dieses Schiff ist alles, was wir noch haben. Es war unsere Rettung. Es ist unser Zuhause. Ich kann es nicht aufgeben, wenn meine Leute es nicht wollen. Wenn wir das Schiff evakuieren, werden viele sterben.«

»Wenn wir es nicht evakuieren, könnten alle sterben. Ich habe meinen Eltern ein Versprechen gegeben. Ich kann nicht hierbleiben. Ich kann nicht so kurz vor dem Ziel abbrechen.«

»Dann solltest du gehen. Möge Gott mit dir sein.«

ANTARKTISCHE HALBINSEL

Supertanker *Axios*
Gleicher Tag
Noch neun Stunden

Der Bug des Supertankers, der sich zur Verringerung des Wasserwiderstands nach vorne zu einer riesigen roten Halbkugel verjüngte, krachte gegen das Heck des größten Kreuzfahrtschiffs der Welt, der *Symphony of the Seas*, und das mit solcher Wucht, dass der Rumpf der *Symphony* sich bereits bedenklich nach innen wölbte. Das Kreuzfahrtschiff gehörte der Royal Caribbean Ltd., einem Unternehmen mit Sitz in Liberia, dessen Schiffe auf den Bahamas registriert und aus steuerlichen Gründen staatenlos waren. Seit Kurzem war die *Symphony* tatsächlich staatenlos und bis in die letzte Ecke von Familien aus der ganzen Welt bevölkert, 350 Meter voller Whirlpools und Wasserrutschen, Eislaufbahnen und Tennisplätzen waren in ein Flüchtlingsschiff umgebaut worden, auf dem jeder Raum so überfüllt war, dass man sogar die Balkone mit Meerblick mit Zelten zugepflastert hatte, um zusätzlichen Wohnraum zu schaffen. In den Kinosälen gab es keine Nachtvorstellung von *Hairspray* mehr zu bestaunen, sondern Tausende von Geflüchteten. Das Chlorwasser aus den üppigen Swimmingpools war abgelassen worden, die Fliesen mit Planen abgedeckt und mit Schlafsäcken ausgelegt. Soweit Liza es beurteilen konnte, hatte keiner der Passagiere die Absicht, an Land zu gehen, obwohl sie so nah dran waren. Die Besatzung war offensichtlich der gleichen Meinung wie Kapitän Bedri und wähnte sich in Sicherheit. Sie zogen ihr Schiff den schneebedeckten, kargen schwarzen Felsen vor, die keinerlei Unterschlupf und noch weniger zu essen boten. Liza ließ den Blick über die globale Armada schweifen, die sich um die Halbinsel versammelt hatte. Sie sah eine Ansammlung von Schiffen, deren Zahl selbst die größte Seeschlacht aller Zeiten, die Schlacht im Golf von Leyte, in den Schatten stellte. Doch kaum jemand aus diesem Massenexodus schien das Festland erreichen zu wollen. Die meisten glaubten, die Anweisungen der Aliens ausreichend befolgt zu haben, und schienen die Schiffe von nun an als ihre schwimmende Wohnstätte anzusehen.

Atto hatte Liza vor den anderen zwar nicht widersprochen, aber jetzt, wo sie allein waren und sich mehr schlecht als recht gegen die unbarmherzige Kälte wappneten, schätzte er ihre Chancen ab, sich an der Küste, die vor ihnen lag, ein neues Leben aufzubauen. Es gab keine Wohngebäude, keine Landwirtschaftsbetriebe, keine Vegetation, keine Kraftwerke, keine Fabriken, nichts von der Infrastruktur, die Menschen zum Leben brauchten. Es war praktisch eine Mondlandschaft, und er hatte keine Ahnung, wie sie länger als ein paar Stunden überleben sollten. Sein Bruder hielt allein den Gedanken, den Tanker zu verlassen, für Wahnsinn. Weder er noch seine Frau hatten die Absicht, mit ihnen zu gehen. Sie saßen zusammengekauert in der Miniaturstadt im doppelwandigen Bauch des Supertankers, der einen guten Schutz gegen die Kälte und die heftigen Winde bot.

»Liza? Bist du dir wirklich sicher?«

Sie nickte. »Denk an das Ultimatum. Sie scheinen uns als eine Art Ärgernis zu betrachten und haben uns ans Ende der Welt verbannt. Der einzige Ort, der uns zum Überleben gegeben wurde, ist der einzige Ort, an dem wir nicht überleben können. Schau dir an, wie viele Menschen um uns herum sterben. Wir sind diesen Aliens schlicht egal, und sie werden ihre Regeln ohne Skrupel durchsetzen. Wir wurden angewiesen, uns auf den Kontinent Antarktika zu begeben, und das bedeutet, dass wir in physischem Kontakt mit dem Festland sein müssen.«

»Es ist riskant.«

Liza nickte wieder. »Das größere Risiko ist, hier zu bleiben. Wir sind nicht den ganzen Weg hierhergekommen und haben alles geopfert, um kurz vor der Ziellinie anzuhalten.«

Atto fiel die Veränderung in Lizas Verhalten auf, seit sie sich von ihren Eltern getrennt hatte. Sie war jetzt eine Führungspersönlichkeit, die Verantwortung übernahm und Autorität ausstrahlte, wie es zuvor ihre Mutter und ihr Vater getan hatten. Er teilte Lizas Meinung nicht, sah keinen Grund, warum die Aliens so rücksichtslos sein sollten, die Hoheitsgewässer rund um den Kontinent auszuschließen. Er hätte beschließen können, bei seinem Bruder zu bleiben, doch Atto wollte an Lizas Seite sein. Und wenn sie sich in den Kopf gesetzt hatte, an Land zu gehen, dann war das eben so.

Emma schwieg während der gesamten Diskussion. Sie half auch nicht beim Aufspannen der Seilbrücke, die sie zu dem Kreuzfahrtschiff bringen würde, und blieb völlig passiv. Sie stand regungslos da wie unter Schock und sprach kaum noch, seit sie sich von ihren Eltern verabschiedet hatten. Ihre Gedanken waren wie von dunklen Wolken verhangen, als gäbe es keine Zukunft mehr. Dass die Familie nun getrennt war, brach ihr das Herz, und so folgte sie pflichtbewusst den Anweisungen ihrer älteren Schwester, ohne eine eigene Meinung zu irgendetwas zu haben. Sie bewegte sich wie ein Roboter, keine Spur mehr von ihrem einst so fröhlichen Charakter.

Liza packte sie fest an den Armen. »Emma, hör mir zu. Wir müssen ans Ufer.«

»Warum können wir nicht einfach wieder reingehen?«

»Wir müssen das Festland erreichen.«

»Aber mir ist kalt.«

»Wir werden uns eine Behausung suchen.«

»Werden Mama und Papa dort sein?«

Liza gab acht, sie nicht zu belügen; das tat sie nie. »Wenn sie da sind, werden wir sie finden.«

Sie befestigten ein Seil, das sie als Rutsche benutzen würden, zwischen der Vorderseite des Supertankers und der Reling auf dem sechsten Deck der *Symphony*, wo sich das Aqua-Auditorium befand, in dem in glücklicheren Zeiten artistische Aufführungen von Trapeztänzern stattgefunden hatten. Die Rutsche führte über das eiskalte Wasser steil nach unten. Während die beiden Stahlrümpfe weiter gegeneinanderklapperten, begutachtete Liza die Gurte, die sie als Transportmittel benutzen wollten. Sie schätzte, dass sie je drei Passagiere tragen konnten. Die nächste Frage lautete, wie sie damit all die Leute rechtzeitig an Land bringen sollten. Doch Lizas Sorge war unbegründet, denn als Kapitän Bedri zu ihnen stieß, wurde er von nicht mehr als zwanzig Personen begleitet, einer Handvoll Familien, davon nur ein oder zwei aus Lissabon.

»Das sind alle?«

»Alle, die mit dir an Land gehen wollen.«

»Was ist mit den anderen?«

»Sie möchten an Bord bleiben.«

»Und wenn ich recht habe?«

»Sie haben ihre Entscheidung getroffen. Du hast deine Entscheidung getroffen. Du solltest gehen. Es bleibt nicht mehr viel Zeit.«

Liza überlegte, ob sie ihre Argumente noch einmal vortragen sollte, sah aber keinen Sinn darin und bedankte sich mit einer Verbeugung bei Bedri für seinen Einfallsreichtum und dafür, dass er ihr das Leben gerettet hatte. »Ich hoffe, ich irre mich.«

»Wenn ja, kannst du gerne wiederkommen. Viel Glück!«

Am Gurt festgezurrt, standen Liza, Emma und Atto auf der Reling und blickten auf den schäumenden Ozean hinunter, der mit den Trümmern zermalmter Schiffe übersät war. Liza schloss ihre Schwester fest in die Arme, dann sprangen sie. Niemand gab einen Laut von sich, als die drei über den roten Bug des Supertankers und das eiskalte Wasser hinausschossen und schließlich hart auf dem Deck der *Symphony* landeten.

DRAKESTRASSE

Symphony of the Seas
Gleicher Tag
Noch fünf Stunden

In dem Kreuzfahrtschiff sah es aus wie in einer Shopping-
mall, Fußwege mit Kopfsteinpflaster aus Plastik schlängelten sich
um Karussells und Süßigkeitenläden, die wie Piratenhöhlen aussahen. Die einst mit meterlangen Erdbeerschnüren gefüllten Vor-
ratsfässer waren umgestürzt und zu Schlafplätzen umfunktioniert worden. Ein Plexiglasdach schützte vor der Witterung, direkt
darunter erstreckten sich die als Notunterkünfte dienenden Balkone der Innenbordkabinen. Der Anblick dieses Plastikmausoleums
einer sorglosen Vergangenheit verstörte Liza so sehr, dass sie versucht war, sich in das nachgemachte 1960er-Jahre-Diner zu setzen,
unter dem nicht mehr funktionierenden Neonschriftzug über
dem Eingang einen Erdnussbutter-Milchshake zu schlürfen und
so zu tun, als wäre nichts passiert. Als sie an einer mit Lichter-
ketten behängten Birke vorbeikamen, flüsterte Atto: »Berühr ihn.
Den Baum.«

»Warum?«

»Es könnte der letzte sein, den wir je sehen.«

Erst jetzt fiel Liza wieder ein, dass es in der Antarktis keine Bäume
gab. Sie schälte ein kleines Stück von der Rinde ab und steckte es
ein wie ein Andenken an einen geliebten Menschen.

Auf dem Weg durch die Mall sprachen sie mit einem Schiffs-
steward und erfuhren, dass sich das Schiff noch vor dreißig Tagen

auf einer Kreuzfahrt entlang der Amalfiküste befunden hatte. Die viertausend Touristen aus aller Welt hatten zwischen zweitausend und vierzigtausend Dollar für ihre Kabinen bezahlt. Neben den zahlenden Passagieren war eine dreitausendköpfige Besatzung mit an Bord, darunter Musicalschauspieler vom Broadway, bulgarische Trapezkünstler und Köche aus Manila. Auf Anweisung der italienischen Regierung hatte die *Symphony* im Hafen von Messina fünfzigtausend Zivilisten aufgenommen – eine erlesene Auswahl strategisch wichtiger Personen, die aus dem ganzen Land eingeflogen worden waren, unter ihnen einige der fähigsten Wissenschaftler des Landes sowie die besten Bergsteiger und Extrem-Outdoorsportler, die beim Aufbau einer neuen Gesellschaft im Eis helfen sollten. Nachdem sie Sizilien verlassen hatten, nahmen sie vor der Küste Nordafrikas so viele Menschen wie möglich auf, die in ihren kleinen Booten nicht den Hauch einer Chance hatten, die Antarktis rechtzeitig zu erreichen. Wie auch auf Bedris Supertanker wurden alle Normen in Bezug auf persönlichen Freiraum und dergleichen über Bord geworfen: Die für vier Personen vorgesehenen Kabinen waren mit bis zu vierzig Menschen vollgestopft. Beeindruckt von dem Ausmaß der Bemühungen, fragte Liza: »Warum evakuieren Sie die Leute nicht an die Küste?«

Der Steward sah sie an, als ob sie den Verstand verloren hätte. »Es ist Winter. Die Temperaturen werden bis auf minus fünfzig Grad fallen. Der Wind könnte auf fünfzig Knoten ansteigen. Wir haben Kinder an Bord und Alte. Dieses Schiff bedeutet Sicherheit, es ist unser Zuhause. Warum sollten wir es verlassen?«

Nachdem sie schon Bedri nicht hatte überzeugen können, wiederholte Liza ihre Befürchtungen, dass der Menschheit kein Spielraum gewährt würde – dass die Aliens die neue Grenze rücksichtslos durchsetzen würden und man entweder auf sicherem Boden war oder eben nicht. Dass es ihrer Einschätzung nach nicht zählte, wenn man sich an Bord eines Schiffes in antarktischen Hoheitsgewässern befand. Sie glaubte auch nicht, dass der Aufenthalt im Luftraum zählte oder dass die Besatzer auch nur eine Sekunde darauf verschwenden würden, die Lage der Flüchtlinge fair zu beurteilen, nachdem sie auch bisher so wenig Interesse an ihrer Not gezeigt hatten. Der Steward versprach, dem Kapitän ihre Befürchtungen mitzuteilen, doch sein Tonfall sagte Liza, dass auf höherer Ebene nichts passieren würde. Also beschwor sie ihn, selbst mit den Passagieren zu sprechen, damit sie sich eine eigene Meinung bilden konnten.

Vom Bug der *Symphony* aus hatten sie zum ersten Mal freien Blick auf den Kontinent. Tausende Leuchtraketen, abgefeuert von Fischerbooten und Fähren, die ihre menschliche Fracht abluden, erhellten die winterliche Dunkelheit mit roten, gelben und weißen Lichtbögen. Je kleiner das Boot war, desto wahrscheinlicher war es, dass die Passagiere es aufgaben, da es als dauerhafte Bleibe ohnehin nicht taugte. Wie viele Menschen gerade an die Küste der Trinity-Halbinsel mit ihren schwarzen Bergen und aufgetürmten Schneeklippen strömten, war unmöglich abzuschätzen.

Die Besatzung der *Symphony* ließ Notleitern zum schmalen Heck des Atom-U-Boots der Triomphant-Klasse vor ihnen herab, das einst zur nuklearen Abschreckungsmacht der französischen Marine gehört hatte. Das 138 Meter lange und zwölf Meter breite Schiff war vom Hafen der Île Longue in der westlichen Bretagne in die Antarktis aufgebrochen und unterwegs vom Rest der Flotte getrennt worden. Hier lag es nun, mit dem Bug auf das felsige Ufer gelaufen und von einer bunt gemischten Flottille aus Fischerbooten und Jachten umgeben. Als die Matrosen, die den Turm des Atom-U-Boots bewachten, sahen, wie Liza und ihre Begleiter versuchten, die *Symphony* zu verlassen, kamen sie nach kurzer Diskussion mit einer leuchtend orangen, aufblasbaren Rettungsinsel heran und schoben sie unter das Ende der Strickleiter, damit niemand ins Wasser fiel. In der Zwischenzeit hatten sich zahlreiche italienische Wissenschaftler, die Lizas Argumente für einen Landgang gehört hatten, der Gruppe angeschlossen. Die Kunde hatte sich wie ein Lauffeuer auf der *Symphony* verbreitet, und als die Leitern über der Rettungsinsel positioniert waren, standen bereits über fünfhundert Menschen am Bug, um sich der Evakuierung anzuschließen. Bevor er hinunterkletterte, begutachtete Atto das eiskalte Wasser und warnte Liza: »Wenn wir nass werden, frieren wir, und wenn wir frieren, werden wir nicht überleben.«

Die französischen Matrosen in der Rettungsinsel wiesen sie darauf hin, dass im U-Boot kein Platz für sie war. Wie eine Wanderpredigerin erklärte Liza zum dritten Mal, dass sie aufs Festland wollte, da man ihrem Verständnis nach physischen Kontakt mit dem Kontinent haben musste und nur dort wirklich in Sicherheit war. Sie waren so weit gereist, hatten so viel geopfert, dass es Wahnsinn wäre, diesen letzten Schritt nicht zu tun. Wenn Liza sich irrte, wenn sich die Schiffe als sicher erweisen sollten, konnten sie immer noch zurückkehren. Atto übersetzte ins Französische, und die Matrosen hörten schweigend zu. Schließlich fügte Liza unzweideutig hinzu: »Wenn ich recht habe, wird euch dieses U-Boot nicht schützen.«

Als die Rettungsinsel die schwarze Felsküste erreichte, betrat Liza ohne jeden Tusch und ohne sich die Bedeutung des Augenblicks bewusst zu machen, ein Land, das sie selbst in ihren verrücktesten Träumen nie hatte besuchen wollen, das bis zu diesem Moment nicht einmal einen Platz in ihrer Vorstellung gehabt hatte. Das tristeste Land der Erde, das nun ihr Zuhause war.

ANTARKTIS

Trinity-Halbinsel
Gleicher Tag
Noch dreißig Minuten

Atto trug eine olivgrüne Wathose aus Neopren und ge-
fütterte Latexstiefel, die ihm sein Vater zum Abschied geschenkt
hatte – Hochseefischerausrüstung, die für längere Zeit unter härtesten Bedingungen ausgelegt war. Da Liza und Emma keine Wat-
hosen besaßen, hatten sie aus Sportunterhemden, Kapuzenpullis
und übergroßen, schweren Regenjacken von ihrem Fischkutter
zumindest so etwas Ähnliches wie wetterfeste Kleidung impro-
visiert. Ihre halbhohen Stiefel, die eigentlich für leichte Wanderungen gedacht waren, hatten sie fest mit Plastiktüten und
Klebeband umwickelt. Atto hatte Liza seine Neoprenkleidung
angeboten, aber sie hatte mit dem Hinweis abgelehnt, dass sie
ihr erstens zu groß war und es sich zweitens um ein Abschieds-
geschenk seines Vaters handelte. Dass irgendjemand außer Atto
sie trug, war für Liza undenkbar, auch wenn ihr bereits die nei-
dischen Blicke der anderen Flüchtlinge auffielen. Es war nicht
schwer, sich auszumalen, dass es bald zu gewalttätigen Auseinandersetzungen um Dinge wie Stiefel und Handschuhe kommen
würde.

Millionen von Menschen standen jetzt am Ufer, die meisten ohne
Hab und Gut, verwirrt wie Neugeborene, von ihren Booten auf
den felsigen Strand gespuckt, ohne Plan und völlig ungeeignet für
diesen Ort. Liza drückte ihre Schwester fest an sich, als könnte

allein ihre Liebe sie am Leben erhalten. Schon jetzt spürten sie, wie sich die Kälte trotz all der Plastikschichten einen Weg durch die Sohlen ihrer leichten Stiefel bahnte. Unter ihren Füßen knirschten schwarzes Vulkangestein und Fossilien, die vor Äonen entstanden waren, als dieser Kontinent noch am Äquator lag, mit üppiger Vegetation bedeckt und von zahllosen Tieren bevölkert. Die Kontinentaldrift nach Süden hatte über dreihundert Millionen Jahre gedauert – der Menschheit waren dreißig Tage gegeben worden. Liza betrachtete all die zitternden Leute ringsum, von denen einige bereits an der Schwelle des Todes standen, eine bunt zusammengewürfelte Schar aus aller Welt, die wie betäubt einem Befehl folgte, der keinen Sinn ergab.

Als die Frist fast verstrichen war und nur noch wenige Minuten übrig waren, wurden die Flüchtlinge, die immer noch auf den Booten ausharrten, plötzlich von Zweifeln befallen. Zuvor hatten sie noch die Kälte gefürchtet, doch jetzt fürchteten sie, dass sie die falsche Entscheidung getroffen haben könnten, dass sie nicht fair behandelt würden, dass kein Gerichtshof für Menschenrechte sie hier beschützen würde, dass die außerirdische Besatzungsmacht ihre Existenz als unbedeutend betrachten könnte. Liza beobachtete, wie die Armada in letzter Minute evakuiert wurde und in dem schmalen Platz, der zwischen all den riesigen Schiffen blieb, Tausende von Rettungsinseln gleichzeitig zu Wasser gelassen wurden. Einige wurden einfach zerquetscht, wenn zwei Schiffsrümpfe unter dem Druck der Wellen gegeneinanderschlugen. Plastikboote zersplitterten wie Glas, und Tausende Menschen stürzten ins dunkle Wasser, das nur sporadisch von den abgefeuerten Notsignalen erhellt wurde.

Rings um Liza wateten die Menschen ans Ufer, doch die Kälte saugte ihnen mit solcher Geschwindigkeit das Leben aus den Gliedern, dass sie noch im seichten Wasser zusammenbrachen und starben, bevor sie überhaupt den Strand erreichten.

Der Kapitän des Atom-U-Boots kletterte aus der Luke und führte seine wichtigen Passagiere, Politiker und Wissenschaftler in einer ordentlichen Prozession ans Ufer. Anscheinend nahm er Lizas Bedenken ernst und ließ nur einen einsamen Matrosen an Bord zurück, der das Boot bewachte, damit es während seiner Abwesenheit nicht gekapert wurde.

Am Strand stapelten seine Kameraden Petroleumbriketts auf und entfachten ein Feuer. Die Hitze lockte so viele zitternde Überlebende an, dass sie einen schützenden Ring um die Flammen bilden mussten, damit niemand hineinstürzte.

Als Liza nach oben blickte, sah sie mehr Flugzeuge am Himmel als je zuvor in ihrem Leben. Welle um Welle flogen sie alle in die gleiche Richtung. Doch die Trinity-Halbinsel war viel zu gebirgig, um dort zu landen, weshalb die Flugzeuge auf die großen Eisplateaus dahinter zuhielten, um dort einen riskanten Versuch zu wagen.

Dazwischen starteten Hubschrauber von Privatjachten und Kriegsschiffen aus und versuchten, sich ihren Weg durch die Winde zu bahnen. Einige gerieten in eine Windhose und drehten sich wild, während andere gegen die Schiffe krachten und in Flammen aufgingen. Die Hubschrauberpiloten, die das felsige Ufer erreichten, machten sich nicht die Mühe, eine sichere Landung zu versuchen, was unter diesen Bedingungen ohnehin unmöglich war. Sie kontrollierten ihren Absturz, so gut es ging, und versuchten, den Menschen am Strand auszuweichen, von denen vielen bereits zu kalt war, um wegzulaufen.

Von einer außerirdischen Technologie heraufbeschworen, die in ihrer Allmacht an die sagenhaften Kräfte der antiken Götter erinnerte, erhob sich ein dünner Schleier aus gelblichem Licht in die Dunkelheit. Ein durchsichtiger Seidenvorhang, der exakt der zerklüfteten Küstenlinie des antarktischen Festlands folgte. Er markierte die Grenze zwischen denen, die sich in Sicherheit befanden, und denen, die es nicht taten. Zwischen den Menschen innerhalb der Lichtwand und denen, die mit ausgestreckten Armen verzweifelt darauf zurannten und sich durch die Mauer aus Licht warfen, um rechtzeitig auf der anderen Seite zu sein. Einige befanden sich mit einem Bein oder einem Fuß noch auf der falschen Seite, ihre Körper noch nicht ganz über der Grenze, als die Frist ablief.

Von einem Augenblick auf den anderen wurde die Wand fest. Als wäre das Licht gefroren, bildete es eine zarte, wunderschön anzuschauende Mauer aus durchsichtigem Goldglas, das sich mit chirurgischer Präzision an das Gelände schmiegte und weit hinauf in den Nachthimmel reichte, bis zur Mesosphäre, der atmosphärischen Haut der Erde.

Das antarktische Festland verwandelte sich in eine unfassbar kunstvolle Vase, in das die Menschheit sich ergoss wie Wasser. Einige, die es nicht geschafft hatten, pressten ihre Gesichter an das goldene Glas wie Bettler vor dem Fenster eines Vier-Sterne-Restaurants. Andere hatten die Grenze nicht ganz überqueren können und waren nun um die Taille oder auch nur um das Handgelenk in der schimmernden Mauer gefangen. Hubschrauber hingen mitten im Flug fest, der Pilot auf der sicheren Seite der goldenen Grenze, die anderen Insassen auf der falschen. Hoch darüber ragte ein Passagierflugzeug aus der goldenen Wand. Die Menschen und Fluggeräte waren nicht geköpft oder in zwei Hälften geteilt worden, sie hingen lediglich fest wie an einem goldenen Fliegenfänger, sie blinzelten und atmeten noch, standen unter Schock, aber sie lebten.

Einen Moment später passierte etwas mit den Menschen auf der falschen Seite der Grenze, mit jenen, die es nicht rechtzeitig geschafft hatten. Ihre Pupillen begannen zu glühen, ihre Haut und die Haare leuchteten auf wie Kohlen in einem Feuer. Dann zerstäubten ihre Körper zu glühwürmchengroßen Lichtpaketen, die von den Balkonen der Kreuzfahrtschiffe aufwirbelten und in dicken Schwaden aus den Lüftungslöchern des Supertankers stiegen.

Der einsame Matrose auf dem Turm des U-Boots, der seinen Kameraden an Land eben noch salutiert hatte, wurde von einer Windböe fortgeweht – der nächtliche Winterhimmel war so hell, dass selbst das Meer darunter rot erstrahlte. Die in der goldenen Mauer Gefangenen lösten sich als Letzte auf und hinterließen Löcher, die exakt der Form des eingeklemmten Körperteils entsprachen. Selbst wenn sie nur mit einer Schuhspitze festgesessen hatten – es gab keinen Spielraum, keine Gnade – entweder war man ganz auf der richtigen Seite der Grenze oder gar nicht. Nach wenigen Minuten war alles vorbei. Der größte Massenmord der Menschheitsgeschichte, sauber und effizient ausgeführt ohne einen einzigen Tropfen Blut.

Eine Überlebende rappelte sich von dem schwarzen Steinstrand auf, halb wahnsinnig vor Trauer über den Verlust ihres Mannes, der nur wenige Meter hinter ihr gewesen war. Voller Wut warf sie sich gegen die goldene Barriere und schlug mit den Fäusten darauf ein. Zu ihrer Überraschung zersplitterte sie und fiel in einem Goldregen in sich zusammen. Der Hubschrauber und das Flugzeug stürzten wie Steine vom Himmel und schlugen krachend auf den Strand. Als der goldene Schleier fort war, sahen die Überlebenden die menschenleeren Schiffe, die wie eine Geisterflotte in den Wellen schaukelten.

ANTARKTIS

Trinity-Halbinsel
5. September

Liza stand schweigend am Ufer und versuchte zu begreifen, was sich gerade abgespielt hatte: die Säuberung des Planeten von jeglichem menschlichen Leben auf allen Kontinenten außer diesem. Nicht mit Gewehrkugeln oder Bomben, sondern mit der zynischen Anmut einer spektakulären Lichtshow, die in krassem Gegensatz zum Ausmaß des Verbrechens stand. Die Menschenmassen um sie herum, die aus allen Teilen der Welt stammten, waren alles, was von der Spezies Homo sapiens übrig geblieben war. Alles, was sie noch hatten, waren die Habseligkeiten, die sie bei sich trugen: eine Dose Vitaminpillen und ein Rucksack mit Ersatzkleidung. Einige fielen auf die Knie und beteten um Erlösung. Andere begannen ihre neue Heimat zu erkunden, um herauszufinden, ob sie sie ernähren könnte. Die meisten taten nichts, fragten sich vielleicht, warum sie die Reise überhaupt angetreten hatten, und erkannten, dass das nicht das Ende ihrer Not war, sondern erst der Anfang. Wer auf Anleitung wartete, wurde enttäuscht. Es gab keine Anweisungen von ihren Besatzern, keine weiteren Befehle, keinen Hinweis auf die Anwesenheit der Aliens am Winterhimmel.

Mit klappernden Zähnen erklärte Emma: »Ich kann das nicht. Dieses Leben. Wie auch immer dieses Leben aussehen könnte. Es ist nichts für mich.«

Liza schloss ihre Schwester in die Arme und sagte: »Das ist der schwierigste Moment, genau jetzt. Es wird nie schwieriger werden als jetzt. Wir werden uns einen Unterschlupf suchen und etwas zu essen finden. Wenn wir nicht mehr frieren und etwas zu essen haben, geht es dir gleich wieder besser, das verspreche ich.«

»Wir haben nichts! Sieh uns doch an!«

Auf der Suche nach Unterstützung drehte sich Liza zu Atto um, der ihr prompt den Rücken stärkte.

»Über dem ganzen Kontinent wurden Notvorräte abgeworfen, Millionen von Kisten. Wir werden ein Zelt finden, etwas zu essen besorgen und eine Basis errichten. Deine Schwester hat recht: Wir haben es bis hierher geschafft, und wir werden überleben.«

Emma machte sich von Liza los und blickte zu den schwarzen Bergen hinauf. »Mama und Papa haben es nicht geschafft, oder?«

»Das wissen wir nicht.«

»Doch, du weißt es. Sie sind nicht hier. Sie sind tot.«

»Vielleicht haben sie einen anderen Weg gefunden.«

»Das glaubst du doch nicht wirklich!«

Liza verstummte. Ihre Schwester fuhr fort: »Du hast uns hierhergebracht, weil du stark bist. Vielleicht kommst du mit diesem Leben zurecht. Aber ich weiß nicht, wie ich das schaffen soll. Ich will so nicht leben.«

»Keiner von uns weiß, wie man hier leben soll. Aber wir werden einen Weg finden.«

»Ich will nicht!«

Mit diesen Worten wirbelte Emma herum und rannte den Strand hinunter. Sie drängte sich durch die Menge, so schnell sie konnte, auf die unsichtbare Grenze und die Aussicht auf einen schnellen schmerzlosen Tod zu. Wie eine Sprinterin, die die Ziellinie überquert, stürzte sie sich nach vorne und erwartete, in eine rote Glutwolke zerstäubt zu werden. Aber nichts geschah – kein Verglühen, keine Vergeltung durch die Aliens. Emma verlor das Gleichgewicht, taumelte über die Felsen und stürzte in den eiskalten Ozean.

Atto brauchte all seine Kraft, um Liza davon abzuhalten, ihrer Schwester ins Wasser hinterherzulaufen. »Wenn du nass wirst, kannst du ihr nicht mehr helfen.«

Von seiner Neoprenhose geschützt, watete er ins Wasser, hob Emma hoch und zog sie an Land. Sie war von Kopf bis Fuß durchnässt, ihre Haare tropften, und Atto ahnte, dass ihnen nur noch Sekunden blieben, um sie zu retten.

Sie trugen Emma zu dem Petroleumfeuer, während Liza den nassen Kopf ihrer Schwester umklammerte und versuchte, sie warm zu halten. Als der Kapitän des französischen Atom-U-Boots die junge Frau sah, auf deren Rat hin er das U-Boot verlassen hatte, winkte er sie durch die Verteidigungslinie, die ihre wertvolle Wärmequelle schützte. Sie legten Emma in die Nähe der Flammen. Als sie sich setzten und Dampf von ihren Kleidern aufstieg, sah Liza ihrer Schwester in die Augen und erkannte, dass es zu spät war. Sie hatte aufgegeben, und keine Wärme konnte sie mehr retten.

Emma war kaum noch in der Lage, sich zu bewegen. Ihre letzten Kräfte verwendete sie darauf, ihre große Schwester auf die Wange zu küssen. »Sei nicht enttäuscht von mir«, sagte sie, die Lippen blau vor Kälte.

»Das bin ich nicht. Red keinen Unsinn.«

»Erzähl mir eine Geschichte.«

»Welche möchtest du denn gerne hören?«

Emma schloss die Augen, und das Leben wich aus ihrem Körper, während Liza weinte.

DRITTER TEIL

ZWANZIG JAHRE SPÄTER

ANTARKTIS

Nach Monaten der Dunkelheit erschien das erste Tageslicht über Hope Town, das mit zwei Millionen Überlebenden die kleinste der drei Siedlungen auf der Antarktischen Halbinsel war, die wie ein Finger nach Norden zeigte und zu den mildesten Gegenden auf dem unwirtlichen Kontinent gehörte. Genau deshalb hatten sich die meisten Flüchtlinge hier angesiedelt, zunächst wahllos verteilt, doch im Lauf der Jahre hatten sich drei Gruppen herausgebildet, drei Siedlungen, jede davon mit ihrer eigenen Identität und ihrem eigenen Charakter. Eingebettet zwischen dem Ozean und den schneebedeckten Bergen, lag Hope Town an der Mündung der Wordie Bay und war die unkonventionellste der drei Siedlungen. Ihre Bewohner hielten Musik, Sport und Kunst für genauso überlebenswichtig wie Unterkunft und Nahrung. Es war eine ausgedehnte Barackensiedlung, erbaut aus den Überresten der Schiffe und Flugzeuge, die für den Exodus eingesetzt worden waren. Jede Wand war liebevoll mit leuchtenden Farben bemalt, um den Menschen in der Dunkelheit des Winters den Weg zu weisen – und ihnen in schwierigen Momenten Mut zu machen. Es war selten, dass man keine Lieder hörte, wenn man an einem der Häuser vorbeiging. Wer sich einsam fühlte und mitmachen wollte, klopfte an die Tür und trat ein. In Hope Town gab es keine Fremden. Jeder gehörte zur Familie.

Heute war der erste Tag des Frühlings, eine der schönsten Zeiten im Jahr. Die Sonne schaffte es zwar noch nicht über den Horizont, aber sie stand hoch genug, um den Himmel in leuchtende Blautöne zu tauchen, mit Bändern aus Indigo, Saphir und Kobalt, die bis hinauf zu den Sternen reichten. Die Menschen in Hope Town konnten sich wieder ins Freie wagen, anstatt, von stürmischen Winden getrieben, von Unterschlupf zu Unterschlupf zu huschen, nur geleitet von den ausgefransten roten Seilen, die den Rand jeder Straße säumten. Zivile Dämmerung lautete der Fachbegriff für dieses Licht – Zivilität nach der Grausamkeit des Winters. Das neue Jahr begann mit einem Fest des Lichts. Zur Feier des ersten Sonnentags puderten sich die Bewohner von Hope Town das Gesicht gelb oder blau und küssten jeden, dem sie begegneten, auf die Wange, egal ob es enge Freunde waren oder nicht. Am Abend schallte Musik über die Dächer der Stadt, und der Schnee auf den Straßen war mit dem farbigen Staub von Millionen Küssen gesprenkelt.

WORDIE BAY

Hope Town
Nächster Tag

Als Atto vom Hafen aus in See stach, stand er an Deck eines sechzig Meter langen Trawlers, der *San Matias* – ein ehemals argentinisches Schiff für alle, die sich noch an die Zeit erinnern konnten, als es noch Staaten gab. Als einer der besten Fischer in diesen gefährlichen Gewässern war er ein hoch angesehener Bewohner von Hope Town. Er war jetzt vierundvierzig Jahre alt, und der Bart unterhalb seiner braunen Locken war von Grau durchsetzt.

In der kargen Landschaft leuchteten seine grünen Augen wie Edelsteine. Das harte Leben auf dem Kontinent und die Anforderungen, die seine Arbeit an seinen Körper stellte, hatten ihn stark und breitschultrig werden lassen. Die Kombination aus Hightech-Fischerausrüstung, handgenähtem Robbenfellumhang und einer mit Pinguinfedern gefütterten Kopfbedeckung ließ ihn zwar eher wie einen schrulligen Piraten aussehen als wie einen Fischer, aber das Outfit passte zu ihm. Trotz der vielen Entbehrungen liebte er seine Arbeit und die Stadt, die er mit aufgebaut hatte.

Heute war Attos erster Tag auf See nach dem langen Winter, und er freute sich, endlich wieder hinausfahren zu können, zu spüren, wie der starke Schiffsmotor die Deckplanken zum Vibrieren brachte. Er war der Erste gewesen, der sich trotz möglicher Repressalien durch die Aliens wieder aufs Meer hinausgewagt hatte. Denn ohne Fisch drohte ihnen der Hungertod, und so hatte Atto sein Leben riskiert und war allein mit dem Boot hinausgefahren, immer in Sichtweite der Küste, um die Grenzen ihres Reservats auszutesten. Als hätten sie seine Absicht erkannt, erfolgte keine Bestrafung durch die außerirdischen Besatzer, was einige zu der Annahme veranlasste, dass sie den Planeten wieder verlassen hatten. Manche machten sich mit einem Boot auf den Weg nach Hause. Man hat nie wieder etwas von ihnen gesehen oder gehört.

Die Bürger von Hope Town standen am felsigen Ufer versammelt und winkten, als die kleine Flottille von dreißig Booten in See stach. Vor zehn Jahren waren es noch über fünfzig Boote gewesen, vor fünfzehn Jahren über zweihundert. Heute Abend, wenn sie alle wohlbehalten zurückgekehrt waren, würde die ganze Stadt das Ende des Winters mit Platten von in Salz gebackenem Tiefseedorsch und gedünstetem antarktischen Silberfisch feiern, serviert mit Wein aus Perlwurzblüten. In dieser Nacht, wenn die Libido nach den drückenden Wintermonaten wieder erwachte, wurden Jahr für Jahr die meisten Kinder in Hope Town gezeugt.

Meeresfrüchte waren eine der wichtigsten Eiweißquellen für die Bewohner. Sie kamen gleich nach den Makroalgen, die in seichten Stahlbecken auf den Eisplateaus im Landesinneren gezüchtet wurden: riesige grüne Kreise, wo Familien im Sommer Urlaub machten wie früher in den Nationalparks, um sich an dem Grün inmitten all des unerbittlichen Weiß zu ergötzen.

Für Menschen, die nicht im Eis geboren worden waren, war der Geschmack der Algen nur schwer zu ertragen, aber sie hatten einen höheren Eiweißgehalt als Weizen, und ihre natürlichen Abwehrstoffe, die Pigmente wie Carotin, das Chlorophyll und die Polyphenole machten sie zu einer äußerst wertvollen Nahrungsquelle. Tatsächlich war die Ernährung der Menschen – zuckerfrei und kompromisslos funktional – noch nie gesünder gewesen. Krill wurde zu einer reichhaltigen, kräftig-salzigen Brühe verarbeitet und mit Nudeln aus Seetang serviert, eine der am schnellsten wachsenden Pflanzen überhaupt, die in üppigen Wäldern unter dem Eis gedieh.

Rund um den Hafen waren Fabriken errichtet worden, in denen die Fische, Oktopusse und Riesenkrabbenspinnen für den Verzehr vorbereitet wurden. Im Sommer wurde so viel wie möglich frisch verzehrt. Für die Wintermonate wurde der Fang in Pasten und Salzlaken konserviert. Robben wurden nur gegessen, wenn ihr Fell für warme Kleidung gebraucht wurde. Ihr Fleisch war unbeliebt, die Leber war giftig und nicht einmal für die Hunde zu gebrauchen, während der Blubber für ineffiziente Lampen und luxuriöse Seifen verwendet wurde. Übergewicht und Diabetes gehörten der Vergangenheit an. Die Menschen waren fitter und stärker als je zuvor, und selbst die lesewütigsten Kinder hatten keinerlei Problem damit, mit einem schweren Rucksack zehn Kilometer durch den Schnee zu laufen.

Attos Flottille ließ die jubelnden Menschenmassen hinter sich und passierte auf ihrem Weg Richtung offenes Meer mehrere miteinander vertäute Atom-U-Boote. Russische, britische und französische Boote lagen friedlich nebeneinander, von Kriegsmaschinen zu erstklassigen Unterkünften umgebaut, die selbst den schwersten Winterstürmen trotzten und die schutzbedürftigen Bürger von Hope Town beherbergten. Ihre Atomreaktoren hatten eine Lebensdauer von etwa fünfundzwanzig Jahren, die meisten davon waren immer noch in Betrieb und sorgten für zuverlässige Wärme und Elektrizität. Hope Town war die einzige Siedlung, die keinen darwinistischen Ansatz verfolgte, denn seine Bewohner waren der Überzeugung, dass der Schutz der Schwachen einer der Gründe war, warum ihre Gemeinschaft so gut funktionierte. Neben den U-Booten lagen einige der luxuriösesten Jachten und größten Kreuzfahrtschiffe der Welt, auf denen Tausende von Flüchtlingen lebten. Sie würden nie wieder in See stechen, denn ihre Motoren waren längst ausgeweidet, und die Whirlpools wurden zum Wäsche-waschen benutzt.

Dies war Attos zwanzigstes Jahr auf dem Eis, eine außergewöhn-liche Leistung für einen Zivilisten, der nie gelernt hatte, in der Kälte zu überleben. Der den Exodus in die Antarktis ohne jegliche staat-liche Unterstützung geschafft hatte, der nicht Teil irgendeines na-tionalen Evakuierungsprogramms gewesen war und dessen Name auf keiner Liste wichtiger Bürger gestanden hatte, die es zu ret-ten galt.

Atto hatte sich mit Einfallsreichtum und purem Willen durch-gebissen, und vielleicht waren die Strapazen der Reise einer der Gründe, dass er den berüchtigten ersten Winter überlebt hatte – den tödlichsten Winter in der Geschichte der Menschheit. Viele hochgestellte Persönlichkeiten, die mit dem Flugzeug hergebracht worden waren, waren nicht auf die Herausforderungen des Le-bens im Eis vorbereitet. Sie waren zu sehr an ihre gesellschaftliche Stellung und den damit verbundenen Luxus gewöhnt.

Im Gegensatz dazu hatte der Exodus Atto abgehärtet, er hatte ihn auf die Größe der bevorstehenden Herausforderungen vor-bereitet und ihn gleichsam zu einem neuen Menschen gemacht. Dies war eine neue Ära. Das Zeitalter des Überflusses war vor-bei. Die Menschheit war jetzt eine gefallene Art. Sie waren keine Eroberer mehr, sondern eine Spezies zweiter Klasse, die von au-ßerirdischen Besatzern auf den kältesten Kontinent der Erde ver-bannt worden war und seither dort gefangen gehalten wurde. Wer sich nicht anpassen konnte, fiel der Verzweiflung anheim, die tödlicher war als alle Pandemien, die einst die Welt heimgesucht hatten. Diejenigen, die sich an die neue Existenz angepasst hat-ten, versuchten nicht nur zu überleben, sondern auch eine bessere Lebensweise zu finden.

Der Trawler schipperte zwischen den Eisbergen hindurch hin-aus aufs offene Wasser, und die Besatzung nahm sich einen Moment Zeit, um derer zu gedenken, die während des Exodus ums Leben gekommen waren – eine Zeremonie, die sie jedes Jahr am ersten Fangtag durchführten. Attos Crew, zu der einige der besten Fischer aus der ganzen Welt gehörten, stellte die Maschinen ab und ließ das Boot treiben. Sie hatten keine Blumen, aber sie hatten wunderschöne Kränze aus Eis geschnitzt, die sie nun ins Wasser warfen.

Atto sagte: »An diesem ersten Tag, an dem wir wieder aufs Meer fahren, gedenken wir all derer, die es nicht geschafft haben. Wir trauern um unsere Freunde und Familien, und wir trauern um die Freunde und Familien, die wir nie kennengelernt haben.«

Die Netze waren kaum eine Stunde lang ausgeworfen, als das Heck ihres Schiffes mit solcher Wucht nach unten kippte, dass es beinahe unterging. Ihnen war etwas sehr Großes ins Netz gegangen, und als sie an die Reling eilten und das Meer absuchten, staunte Atto nicht schlecht, als er gleich neben ihnen einen prächtigen Pottwal auftauchen sah. Das mächtige Tier rollte sich auf die Seite und musterte sie mit seinem grapefruitgroßen Auge.

Atto fragte sich, warum ihm ausgerechnet eine Grapefruit in den Sinn kam, schließlich war es über zwanzig Jahre her, dass er zum letzten Mal eine gesehen hatte. Seine Mutter hatte sie geliebt, und er dachte daran, wie sie sie jeden Morgen bei Sonnenaufgang in der Küche aß, während sie eine Zigarette rauchte. Es war einer der wenigen Momente am Tag gewesen, den sie für sich hatte. Die Erinnerung verblasste so schnell, wie sie gekommen war, und Attos Gedanken kehrten zu dem Wal zurück, der sich in dem Netz verheddert hatte und offensichtlich nicht wusste, wie er sich befreien sollte. Das Tier war mindestens zwanzig Meter lang und wog über fünfzig Tonnen. Falls es sich entschloss zu tauchen, würde es den Trawler einfach mitziehen.

Atto lief übers Deck, nahm eine Axt und kappte die Schleppleinen. Der Wal war wieder frei, und ihr Schiff machte einen solchen Satz, dass alle an Bord um ein Haar der Länge nach hingeschlagen wären. In normalen Zeiten wäre die Erleichterung über die verhinderte Katastrophe riesig gewesen, aber jetzt dachten alle nur daran, dass sie ein kostbares Netz verloren hatten. Netze waren knapp und bestanden aus synthetischen Materialien, die sie ohne die Fabriken der alten Welt unmöglich herstellen konnten. Und ohne Netz konnten sie nicht fischen.

Es wurde still auf der Reise, die so feierlich begonnen hatte. Die düstere Stimmung verflog erst, als der Wal nach seiner Freilassung noch einmal neben dem Trawler auftauchte und den Bug anstupste, als wollte er sich bedanken.

HOPE TOWN

Klinik eins
Nächster Tag

Liza arbeitete in der Klinik eins, die trotz ihrer Bezeichnung das einzige Krankenhaus der Stadt war. Es hatte optimistische Pläne für den Bau eines zweiten gegeben, die jedoch nie verwirklicht wurden, da sie kaum genug medizinisches Gerät hatten, um das erste auszustatten.

Wie Hope Town selbst war auch das Krankenhaus ein genial improvisiertes Bauwerk, das in außerordentlicher Eile und mit bemerkenswertem Einfallsreichtum errichtet worden war. Die Krankenbetten waren umfunktionierte Businessclass-Schlafsitze, die Operationstische hatten sie aus den engen medizinischen Stationen der Atom-U-Boote geplündert. An der Decke der Operationssäle hing eine bunte Mischung von Lampen, die eher an das wundersame Lichtdesign einer Broadway-Show als an ein Krankenhaus erinnerte, und obwohl mit dem Exodus viel medizinische Ausrüstung hertransportiert worden war, war es nach all den Jahren nicht ungewöhnlich, wenn Küchenutensilien bei Bauchoperationen als Wundspreizer verwendet wurden. Die konkave Form von Esslöffeln machte sie bestens für Blinddarmoperationen geeignet. Beatmungsschläuche und Magensonden wurden standardmäßig wiederverwendet, ebenso die Blasenkatheter. OP-Bekleidung wurde so lange sterilisiert, bis sie so ausgefranst war, dass sie nicht mehr gewaschen werden konnte. Krankenwagen gab es nicht, die Patienten wurden auf Bahren hergetragen. Die

Geschicklichkeit der Sanitäter, von denen einige einst an Winterolympiaden teilgenommen hatten, dämpfte Stöße in dem unwegsamen Gelände weit besser als alles, was Räder hatte.

Neben dem Patchwork-Charakter der Ausstattung, die ein bisschen wie ein bunt bemalter und bereits teilweise verdauter Überrest der alten Welt wirkte, entsprach das Krankenhaus auch sonst nicht dem, was Liza von früher kannte.

Der liebevolle Grundsatz von Hope Town, jeden Menschen wertzuschätzen, kollidierte mit der harten Realität ihrer misslichen Lage. Egal, wie menschlich der Ethos in der Stadt auch sein mochte, ihre Medizinvorräte gingen zur Neige, und kein noch so großer Einfallsreichtum konnte daran etwas ändern. Vorrangig wurden diejenigen versorgt, die eine hohe Überlebenschance hatten, und am wichtigsten war ohnehin die Prävention, denn die kostete nichts.

Die Menschen waren fitter, stärker und gesünder als je zuvor, und niemand ging jemals in Rente. Doch egal, wie ausgewogen ihre Ernährung war und wie sehr sie geliebt wurden, Menschen wurden krank. Zeitweise erinnerte Klinik eins mehr an einen Gerichtssaal als an ein Krankenhaus. Jeden Tag wog Liza den Wert des Lebens eines Patienten gegen ihre schwindenden Vorräte an unersetzlichen Medikamenten ab. Jeden Tag verweigerte sie die Behandlung genauso oft, wie sie sie genehmigte. Wer süchtig nach dem in Hope Town aus vergorener Robbenmilch gebrauten und mit Holzkohle gefilterten Schnaps wurde, wurde nicht gebrandmarkt, aber er bekam auch keine Krankenhausversorgung, wenn seine Leber den Dienst quittierte.

Lizas Aussehen hatte sich in den zwanzig Jahren auf dem Kontinent fast bis zur Unkenntlichkeit verändert. Wie alle Bürger war sie fantastisch stark und fit. Obwohl sie in ihrem Job nicht den Elementen ausgesetzt war, musste jeder in Hope Town in der Lage sein, lange harte Schneewanderungen zu absolvieren, unabhängig vom Beruf.

Lizas Aufgabe erforderte den ganzen Winter über ihre Anwesenheit im Krankenhaus, und da es keine Fahrzeuge für den persönlichen Gebrauch gab, glich ihr Arbeitsweg oft einer gefährlichen Expedition. Alles Weiche an ihrem Körper, das sie früher im Fitnessstudio und mit Spinning-Kursen loszuwerden versucht hatte, war verschwunden, ersetzt von einer viel tieferen, umfassenderen körperlichen Stärke, die sie nur von den Ruderern und Leichtathleten an ihrem College gekannt hatte. Ihre Gesichtszüge waren härter als früher und ihr kastanienbraunes Haar länger – aus dem einfachen Grund, dass es ihren Hals wärmte. Wären ihre Eltern noch am Leben gewesen, hätten sie sie kaum als die junge Frau wiedererkannt, von der sie sich vor so vielen Jahren verabschiedet hatten.

Eine Krankenpflegerin kam in den Personalraum gerannt und rief: »Unterkühlung. Ein Kind. Er ist kurz vorm Herzstillstand!«

Liza sprang auf und eilte mit ihr in die Notaufnahme. Wann immer es möglich war, wurden die Patienten von den jeweiligen Fachärzten betreut, aber wegen der ständigen Personalknappheit konnte jeder zu einem Notfall gerufen werden, vollkommen unabhängig von der medizinischen Ausbildung. Ob Schönheitschirurg oder Zahnmedizinerin, alle in Klinik eins waren Experten für Unterkühlung, der häufigsten Todesursache im Reservat. Wenn die Körpertemperatur unter dreiunddreißig Grad sank, verlangsamte der Hypothalamus den Blutfluss zu Herz und Leber, weil diese Organe die meiste Wärme verbrauchten – ein verzweifelter Versuch des Körpers, das Gehirn am Leben zu erhalten.

»Körperkerntemperatur?«

»Achtundzwanzig Komma drei.«

Bei dieser Temperatur war das Bewusstsein beeinträchtigt und die Lebenszeichen sehr schwer zu erkennen. Als Liza die Notaufnahme betrat, sah sie einen kleinen Jungen auf dem Operationstisch liegen. Seine Haut war rot, seine Augen waren geschlossen, und der Brustkorb bewegte sich nicht. Nachdem sie unzählige Male mit Unterkühlung zu tun gehabt hatte, konnte sie die Überlebenschancen des Jungen sofort einschätzen. Und in diesem Fall wusste sie, dass es schwer werden würde, ihn zu retten. Sie übersprang die übliche Erstversorgung und entschied sich für die äußerste Maßnahme: eine Spülung der Bauchhöhle mit warmer Kochsalzlösung, um den Körper von innen wieder zu erwärmen. Während sie die Prozedur vorbereitete, sprach sie mit dem Jungen, als ob er gesund und munter wäre.

»Hallo, junger Mann, du musst jetzt die Augen öffnen und mir deinen Namen sagen.«

Er antwortete weder, noch öffnete er die Augen. Als die Bauchfellspülung abgeschlossen und der Junge immer noch nicht wieder bei Bewusstsein war, schüttelte die Krankenpflegerin den Kopf und sagte, der Kleine sei verloren. Doch Liza weigerte sich, das zu akzeptieren. Sie legte ihre warmen Hände auf seine kalten Wangen und flüsterte ihm ins Ohr: »Junger Mann, hör mir gut zu: Deine Mutter wartet draußen auf dich. Du musst jetzt deine Augen öffnen.«

Zur Überraschung aller riss der Kleine prompt die Augen auf. Er wusste seinen Namen nicht. Er wusste nicht, wo er war. Er behauptete, ihm sei heiß und er müsse sich abkühlen. Bei Menschen mit schwerer Unterkühlung war das Gehirn so benebelt, dass sie sich häufig nackt auszogen, doch dieser Junge gehörte zu den Glücklichen, die gerade noch zurückgeholt werden konnten, und Lizas Ruf als eine der fähigsten Ärztinnen von Hope Town wurde wieder einmal bestätigt.

Es hieß, sie habe eine Gabe jenseits von Fachwissen und Logik, eine Art Lebenskraft, die bei Berührung auf ihre Patienten übersprang. Während der Junge sich an einem kostbaren Tropf mit warmer Flüssigkeit erholte, ging Liza zu der völlig verzweifelten Mutter im Wartezimmer, wo die beiden sich umarmten, als wären sie eine Familie. In Hope Town gehörte jeder zur Familie. Selbst nach all den Jahren und all den Ermahnungen, dass Medikamente nur an Patienten mit einer hohen Überlebenschance ausgegeben werden sollten, hatte Liza nicht eine Sekunde darüber nachgedacht, ob dieses Kind es wert war, gerettet zu werden oder nicht.

ANTARKTISCHE HALBINSEL

Hope Town
Schule für eisadaptierte Kinder
Nächster Tag

Echo konnte die kleinsten Schwankungen in der Lufttemperatur erkennen und sie in ebenso geheimnisvollen wie wundersamen Details beschreiben. Sie sah die Kälte als bunte Wolken, sie sprach über ihre Beschaffenheit und über die Geräusche der Kälte, vom Gefrieren des Meeres bis zum Knistern und Krachen urzeitlicher Eismassen. Die Kälte hatte ihr noch nie Schmerzen bereitet, sie hatte keine Angst vor ihr, und ihr war noch nie der menschlichste aller Sätze über die Lippen gekommen: *Mir ist kalt.*

Echo war sechzehn Jahre alt und hatte keine der Schwächen gewöhnlicher Menschen, weder emotional noch körperlich. Ihre Gene waren für das Leben im Eis geschaffen worden, ihre DNA an diesen Kontinent angepasst. Warme Gefilde kannte sie nur aus dem Geschichtsunterricht.

Die Schule für eisadaptierte Kinder lag am Fuß einer senkrechten Klippe, einer Granit- und Dioritintrusion, die sich zweihundert Meter in den Himmel schraubte. Hier war das Gebäude vor den Küstenwinden geschützt, und es war mit Techniken errichtet worden, die man von Wikingersiedlungen abgeleitet hatte: Die Wände bestanden aus kunstvoll, ohne Zement oder Mörtel übereinandergeschichteten Steinen, sodass die Schule aus der Ferne aussah wie ein Teil der Landschaft. Die Klassenzimmer schmückten Kunstwerke der alten Meister – Originale, wohlgemerkt, die aus den Galerien und Museen der Welt gerettet worden waren.

Da sie nicht über die Ressourcen verfügten, um neue zu bauen, hatten die Bewohner von Hope Town beschlossen, ihren Fundus an einst unbezahlbaren Gemälden und Statuen an die Schulen weiterzugeben, wo sie die Heranwachsenden inspirieren konnten, anstatt sie sinnlos im Bauch eines U-Boots aufzubewahren, wo niemand sie je wieder zu Gesicht bekommen würde. In jedem Klassenzimmer hingen Monets, Tizians und Picassos an den Wänden, als handelte es sich um Kunstprojekte der Lernenden. Daneben Steintafeln, auf denen die Lehrkräfte mit Kreideklumpen schrieben, dem vorrangigen Schreibgerät, seit die Ära der Wegwerfstifte vorbei war.

Echos Schule war ausschließlich für eisadaptierte Kinder, die aus McMurdo City, der Hauptstadt der Menschheit auf der anderen Seite des Kontinents, hergebracht wurden. Im Gegensatz zu den drei Siedlungen auf der Antarktischen Halbinsel war McMurdo schon vor dem Exodus ein wissenschaftlicher Stützpunkt gewesen, der bedeutendste auf dem Kontinent. Hier hatten die Regierungen ihre modernste Ausrüstung und ihre besten Wissenschaftler zusammengezogen und sie mit den besten Überlebensunterkünften ausgestattet.

Heute war McMurdo die größte und wichtigste Siedlung der Menschheit, und sie verfolgte nur ein einziges Ziel: das Überleben der Spezies. Zu diesem Zweck war dort das Kältemenschen-Projekt ins Leben gerufen worden: gentechnisch veränderte Kinder, die immer noch Menschen waren, aber an das Überleben in Kälte und Eis angepasst. Jedes Kind war anders, jede gentechnische Veränderung einzigartig. Es gab keine Garantien für das Ergebnis, denn die Techniken, die man dort anwendete, waren radikal. Das Kind konnte sterben. Die Mutter konnte sterben. Das Kind konnte auf traditionelle Weise schön sein, oder auch auf eine völlig neuartige Art.

Diese bemerkenswerten Kinder erhielten an der Schule für Eisadaptierte eine Ausbildung, gleichzeitig waren sie selbst Objekt der Forschung. Man wollte sehen, wie sich die genetischen Veränderungen auswirkten. Das Lehrpersonal schrieb keine Zeugnisse für die Eltern, sondern sandte Berichte an die Wissenschaftler von McMurdo. Die Experimente waren so waghalsig, dass es häufig zu überraschenden Ergebnissen kam, die von eigenartigen und entzückenden Charaktereigenschaften bis zu nie zuvor gesehenen körperlichen Merkmalen reichten.

Keine der Lehrkräfte wusste, was sie am nächsten Tag erwartete. Ihre Schützlinge konnten entdecken, dass sie eine wunderbare Gesangsstimme hatten, die mehr an einen Vogel als an einen Menschen erinnerte, oder sie konnten die Farbe ihrer Haut verändern. Manche konnte man in Eis einfrieren, ohne dass sie irgendeinen Schaden davontrugen.

Im Gegensatz zu den früheren Schulen gab es hier weder Mobbing noch andere Hänseleien. Die Solidarität zwischen den Eisadaptierten war eine wunderbare Erfahrung für die Lehrer, die Kinder kümmerten sich umeinander und liebten sich auf ihre Weise. Da es keine Norm gab, hatte niemand das Gefühl, ein Außenseiter zu sein.

Mit ihren eins fünfundneunzig sah Echo eher aus wie ein Geschöpf aus der Mythologie denn wie ein Mensch, als hätte ein mächtiger Magier sie aus dem Eis gemeißelt und mit einem Zauberspruch zum Leben erweckt. Was in gewisser Weise ja auch stimmte. Echo war das Produkt eines neuen Genoms, dessen Geheimnisse die Wissenschaftler in McMurdo nur teilweise verstanden. Ihr Körper war so komplex und ihre Muskeln so dicht, dass sie dreimal so viel wog wie ein gewöhnlicher Mensch von ähnlicher Statur und Größe. Doch dank ihrer hybriden Muskulatur –

einer Kreuzung aus mehreren Arten einschließlich der Schnapp-
kieferameise, die das Hundertfache ihres Körpergewichts tragen
konnte – war ihr Körperbau alles andere als plump.

Echos Skelett war dem Oberschenkelknochen des Nashorns
nachempfunden, dem stärksten Knochen im ganzen Tierreich. Ihr
gesamter Körper war von mehreren Schichten eines neuartigen
braunen Fettgewebes umhüllt, das sich auf Kommando abbaute
und dabei weit mehr Wärme erzeugte, als das bei normalem Fettgewebe der Fall war. In Hope Town war man sehr stolz auf sie
und sah in ihr die Retterin einer gedemütigten Spezies. Doch trotz
aller Bewunderung schien Echo sich niemandem überlegen zu
fühlen. Die Bewunderung war ihr gleichgültig. Sie war eher unsicher, ob sie all die Hoffnungen erfüllen konnte, die in sie gesetzt
wurden.

»Ich bin ein ganz normales Mädchen«, sagte sie immer, doch
niemand glaubte ihr. Echo war die Zukunft.

Eine bronzene Handglocke, die von einem Schüler durch die
Gänge getragen wurde wie in den Zeiten vor der Erfindung der
Elektrizität, verkündete das Ende des Unterrichts. Das Schuljahr
dauerte von Herbst bis Frühling, mit zwölf Stunden Unterricht
an sieben Tagen die Woche. In der ständigen Dunkelheit gab es
nichts anderes zu tun, als zu lernen. Es gab keine Telefone, keine
Fernseher, keine Computer, und die meisten Wohnhäuser hatten
keinen Strom.

Noch wichtiger war, dass jedes Kind verstand, dass es bei seiner Ausbildung nicht nur um seine persönlichen Ambitionen oder
die eigenen Lebensaussichten ging: Die Zukunft der Gesellschaft
hing von ihrem Erfolg ab. Bei einer schrumpfenden Bevölkerung war jeder Einzelne wichtig. Keiner von ihnen hatte eine
Vorstellung davon, wie es früher in der Schule zugegangen war.
Verbummelte Stunden, schlechtes Benehmen und Schwänzen. Es
war eine Zeit gewesen, in der man an den Schulen davon aus-

ging, dass nur wenige zu wichtigen Persönlichkeiten heranwachsen würden.

Die Kinder in McMurdo strengten sich nicht nur bis zum Äußersten an, sie erfanden auch ihre eigenen Formen der Unterhaltung, ob innerhalb oder außerhalb des Unterrichts. Ob sie sich Spiele ausdachten, Geschichten erzählten oder Musik komponierten – sie kannten keine Langeweile und litten nie unter der Erinnerung an das, was die Menschheit verloren hatte.

Heute war Echos letzter Schultag. Ihre Eisgeschwister waren wie sie in McMurdo geboren worden, aber aufgewachsen waren sie alle gemeinsam in Hope Town. Obwohl sie viele genetische Anpassungen gemeinsam hatten, stach Echo als die Extremste, die am stärksten Veränderte, die am weitesten Entwickelte unter diesen optimierten Kindern hervor. Einige, darunter auch Echos Eltern, sagten, sie sei wie ein Leuchtturm am äußersten Rand dessen, was ein Mensch sein konnte. Andere meinten, Echo habe diesen Punkt bereits überschritten. Sie sei kein eisadaptierter Mensch, sondern etwas vollkommen Neues, das einen neuen Namen verdiente.

Da sie das sechzehnte Lebensjahr erreicht hatten, wurde Echos Klasse nach McMurdo City berufen, wo sie alle erschaffen worden waren und nun eine zentrale Funktion im Kältemenschen-Projekt übernehmen sollten. Keines der Kinder wollte Hope Town verlassen, doch McMurdo war das neue Innovationszentrum der Menschheit, das Silicon Valley der Antarktis, und deshalb mussten alle fähigen Köpfe dorthin umziehen, sobald sie erwachsen waren, das galt auch für die besten unter den gewöhnlich geborenen Schülern. Nach McMurdo berufen zu werden – sei es wegen akademischer Leistungen, um als Wissenschaftler zu arbeiten oder wegen körperlicher Fähigkeiten, um die Anlagen zu warten –, war die höchste Ehre, denn McMurdo war der große antarktische Traum.

Abgesehen von den vielen Annehmlichkeiten, die das Leben dort im Vergleich zu Hope Town bot, war es eine Chance, an vorderster Front am Überleben der Spezies mitzuwirken. Das Aussterben geht schnell, und die Evolution arbeitet langsam. Die Herausforderung bestand darin, einen Prozess, der normalerweise Millionen von Jahren dauern würde, so stark zu beschleunigen, dass er dem Aussterben zuvorkam.

Echos Lehrerin war Professorin Lili, eine Akademikerin aus Shanghai und eine der ältesten Menschen in Hope Town. Sie war siebzig Jahre alt und die einzige Überlebende ihrer Familie. Während ihres ersten Winters auf dem Eis hatte sie vier Finger durch Erfrierungen verloren. Sie lebte auf dem Schulgelände und schlief in der Bibliothek unter einem van Gogh.

In der Schule gab es keine Computer, denn Computer waren genauso empfindlich wie Menschen. Sie vertrugen die Kälte nicht und durften nur in eigens dafür gebauten Räumen benutzt werden, sodass die Lehrkräfte gezwungen waren, ihr Wissen durch Erzählungen und wenige gedruckte Texte weiterzugeben, die wie heilige Schriftrollen behandelt wurden, da sie nicht ersetzt werden konnten. Es gab keine Verlage, kein Holz für Papier, keine neu gedruckten Bücher.

Professorin Lili hatte ihre Schüler zutiefst ins Herz geschlossen, und nun war es Zeit, Abschied zu nehmen: »Meine Lieben, das war unsere letzte Unterrichtsstunde. Ihr werdet jetzt nach McMurdo City gehen, und ich sehe euch vielleicht nie wieder. Unsere gemeinsame Zeit ist zu Ende. Ich werde euch sehr vermissen. Es war mir eine Ehre, euch unterrichten zu dürfen. Ich werde versuchen, eure Fortschritte in McMurdo zu verfolgen, und vielleicht besuche ich euch eines Tages. Lasst mich euch eines mit auf den Weg geben: Wenn unsere Zukunft so aussieht, dass alle Menschen werden wie ihr, dann habe ich Hoffnung.«

Als die Schüler den steinernen Klassenraum zum letzten Mal verließen, bat Frau Lili Echo, noch kurz zu bleiben. Die anderen Kinder reagierten nicht eifersüchtig auf diese Sonderbehandlung, denn sie hatten sich daran gewöhnt, dass die Normalgeborenen sich zu Echo hingezogen fühlten. Als sie allein waren, nahm Lili Echos Hand, was eigentlich unangemessen war, doch sie hatte diese bemerkenswerte Haut noch nie berührt, und dies war die letzte Gelegenheit.

Mit von der Kälte gezeichneten Fingern hielt sie Echos kräftige Hände umklammert und sah ihrer Schülerin tief in die Augen wie eine Wahrsagerin. »Erinnerst du dich noch an die Stunde über die Insel San Nicolas? Die Bevölkerung dort schrumpfte immer mehr, bis irgendwann nur noch eine einzige Frau dort lebte. Sie hielt achtzehn Jahre lang allein durch, in vollkommener Isolation.«

Echo nickte. »Ja, ich erinnere mich. Sie war die Letzte ihrer Art.«

»Echo, du bist die Erste deiner Art und gleichzeitig die Letzte. Ich weiß nicht, welche genetischen Fortschritte sie inzwischen in McMurdo erzielt haben. Ich weiß nicht, wie die nächste Generation von Kältemenschen aussehen wird. Aber ich weiß, dass du etwas Besonderes bist. Noch besonderer, als selbst die Wissenschaftler begreifen.«

Für Professorin Lili, die einst mit ihrem Mann und ihren beiden Kindern an den Ufern des Huangpu spazieren gegangen war, fühlte sich dieser neuerliche Abschied an, als würde sie ihre Familie zum zweiten Mal verlieren.

Echo umarmte ihre Mentorin und spürte deren zerbrechlichen Körper in ihren starken Armen. Frau Lili weinte. Während Echo darauf wartete, dass sie aufhörte, fragte sie sich, wie so empfindliche, zarte Wesen es geschafft hatten, so lange zu überleben.

ANTARKTISCHE HALBINSEL

Hope Town
Wordie-Haus
Gleicher Tag

Das Wordie-Haus war eines der prestigeträchtigsten Gebäude in Hope Town, bewohnt von einer der namhaftesten Familien der Stadt: Liza, Atto und ihrer Tochter Echo. Alle drei waren bekannt für ihre Beiträge zur Gemeinschaft, ihre Güte und Hilfsbereitschaft gegenüber jedem. Das Haus war nach James Wordie benannt, dem Chefgeologen der Shackleton-Expedition.

Shackleton war eine hoch angesehene historische Persönlichkeit, die Bewohner von Hope Town bewunderten ihn, weil seine Expedition mit primitiver Ausrüstung 497 Tage auf dem Eis überlebt hatte und, was noch wichtiger war, dabei kein einziges Mitglied ums Leben gekommen war. Das Haus war vor beinahe einhundert Jahren errichtet worden und gehörte zu den ältesten menschengemachten Artefakten in der Antarktis. Seine Architektur erinnerte an isländische Fischerhütten: flach, um dem Wind keine Angriffsfläche zu bieten, und aus dem Holz stillgelegter Walfangstationen erbaut, ganz in der antarktischen Tradition, alles wiederzuverwenden und nichts zu verschwenden.

Ursprünglich hatte sich das Haus auf Winter Island mehrere Hundert Kilometer nördlich von hier befunden, doch es war zu wertvoll, um es einfach in der Landschaft stehen zu lassen. Also hatte man es abgebaut, nach Süden transportiert und es als Inspiration und Symbol der Überlebenskraft in Hope Town wieder aufgebaut. Es lag etwas außerhalb der Stadt und verströmte nachts, eingerahmt von den Sternen und einer Rauchfahne aus dem Schornstein, ein geradezu märchenhaftes Flair.

Über die Zuteilung von Wohnraum entschied der Wohnungsausschuss des Parlaments von Hope Town, der stets versuchte, jeder Familie die bestmögliche Unterbringung zur Verfügung zu stellen. Da Wohnraum knapp war, lebte so gut wie niemand allein, und wenn der Ausschuss bei der Kombination der Bewohner ein gutes Händchen gehabt hatte, verbesserte diese Form des Teilens die Lebensqualität der Menschen erheblich.

Niemand war jemals allein, und wenn jemand krank wurde, kümmerten sich die anderen um ihn. Wenn eine Gruppe nicht zusammenpasste, wenn es zu Reibereien oder Spannungen kam, wurden die Bewohner umgesetzt. Dass Liza und Atto im Wordie-Haus wohnen durften, war eine Würdigung ihrer Liebe, die während des Exodus erblüht war und nur eine einzige Woche Wärme, dafür zwanzig Jahre Kälte gekannt hatte. Das historische Gebäude war ihnen außerdem zugewiesen worden, um Lizas Leistungen als Ärztin in dem kärglich ausgestatteten Krankenhaus und Attos Verdienste als Fischer in den gefährlichen Gewässern zu würdigen, aber vor allem, um ihre Tochter Echo zu ehren: ein Haus aus der Vergangenheit für eine Familie der Zukunft.

Eine Familie zu gründen war der härteste Kampf ihres Lebens gewesen, härter noch als der Exodus. Während der ersten drei Jahre ihrer Ehe brachte Liza drei Kinder zur Welt. Alle drei starben. Das erste, eine Tochter, starb nach einem Jahr, als hätte eine innere Stimme ihm zugeflüstert, dass diese neue Welt nichts für sie war. Nach dem Tod des dritten Kindes wurde Lizas Trauer so übermächtig, dass sie in eine Depression fiel. Doch Hope Town war nicht nur eine Stadt der Bohemekultur, sondern auch der tiefen Solidarität zwischen ihren Bewohnern. Jeder half jedem, der Hilfe brauchte. Niemand wurde außen vor gelassen, egal wie alt, welchen Beruf oder sozialen Status er oder sie hatte. Es wurde alles getan, um Liza zu helfen – von Musiktherapie bis hin zu konventionellen Heilmethoden. Antidepressiva wurden nur im äußersten Notfall verschrieben, und das nicht aus Prinzip, sondern aus purer Notwendigkeit, denn die Vorräte waren knapp.

Da Liza als Ärztin unverzichtbar war, bot man ihr das Antidepressivum Amitriptylin an, doch sie lehnte ab. Die Wucht ihrer Gefühle überraschte sie. Sie war die einzige Überlebende ihrer Familie, und der Wunsch, ein Kind zu bekommen, war so stark, als könnte sie dadurch ihre verlorene Familie wieder zum Leben erwecken. Als Liza dieser Weg verwehrt wurde, begann sie Gewicht zu verlieren und in der Konsequenz ständig zu frieren. Sie ließ sich vom Krankenhaus beurlauben und verbrachte einen Winter ausschließlich zu Hause. Atto wich nicht von ihrer Seite. Er fütterte sie mit Brühe aus Albatrosknochen und flehte sie an durchzuhalten. Wenn sie sterben sollte, würde auch er sterben, daran hatte er keinen Zweifel. Er würde ihr folgen.

Dann wurde Liza von McMurdo für das Kältemenschen-Projekt ausgewählt.

Auf ihrer zweiten Abenteuerreise fuhren Liza und Atto zusammen mit fünfzig Freiwilligen aus den anderen drei Siedlungen in einem motorisierten Schneefahrzeug Hunderte von Kilometern quer über den Kontinent nach McMurdo City. Die Atmosphäre in der Hauptstadt traf sie wie ein Schock. McMurdo war vollkommen anders als die Siedlungen auf der Halbinsel. Rechtwinklig angeordnete Straßen, Verkehr und Stoppschilder. Neu errichtete Labors mit der neuesten Technologie. Die Bewohner wirkten genauso förmlich wie ihre Stadt, die den Metropolen der alten Welt erstaunlich ähnlich war. Keine bunten Wandmalereien an den Häusern, die Menschen hier waren stolz, ehrgeizig und gestresst von ihrer Arbeit: viel beschäftigte Leute mit großen Träumen.

Hand in Hand standen sie und Atto da und hörten zu, wie einige der besten Wissenschaftler der Welt erklärten, dass dies ein Freiwilligenprogramm für Frauen sei, die bereit waren, ein genetisch verändertes Kind zu gebären, ein Kind, das an das Überleben in der Kälte angepasst war. Atto war besorgt, doch Liza stimmte sofort zu, voller Freude über die Aussicht auf eine Familie – wie auch immer diese aussehen würde.

Lizas Schwangerschaft schritt schnell voran, fünf Monate statt neun, und sie fühlte sich auch ganz anders an als die drei vorherigen. Liza bekam Fieber und Halluzinationen. Nach drei Monaten war der Embryo so schwer, dass sie nicht mehr gehen konnte – sie hatte Angst, ihre Wirbelsäule zu verletzen. Schließlich wurde nach fünf Monaten ein Kaiserschnitt durchgeführt, den Liza nur knapp überlebte. Als sie ihre neugeborene, eisadaptierte Tochter im Arm hielt, staunte sie über ihr Gewicht und wie still das Kind war – nicht hilflos, sondern von der ersten Sekunde seines Lebens an hellwach.

Seine Augen waren anders als die gewöhnlicher Menschen: Das Kind hatte keine einzelne Pupille, sondern Hunderte, eine Matrix aus winzigen, Ommatidien genannten sechseckigen Zellen, die Augen einer Libelle. Ihre Haut war glatt, glänzend und sehr widerstandsfähig. Als sie genauer hinsah, stellte Liza fest, dass es gar keine Haut war, sondern achteckige Schuppen, ähnlich einer Eidechse. Noch erstaunlicher war die Art, wie die Schuppen die Farbe wechselten: Weiß, wenn die Kleine sich warm halten wollte, und Schwarz, wenn der Körper überschüssige Wärme abstrahlen musste. Sie hatte kein einziges Haar am Körper, und es würde ihr auch nie eines wachsen. Sie war nie traurig und wurde nie krank.

Liza war kein bisschen befremdet, sie spürte lediglich Liebe, eine unumschränkte und unkomplizierte Mutterliebe. Sie und Atto waren wieder Eltern. Sie wollte ihre Tochter nach ihrer jüngeren Schwester Emma benennen, doch man riet ihr davon ab, denn von Rückschau und Nostalgie wurde dringend abgeraten. Nein, es musste ein neuer Name sein, ein ungewöhnlicher Name für ein so ungewöhnliches Mädchen. Also nannten sie ihre Tochter Echo.

Liza hatte befürchtet, dass die Wissenschaftler ihr das Kind wegnehmen würden, aber während der fünfmonatigen Schwangerschaft hatten sie solche Fortschritte in der Gentechnik gemacht, dass sie bei Echos Geburt schon weiter waren. Sie untersuchten das Baby lediglich und notierten ihre Beobachtungen: Echos Gehirn entwickelte sich in rasantem Tempo, sie konnte schon nach einer Woche laufen und machte innerhalb von Monaten Fortschritte, für die ein gewöhnliches Kind Jahre brauchte.

Besonders stolz waren die Wissenschaftler auf Echos Haut. Neunzig Prozent der Körperwärme eines Menschen gingen über die Haut verloren, und wie die stolzen Eltern nun erfuhren, wirkten die Schuppen ihrer Tochter wie ein Kettenhemd, das sie nicht nur vor Verletzungen schützte, sondern auch die Körperwärme konservierte. Zudem war Echos Herz viel größer und stärker als das eines Normalgeborenen. Sie konnte ihren Puls regulieren und ihn in Zeiten extremer Kälte verlangsamen. Auch ihr Blut war neuartig und enthielt ein Frostschutzprotein, das von den Antarktisdorschen abgeschaut war.

Liza nahm all dies an wie ein Geschenk der Götter, was es in gewisser Weise ja auch war: das größte Geschenk, das man bekommen konnte, nämlich Unempfindlichkeit gegen Kälte. Doch wie sich schließlich herausstellte, waren die an Echo vorgenommenen Adaptionen nur der Anfang des Kältemenschen-Projekts. Sie war wie der Prototyp für ein Fahrzeug, das nie in Serie gehen würde, und wurde nicht mehr gebraucht.

Nach monatelangen Untersuchungen kehrten Liza, Atto und Echo nach Hope Town zurück, um Platz für nachrückende Mütter und noch radikalere Genomveränderungen zu machen. Von den fünfzig Frauen, die nach McMurdo gereist waren, kamen nur neununddreißig zurück. Jedes der eisadaptierten Kinder war anders, ihre Eltern verglichen sie neugierig und mit Zuneigung, als wären sie alle Geschwister. Gerüchtehalber war eines der Kinder mit einem so wilden Temperament zur Welt gekommen, dass es seine Mutter tötete, während sie schlief, und zu einem großen Teil aufgefressen hatte, bevor jemand dazwischengehen konnte. Alle Eltern waren gewarnt worden, dass ihre Kinder unberechenbar seien, es gab keine Richtlinien für die Erziehung. Liza war das egal. Sie hatte wieder einen Grund zu leben, und sein Name war Echo.

ANTARKTISCHE HALBINSEL

Südlich von Hope Town
Kompassgletscher
Gleicher Tag

Echo ging auf den Strand zu, an dem die Kompassgletscher ins Meer mündeten, und verschaffte sich einen Überblick über die Umgebung. Der südlich von Hope Town gelegene Nebengletscher war vierzehn Kilometer lang und drei Kilometer breit und ursprünglich nach Jean Rotz benannt gewesen, einem französischen Kartografen aus dem 16. Jahrhundert, der einen der ersten Magnetkompasse gebaut hatte. Er mündete in den nach einem britischen Astronomen des 19. Jahrhunderts – der ebenfalls an Magnetkompassen gearbeitet hatte – benannten Airy-Gletscher. Da sich niemand in Hope Town mit diesen vergessenen historischen Figuren verbunden fühlte, deren Namen von längst untergegangenen Kolonialreichen ausgewählt worden waren, fassten sie beide einfach zusammen und nannten sie fortan schlicht »die Kompassgletscher«. Dennoch waren sie ein gefährlicher Ort für zwei junge Menschen, selbst wenn einer der beiden eisadaptiert war.

Echo drehte sich um, um zu sehen, wie weit Tetu hinter ihr war. Er war ihr bester Freund, vielleicht ihr einziger echter. Er war zwei Jahre älter als Echo und mit seinen eins achtundachtzig fast so groß wie sie. Seine Eltern stammten aus dem ehemaligen Südafrika, beide waren als Mitglieder des Afrikanischen Nationalkongresses hochrangige Regierungspolitiker gewesen. Im Vergleich zu anderen Nationen hatte Südafrika einen höheren Prozentsatz seiner Bevölkerung retten können, was durch die Nähe zur Antarktis begünstigt war – so nahe, dass einige Schiffe zwei Fahrten hatten unternehmen können, um so viele Menschen wie möglich an die Spitze der Halbinsel zu bringen.

Im Gegensatz zu vielen anderen hatte die südafrikanische Regierung außerdem die strategische Entscheidung getroffen, nicht nur die Elite, sondern auch die Armen zu retten. Allerdings nicht aus Barmherzigkeit, sondern in der Überzeugung, dass die Bewohner von Townships wie Soweto, Tembisa und Katlehong eine weit höhere Chance hatten, mit dem harten Leben in der Antarktis zurechtzukommen, als die verwöhnten Reichen.

Tetu war das Kind gewöhnlicher Eltern und auf gewöhnliche Weise zur Welt gekommen, dennoch war er alles andere als gewöhnlich. Er war ein Wunderkind und hatte auch ohne genetische Anpassungen einen außergewöhnlich scharfen Verstand. Man konnte meinen, dass er genauso beliebt wie gut aussehend war, doch er galt als begriffsstutzig und unbeholfen. Tetu fühlte sich unwohl in der Gesellschaft von anderen, und sein Naturell wollte nicht so recht zu dem hippiehaften Lebensstil von Hope Town passen. Er neigte zu Melancholie, und das schon, bevor er seine beiden Eltern verlor. Das Leben auf dem Eis war nichts für Normalsterbliche, deren Körper und Geist nicht für diesen Kontinent gemacht waren. Allerdings kamen gesellige Menschen mit einem ausgeglichenen Gemüt besser mit den langen Zeiten des Eingesperrtseins in den Unterkünften zurecht, in denen man sich die Zeit nur mit Liedern und Geschichten vertreiben konnte.

Echo störte sich weder an Tetus eigenwilliger Art noch an seinem verschlossenen Wesen. Im Gegenteil, er war einer der wenigen, die nicht auf ihre genetischen Anpassungen fixiert waren. Er hatte sie beispielsweise nie gebeten, ihre Schuppenhaut berühren oder in ihre Libellenaugen starren zu dürfen. In den fünf Jahren ihrer Freundschaft hatten sie einander nie belogen, nie im Stich gelassen und nie gestritten. Wie den meisten Menschen in Hope Town waren ihnen Gemeinsein und Niedertracht völlig fremd.

Tetu versuchte mit aller Macht, mit Echo Schritt zu halten, doch in den schweren Stiefeln mit Steigeisen an den dicken Gummisohlen war das schlicht unmöglich. Seine Stiefel waren wasserdicht und hielten die Füße selbst bei eisigen minus fünfzig Grad warm. Im ersten Winter, den die Menschheit in der Antarktis verbrachte, hatte es viele Tote gegeben, denn die meisten waren denkbar schlecht für die extreme Kälte gerüstet gewesen. Jetzt, nach zwanzig Jahren Bevölkerungsrückgang, gab es haufenweise Stiefel und Handschuhe in den Tauschhäusern, wo alle Ausrüstung zusammengeflickt und repariert wurde. Jeder konnte sich dort um die Gegenstände bewerben, die dann je nach Bedarf verteilt wurden. Die Eisgeborenen fanden nichts Eigenartiges an den Tauschhäusern. Auf manche übten sie sogar eine gewisse Faszination aus, all die seltsamen Markenlogos, die den Menschen einst so viel bedeutet hatten, all die grellen Farben und synthetischen Materialien, die nicht mehr hergestellt werden konnten. Es war ein Museum für eine verlorene Welt mit Artefakten aus einem anderen Zeitalter. Aber diejenigen, die die Geschichte der Menschheit kannten, fanden die Tauschhäuser mit ihren Stapeln von Brillen, Stiefeln, Socken und Schals, die den Toten abgenommen und gereinigt worden waren, damit der Nächste sie benutzen konnte, einfach nur abstoßend. Viele weigerten sich, sie zu betreten.

Im Gegensatz zu ihrem Freund ging Echo barfuß. In der Regel hielt sie sich an die Konventionen und kleidete sich in der Nähe anderer Menschen wie eine Normalgeborene. Ihre Eltern taten sich schwer, wenn sie ihr einziges Kind barfuß über das Eis laufen sahen. Es machte ihnen Angst, obwohl sie wussten, dass die Schuppen an Echos Fußsohlen weit widerstandsfähiger waren als jeder von Menschen hergestellte Stiefel, dass ihre Bauchspeicheldrüse das natürliche Frostschutzmittel Glykoprotein produzierte, dass ihr Körper bestens mit extremen Temperaturen zurechtkam und dass Echo für diese Kälte geschaffen war und ihr nicht nur standhielt, sondern in ihr erblühte.

Als Echo noch ein kleines Mädchen war, versuchte sie, Thermostiefel zu tragen, vielleicht um sich den anderen Kindern anzupassen. Doch ihr Körper musste sich nicht gegen Kälte schützen, sondern gegen übermäßige Hitze. Da sie nicht schwitzen konnte, war Hitze für sie genauso gefährlich wie Kälte für die Normalgeborenen. Schließlich fand sie in einem der Tauschhäuser eine Kompromisslösung: ein Paar ungefütterte Doc-Martens-Stiefel in Größe 49, die für Normalgeborene unbrauchbar waren. Echo trug sie, um zu zeigen, dass sie immer noch eine von ihnen war – ohne zu ahnen, dass diese Stiefel einst die Mode von Außenseitern gewesen waren.

Tetu schloss zu Echo auf und deutete hinaus aufs Wasser. Echo betrachtete den Horizont und sah nichts außer flachen Eisbergen, grauen Wellen und ebenso grauen Wolken.

»Wonach soll ich suchen?«

Die Leute sagten, Echo sei frustrierend gleichmütig, nie verärgert, nie wütend, ihre Gefühle so angepasst, dass sie von den emotionalen Tumulten, die gewöhnliche Menschen durchlebten, verschont blieb. Doch wenn man sich die Zeit nahm, sie wirklich kennenzulernen, merkte man, dass das nicht stimmte. Echos Charakter äußerte sich subtil. Sie war ungeduldig und wollte immer eine direkte Antwort auf ihre Fragen. Manchmal drückte Tetu sich mit voller Absicht unklar aus, nur um eine Reaktion zu provozieren. Er genoss Echos Version von Verärgerung, eine Änderung des Tonfalls, die so zart war, dass die meisten Leute sie völlig übersahen.

»Nicht auf dem Wasser. Darunter … ein Licht.«

»Was für ein Licht?«

»Eines von woanders.«

Tetu nahm seinen Rucksack ab und fischte ein antikes Mahagonikästchen hervor, das so gar nicht zu den Notrationen und der Überlebensausrüstung darin passte. Er öffnete den Deckel, als würde er Echo ein Geschenk überreichen. Sie beugte sich vor und musterte die Trümmerteile außerirdischer Technologie in dem Kästchen. Sie sahen aus wie von malven- und jadefarbenen Adern durchzogene Scherben und verströmten ein pulsierendes Licht, obwohl sie ganz offensichtlich von jeder Energiequelle getrennt waren.

Echo nahm das größte Bruchstück heraus und hielt es vor ihre Augen. »Das Gesetz besagt, dass alle außerirdischen Fundstücke an McMurdo übergeben werden müssen.«

»Darum geht es ja. Ich werde sie abliefern. Und hoffen, dass sie mich nehmen.«

»Warum sollten sie dich nicht nehmen? Du bist einer der klügsten Menschen in Hope Town.«

»McMurdo nimmt immer weniger Normalgeborene auf. Sie sind nur noch an eisadaptierten Menschen interessiert. Und jeder wird ihnen gesagt haben, wie schwierig ich bin. Wenn sie mich nicht nehmen … kann ich mir keine Zukunft mehr vorstellen. Ich werde in Hope Town nicht überleben.«

»Was ist dein Problem mit Hope Town?«

»Zunächst einmal stehen alle unter enormem Druck, immer fröhlich zu sein. Unser einziger Job ist Freude, das nächste Musikfestival planen oder die nächste Sportveranstaltung. Was habe ich hier schon für Möglichkeiten? Auf einer Algenfarm arbeiten, in einer Konservenfabrik oder einer Recyclinganlage? Ich verstehe ja den Sinn dahinter, man soll das Leben genießen, aber ich kann nicht hier in dieser Stadt bleiben, Robbenfelle nähen und mich auf die nächste Party freuen. Das kann nicht mein Leben sein.«

»Wie soll dein Leben denn aussehen?«

»Größer.«

Was Tetu nicht sagte, war, dass er sich ein Leben ohne Echo nicht vorstellen konnte.

Seine Eltern waren von der Kälte dahingerafft worden, als er noch klein war. Es gab viele Waisenkinder in Hope Town, die bei Pflegeeltern aufwuchsen, beinahe jede Familie hatte mindestens ein adoptiertes Kind. Im Lauf der Jahre war Tetu von Familie zu Familie gewechselt und hatte nie eine gefunden, bei der er sich wirklich zu Hause fühlte. In letzter Zeit hatte er sogar aufgehört, seine Tasche auszupacken, denn er war sicher, dass er nur ein paar Monate bleiben würde. Seit dem Tod seiner Eltern war die einzige ununterbrochene Beziehung in seinem Leben die zu Echo. Sie gingen zusammen wandern, erkundeten die Berge, sahen sich gemeinsam den letzten Sonnenuntergang im Sommer und den ersten Sonnenaufgang nach dem Winter an. Mit ihr verspürte er zum ersten Mal in seinem Leben so etwas wie Glück. Er war in jemanden verliebt, ohne zu wissen, ob die Betreffende überhaupt in der Lage war, Liebe auf die gleiche Weise zu verspüren wie er.

Echo zog sich aus und sagte: »Die Klamotten stören im Wasser nur.«

Tetu versuchte, sie nicht anzustarren, und murmelte: »Ja, tun sie wohl.«

Die Schuppen umhüllten Tetus Körper wie ein seidig glänzender Anzug.

»Ist es dir unangenehm, dass ich nackt bin?«

Tetu schwieg einen Moment, dann überwand er seine Verlegenheit. »Echo, du musst nicht jede Frage stellen, die dir in den Sinn kommt.«

»Es interessiert mich.«

»Nein, es ist mir nicht unangenehm. Ich versuche nur, höflich zu sein.«

»Du kannst ruhig schauen. Es macht mir nichts aus.«

»Sei vorsichtig. Der Ozean ist gefährlich. Selbst für dich.«

»Es ist viel wahrscheinlicher, dass du hier in voller Montur erfrierst, als dass ich im Wasser sterbe.«

Tetu lachte. Er fand Echos Kommentare oft lustig, auch wenn sie gar nicht so gemeint waren.

»Also gut, dann werde *ich* also vorsichtig sein.«

Echo setzte sich auf den Rand des Eises und glitt wie eine Meerjungfrau ins eiskalte Wasser. Tetu sah zu, wie sie verschwand, und duckte sich aus dem Wind. Es bestand kein Zweifel: Er war verliebt. Er würde alles für Echo tun, was lächerlich war, denn sie war das selbstständigste Geschöpf, das man sich nur vorstellen konnte. Sie brauchte nichts von ihm, weder seine Hilfe noch seinen Rat, aber er hatte das Gefühl, dass sie *ihn* brauchte. Er war ziemlich sicher, dass sie sich seiner Gefühle bewusst war. Aber welche Art von Liebe war, nüchtern betrachtet, zwischen einer Eisadaptierten und einem Normalgeborenen schon möglich? Vielleicht gab es in McMurdo solche Romanzen, aber nicht in Hope Town. Mit ziemlicher Sicherheit wünschte Echo sich jemanden, der ihr ähnlicher war. Jemanden, der nackt im eiskalten Ozean schwimmen und barfuß über Gletscher hüpfen konnte. Wie auch immer, er liebte sie, und wenn sie getrennt würden, würde es ihm das Herz brechen.

ANTARKTISCHE HALBINSEL

Wordie Bay
Gleicher Tag

Einst war die Wordie Bay von Schelfeis umgeben, doch zwölf Jahre vor der Ankunft der Aliens löste sich das Schelf aufgrund der steigenden Meerestemperaturen auf – eine Eismasse, die von Cape Jeremy bis Mount Edgell reichte, brach ab und verschwand innerhalb weniger Monate ganz. Eine der am häufigsten diskutierten Theorien über den Grund für die Alieninvasion lautete, dass sie gekommen waren, um die Welt aus den Klauen der Menschheit zu befreien. Dass Ereignisse wie der Zusammenbruch des Schelfeises ein kosmisches Notsignal von Mutter Erde waren. Die Menschen waren enteignet worden, weil sie gegen den Mietvertrag verstoßen hatten.

Diese Spekulationen waren haltlos, denn die außerirdischen Besatzer hatten ihr Handeln nie erklärt und schienen keinerlei Interesse an der Menschheit zu haben, außer sie aus dem Weg zu räumen. Die Debatte über ihre mögliche Motivation war nicht mehr als ein müßiges Gesprächsthema beim Kartenspiel oder einem Glas aschevergorener Robbenmilch. Nichtsdestotrotz ließ sich beobachten, dass die Meeres- und Lufttemperatur stark sank. Mit dem Ende der Herrschaft der Menschen war die Welt zweifellos kälter geworden.

Da Echos Körper keinerlei Auftrieb hatte, sank sie auf den Grund der Bucht und landete in einer Schlammwolke um ihre Füße. Der Kompassgletscher reichte in den Ozean wie ein von Algen bewachsener Kieferknochen, der von unvorstellbar großen Krill-schwärmen abgefressen wurde. Der Meeresboden zwischen den Kelpwäldern war von Seeigeln und Seesternen bedeckt, die orange-farben schimmerten wie Lichteffekte in einem Tanzclub. Spinnen-krabben wichen eilig vor Echo zurück – wohl aus Furcht, gefan-gen zu werden, denn sie waren eine beliebte Delikatesse in Hope Town. Ein großer silberner Oktopus ließ sich jedoch nicht be-irren. Er schwamm dicht an Echo heran und starrte sie mit seinen rätselhaften Knopfaugen an, völlig furchtlos, obwohl auch seine Art regelmäßig gefangen und das Fleisch in gesalzenem Robben-öl knusprig gebraten wurde.

Die sonst so nüchterne Echo fand diesen Anblick zutiefst ver-störend und musste jedes Mal den Raum verlassen, wenn sie ge-gessen wurden. Ihre Mutter hatte aus der ungewohnt heftigen Reaktion gefolgert, dass Echos Genom auch einen Anteil Okto-pus enthalten musste. Dieses Rätsel verwirrte Echo, bis sie zum ersten Mal ihr eigenes Blut sah. Dank ihrer widerstandsfähigen Haut und ihrer ausgezeichneten Koordination kannte Echo die Kratzer und Schürfwunden nicht, die als fester Bestandteil zur Kindheit jedes Normalgeborenen gehörten. Echo hingegen sah ihr eigenes Blut das erste Mal, als ihre Periode einsetzte – kleine himmelblaue Flecken auf ihrer weißen Schuppenhaut. Das Blut des antarkti-schen Oktopus war ebenso blau, weil es das kupferhaltige Protein Hämocyanin enthielt, dank dessen es auch bei eisigen Tempera-turen Sauerstoff transportieren konnte.

Obwohl das Rätsel um ihr Genom damit gelöst war, beunru-higte Echo der Anblick ihres blauen Blutes. Es war wie ein Bild dafür, wie anders sie in Wirklichkeit war. Als ob Mensch zu sein bedeutete, rotes Blut zu haben. Die einzige Person, der sie sich anvertraute, war Tetu. Sie tat es in der Hoffnung, dass er die Nach-richt wie ein echter Nerd und rein wissenschaftlich aufnehmen würde. Zu ihrer Überraschung reagierte er sehr emotional, und in diesem Moment wurde Echo klar, dass er schon länger über ihre Kompatibilität als Geschlechtspartner nachdachte oder, weniger wissenschaftlich ausgedrückt, dass er möglicherweise in sie verliebt war.

Tetu versuchte, seine Gefühle zu verbergen, und witzelte, dass blaues Blut früher eine Umschreibung für adlige Abstammung gewesen sei. Echo sei somit ein Mitglied der Königsfamilie, eine Eisprinzessin, und eigentlich sollte er, ein einfacher Bauer, sich vor ihr verbeugen. Doch selbst dieser Scherz war aufschlussreich, denn er deutete darauf hin, dass Tetu sich ihrer nicht würdig fühlte, dass die biologische Kluft zwischen ihnen nicht durch Zuneigung überbrückt werden konnte.

Während Echo auf das flackernde außerirdische Licht zuschwamm, überlegte sie, all diese schwierigen Fragen jemandem in McMurdo City zu stellen, sobald sie dort war. Sie könnte ihren Schöpfern gegenübertreten, fragen und zuhören, bis sie wüsste, wo ihr Platz in dieser Welt war. Das war auch der Grund, warum sie Tetu so bewunderte: Er hatte weder Familie noch weise Schöpfer, die er nach Antworten fragen konnte. Er hatte nichts außer der Weisheit, die er sich selbst erarbeitete, und dem Ehrgeiz, mehr zu erreichen als bloßes Überleben. Obwohl Echo nur selten Komplimente machte, beschloss sie, Tetu zu sagen, dass sie ihn, vielleicht nicht direkt *liebte* – sie traute sich nicht, dieses Wort zu benutzen –, aber dass sie stolz war, seine Freundin zu sein.

Das eisige Wasser entzog ihr die Körperwärme weit schneller, als die Luft es getan hatte, da Wasser ein viel stärkeres Kühlmittel war. Echos Körper reagierte darauf, indem er die in ihrem genetisch veränderten Fettgewebe gespeicherte Wärme freisetzte – einer Form von Fett, wie es auch Neugeborene haben, die besonders anfällig für Kälte sind, da sie nicht zittern können. Die Fettzellen bauten sich auf Kommando ab und erzeugten dabei Wärme, ohne dass Echos Muskeln zittern mussten. Die meisten normalgeborenen Erwachsenen hatten nur sehr wenig Fettgewebe, Echos Körper hingegen war von einer verbesserten, in den Mc-Murdo-Laboren entwickelten Version umhüllt. In der Antarktis bedeutete Fett Leben, und Echos Fettzellen waren die fortschrittlichsten, die die Welt je gesehen hatte.

Im Näherkommen entdeckte Echo einen zweiten und dann noch einen dritten Oktopus und fragte sich, was diese hochintelligenten Einzelgänger anlocken mochte. Als sie das Alien-Trümmerteil erreichte, sah sie eine ganze Gruppe von Oktopussen, alle hatten ihre Tentakel um das Bruchstück geschlungen. Echo blieb stehen und beobachtete die Tiere eine Weile, bevor sie ihre Hände vorsichtig zwischen den wabernden Körpern hindurchstreckte. Als sie das Teil zu fassen bekam, krochen die Kraken ihren Arm hinauf und über ihren Körper, einer setzte sich auf ihren kahlen Kopf wie ein Hut. Echo ließ sie gewähren, befühlte die merkwürdige Oberfläche der Alientechnologie unter ihren Fingern, betrachtete das pulsierende Leuchten und hob das Teil schließlich vom Meeresboden auf. Tetu würde sich freuen: Es war viel größer als all seine bisherigen Fundstücke, eine Entdeckung von enormer Bedeutung, die ihm mit Sicherheit eine Berufung nach Mc-Murdo einbringen würde.

Echo wollte gerade zum Ufer zurückkehren, da spürte sie, wie das Wasser um sie herum aufgewühlt wurde. Etwas Großes, dessen Körperwärme die Kälte verdrängte, war hinter ihr. Als sie sich umdrehte, sah sie sich der schwarz-weißen Schnauze eines Orcaweibchens gegenüber. Echos Schuppenkleid nahm sofort die gleiche Färbung an – vielleicht als eine instinktive Form der Kommunikation oder als Zeichen der Freundschaft. Sie war einem Orca noch nie so nahe gekommen. Orcas waren genauso geschickte wie gnadenlose Jäger, die sich Robben schnappten, während sie auf dem Eis schliefen, und sogar junge Blauwale töteten, die Zunge verspeisten und den Rest des Kadavers den Schnurwürmern und anderen Gründlern überließen. Echo legte ihre Handfläche auf den Kopf des Orcas, die Kraken immer noch um ihre Arme geschlungen wie Schmuck. Der Körperkontakt ermöglichte es ihr, die Gedanken des Wals zu erahnen. Es war kein sprachlicher Austausch, eher ein allgemeiner Eindruck.

Der Orca war neugierig, aber nicht wegen des Leuchtens, sondern wegen ihr. *Was bist du?*

Echo öffnete ihren Geist und versuchte, eine Antwort zu übermitteln. *Ich weiß es nicht.*

Plötzlich zuckte der Orca mit einem kräftigen Schwanzschlag zurück und verschwand in der Dunkelheit. Etwas Fremdes hatte das Wasser betreten, etwas, das dort nicht hingehörte. Es war Tetu.

ANTARKTISCHE HALBINSEL

Wordie Bay
Kompassgletscher
Gleicher Tag

Echo stieß sich vom Meeresgrund ab, sie streckte die Arme aus und schoss mit unfassbarer Geschwindigkeit durchs Wasser. Sie erreichte Tetu, hob ihn hoch und fühlte seine Körpertemperatur, sobald sie seine Haut berührte. Seine Kerntemperatur betrug dreißig Grad und sank schnell. Er hatte das Bewusstsein verloren und war nicht ansprechbar. Rätselnd, wie er ins Meer geraten war, trug sie ihn ans Ufer. Tetus Körper lag schlaff auf ihren Armen. Er war ein athletischer junger Mann, fit und muskulös von den langen Wanderungen, aber im Gegensatz zu ihr anfällig für Kälte. Sie spürte nicht nur, wie die Wärme aus ihm herausströmte, sie konnte es auch sehen – Farbschlieren, die von ihm aufstiegen, als würde sein Geist bereits den Körper verlassen.

Echo kletterte an Land, doch nirgendwo war eine trockene Stelle, an der sie ihn absetzen konnte. Sie rannte über den Gletscher, ihre nackten Füße krallten sich bei jedem Schritt ins Eis und hinterließen kleine Risse. Tetus Kerntemperatur sank weiter, sein Herzschlag wurde unregelmäßig. Als sie die Felsen erreichte, legte sie ihn auf den Boden und stellte fest, dass er einen Kälteschock hatte. Vielleicht hätte jemand wie Liza ihn im Krankenhaus wiederbeleben können, aber nicht Echo, nicht hier draußen in dieser Einöde. Sie verstand einfach nicht, wie er ins Wasser hatte fallen können. Es gab keinen Sturm, keine Monsterwellen, nicht einmal starke

Böen. Selbst wenn Echo rannte, würde sie es nicht rechtzeitig zum Krankenhaus schaffen. Mit einem für sie völlig neuen Gefühl von Verzweiflung hob sie Tetu hoch und drückte ihn an sich, vielleicht aus dem Impuls heraus, ihn nicht alleine sterben zu lassen.

Und während sie ihn an sich drückte, spürte sie, wie ihr Körper begann, Fettzellen in Energie umzuwandeln – weit mehr, als sie selbst brauchte, mehr, als sie jemals zuvor umgewandelt hatte. Es war wie eine Kettenreaktion, die sich über ihren ganzen Körper ausbreitete, als würde er auf Tetus Unterkühlung reagieren. Echos Schuppen wurden heiß, die Wärme strahlte auf Tetu ab – und das so sehr, dass seine feuchten Kleider zu dampfen begannen. Ohne sich zu fragen, wie diese Reaktion möglich war, zog sie Tetu nackt aus, damit sein Körper direkt mit ihrem in Berührung kam und sie ihre Wärme ohne hinderliche Zwischenschicht auf seine Haut übertragen konnte.

Tetus Kerntemperatur stieg, dreiunddreißig, vierunddreißig. Sie stieg weiter, bis Tetu schließlich Fieber bekam und ihm der Schweiß von den Schläfen tropfte. Dann öffnete er die Augen. Echo entließ ihn erschrocken aus ihrer Umarmung. Seine Haut dampfte, sein Haar war beinahe wieder trocken, aber sein ganzer Körper war mit Schweiß bedeckt. Dann gab sie ihm Zeit, wieder zu sich zu kommen, während ihre Schuppen abkühlten und ihr Körper auf normalen Stoffwechsel zurückschaltete.

Schließlich stellte sie ihm eine Orientierungsfrage. »Kannst du mir deinen Namen sagen?«

Tetu blieb stumm und blickte verwirrt auf seinen dampfenden Körper, als wäre es der eines anderen.

»Kannst du mir deinen Namen sagen?«

Leise, mit trockener Kehle und brüchiger Stimme antwortete er: »Ich bin in dich verliebt.«

Echo reichte ihm seine Kleidung. »Dein Name ist Tetu. Und du bist im Delirium.«

Er nahm seine Kleider.

»Was ist passiert?«, fragte Echo.

»Werd nicht wütend.«

»Ich werde nie wütend.«

»Doch, wirst du. Auf deine Art.«

»Worüber sollte ich wütend werden?«

»Ich bin reingesprungen.«

Echo dachte über seine Worte nach. »Ich verstehe nicht.«

»Ich bin ins Wasser gesprungen.«

»Du meinst, mit *Absicht*?«

»Ja.«

»Warum?«

»Um eine Theorie zu beweisen.«

»Welche Theorie?«

»Du kannst deine Körperwärme nicht nur konservieren, Echo, du kannst sie steuern. Ich habe gesehen, wie Schnee um deine Fingerspitzen geschmolzen und dann wieder gefroren ist. Ich habe gesehen, wie ein Lufthauch über deinen Kopf hinweggeweht ist und die Feuchtigkeit darin zu Schneeflocken kristallisiert ist.«

»Das Ganze war ein Test?«

»Und schau, wie hervorragend er geklappt hat!«

»Du wärst fast gestorben!«

»Bin ich aber nicht. Ich bin am Leben. Das habe ich dir zu verdanken.«

»Du hast recht. Ich bin wütend.«

»Das musst du nicht. Mein Herz schlägt dank deiner Wärme – mein Gehirn, meine Lunge, mein Blut, alles in mir pulsiert von deiner Wärme.«

Echo dachte an den Moment zurück, als sie den sterbenden Tetu in die Arme geschlossen hatte, wie sie ihn ins Leben zurückgeholt und ihre Wärme mit ihm geteilt hatte. Er hatte recht: Das

Gefühl war unglaublich stark gewesen, ein Gefühl von Zusammengehörigkeit, wie sie es noch nie verspürt hatte.

Erschrocken über ihren inneren Aufruhr, packte sie Tetu am Handgelenk. »Ich kann sie mir auch wieder zurückholen, meine Wärme. Ich könnte sie aus dir heraussaugen und dich an diesem Felsen festfrieren lassen.«

Echo sah es regelrecht vor sich, wie sie Tetus Körper alle Wärme entzog, sie aus ihm heraussaugte, bis sein Blut gefror und sein Körper zersprang, spröde wie Glas. Geschockt von der Wucht des Bildes, ließ Echo sein Handgelenk los und wandte sich ab. Sie wusste nicht, wie lange sie auf den Ozean hinausgestarrt hatte, aber als sie sich wieder zu Tetu umdrehte, war er vollständig angezogen.

Tetu grinste.

»Ich habe nicht im Fieberwahn gesprochen. Ich liebe dich. Ich liebe dich schon lange.«

»Du kannst nicht in mich verliebt sein, Tetu.«

»Warum nicht?«

»Du weißt ja nicht einmal, was ich bin.«

ANTARKTISCHE HALBINSEL

Hope Town
Wordie-Haus
Gleicher Tag

Liza stand vor dem schmiedeeisernen Herd und rührte in einem Topf mit Algensuppe. Sie machte sich Sorgen, weil ihre Tochter noch nicht nach Hause gekommen war. Atto spürte ihre Besorgnis und stand vom Tisch auf, wo er gerade das Innenfutter seiner Jacke flickte.

Er legte die Arme um sie und spürte die Anspannung in ihrem Körper. »Ihr ist nichts passiert. Ihr passiert nie was.«

Liza drehte sich um und küsste ihn. »Sich Sorgen zu machen gehört zum Elternsein. Ich kann es nicht einfach abstellen, nur weil sie so stark ist.«

»Ich kann es genauso wenig. Aber sie hat sich noch nie auch nur das Knie aufgeschürft.«

»Echo begibt sich in Gefahren, in die Normalgeborene nie geraten würden. Sie klettert auf Eisberge und geht große Risiken ein, weil sie die Kälte nicht fürchtet.«

»Wenn sie nicht fünfmal so stark wäre wie ich, würde ich ihr Hausarrest geben.«

»Du warst schon immer zu weich zu ihr.«

»Und du warst schon immer zu hart. Ich denke, zusammen ergibt das die ideale Mischung.«

Atto küsste Liza und machte sich wieder an die Arbeit an seiner Jacke. Er glaubte an das Wunder ihrer Liebe – an ihre Partnerschaft, die aus außergewöhnlichen Umständen heraus entstanden war. Unter Druck waren sie ein unschlagbares Team. In den ersten Jahren waren sie unzertrennlich gewesen, sie kämpften gegen die Verheerungen der Kälte an und versuchten, aus den Ruinen der alten Gesellschaft eine neue zu errichten. Ihre Überlegungen hatten Hope Town entscheidend geprägt, denn sie waren der Meinung, dass das Überleben von Menschen von vielerlei abhing. Die anderen beiden Siedlungen verspotteten sie, aber in Hope Town überlebten die Leute, während andere der Depression erlagen. In Hope Town hatte man das Überleben nie auf die Menge der zugeführten Wärme und Kalorien reduziert.

Da es in Hope Town so gut wie keine technische Infrastruktur gab, war es unmöglich, Echo zu kontaktieren. Es gab keine Handys. Die Kommunikationsnetze waren rudimentär und beschränkten sich darauf, die drei Überlebendensiedlungen mit McMurdo City zu verbinden, von wo meist telegrammartige Nachrichten mit Anweisungen kamen: der nächste Abholtermin für die Freiwilligen oder eine Bestellung von Lebensmitteln, die nur auf der Halbinsel gediehen wie etwa die Flechten, die auf den Felsen an der Nordspitze wuchsen. Ein Satellitennetz gab es nicht mehr, denn die Aliens hatten es zerstört. Die Regierungsbeamten kommunizierten per Telegramm oder Funk, wie sie es früher getan hatten.

Wenn Kinder gemeinsam spielen wollten, vereinbarten sie einen Treffpunkt – um sechs Uhr nachmittags beim letzten Haus in der Cannery Row zum Beispiel –, versammelten sich dort und warteten auf ihre Freunde, um schließlich alle gemeinsam mit ihren Langlaufskiern loszufahren. Wenn Erwachsene sich verabredeten, machten sie sich aus gutem Grund Sorgen, wenn die anderen nicht auftauchten. Mündliche Absprachen waren wie ein Vertrag, die Leute nahmen sie ernst, weil sie wussten, dass sie den Termin nicht um dreißig Minuten verschieben oder einfach per SMS absagen konnten. Einen Termin zu verpassen war in Hope Town tabu, denn der erste Gedanke des anderen lautete stets, dass man vielleicht nicht mehr lebte. Normalerweise wurden nach einer Stunde Suchtrupps losgeschickt. Echo war inzwischen sechs Stunden überfällig.

Atto fragte: »War sie allein?«

»Sie war mit Tetu zusammen.«

»Er ist in sie verliebt. Das weißt du, oder?«

»Alle wissen das.«

»Alle außer ihr.«

»Sie weiß es genauso. Sie weiß nur nicht, was sie davon halten soll.«

»Habt ihr das Gespräch geführt?«

»Das Gespräch über die Liebe?«

»Ja.«

»Sie hat nicht viel gesagt.«

»Was war dein Eindruck?«

»Sie glaubt, dass sie für immer allein sein wird. Dass sie sich nie verlieben wird, nie einen Partner findet. Nie Sex haben, nie ein Kind bekommen wird. Was konnte ich schon zu ihr sagen? Dass es in McMurdo vielleicht noch andere gibt wie sie?«

»Hier gibt es ebenfalls Eisadaptierte.«

»Keine wie sie.«

»Hast du ihr jemals erzählt, wie wir uns kennengelernt haben?«

»Nein. Hast du?«

»Ja. Sie hat mich danach gefragt.«

Liza drehte sich vom Herd weg, setzte sich auf den Stuhl neben Atto und lehnte den Kopf an seine Schulter. »Was hast du gesagt?«

»Ich habe ihr erzählt, was damals passiert ist.«

»Wie hat sie reagiert?«

»Sie wollte wissen, warum ich in Lissabon zu dir zurückgekommen bin.«

»Warum bist du denn zurückgekommen?«

»Ich konnte nicht anders.«

Liza dachte einen Moment lang darüber nach, bevor sie fragte: »Wie hat sie deine Antwort aufgenommen?«

»Sie schien es zu verstehen.«

»Es fällt mir schwer, über die Vergangenheit zu sprechen, ohne zu weinen.«

»Weinen ist in Ordnung. Echo darf ruhig sehen, wie du weinst. Es ist nichts Verkehrtes daran.«

»Aber ich habe Echo noch nie weinen sehen. Ich bin mir nicht sicher, ob sie es überhaupt kann.«

Liza dachte an das Theaterstück *Die Eumeniden* und daran, dass eine Mutter nicht mehr als ein Brutkasten sei und der Charakter und die Seele eines Kindes ausschließlich vom Vater kämen. Das Stück wurde lange vor der Entdeckung der Genetik geschrieben, und diese Behauptung war längst widerlegt, doch in Lizas Fall traf sie dennoch ein wenig zu: In Echo war nichts von ihr, die Wissenschaftler hatten Lizas Eizellen nicht benutzt. Echo war in McMurdo erschaffen worden, Liza hatte ihre Schöpfung lediglich zur Welt gebracht und war dabei fast gestorben, ohne ihr dabei ein Stückchen von sich selbst mitzugeben.

Atto beschäftigte sich nie mit solchen Gedanken, denn sie hatten auch seine Gene nicht verwendet, und Echo war auch nicht in ihm herangewachsen. Und trotzdem hatte Echo sich nie so verhalten, als wären die Wissenschaftler in McMurdo ihre wirklichen Eltern. Sie hatte nie Lizas und Attos Recht infrage gestellt, sie großzuziehen. Lizas Verunsicherung kam nicht von dem Bedürfnis, biologisch mit ihrer Tochter verbunden zu sein. Adoption war das Fundament ihrer Gesellschaft, jeder gehörte zur Familie. Sie hatte eher den Eindruck, dass ihre Tochter überhaupt keine Eltern brauchte, dass sie schlicht zu selbstständig war. Jemand, der sich nicht nach der Gesellschaft anderer Menschen sehnte.

Liza sagte: »Sie verlässt uns. Ich glaube nicht, dass sie je zurückkommen wird.«

»Sie verlässt uns nicht. Sie geht aufs College.«

»Sie haben sie erschaffen, die Wissenschaftler dort. Sie haben Antworten für Echo und können auf eine Art mit ihr reden, wie wir es nie könnten. Sie freut sich sehr darauf. Weil sie nie wirklich zu uns gehört hat.«

»Das ist nicht wahr. Sie liebt uns, und sie liebt diese Stadt. Sie liebt die Menschen hier, auch wenn sie ihre Liebe anders zeigt.«

Wie eine Antarktis-Amazone, die gerade aus der Schlacht zurückkehrt, trat Echo ins Haus. Sie war von der Taille aufwärts nackt, ihr Oberkörper war von einer Schneeschicht bedeckt. Den Rest ihrer Kleidung hatte sie Tetu gegeben, als die Wärme nachließ, die sie auf ihn übertragen hatte, und er zu zittern begann.

Auf dem Rückweg nach Hope Town hatte sie ihn gestützt wie eine Soldatin einen verletzten Kameraden. Tetu wollte nicht ins Krankenhaus, weil er ins Wasser gesprungen war und seine Unterkühlung selbst verschuldet hatte. Die Ärzte hätten ihn bestimmt gefragt, ob er sie noch alle hatte. Als sie bei ihm zu Hause ankamen – einer Kabine auf einem ehemaligen Kreuzfahrtschiff, das nun für immer in der Bucht vor Anker lag –, sank er völlig erschöpft in seinen Schlafsack und sagte, es sei schon in Ordnung, wenn sie ihn nicht liebe. Sie brauche wahrscheinlich jemanden, der barfuß über Gletscher laufen und unter Eisbergen durchtauchen könne.

Echo saß am Rand seines schmalen Etagenbetts und begutachtete Tetus Zuhause: eine enge Kabine für eine vierköpfige Familie, durchzogen von Wäscheleinen und einem Bettlaken als Raumteiler. Seine Adoptiveltern waren liebe Menschen, denen sein Wohl am Herzen lag, obwohl sie eigene Kinder hatten, um die sie sich kümmern mussten. Kein Wunder, dachte Echo, dass er so hart dafür arbeitete, Hope Town zu verlassen, dass er so viel Zeit mit

Lernen und dem Erkunden der Umgebung verbrachte. Er wollte sich selbst ein Zuhause schaffen, sein eigenes. Echo wartete, bis er eingeschlafen war, stabilisierte seine Temperatur ein letztes Mal und spürte, wie ihre Wärme durch ihre Hände in seinen Körper floss.

In den vier Wänden von Wordie-Haus färbten sich ihre Schuppen sogleich schwarz und strahlten die überschüssige Körperwärme ab. Obwohl ihre Mahlzeiten immer kalt serviert wurden, konnte Echo nicht lange in dieser Wärme bleiben und schlief notgedrungen draußen. Die dicken Wände des solide gebauten Hauses erzeugten eine unangenehme, viel zu intensive Hitze, obwohl ihre Eltern die Temperatur niedrig hielten, damit sie möglichst viel Zeit zusammen verbringen konnten. Morgens fand Liza ihre Tochter oft draußen im Schnee liegend, zusammengerollt wie eine Katze in ihrem Körbchen.

Ohne ein Wort über ihre Verspätung zu verlieren oder darüber, warum sie halb nackt war, setzte Echo sich auf den Stuhl, den Atto verstärkt hatte, damit er ihrem Gewicht standhielt. Dann begann sie, die Eisklumpen zwischen ihren Zehen hervorzupulen.

Liza konnte sich ein Lächeln nicht verkneifen. »Du kannst nicht einfach so spät und außerdem halb nackt hereinspazieren, ohne wenigstens ein paar erklärende Worte zu verlieren.«

Echo war nie prüde gewesen. Schamhaftigkeit war ein Charakterzug der Normalgeborenen. Sie selbst hatte kein Problem damit, vor ihren Eltern nackt zu sein. Sie zog es aus praktischen Gründen sogar vor, denn so konnte sie ihre Körpertemperatur besser regulieren. Die meisten Eltern würden in Panik ausbrechen, wenn ihre sechzehnjährige Tochter im Dunkeln und mit zerrissenen Kleidern nach Hause käme, aber selbst Liza war sicher, dass kein Normalgeborener Echo etwas antun konnte.

»Wo warst du?«, erkundigte sich Atto.

»Bei den Kompassgletschern.«

»Was hast du gemacht?«

»Nach Trümmern von Alien-Technologie gesucht.«

»Warum?«

»Tetu sammelt sie. Er glaubt, dass er damit bessere Chancen hat, nach McMurdo berufen zu werden.«

Liza rückte näher an ihre Tochter heran und pflückte einen Eiskristall aus den Ritzen zwischen ihren Schuppen. »Warst du wieder im Meer?«

»Ja. Das Fragment lag unter Wasser. Ich bin hinuntergetaucht und habe es für ihn geholt.«

»Das Meer ist selbst für dich gefährlich. Das Eis kann sich bewegen und dir den Rückweg versperren. Du bist nicht unsterblich. Ich weiß, dass es sich für dich so anfühlt, ich weiß, dass es dir im Vergleich zu uns so vorkommt, aber du brauchst genauso Luft zum Atmen. Und auch du brauchst Wärme.«

Als Echo noch klein war, probierte sie einmal aus, wie lange sie in der Kälte ausharren konnte. Sie wollte ihre Grenzen ausloten und hoffte, sich mehr wie ein Mensch vorzukommen, wenn sie erst einmal das Gefühl von Kälte erfahren hatte. Mit diesem Ziel vor Augen setzte sie sich in eine Gletscherspalte. Ihr Herzschlag verlangsamte sich, ihre Augen schlossen sich, und Echo fiel in einen winterschlafähnlichen Zustand.

Sie träumte davon, wie sie über die weißen Hochebenen wanderte und nach den Menschen suchte, die sie erschaffen hatten. Sie verbrachte dreizehn Tage in diesem Zustand, bis Liza sie endlich fand. Echo hatte massiv an Gewicht verloren und ihre gesamten Reserven an Fettgewebe aufgebraucht – ihre Schuppen begannen sich zu verfärben, sie waren weder schwarz noch weiß, sondern grau und fielen ab wie Herbstlaub. Echo lag im Sterben. Ihre Eltern konnten sie nicht nach Hause tragen, denn dafür war sie selbst in diesem jungen Alter bereits zu schwer. Stattdessen schlugen sie ihr Lager um Echo herum auf und erweckten sie wieder zum Leben, indem sie ihr zum ersten und einzigen Mal in ihrem Leben warme Knochenbrühe gaben. Nachdem Echo sich erholt hatte, entschuldigte sie sich und versprach, ihnen nie wieder solchen Kummer zu bereiten.

Als Liza mit einer Portion gefrorener Suppe von draußen zurückkam, erklärte Echo: »Tetu hat es mir heute gesagt.«

»Was gesagt?«

»Dass er mich liebt.«

»Warst du überrascht?«

»Nein. Ich hatte so eine Ahnung.«

»Aber du empfindest nicht dasselbe.«

»Dasselbe wie er? Nein. Er ist mein Freund.«

»Mehr nicht?«

»Was könnte ich noch für ihn empfinden?«

»Liebe vielleicht?«

»Ich weiß nicht mal, wie sich Liebe anfühlt.«

Liza setzte sich wieder an den Tisch und rang um eine Antwort. »Es ist bei jedem anders, aber jeder weiß, wann er liebt.«

»Habt ihr es gefühlt, als ihr euch das erste Mal begegnet seid?«

Atto nickte. »Ja, das habe ich.«

Liza überlegte und nickte ebenfalls. »Ja, ich wusste, dass da etwas zwischen uns ist.«

»Könnt ihr es beschreiben?«

Atto antwortete: »Es war ... als hätte es in diesem Moment nur diesen einen Menschen auf der Welt gegeben. Ich sah nichts und niemandem mehr, nur deine Mutter.«

»Ich kann Tetu nicht lieben.«

»Warum nicht?«

»Wir sind zu verschieden.«

»Verschieden sein ist okay.«

»Wir gehören nicht einmal zur selben Spezies.«

»Wer hat das gesagt?«

Echo zitierte aus den vielen Lehrbüchern, die sie gelesen hatte, und antwortete: »Eine Spezies ist eine aus Individuen bestehende Gruppe von Lebewesen, die in der Lage sind, Erbmaterial auszutauschen und sich zu vermehren.«

»Das wurde vor langer Zeit geschrieben.«

»Wenn ich mich nicht mit einem Normalgeborenen fortpflanzen kann, wenn ich nicht in der Lage bin, meine Gene mit seinen zu vereinen, bin ich nicht von derselben Art.«

Atto entgegnete: »Niemand weiß, ob ihr Kinder miteinander haben könnt oder nicht.«

»Ich bin mir absolut sicher.«

»Warum?«

»Mein Blut ist blau.«

Liza und Atto schwiegen eine Weile. Schließlich fragte Liza: »Dein Blut ist blau?«

»Wie Oktopusblut, blau vom Kupfer, damit es mehr Sauerstoff transportieren kann.«

»Wann hast du dein Blut gesehen?«

»Als meine Periode eingesetzt hat.«

»Warum hast du uns das nie gesagt?«

»Ich habe blaues Blut und Schuppen statt Haut. Ich habe Libellenaugen und Nashornknochen. Ich bin kein Mensch, sondern etwas anderes, etwas, für das es nicht einmal einen Namen gibt. Selbst wenn ich Liebe fühlen würde, selbst wenn ich Tetu lieben würde, könnte ich nicht mit ihm Liebe machen. Ich bin nicht wie ihr, nicht wie er.«

Liza versuchte, sich zu beruhigen. Sie hatte sich lange auf dieses Gespräch vorbereitet. Sie verbarg ihre Gefühle, so gut es ging, und zog ihren Stuhl ganz dicht an Echo heran. »Ich habe viel über dieses Thema gelesen und bin dabei auf eine Theorie gestoßen, in der die verschiedenen Arten nicht als voneinander getrennte Inseln angesehen werden, sondern als Hügel in einer Landschaft.

Die Hügel mögen verschiedene Namen haben, aber sie gehören alle zur selben Landschaft – wir alle wurden aus demselben genetischen Material erschaffen.«

Echo dachte über das Bild nach. »Vielleicht. Aber wenn das so ist, steht mein Hügel ganz allein. Ich werde immer allein sein.«

»Echo, hör mir jetzt gut zu: Du wirst niemals allein sein.«

ANTARKTISCHE HALBINSEL

Hope Town
Wordie-Haus
Gleicher Tag

Die Schüssel mit Algen- und Yetikrabbensuppe war von einer Eiskruste bedeckt, die Echo mit einem Stoß ihres Löffels aufbrach. Sie hatte einen Bärenhunger nach ihrem Tauchgang und schlang die gedämpften Krabbenbeine, die sie vollständig verdauen konnte, im Ganzen hinunter. Dank Enzymen aus der Magenschleimhaut von Weißen Haien konnte ihr Magen Lebensmittel verdauen, die für normale Menschen entweder giftig oder ungenießbar waren.

Nach wenigen Minuten musste Liza ihr eine zweite Portion holen, und als sie sich wieder an den Tisch setzte, sagte Echo: »Du bist aufgewühlt. Aber nicht, weil ich im Meer war.«

Liza war daran gewöhnt, dass ihre Tochter eine feine Auffassungsgabe hatte. Sie antwortete ohne lange Vorrede. »Das Parlament von Hope Town hat heute eine Mitteilung aus McMurdo City erhalten. Ein Transporter wird die eisadaptierten Schüler zu Beginn des Sommers abholen.«

»Wir wussten, dass dieser Tag kommen würde.«

Atto nickte. »Wir haben noch ein paar Wochen Zeit bis dahin. Machen wir was daraus.«

Echo ergänzte: »Ihr könnt mich besuchen kommen.«

Liza schüttelte den Kopf. »McMurdo ist nicht wie Hope Town. Sie legen nicht so viel Wert auf Glück und Gemeinschaft. Glaubst du, die Wissenschaftler dort kümmert unser Besuchsrecht? Glaubst du, sie schicken ein Transportfahrzeug quer über den Kontinent, um uns hinzubringen? Kein Elternteil hat sein Kind je in Mc-Murdo besuchen dürfen. Es wird keine Besuche geben und auch keine Ferien. So laufen die Dinge dort nicht. Sie nehmen dich uns weg.«

Echo dachte über Lizas Worte nach. »Ich weiß nicht, wie die Dinge in McMurdo laufen, aber eins weiß ich: Ich werde euch wiedersehen, das verspreche ich.«

»Echo, es gibt ein Geheimnis um McMurdo. Hunderte von Frauen melden sich freiwillig für das Kältemenschen-Programm. Mir wurde die Chance angeboten, und ich habe das Risiko in Kauf genommen. Aber ich war eine der letzten Frauen, die von dort zurückgekehrt sind. Was ist mit denen passiert, die nach mir kamen? Warum sind so viele nicht zurückgekommen?«

»Was glaubst du, was passiert ist?«

»Ich bin bei deiner Geburt fast gestorben, und ich vermute, dass die genetischen Veränderungen inzwischen so extrem sind, dass nur wenige Frauen überleben. Das ist die Herangehensweise in McMurdo: Die Leute dort werden alles tun, damit die Menschheit überlebt.«

Verärgert über den Verlauf des Gesprächs, stand Atto auf. »Das reicht jetzt.«

Liza schaute ihn an. »Was? Sollen wir so tun, als wäre alles in Ordnung?«

»Ja, das sollten wir, damit wir die Tage, die uns noch bleiben, nicht vergeuden. Genau das sollten wir tun.«

»Echo muss die Wahrheit erfahren. Und die Wahrheit ist, dass die Wissenschaftler in McMurdo Fanatiker sind.«

Echo überlegte: »Vielleicht ist das der einzige Weg, wie die Spezies überleben kann.«

»Überleben! Wir benutzen dieses Wort, als würde es alles erklären. Als würde es alles rechtfertigen. Aber Überleben um jeden

Preis ist kein Überleben. Überleben bedeutet, das zu erhalten, was uns zu Menschen macht: unsere Menschlichkeit, unsere Liebe, unsere Freude, unser Sinn für Spaß.«

»Habe ich irgendeine dieser Eigenschaften?«, fragte Echo.

»Alle.«

»Diese Wissenschaftler haben mich gemacht, aber ich gehöre ihnen nicht. Ihr seid meine Eltern, und ich verspreche: Wir werden uns wiedersehen.«

Schon kurz nach Echos Geburt waren immer weniger eisadaptierte Kinder auf die Halbinsel zurückgekehrt. Etwas hatte sich verändert. McMurdo City fragte weiterhin Freiwillige aus Hope Town an, aber die Freiwilligen kamen nur selten zurück. Früher hatten sich Paare gefreut, wenn sie ausgewählt wurden, doch diese Freude war in Unbehagen umgeschlagen. Niemand wusste, in welche Richtung sich das Kältemenschen-Projekt entwickelt hatte. Kein Bürger konnte sich den Befehlen aus McMurdo City widersetzen, sie mussten ohne Wenn und Aber befolgt werden. Jeder Verstoß bedeutete, verbannt zu werden, und niemand konnte außerhalb der Städte überleben. Trotzdem hatte das Parlament von Hope Town höflich um Aufklärung gebeten:

Bitte sagt uns, was mit unseren Leuten geschieht.

Warum kehren sie nicht zurück?

Wo sind die eisadaptierten Kinder?

Die Antwort lautete, dass die Wissenschaftler in McMurdo einen Durchbruch erzielt hätten. Sie wendeten jetzt eine radikal neue Methode an und dokterten nicht länger lediglich an der Sehkraft oder der Größe des Herzens herum, sondern nähmen weit tiefer gehende Veränderungen vor. Die Bevölkerungskrise sei bald gelöst, ihre Opfer seien nicht umsonst. Die Zukunft sei gesichert.

Bald würde es eine neue Menschheit geben.

Aber das war jetzt schon viele Jahre her, und noch immer gab es keine Spur von diesen neuen Menschen.

Das Gespräch wurde durch ein leises Klopfen an der Tür unterbrochen. Eine Familie trat ein, zwei Mütter mit zwei normalgeborenen Kindern.

Die ältere der beiden Mütter sagte lächelnd: »Guten Abend. Entschuldigt die Störung. Mein Name ist Anna, und das ist meine Familie. Ich hoffe, wir kommen nicht ungelegen. Wir sind hier, weil wir gerne das Haus besichtigen würden.«

Ein Haus dieser Größe hätte normalerweise vier Familien beherbergt, denn seit dem Exodus waren die Vorstellungen von persönlichem Freiraum neu definiert worden: Die Menschen lebten nun auf dem Schoß des anderen und teilten seine Wärme, getrennte Schlaf- und Badezimmer gab es nicht mehr. Lizas Familie war die Nutzung dieser äußerst großzügigen Unterkunft nur unter einer Bedingung gestattet worden: Das Wordie-Haus blieb weiterhin ein lebendiges Museum, die Bürger von Hope Town durften es jederzeit besuchen. Viele Familien nahmen dieses Angebot an und gaben vor, sich für das alte Transistorradio oder die mechanische Schreibmaschine zu interessieren, obwohl sie eigentlich nur Zeit mit Echo verbringen wollten. Echo hatte immer behauptet, es mache ihr nichts aus, doch das ständige Angestarrtwerden hatte ihre Gewissheit, dass sie anders war, nur noch verstärkt.

Um die Situation etwas aufzulockern, spielte Atto dann immer den Reiseführer. In Lissabon hatte er Jahre damit verbracht, die Touristen zu unterhalten, also führte er die Besucher spielerisch herum, scherzte und gab interessante Fakten zum Besten. Liza mochte diese Besuche nicht. Zum einen, weil die Leute ihre Tochter behandelten, als wäre sie ein Gegenstand und keine Person. Zum anderen aber auch, weil der Anblick ihres Mannes, der den Reiseleiter gab, sie an ihr altes Leben erinnerte und an die Familie, die sie verloren hatte – an den letzten gemeinsamen Urlaub in Europa, an die Augustwärme, an den Praça do Comércio, den Kuss ihrer Schwester auf ihrer Wange, an ihre Eltern, die im Schatten eines Olivenbaums einen Drink nahmen. Manchmal waren die Erinnerungen zu viel für sie, und Liza wartete draußen in der Kälte, bis die Besucher wieder fort waren.

Echo stand vom Tisch auf und ging zu den beiden kleinen Mädchen, sechs und sieben Jahre alt. Die jüngere hatte sich einen Teil der Nase abgefroren. Sie schämte sich wegen ihres Aussehens und bedeckte die Narbe mit der Hand.

»Wer sind diese beiden hübschen Mädchen?«

Die jüngere Mutter antwortete: »Sie wollen so werden wie du.«

Echo überlegte, ob sie ihnen sagen sollte, dass das unmöglich war, dass sie ein völlig anderes Genom hatten und sie niemals sein könnten wie Echo. Stattdessen sagte sie: »Und wenn ich so sein will wie ihr?«

Das Mädchen mit der Erfrierung lächelte schüchtern und fasste genug Selbstvertrauen, um ihre Hand sinken zu lassen. »Warum solltest du so sein wollen wie wir?«

»Von euch gibt es zwei, und ich bin nur eine.«

Das Mädchen dachte eine Weile über Echos Worte nach und sagte schließlich: »Du kannst gerne unsere Schwester sein.«

ANTARKTISCHE HALBINSEL

Wordie Bay
Gleicher Tag

Liza lauschte den Blasgeräuschen der Wale in der Bucht, während sie darauf wartete, dass die Besucherfamilie ihre Tour beendete. Sie hatte die Hände tief in den Taschen ihres Mantels vergraben, wo ihre tastenden Finger eine Pfeife aus Robbenknochen entdeckten, die sie kürzlich einem Patienten abgenommen hatte, der auf dem Eis ausgerutscht war, nachdem er zu viele Flechten geraucht hatte.

Auf der Halbinsel wuchsen drei Arten von Flechten: die Krustenflechte mit ihrer rauen, butterblumengelben Oberfläche, die Laubflechte mit ihren dünnen Blättern, und die Fruchtflechte, die größte und strauchartigste der drei. Zwar gab es historische Berichte über Soldaten, die während des Amerikanischen Bürgerkriegs Flechtensuppe kochten, aber als Nahrungsquelle waren sie nicht zu gebrauchen, da sie in hundert Jahren nur einen Zentimeter wuchsen. Doch in Hope Town, wo es keine Gesetze gegen Drogen gab, sondern nur eine freiheitliche Kultur der Selbstverantwortung, berauschten sich manche gerne – selbst in der Antarktis. Also kratzten sie die Flechten von den Felsen, trockneten und rauchten sie. Die Laubflechten hatten eine beruhigende Wirkung, die so stark war, dass sich eine ganze Fangemeinde um ihren Konsum gebildet hatte.

Liza hatte es noch nie probiert, aber heute Abend, angesichts dieser Pfeife in ihrer Manteltasche, die ihr das Schicksal in die Hände gespielt hatte, und der Aussicht, dass ihre Tochter sie bald verlassen würde, sagte sie sich: *Warum nicht?* Sie zündete die Pfeife an, inhalierte zaghaft wie eine Schülerin, die zum ersten Mal Gras probiert, ließ sich von der Wirkung umarmen und dachte über das Leben ohne ihre Tochter nach. Echo aufwachsen zu sehen war eine bereichernde und verjüngende Erfahrung gewesen. Wo Normalgeborene Widrigkeiten und Gefahren sahen, sah ihre Tochter Chancen und Wunder. Echo konnte auf diesem Kontinent nicht nur überleben, sie liebte das Leben im Eis, und sie hatte ihrer Mutter beigebracht, es ebenfalls zu lieben.

Tief in Gedanken versunken, hörte Liza nicht, wie Echo näher kam. Ihre Tochter konnte sich trotz ihrer Größe und ihres Gewichts mit der Eleganz einer Balletttänzerin über das Eis bewegen. »Sie sind weg.«

»Echo, es tut mir leid.«

»Was denn?«

»Ich war egoistisch vorhin. McMurdo ist das Richtige für dich. Du kannst dort viel mehr erreichen als hier. Hope Town ist klein, ein freundlicher Ort mit freundlichen Menschen und einem guten Herzen. Aber in McMurdo wirst du eine wichtige Person sein und wichtige Dinge tun. Ich kann nicht von dir verlangen hierzubleiben. Du solltest kein schlechtes Gewissen haben müssen, wenn du gehst. Wenn ich an deiner Stelle wäre, würde ich auch gehen.«

Echo hob die Hand und berührte die Träne auf dem Gesicht ihrer Mutter. Sie entzog der Träne die Wärme und ließ sie an ihrer Fingerspitze festfrieren. Mit einem Klicken löste sie den Eistropfen von Lizas Wange und zeigte ihn ihr.

Liza fragte sich, ob sie wegen der Flechten Halluzinationen hatte. »Wie hast du das gemacht?«

»Tetu ist heute Vormittag ins Meer gesprungen. Er wollte beweisen, dass ich ihn retten kann. Er hatte einen Kälteschock. Ich habe ihn rausgefischt, und ohne nachzudenken oder zu verstehen, was passiert, habe ich meine Körperwärme auf ihn übertragen. Tetu wusste, dass ich das kann. Ich habe seinen Körper wieder auf Normaltemperatur gebracht.«

Die darauffolgende Stille wurde durch das Knirschen von Attos schweren Schneestiefeln unterbrochen. Er spürte die merkwürdige Stimmung und fragte: »Was ist los?«

Echo zeigte Atto die gefrorene Träne.

»Das ist meine«, erklärte Liza. »Echo hat sie eingefroren.«

Atto bemerkte die Knochenpfeife in ihrer Hand und den Geruch des Flechtenrauchs. »Bist du high?«

»Ein bisschen.«

Bevor jemand etwas sagen konnte, sahen sie, wie Tetu völlig außer Atem angelaufen kam. Als er die drei erreichte, grinste er von einem Ohr bis zum andern und sang beinahe: »Ich gehe nach McMurdo!«

Als niemand sich freute oder applaudierte, fügte er hinzu: »Ich wurde ausgewählt! Echo, ich werde im selben Transporter sitzen wie du. Ich fahre nach McMurdo.«

Echo spürte die Gefühle, mit denen ihre Mutter die Nachricht aufnahm – Freude und Trauer zugleich –, und sagte: »Kein gutes Timing.«

Doch Liza legte ihm eine Hand auf den Arm. »Dein Timing ist perfekt. Und mir ist etwas klar geworden.«

»Und zwar?«

»Wir fahren alle gemeinsam.«

Atto wandte sich ihr zu. »Und wohin?«

»Nach McMurdo.«

»Wie sollen wir das anstellen?«

»Das weiß ich nicht.«

»Wollen wir ein anderes Mal darüber reden?«

»Klar, wir können später darüber reden. Aber es gibt nichts zu besprechen.«

»Was ist mit der Tatsache, dass wir gar nicht dürfen?«

»Sie können mich nicht aufhalten.«

»Doch, können sie. Sie werden uns auf keinen Fall erlauben, Echo zu …«

Liza schnitt ihm das Wort ab. »Sag mir nicht, dass es keine Möglichkeit gibt. Wir haben es von Lissabon hierhergeschafft, in einem Fischerboot und einem Öltanker. Wir werden auch einen Weg von Hope Town nach McMurdo finden. Es ist mir egal, wie die Regeln lauten. Ich lasse meine Familie von niemandem auseinanderreißen. Wir werden alle vier in diesen Transporter steigen. Wir fahren alle nach McMurdo City.«

VIERTER TEIL

ZWANZIG JAHRE ZUVOR

ISRAEL

Yotam fuhr mit sechzig Stundenkilometern, der Höchstgeschwindigkeit seines Merkava-IV-Panzers, mitten auf dem Highway One und schob den stockenden Verkehr beiseite, um den internationalen Flughafen Ben Gurion zu sichern. Er bog ab, durchbrach den Stacheldrahtzaun und fuhr direkt auf die Startbahn, genau vor eine zweistrahlige Passagiermaschine, die sich gerade zum Start bereit machte. Trotz der wiederholten Anweisung, die Triebwerke abzuschalten, versuchte der Pilot der Iberia Airways auf Befehl der spanischen Regierung – die sich gerade wie jede andere Regierung der Welt verhielt und alles unternahm, so viele Flugzeuge wie möglich in der Heimat zusammenzuziehen –, nach Madrid zurückzukehren. Mit einem vergleichsweise kleinen internationalen Flughafen konnte Israel es sich nicht leisten, auch nur ein einziges Flugzeug zu verlieren.

Schüsse wurden auf die Windschutzscheibe der Maschine abgefeuert, und als der Pilot auch diese Warnung ignorierte, fuhr Yotam seinen Panzer direkt unter die Nase des Flugzeugs und verkeilte ihn mit einem Krachen wie einen Türstopper unter dem Bugrad. Besser eine beschädigte Passagiermaschine als gar keine, denn Flugzeuge waren unendlich wertvoll geworden – sie konnten Tausende von Menschen in Sicherheit bringen.

Das Ergebnis dieser Bemühungen war eine viel zu kleine Flotte für die Größe der Aufgabe: die Evakuierung eines ganzen Landes. Im Gegensatz dazu hatte Dubai mit seinen nur drei Millionen Einwohnern ein eigenes Terminal für das größte Passagierflugzeug der Welt, den Airbus A380, der in den letzten Jahren zwar in Verruf geraten war, sich angesichts der Krise aber zum begehrtesten Flugzeug überhaupt gemausert hatte.

China und die USA wiederum verfügten über die größten zivilen Flotten weltweit, allein American Airlines unterhielt über zweitausend Maschinen. Damit war klar, dass die beiden mächtigsten Länder der Welt einen überproportionalen Anteil an Überlebenden der Alieninvasion stellen würden. Viele Nationen hatten mit dem Problem zu kämpfen, dass sie nur über kleine Fluggesellschaften und eine kleine Marine verfügten. Was die diesbezüglichen Kapazitäten betraf, lag Israel im Mittelfeld, was angesichts der geringen Größe des Landes fast unglaublich war.

Trotzdem dachte Yotam, als er die Zahl der Flugzeuge betrachtete: *Das ist nicht genug. Das ist nicht mal annähernd genug.*

Auf dem Rollfeld parkte eine Reihe von Kurz- und Langstreckenflugzeugen, darunter Maschinen von Air Canada, British Airways, Ethiopian Airlines, Iberia, Korean Air, der chinesischen Fluggesellschaft Hainan und Royal Jordanian. Israel gehörten nur die Flugzeuge von El Al, alle anderen waren beschlagnahmt worden – internationale Gesetze und Verträge zählten nicht mehr. In dem Bestreben, so viele Menschen wie möglich zu retten, kämpfte jedes Land für sich allein.

Ingenieurteams waren bereits vor Ort und rissen jeden Sitz und jedes überflüssige Teil heraus, um die Flugzeuge auf die Beförderung von so vielen Menschen und so viel Kälteausrüstung wie möglich vorzubereiten. Neben der Landebahn stapelten sich ausrangierte Flugzeugsitze zu einem Berg aus Plastik, von Economysitzen bis hin zu First-Class-Sesseln mit Walnussholzimitat.

Normalerweise konnte eine alternde treibstoffhungrige Boeing 747 vierhundert Passagiere befördern. Aber wenn man die Menschen ohne Rücksicht auf Bewegungsfreiheit und Sicherheitsbestimmungen möglichst eng zusammendrängte, passten bis zu zweitausend in das untere und weitere dreihundert auf das obere Deck, die Treppen und die Bordküchen. Die Langstreckenmaschinen würden die etwa achttausend Kilometer in die Antarktis mit Leichtigkeit bewältigen. Die Kurzstreckenflugzeuge mussten bis an die Grenzen ihrer Reichweite gehen. Von ihrem Zielort hatte Yotam bis heute noch nie gehört: McMurdo-Forschungsstation.

ISRAEL

Flughafen Ben Gurion
Nächster Tag

Yotam saß im Schneidersitz auf dem Turm seines Panzers. Er zerschnitt eine Avocado und dachte darüber nach, ob es vielleicht die letzte war, die er jemals essen würde. Dieser Panzer, einer der modernsten der Welt, war jetzt sein Zuhause. Er stand auf der Startbahn und bewachte die Maschinen, die für ihren letzten Flug umgerüstet wurden. Die Passagiere waren von Bord gebracht und mit der Erlaubnis, sich auf eigene Faust in Sicherheit zu bringen, des Flughafens verwiesen worden. Das Terminal stand nun ausschließlich der Armee zur Verfügung, während man in der Knesset überlegte, wie so viele Israelis wie möglich gerettet werden konnten.

Yotam verbrachte die Tage und Nächte damit, den Ingenieuren bei der Arbeit zuzusehen und zu essen, was gerade herumgereicht wurde – von Kif-Kef-Schokoriegeln aus den Duty-free-Läden bis hin zu frischem Obst aus dem nahe gelegenen Kibbuz. Es war so heiß, dass die Schokoriegel auf dem kurzen Fußmarsch vom Terminal so sehr aufweichten, dass sie nur noch von der Verpackung zusammengehalten wurden und beim Aufreißen auf die Handfläche tropften wie Hautlotion. Niemand durfte seinen Posten verlassen. Um sich abzukühlen, schütteten sich die Kameraden ringsum ihre Wasserflaschen über den Kopf. Die Pfützen, die sich dabei um ihre Lederstiefel bildeten, trockneten beinahe augenblicklich. Von Zeit zu Zeit rauchten sie gemeinsam – selbst die Nichtraucher, einfach weil sie das gemeinschaftliche Ritual schätzten.

In der Nacht lagen die Soldaten auf dem Rücken auf der heißen Landebahn und starrten zu den Alienschiffen am Himmel empor. Meist waren sie dunkel, aber manchmal wurden ihre Rümpfe von pulsierenden Lichtbändern erhellt, die sie eher wie Geschöpfe aus den Tiefen des Ozeans aussehen ließen denn wie Maschinen.

Yotam aß seine Avocado zu Ende und ging zu den Ingenieuren hinüber, die inmitten eines Funkenregens schufteten und die Fahrwerke der Flugzeuge so umbauten, dass sie auf dem Eis landen konnten. Wie er erfuhr, verfügte die McMurdo-Station über drei Landebahnen: Phoenix Airfield, Ice Runway und Williams Runway. Der Ice Runway befand sich auf dem riesigen Ross-Schelfeis, das größer war als Israel. Dieses Landegebiet stand unter der ausschließlichen Kontrolle des US-Militärs, das jeden Meter Platz mit tödlicher Gewalt verteidigen würde, selbst gegen seine engsten Verbündeten. In dieser Krise gab es keine Kooperation, denn wenn man eine Landebahn mit einer anderen Nation teilte, stand weniger Platz zur Verfügung, und jedes Land hatte genau dasselbe Ziel: so viele Bürger und Ressourcen wie möglich vor Ablauf der Frist auf den Kontinent zu bringen.

Länder, die über keine Basis in der Antarktis verfügten, mussten für ihre eigenen Landebahnen improvisieren. Mossad-Geheimdienstler behaupteten, das chinesische Militär habe künstliche Landebahnen entwickelt, die sich wie eine riesige Yogamatte in jedem beliebigen Gelände ausrollen ließen. Für Staaten, die nicht über solche Mittel verfügten, waren die Eisplateaus jenseits des Transantarktischen Gebirges die einzige Landemöglichkeit. Das war der kälteste Teil des Kontinents. Es herrschte Winter, es gab keine Landelichter, kein Funkfeuer, keine Flugsicherung, dafür katabatische Winde von bis zu 320 Kilometern pro Stunde. Es würden die gefährlichsten Landungen in der Geschichte der Luftfahrt werden.

Nur die besten Piloten waren für diese Mission ausgewählt worden. Im Moment liefen sie nervös auf und ab und inspizierten die Flotte. Yotam hörte sie darüber diskutieren, wie sie am besten mit den unwirtlichen Bedingungen zurechtkommen könnten. Selbst wenn sie die Stürme überstanden und es bis zum Boden schafften, könnte das Fahrwerk immer noch in Gletscherspalten hängen bleiben, sodass das Flugzeug sich überschlug oder auseinanderbrach. Aus diesem Grund war beschlossen worden, die Fahrwerke mit eigens angefertigten Stahlkufen auszurüsten, auf denen sie mit ihren mehreren Hundert Stundenkilometern Landegeschwindigkeit übers Eis schlittern sollten. Mit etwas Glück würde das Flugzeug intakt bleiben und den Passagieren einen vorübergehenden Schutz vor der Kälte bieten.

Die Frage, wer gerettet werden sollte, war auf einer Konferenz von Vertretern des Militärs und der Knesset im Flughafenterminal in der King David Lounge entschieden worden, wo normalerweise Geschäftsreisende bei gekühltem Perrier mit Limonengeschmack und Oreo-Keksen auf ihren Anschlussflug warteten. Israels Bevölkerung betrug neun Millionen. Den Berechnungen der Regierung zufolge konnte man mit ihrer gesamten Schiffs- und Flugzeugflotte nur vierhunderttausend Menschen transportieren, also etwa vier Prozent – neben den Lebensmitteln und anderen Vorräten, die nötig waren, um sie alle mindestens ein Jahr lang am Leben zu erhalten.

Das Auswahlverfahren basierte auf zwei Kriterien: der Fähigkeit, unter härtesten Bedingungen zu überleben, und der Tauglichkeit, beim Aufbau einer neuen Gesellschaft zu helfen. Unter den Auserwählten waren Wissenschaftler, Ingenieure, Chemiker, Bauern, Genetiker und Soldaten – die Klügsten und Stärksten des Landes.

Yotam war nicht dabei. Er hatte die Nachricht gelassen aufgenommen und war nicht einmal besonders traurig gewesen. Im Gegensatz zu den Millionen von Zivilisten, die das gleiche Schicksal traf, stand es ihm nicht frei, die Reise auf eigene Faust zu versuchen. Sein Befehl lautete, auf seinem Posten zu bleiben und die Auserwählten zu schützen, die sich aus dem ganzen Land in den Abfertigungshallen versammelten. Sobald die Flugzeuge sicher in der Luft waren, konnte er gehen. Allerdings blieb dann nicht mehr genug Zeit, um die achttausend Kilometer in die Antarktis zu schaffen.

Nachdem er sich mit seinem Schicksal abgefunden hatte, überlegte Yotam, wie er seine letzten Tage verbringen sollte. Einige seiner Kameraden wollten an die Strände von Tel Aviv gehen, tanzen und trinken, Drogen nehmen und bis zum Ende Sex haben. Andere sprachen davon, nach Hause zurückzukehren, in ihre Heimatdörfer oder einen Kibbuz, um die letzten Stunden in Ruhe mit ihrer Familie zu verbringen. Aber nach Hause zu gehen kam für Yotam nicht infrage. Er hatte keines.

Yotam wurde in der Stadt Bnei Berak geboren und war der sechste Sohn einer prominenten charedischen Familie, die der strengsten Form des Judentums anhing. Seit seiner Kindheit hatte er sich dem Studium der Heiligen Schriften gewidmet. Sein erstes Vergehen war sein andersartiger Humor, den seine Eltern nur deshalb tolerierten, weil er in den Torastudien stets brillierte. Da Yotam in jeder Hinsicht ein herausragender Schüler war, wurde viel von ihm erwartet, und die Gemeinde war sicher, dass er einmal ein hohes Priesteramt bekleiden würde. Erst als er als Teenager mit einem gleichaltrigen, gut aussehenden jungen Mann die Havruta – das intensive Torastudium zu zweit – aufnahm, begann er zu begreifen, wie anders er tatsächlich war. Dieses Begreifen setzte sich in den rituellen Bädern außerhalb Jerusalems fort, in den zufälligen und schließlich absichtlichen Momenten des Körperkontakts.

Eines Tages flüsterte ein älterer Mann ihm so leise zu, als wäre es das gefährlichste Geheimnis der Welt, dass er Yotams Triebe sehe, Yotam aber nicht verzweifeln solle: Triebe könnten unterdrückt werden, es sei ein harter Kampf, aber das Leben sei nun mal hart. Es gebe viele Herausforderungen im Leben, und dies sei eine davon.

Yotam hörte ihm zu und tat, als wüsste er nicht, wovon er sprach. Doch als er im Nachhinein über die stille Traurigkeit des Mannes nachdachte, beschloss er, dass das kein Leben für ihn war. Er würde andere Arten von Traurigkeit in Kauf nehmen, aber nicht diese. Nachdem er seine Entscheidung getroffen hatte, nutzte er den Militärdienst als Fluchtmöglichkeit.

Sein Vater hatte dagegengehalten, dass er sich als Student der Jeschiwa doch auf das Tal-Gesetz berufen könne, dass die Tora sein einziger und ausschließlicher Lebenszweck sei und er deshalb gar keinen Wehrdienst leisten müsse. Da er einen Hintergedanken vermutete, fragte sein Vater außerdem, ob Yotam im Netzah-Yeuda-Bataillon dienen wolle, einer gesonderten Einheit, in der das Talmudstudium mit dem Militärdienst verbunden wurde. Yotam verneinte, er würde in einer regulären Einheit dienen, gemeinsam mit wehrpflichtigen Männern und Frauen aus dem ganzen Land.

Als sein Vater das hörte, erklärte er: »Dann wirst du ein Land haben, aber keine Familie mehr. Du wirst ein Volk haben, aber keine Eltern mehr.«

ISRAEL

Flughafen Ben Gurion
Folgende Nacht

Unfähig, in der brütenden Hitze zu schlafen, kletterte Yotam von seinem Panzer herunter und ging über die Landebahn zu dem Berg ausrangierter Flugzeugsitze. Ein älterer Soldat hatte es sich in einem Schlafsessel der ersten Klasse bequem gemacht. Er blätterte in einem Hochglanz-Bordmagazin und las die Werbeanzeigen für millionenschwere Eigentumswohnungen in Miami.

»Mein erstes Mal in der ersten Klasse«, scherzte er.

»Ich bin noch nie geflogen.«

Der Soldat spähte über den Rand seines Magazins. »Warum nicht?«

»Meine Eltern sind nicht gereist. Nicht in andere Länder. Sie sagten, hier hätten sie alles, was sie brauchen.«

»Jetzt nicht mehr.«

»Sie werden nicht gehen, niemals. Sie werden warten, beten und sehen, was passiert.« Yotam wechselte das Thema und fragte: »Hast du ein Telefon?«

Der Soldat nickte. »Klar, ich meine, wir dürfen sie im Dienst nicht dabeihaben, aber wen juckt das jetzt noch? Das ist das Gute daran, wenn die Welt untergeht: Regelverstöße werden nicht mehr geahndet.«

»Die Welt geht nicht unter.«

»Die Welt, wie wir sie kennen, schon.« Er holte sein Handy aus der Tasche, um es Yotam zu geben, und hielt inne. »Seltsam, findest du nicht auch? Dass das Telefon noch funktioniert? Unsere Computer, die Telefone, sie haben sie nicht abgeschaltet. Alles funktioniert noch.«

Yotam dachte ernsthaft über die Frage nach. Er dachte über fast alle Fragen ernsthaft nach. »Es hat keinen Sinn, uns dreißig Tage Zeit zu geben, um uns in Sicherheit zu bringen, wenn nichts mehr funktioniert.«

»Du bist ein schlaues Kerlchen, was? Und da du so schlau bist, hätte ich da eine Frage an dich ...« Er senkte die Stimme. »Manche Leute glauben, dass das alles nur ein Trick ist, ein Schwindel, eine Form der radikalen Bevölkerungskontrolle durch die Superreichen. Sie wissen, dass der Planet im Arsch ist und dass sie ihn nur so retten können. Sobald wir alle in der Antarktis sind, haben sie die Erde für sich allein.«

»Unsere Regierung ist anderer Meinung.«

»Du glaubst also, es ist wahr?«

Ohne überheblich wirken zu wollen, deutete Yotam nach oben. Vor dem Mond schimmerte ein riesiges Alienschiff.

Der Soldat starrte es an, seufzte und reichte ihm sein Handy. »Wen willst du anrufen? Deine Geliebte?«

Yotam wurde rot. »Meinen besten Freund.«

»Einen Mann?«

»Ja, einen Mann.«

»Du solltest es ihm sagen.«

»Was sagen?«

»Dass du ihn liebst.«

Yotam erwiderte nichts, verblüfft, dass dieser Fremde seine Gefühle klarer sah als er selbst. Er stotterte: »Warum sagst du das? Ich habe das nicht ... gesagt.«

»Die Welt geht unter, mein Freund. Wir haben keine Zeit mehr zu verlieren. Ich meine, wenn nicht jetzt, wann dann?«

Damit widmete er sich wieder seinem Hochglanzmagazin.

Yotam entfernte sich ein Stück und tippte Eitans Nummer ein. Die beiden waren in derselben Einheit gewesen, sie hatten die Ausbildung zusammen absolviert und waren an der Blauen Linie stationiert, der mit einer elf Kilometer langen Betonmauer gesicherten Grenze zwischen Israel und dem Libanon, wo sie an Operationen zur Zerstörung des Tunnelnetzwerks der Hisbollah teilnahmen.

Der in der Küstenstadt Haifa geborene Eitan hatte seine Kindheit mit Beachvolleyball und in Karaokebars verbracht. Er war in fast jeder Hinsicht das genaue Gegenteil von Yotam: lässig und gesellig, selbstbewusst und sexuell erfahren mit Frauen wie Männern. Mit zwanzig hatte er schon hundert Herzen gebrochen, und es war abzusehen, dass er noch viele Hundert weitere brechen würde.

Yotam war auf Abstand geblieben, weil er Angst hatte, seine Gefühle zu zeigen und sich zu verraten. Eines Nachts, als er Wachdienst hatte, überwältigte Yotam die Einsamkeit, und ihm wurde mit aller Eindringlichkeit bewusst, wie es um ihn bestellt war: Er hatte kein Zuhause, keine Familie und keine Ahnung, was er nach dem Militärdienst mit seinem Leben anfangen sollte. Er war ein Niemand in einem Niemandsland. Ohne recht zu bemerken, was er tat, nahm er eine Handgranate aus seinem Gürtel und verbrachte einige Minuten damit, sich vorzustellen, wie er den Zünder zog und sich auf die Granate legte.

In diesem Moment tauchte Eitan wie aus dem Nichts auf, setzte sich neben ihn und betrachtete die Granate. »Wenn du es tust, nimmst du mich mit – anders geht es nicht.«

Peinlich berührt steckte Yotam die Granate weg. »Ich weiß nicht, was über mich gekommen ist.«

»Klar weißt du es. Du warst einsam. Du dachtest, du würdest es für den Rest deines Lebens bleiben. Und du konntest den Gedanken nicht mehr ertragen.«

»Bitte sag es niemandem.«

»Du denkst, die Leute meiden dich. Aber sie wissen einfach nicht, wie sie mit dir ins Gespräch kommen sollen. Sie finden keinen Zugang zu dir. Und glaub mir, ich kenne sie alle: Sex, Sport, Filme, Musik – ich kann mit jedem ein Gespräch anfangen. Aber nicht einmal ich wusste, was ich zu dir sagen könnte. Worüber zum Teufel soll ich mit diesem Typen reden? Vielleicht hast du die Granate rausgeholt, weil du wolltest, dass dich jemand aufhält, dass jemand dich sieht? Hast du dir das mal überlegt? Was auch immer der Grund ist, jetzt, wo wir miteinander reden, verspreche ich dir, dass ich nie mehr aufhören werde, mit dir zu reden. Du wirst meine Stimme so satthaben, dass du dir wünschst, du hättest den Zünder doch noch gezogen.«

Yotam brachte ein Lachen zustande.

Eitan schien erfreut. »Von Selbstmordgedanken zu Lachen in dreißig Sekunden. Mein neuer persönlicher Rekord.«

Eitan hielt Wort. Von diesem Moment an war er immer für Yotam da.

Eitan war im Parlamentsgebäude von Jerusalem stationiert und nahm den Anruf entgegen, ohne die Nummer zu kennen. »Wer ist dran?«

»Ich bin's.«

»Yotam! Die Liebe meines Lebens. Wo bist du?«

»Ich bewache den Flughafen.«

»Moment, haben sie dich ausgewählt? Sag mir, dass sie dich ausgewählt haben!«

»Nein, ich wurde nicht ausgewählt.«

»Was meinst du damit?«

»Ich werde hierbleiben.«

Eitan überlegte eine Weile, bevor er erwiderte: »Sie haben einen Fehler gemacht. Sie wissen nicht, wie klug du bist. Sie verstehen es nicht. Lass mich mit ihnen reden.«

»Mit wem?«

»Mit denjenigen, die das Sagen haben! Ich werde es ihnen erklären.«

»Die Leute, die ausgewählt wurden, haben Diplome, Doktortitel und olympische Goldmedaillen. Ich dagegen habe nichts im Leben erreicht.«

»Noch nicht! Du bist erst zwanzig. Du bist der klügste Mensch, den ich kenne!«

»Das Gebäude hier ist randvoll mit den klügsten Menschen der Welt.«

»Sie sind heute schon klug. Du bist es morgen.«

Eitan schwieg eine Zeit lang.

»Was ist mit dir?«, fragte Yotam.

»Selbstverständlich haben sie mich nicht ausgewählt. Wer zum Teufel bin ich schon? Ich bin ein Niemand. Aus mir hätte nie jemand werden können. Aber dich sollten sie mitnehmen. Ich wette, sie nehmen eine Menge korrupter Politiker und ihre Mätressen mit, nur dich nicht. Das ist ein Fehler. Sie haben einen Riesenfehler gemacht.«

»Was hast du vor mit deinen letzten Tagen?«

»Ich fahre nach Hause.«

Eitan würde seine letzten Tage bei seiner Familie in Haifa verbringen, die dort ein kleines Restaurant auf dem türkischen Markt hatte. Keiner von ihnen war ausgewählt worden, und keiner von ihnen wollte die Reise nach Süden antreten.

»Deine Familie will nicht versuchen, sich in Sicherheit zu bringen?«

»Meine Mutter friert sogar in Haifa. Was auch immer das für ein Leben sein soll, da unten in Eis und Schnee, es ist nichts für uns.«

»In der Antarktis schneit es nicht. Nicht viel zumindest.«

»Was redest du da? In der Antarktis schneit es dauernd.«

»Der Kontinent ist eine Wüste.«

»Siehst du? Wer weiß schon solche Dinge? Sie hätten dich mitnehmen sollen.« Nach einer kurzen Pause fügte Eitan hinzu: »Komm zu mir, wenn du am Flughafen fertig bist.«

»Bist du sicher? Du gehst zu deiner Familie. Ich will mich nicht … aufdrängen.«

Eitan lachte, das schönste Lachen, das Yotam je gehört hatte. »Du willst dich nicht aufdrängen? Du bist lustig. Die Welt geht unter, und du willst dich nicht aufdrängen. Verbringen wir das Ende gemeinsam. Unsere letzten Tage werden die besten unseres Lebens, das verspreche ich.«

ISRAEL

Flughafen Ben Gurion
Nächster Tag

Auf dem Rückweg zu seinem Panzer hörte Yotam ein Geräusch über sich und dachte, es käme von den Alienschiffen. Doch als er aufblickte, sah er einen MiG-29-Düsenjäger aus Sowjetzeiten, den einige Israel feindlich gesinnte Staaten nach wie vor benutzten. Der Jet wurde von der israelischen Luftwaffe verfolgt. Als er unter heftigen Beschuss geriet, ging seine rechte Tragfläche in Flammen auf, er geriet ins Trudeln und stürzte krachend in den Hügel aus ausrangierten Passagiersitzen hinter ihm.

Die Explosion war so heftig, dass Yotam in die Luft gehoben wurde. Einen Augenblick später lag er flach auf dem Rücken und starrte in den Himmel, während um ihn herum die brennenden Überreste von Schaumstoffpolstern und Plastikschalen herabregneten. Wenige Meter neben ihm zerschellte die Schale eines Erste-Klasse-Schlafsessels auf dem Rollfeld. Sie wurden angegriffen, dachte er. Aber nicht mit den technologischen Wundern einer überlegenen außerirdischen Zivilisation, sondern mit Kugeln und Blut. Das hier war keine Ehrfurcht gebietende Übermacht, es war primitiv und brutal: menschlich. Kein neuer Feind, sondern ein alter.

Er stand auf und taumelte zu seinem Panzer, um die wertvolle Passagierflugzeugflotte zu verteidigen, als er einen zweiten feindlichen Jet sah, der, nur wenige Meter über dem Boden fliegend, auf den Flughafen zuraste. Die Flugabwehrsysteme schienen versagt zu haben, der Jäger durchbrach das Sperrfeuer, ignorierte die Passagierflugzeuge und hielt auf das Terminal zu, in dem so viele brillante Menschen versammelt waren. Seine Raketen fanden ihr Ziel, doch keine davon explodierte, sie bohrten sich lediglich in den massiven Beton. Die außerirdischen Besatzer hatten den Menschen anscheinend doch nicht die volle Kontrolle überlassen. Um eine Taktik der verbrannten Erde zu verhindern, hatten sie die zerstörerischsten Waffen deaktiviert und den Erdbewohnern nur Messer und Kugeln gelassen. Der Pilot hatte seine Raketen umsonst abgefeuert, was ihn aber nicht zu entmutigen schien, denn er steuerte seinen Jet durch die Glasfront des Terminals, hinein in die Menschenmassen, die darauf warteten, ihr neues Leben in der Kälte zu beginnen.

ISREAL

Flughafen Ben Gurion
Nächster Tag

Yotams Haare stanken noch immer nach Rauch, und seine Ohren dröhnten derart, dass er kaum etwas hörte, als er erfuhr, dass alte Feinde die Gelegenheit genutzt hatten, alte Rechnungen zu begleichen und anderen ihren Platz in der Antarktis streitig zu machen. Einige sahen die Alieninvasion als Gelegenheit, Rivalen daran zu hindern, auf dem südlichsten Kontinent Fuß zu fassen. Sie auszulöschen und die menschliche Existenz unter Ausschluss mancher Völker neu zu beginnen. Yotam war so sehr mit dem ersten Teil der Nachricht beschäftigt, dass er einen Moment brauchte, um den zweiten Teil zu verarbeiten: Nach dem Angriff auf das Terminal, bei dem so viele Menschen ums Leben gekommen waren, war er als nachrückender Teilnehmer des israelischen Exodus ausgewählt worden.

Ein Offizier sagte zu ihm: »Sie haben einen Platz in einem der Flugzeuge bekommen. Verstehen Sie, warum?«

»Nein, Sir.«

»Sie sind klug. Sie sind stark. Aber noch wichtiger ist, dass Sie Zeuge dieser Gräueltat waren. Der Kampf um unser Überleben wird nicht enden, wenn Sie die Antarktis erreichen, er wird beginnen.«

Man hatte ihm ein Telefon gegeben und gesagt, er solle seine Eltern anrufen, um ihnen Bescheid zu sagen.

»Ich habe keinen Kontakt zu meinen Eltern, Sir.«

»Es muss doch jemanden geben, dem Sie die Nachricht mitteilen wollen? Jemanden, der Sie liebt?«

Es gab jemanden.

Yotam rief Eitan an. Im Schnelldurchgang erklärte er, dass der Flughafen angegriffen worden war, dass viele Menschen gestorben waren und dass es deshalb ein weiteres Auswahlverfahren gegeben hatte, um die Toten zu ersetzen, und Yotam einer davon war. Als Zeuge dieser Schandtat wusste er jetzt, dass auch die Menschen, die es bis in die Antarktis schafften, beschützt werden mussten – sie würden demselben Hass ausgesetzt sein wie eh und je.

Er endete mit den Worten: »Ich will nicht fliegen.«

»Wovon redest du?«

»Sie sollen einen anderen Soldaten schicken. Ich werde Nein sagen. Ich möchte die letzten Tage mit dir verbringen. Ich komme nach Haifa.«

Eitan erwiderte: »Hör mir gut zu. Sie haben gut daran getan, dich auszuwählen. Du kommst nicht nach Haifa. Du wirst in dieses Flugzeug steigen. Du bist jetzt unsere Zukunft. Du hast eine Rolle zu spielen. Welche das ist, weiß ich nicht, aber ich weiß, dass du etwas Besonderes bist. Das habe ich schon immer gewusst. Ich liebe dich. Ich liebe dich sehr.«

Und das war das letzte Mal, dass er Eitans Stimme hörte.

FÜNFTER TEIL

ZWANZIG JAHRE SPÄTER

ANTARKTIS

McMurdo City
Beobachtungshügel
1. Dezember 2043

Das Wetter war ruhig, und Yotam beschloss, auf den Beobachtungshügel zu steigen, einen 230 Meter hohen Kegel aus erkalteter Lava im Zentrum von McMurdo City. Auf dem Gipfel befand sich eine Gedenkstätte – ein Ort, an dem die Menschen um ihre verlorenen Familienangehörigen und Freunde trauern konnten. Das Holzkreuz, das einst zum Gedenken an den Entdecker Robert Scott dort gestanden hatte, war entfernt und durch sechs Steintafeln ersetzt worden, eine für jeden verlorenen Kontinent: Nordamerika, Südamerika, Europa, Afrika, Asien und Australien. Auf den Tafeln waren die Namen der ehemaligen Länder eingraviert, jener 195 souveränen Staaten, die einst von den Vereinten Nationen anerkannt worden waren – außerdem die sechs Länder mit teilweiser Anerkennung, um unnötige Konflikte zu vermeiden. Es hatte eine Diskussion gegeben, ob zusätzlich die Flagge der Antarktis – ein einfacher Umriss des Kontinents auf blauem Grund – als Flagge der Überlebenden aufgestellt werden sollte. Doch die Idee wurde mit der Einsicht verworfen, dass die Zeit der Flaggen vorbei war.

Auf dem Gipfel stehend, blickte Yotam auf die letzte verbliebene Hauptstadt der Menschheit hinunter. Direkt am Fuß des Vulkankegels lag die ursprüngliche McMurdo-Forschungsstation. Sie war 1956, siebzig Jahre vor der Besetzung durch die Aliens, als dauerhafte Basis errichtet worden, ein menschlicher Stützpunkt auf dem Kontinent mit einer Größe von 65 Hektar, ähnlich wie die abgelegenen Bergbausiedlungen in den Weiten Alaskas. Diese Gebäude bildeten nun das historische Zentrum von McMurdo City, die Altstadt einer antarktischen Metropole, die sich weit über Fels, Eis und Meer erstreckte. Eine einzigartige Siedlung in der Geschichte der Menschheit mit einem einzigartigen Ziel: das Überleben der Spezies.

Im Norden der eisverkrusteten Küstenlinie lag eine Flotte, die weitaus größer war als die von Pearl Harbor oder der Schlacht von Midway. Es war ein atemberaubender Anblick, wie alle noch existierenden Kriegsschiffe Rumpf an Rumpf friedlich nebeneinander vor Anker lagen, um nie wieder in See zu stechen, ineinander verschachtelt wie Puzzleteile, ein in der Sonne glänzendes Archipel aus Stahl: das ausgedehnte Hafenviertel von McMurdo City.

Zuvorderst lagen die wichtigsten Schiffe, Flugzeugträger, deren berühmte Namenszüge bereits verblassten: die *Kennedy*, die *Enterprise*, die *Nimitz*, die *Reagan*, die *Stennis*, die *Truman*, die *Washington* und die *Lincoln*. Dahinter lagen die Zerstörer, am äußeren Rand die zivilen Frachtschiffe und Öltanker. Im Winter waren sie fest von Eis umschlossen, im Sommer trieben sie im lockeren Packeis. Durch ein Netz aus Stahlseilbrücken waren sie alle miteinander verbunden, sodass man kilometerweit von Schiff zu Schiff gehen konnte, ohne ein einziges Mal das Eis betreten zu müssen. Die Waffen waren abmontiert worden, stattdessen beherbergten die Schiffe nun Hightech-Labore, Kraftwerke, Schmelzöfen und Fabriken – das letzte Zentrum menschlicher Innovation. Da die Streitkräfte der Welt aufgelöst worden waren, lebten auf diesen Schiffen Wissenschaftler, Ärzte, Erfinder und Fließbandarbeiter. Diese Schiffe waren das industrielle Kernland, das Ruhrgebiet und der Rust Belt der McMurdo-Gesellschaft.

Südlich des Beobachtungshügels erstreckte sich ein sechshundert Kilometer breiter und zweihundert Meter dicker Eisschild über das Meer, das vom Byrd- und Beardmore-Talgletscher gespeiste Ross-Schelfeis. Während des Exodus war es die wichtigste Landebahn gewesen, und nun war es mit den Kadavern der Militär- und Zivilflugzeuge übersät. Da sie als Transportmittel nicht mehr zu gebrauchen waren, waren sie ausgehöhlt und zu Kleinbrauereien, Bäckereien, Konservenfabriken und Räuchereien umgestaltet worden. Es gab alte Jumbojets voller trocknendem Fisch und Fässer mit Salzlake. In ehemaligen Privatjets zerlegten Metzger die gefangenen Robben, deren Fett zu Seife verarbeitet wurde, die Knochen zu Brühe und die Felle zu Mänteln. Im bauchigen Rumpf eines Airbus Beluga befand sich eine Fabrik, in der aus allem Brauchbaren – von den Lederpolstern der Flugzeugsitze bis hin zu Pinguinfedern aus den nahe gelegenen Farmen – Schlechtwetterkleidung hergestellt wurde. Tausende von Kleinproduzenten arbeiteten mit bemerkenswertem Einfallsreichtum in diesen alten Flugzeugen. Nicht um Geld zu verdienen – es gab keine neue Währung –, sondern damit die Menschheit es bis ins nächste Jahrhundert schaffte.

Um auch größere Produktionsflächen zur Verfügung zu haben, waren manche Flugzeuge zusammengeschweißt und die Flügel abgeschnitten worden, damit die heftigen Winde sie nicht in die Luft hoben. Von hier oben betrachtet, sahen sie beinahe aus wie eine optische Täuschung, ein eigenartiges geometrisches Geflecht aus flügellosen Insekten. Genauso wie die Kriegsschiffe nie wieder auslaufen würden, würden diese Flugzeuge nie wieder fliegen. Es gab auch keine Orte mehr, die sie hätten anfliegen können. Die Regeln im Reservat der Menschheit waren einfach. Genau genommen gab es nur eine einzige: Niemand durfte es verlassen.

Als Yotam sich an den Abstieg machte, um zur Arbeit zu gehen, sah er einen gut aussehenden Wanderer, dem er vor ein paar Tagen schon einmal begegnet war. Sie hatten sich auf dem Gipfel unterhalten und Geschichten ausgetauscht, und Yotam hatte eine Verbindung zu dem Mann gespürt, aber er war zu schüchtern gewesen, ihn um ein Date zu bitten. Er blieb stehen und überlegte, was er sagen könnte, da merkte er, dass der Mann nicht allein war. Er war mit seinem Partner unterwegs, sie lehnten die Köpfe aneinander und bewunderten die Aussicht.

Yotam winkte ihm zu und zwang sich zu einem Lächeln: »Schön, dass wir uns mal wieder über den Weg laufen«, sagte er im Vorbeigehen.

ANTARKTIS

McMurdo City
Ross-Schelfeis
Gleicher Tag

Aufgrund der Wichtigkeit seiner Aufgabe war Yotam in einem Gebäude der ursprünglichen Forschungsstation untergebracht, er wohnte sozusagen im Manhattan von McMurdo City. Die Wohnräume erinnerten an ein Zimmer in einem Studentenwohnheim: ein schmales Einzelbett, ein Regal für Bücher und ein kleines, dreifach verglastes Fenster. Die meisten lebten dort nicht nur mit ihrer Familie, sondern mit mehreren anderen und deren Kindern – biologischen, adoptierten und adaptierten. Geschlafen wurde stets zu unterschiedlichen Tageszeiten, sodass die Betten ständig in Gebrauch waren und man erschöpft in die noch vorhandene Restwärme kroch. Einen solchen Raum ganz für sich allein zu haben war ein Privileg, das Yotam nicht mehr anstrebte. Er wollte seinen Platz und seine Wärme mit jemandem teilen. Yotam, der sich ganz seiner Arbeit widmete, hatte keine Familie und keinen Partner. Er konnte nur deshalb so leben, weil seine Arbeit sein Kind war – und das nicht nur im übertragenen Sinn: Er arbeitete an einer neuen Form von Leben.

Yotam verließ das Haus, schnallte seine Langlaufski aus Moso-Bambus an und machte sich auf den Weg zur Arbeit. Der Bambus stammte aus einem Wald, der im stählernen Bauch eines Supertankers gezüchtet wurde. Die Bedingungen waren so optimiert, dass die Bäume unter dem ständigen Kunstlicht, das von den Windturbinen an Deck gespeist wurde, zehn Zentimeter pro Tag wuchsen. Das Ökosystem war von einem taiwanesischen Gartenbauingenieur entwickelt worden, der den einzigen Wald in der Antarktis geschaffen hatte. Der überdachte Forst produzierte nicht nur wichtige Rohstoffe für Dinge wie Langlaufski, sondern war auch als Pärchentreffpunkt äußerst beliebt. Die Bänke boten einen malerischen Ausblick, und die Alien-Wartezeit für ein dreißigminütiges Zeitfenster lag im Moment bei sechs Monaten. Yotam hatte sich bereits einen Platz reserviert in der Hoffnung, dass er jemanden kennenlernen würde und ihm ein Date im Bambuswald vorschlagen konnte.

Auf den Langlaufspuren herrschte reger Betrieb, denn die Pendler genossen das milde Wetter. Im Winter waren die Bewohner von McMurdo gezwungen, sich ausschließlich in den Iglutunneln zu bewegen, einem Netz aus überdachten Fußgängerautobahnen, in denen sich die Menschen in Kolonnen nach Norden und Süden, Osten und Westen bewegten. Aber an einem klaren Tag wie heute, bei strahlend blauem Himmel, waren alle draußen, wanderten, fuhren mit ihren Langlaufski oder genossen von Husky-Schlitten aus den Anblick der Sonne und riefen sich unermüdlich »Guten Morgen!« zu – hundertmal oder sogar noch öfter in der Stunde, die Yotam bis zu seinem Arbeitsplatz brauchte.

Die Endphasenkammern waren neu errichtet worden und vielleicht die größte Errungenschaft der Menschheit auf diesem Kontinent. Sie wurden gebaut, um die jüngste Generation von Eisadaptierten dort unterzubringen, sobald sie zu groß für die Geburtslabore waren. Als Ort, an dem die Wissenschaftler sie abseits der normalen Gesellschaft in aller Ruhe und Abgeschiedenheit studieren konnten. Die Kammern waren nicht wie üblich oberirdisch errichtet worden, denn wenn man in McMurdo etwas Neues bauen wollte, musste dafür etwas Altes zerlegt werden, und für etwas so Komplexes gab es nicht genügend Ausgangsmaterial.

Also wurden die Kammern mit viel Einfallsreichtum ins Eis gegraben, eine bergmännische Meisterleistung, die sich zu einem Labyrinth aus Tunneln und Höhlen tief im Innern einer der größten Eismassen der Welt verzweigte. Jedes Mal, wenn die Normalgeborenen sich niedergeschlagen fühlten, konnten sie einen Blick auf den Eingang zu diesen Kammern werfen und über das Erreichte staunen: ein Bauwerk als Ausdruck für die trotzige Entschlossenheit, dass die Menschheit noch nicht am Ende war.

An klaren Tagen war der Eingang schon aus vielen Kilometern Entfernung zu sehen. Er war von drei gigantischen, aus dem Schelf gebrochenen Eisblöcken eingefasst, deren Kanten die starken Winde im Lauf der Jahre so weit abgeschliffen hatten, dass der Eingang nun einem gähnenden Schlund glich – der einzige Hinweis, dass sich unter der Oberfläche etwas Außergewöhnliches befand.

Die Treppe wurde von bewaffnetem Sicherheitspersonal bewacht. Da die menschliche Psyche oft sehr empfindlich auf die hiesigen Bedingungen reagierte, war privater Waffenbesitz streng verboten. Nicht einmal die Ordnungshüter, die sich meist um die Fälle von antarktischem Wahnsinn kümmerten, hatten Schusswaffen, sondern begnügten sich mit Betäubungspistolen. Doch die Sicherheitsbeamten, die diese Kammern bewachten, waren eine Ausnahme. Sie waren mit AK-12-Sturmgewehren ausgestattet, einer Weiterentwicklung der berüchtigten Kalaschnikow, und hatten die Aufgabe, jeden Ausbruch zu verhindern. Die Truppe bestand fast ausschließlich aus auf Einsätze im Schnee spezialisierten Soldaten der ehemaligen Russischen Föderation. Voller Stolz trugen sie nach wie vor ihre alten Armeeuniformen mit dem unverwechselbaren, eigentlich für die Arktis gedachten Tarnmuster: wie Bildschirmpixel aussehende graue und schwarze Punkte, die mit den dort vorkommenden Moosen verschmelzen sollten.

Mit drei Lagen Thermokleidung und Helmmasken, die ihre Gesichter verdeckten, boten sie einen Respekt einflößenden Anblick.

Sie bildeten eine verschworene Gemeinschaft, die streng unter sich blieb. Sie sprachen kaum Englisch und noch weniger Mandarin. Die Richtlinie, eine der beiden Verkehrssprachen zu benutzen, ignorierten sie größtenteils. Ihre nationale Identität war ihnen genauso wichtig wie vor zwanzig Jahren, auch wenn so etwas wie Nationen nicht mehr existierte.

Yotam verstaute seine Ski und passierte den Sicherheitsbereich. Die Wachen nickten ihm kurz zu. Als Anhänger des orthodoxen Christentums waren ihnen diese genetisch veränderten Wesen ein Gräuel, ein Akt der Hybris, weit davon entfernt, die Menschheit zu retten, sondern vielmehr eine Bedrohung für das wenige, das noch davon übrig war. Doch was auch immer man von ihren persönlichen Überzeugungen halten mochte, sie nahmen ihre Aufgabe sehr ernst und hatten noch nie etwas oder jemanden entkommen lassen.

McMURDO CITY

Endphasenkammern
Fünfzig Meter unter dem Ross-Schelfeis
Gleicher Tag

Yotam stieg die ins Eis gehauenen Stufen hinunter, eine märchenhafte Treppe aus blau schimmernden Tritten, die mit Metallnoppen besetzt waren, damit man nicht ausrutschte. Kein Lift – es fehlte das Material, um einen zu bauen –, nur ein simpler Flaschenzug, der zum Materialtransport diente. Vorbei waren die Zeiten der Hochsicherheitseinrichtungen der alten Welt, es gab keine Hightech-Iris-Scanner und keine biometrischen Schlüssel. Diese Kammern waren primitiv wie die Kerker einer mittelalterlichen Burg, bewacht von Männern und Frauen mit Schlüsseln aus massivem Eisen, die Türen aus massivem Eisen öffneten.

An den Wänden hingen in unregelmäßigen Abständen akkubetriebene Grubenlampen, die an Eisschrauben befestigt waren, die man früher zum Bergsteigen benutzt hatte. Wenn eine Lampe dunkler wurde oder zu flackern anfing, wurde sie an die Oberfläche gebracht und mit Solarzellen oder dem Strom, der von den Windparks am südlichen Fuß des Transantarktischen Gebirges erzeugt wurde, wieder aufgeladen. Ein eigenes Team kümmerte sich um diese Lampen, reparierte sie, tauschte sie aus und schob mühsam Karren durch die Tunnel wie einst die Gaslaternenanzünder im viktorianischen London. Der Schein der Lampen fiel auf blaue Wände, die von Adern aus Saphir, Türkis und Lapislazuli durchzogen waren. Es sah aus, als befände man sich im Inneren eines wurmstichigen Edelsteins.

Natürlich gab es auch keine Heizung. Das ganze Jahr über herrschte eine konstante Temperatur von ein paar Grad unter null, wie es für Arten, die eigens für die Kälte gezüchtet wurden, gerade noch erträglich war. All das machte die Zwölf-Stunden-Schichten zu einer echten Herausforderung für die Menschen, die hier arbeiteten. Sie saßen nie still, liefen ständig auf und ab, um sich warm zu halten, stampften mit den Füßen oder zogen sich an die Oberfläche zurück, wenn ihnen die Kälte zu viel wurde, um in den Überresten des größten Transportflugzeugs der Welt, der Antonow AN-225 Mrija, die zu einer Art Wärmestube umgebaut worden war, Zuflucht zu suchen.

Die einstige Militärmaschine bot einen Unterschlupf für Wissenschaftler und das Hilfspersonal, hier bekamen sie Becher mit Bitterflechtentee und Silberfischchensuppe. Für das psychische Wohlbefinden streifte ein Rudel Huskys unter den Tischen umher und stand für Streicheleinheiten zur Verfügung. Versuche, sie mit in die Kammern zu nehmen, waren gescheitert, denn die Hunde weigerten sich, die Treppe hinunterzugehen. Stattdessen heulten sie wie die Wölfe – offensichtlich wegen der Kreaturen, die unter dem Eis gehalten wurden.

Ein leuchtend rotes, in Hüfthöhe befestigtes Seil durchzog das gesamte Tunnelnetz, sodass man sich den Weg nach draußen im Notfall auch ertasten konnte. In das Seil waren Knoten geknüpft, an deren Anordnung man erkennen konnte, ob man sich auf den Eingang zu- oder von ihm wegbewegte. Jedes Mal, wenn Yotam ausrutschte und nach dem Seil griff, fühlte er sich an den Mythos des Minotaurus erinnert. Nicht nur, weil Theseus einen Faden benutzt hatte, um wieder aus dem Labyrinth herauszufinden, sondern, weil auch hier Mischwesen hausten.

Von Zeit zu Zeit hörte man unheimliche Geräusche, so ungewöhnlich, dass die Normalgeborenen innehielten und lauschten. Klickgeräusche, die wie Insektensprache klangen, nur dass sie nicht von Insekten stammten. Wunderschönen Vogelgesang, der aber nicht von Vögeln kam. Aus Gewohnheit unterhielten sich die Normalgeborenen nur im Flüsterton, als wüssten sie, dass menschliche Stimmen hier nichts zu suchen hatten und dass diese mit einem außergewöhnlichen Gehörsinn und unergründlicher Intelligenz ausgestatteten Wesen alles belauschten.

Manchmal hallten Worte durch die Tunnel, so klar und deutlich, dass sie nicht von einem Normalgeborenen stammen konnten, sondern nur von einem Wesen, das wie in einer Neuauflage des Theaterstücks *Pygmalion* lernte, vollkommen akzentfrei zu sprechen: »Dir ist kalt. Mir ist niemals kalt.«

Diese Kammern waren nicht für die Eisadaptierten mit ihren eher gemäßigten Anpassungen gebaut worden, für diese Beinahe-Menschen mit Schuppenhaut und Nachtaugen. Sie waren von Geburt an in die Gesellschaft integriert, wuchsen in normalen Familien auf und besuchten die Schule. In diesen Kammern waren die radikaleren Schöpfungen untergebracht, unsichtbar und im Verborgenen. Hier unten befanden sich Wesen, bei denen den Anpassungen keine Grenzen gesetzt waren, die beliebig weit von der Vorlage des menschlichen Genoms abweichen durften. Diese Radikalisierung des Kältemenschen-Projekts hatte stattgefunden, als klar wurde, dass die gemäßigten Adaptionen den rapiden Bevölkerungsrückgang nicht aufhalten konnten: Sie konnten das Aussterben hinauszögern, aber nicht verhindern. Yotams Ziel war nicht, besser an die Kälte angepasste Lebewesen zu erschaffen, sondern Leben, das hier zu Hause war.

Die unterirdischen Kammern waren in Zonen für die verschiedenen genetischen Varianten von Kältemenschen unterteilt wie ein Zoo. Yotam arbeitete in den Beobachtungstunneln, in einer Abteilung ganz am Ende der Anlage. Sie umfasste zwanzig Höhlen, von denen jede so groß wie ein Wildtiergehege war und von nur einem Exemplar bewohnt wurde. Das jüngste war sechs Monate alt, das älteste sechs Jahre, und man ließ sie niemals zusammen, weil die Wissenschaftler befürchteten, die Kontrolle über sie zu verlieren.

Yotams »Büro« war mit einem Schreibtisch, einem Notfallkoffer mit Essensrationen, einem Erste-Hilfe-Set und Sauerstoffflaschen für den Fall eines Tunneleinsturzes ausgestattet. Von der Decke baumelten Gashupen: das Alarmsystem der Basis. Hinter einem hauchdünnen Paravent, der mit Bildern des Mount Fuji verziert war, befand sich eine Eimertoilette, denn der Weg zurück an die Oberfläche dauerte fast vierzig Minuten. Es gab keine Sanitäranlagen und auch sonst keinerlei Annehmlichkeiten.

Mit Sturmgewehren bewaffnete Trupps von furchterregenden Sicherheitsbeamten patrouillierten in zufälligen Mustern, die niemand vorhersagen konnte, durch die Kammern. Sie waren misstrauisch gegenüber diesen neuen Spezies, nicht überzeugt, dass sie die Lösung der Bevölkerungskrise waren. Sie glaubten eher, dass die Wissenschaftler das Risiko unterschätzten und die Gefahren übersahen.

Diese Atmosphäre erhöhter Vorsicht war der Grund dafür, dass Yotam beschlossen hatte, niemandem von seinem Vorhaben zu erzählen. Er hatte den McMurdo-Senat nicht um grünes Licht gebeten. Zum Teil, weil er keine Zuschauer wollte, aber vor allem, weil er wusste, dass die Erlaubnis niemals erteilt worden wäre: Um zu beweisen, dass keine Gefahr von den Kältemenschen ausging, wollte er eine der Kammern allein und unbewaffnet betreten. Sie hatten lange genug gewartet und beobachtet, hatten genug Tests durchgeführt. Die Zeit lief ab. Dies war der Moment, um ihrer Schöpfung gegenüberzutreten, ihr die Hand zu reichen und ihr eine Zusammenarbeit anzubieten. Bestimmt würden andere Yotams Entscheidung für emotional und überstürzt halten, aber er war überzeugt, dass er das Richtige tat. Manchmal musste man eben ein Risiko eingehen.

McMURDO CITY

Endphasenkammern
Fünfzig Meter unter dem Ross-Schelfeis
Gleicher Tag

Yotam presste die Hände gegen die unzerbrechliche Scheibe aus Siliziumdioxid-Nanofasern und spähte in die Kammer. Er suchte die Wände ab und rief sich ins Gedächtnis, auch die Decke zu überprüfen, denn diese Kreatur konnte jede Oberfläche erklimmen, konnte sich überall festhalten. Es war die Kammer, in der die älteste Züchtung des Kältemenschen-Projekts lebte. Sie hatte vor sechs Jahren in den Laboren auf dem Flugzeugträger *Kennedy* das Licht der Welt erblickt und war das am weitesten fortgeschrittene, das am stärksten veränderte Geschöpf, das sie je erschaffen hatten. Mit drei Jahren war es ausgewachsen und in der Lage gewesen, die Farbschattierungen des Eises so genau nachzuahmen, dass es mit bloßem Auge oft gar nicht zu sehen war, als wäre sein Körper aus Eis gemeißelt.

Trotz der extremen genetischen Veränderungen war es einer menschlichen Wirtin eingesetzt worden, einer Freiwilligen aus den Überlebendenstädten. Während der Schwangerschaft wurde sie in ein künstliches Koma versetzt, da klar war, dass sie andernfalls nicht überleben würde. Die Modifikationen waren zu gewagt, die Abweichung vom menschlichen Genom zu groß. Die Prozedur war moralisch verwerflich, ein unauslöschlicher Makel auf dem Kältemenschen-Projekt, der auch dadurch nicht abgemildert wurde, dass alle Frauen wiederholt über das hohe Sterberisiko informiert worden waren. Der Wunsch nach einem Kind, das in dieser Kälte überleben konnte, machte sie anfällig für das Versprechen, eine Familie zu haben, für den Traum, Mutter eines wunderbar neuartigen Kindes zu sein. Als Rechtfertigung für diese Täuschung diente das Argument, dies sei die einzige Möglichkeit, das Aussterben der Menschheit zu verhindern. Man hoffte außerdem, eine Spezies zu erschaffen, die sich selbstständig fortpflanzen konnte, sodass bald keine Leihmütter mehr benötigt würden.

Die Frau lag monatelang bewusstlos im Bett, ihre Gebärmutter schwoll an, und ihr Bauch wölbte sich bedrohlich nach oben wie ein zerklüftetes Gebirge. Ihre Haut verhärtete sich und lief dunkelviolett an. Das Protokoll sah vor, den Embryo bei den ersten Anzeichen von selbsterhaltendem Leben herauszuschneiden, egal wie er aussehen mochte. Doch in diesem Fall waren die Lebenszeichen schwer zu erkennen gewesen. Die Scans waren schwierig zu interpretieren, der Embryo schien nicht aus Fleisch und Blut zu bestehen, eher aus einer Art Knochenmatrix.

Ohne Vorwarnung bahnte er sich eines Nachts selbst einen Weg aus der Gebärmutter. Es war mehr eine Eruption als eine Geburt. Die Mutter wurde förmlich auseinandergerissen, während die Kreatur sich hauend und beißend befreite, als läge sie im Krieg mit dem Gewebe, in dem sie herangewachsen war. Von der Frau war danach fast nichts mehr übrig, nur eine Beatmungsmaske mit einem Kopf daran sowie Überreste von Schultern und Armen. Ein grässlicher Anblick. Als das Neugeborene weiter strampelnd um sich schlug, befürchtete man, dass der Inkubator zerbrechen könnte, was das Kind verletzen und die wertvolle Ausrüstung beschädigen würde, von der ein Großteil unersetzlich war, also öffnete man die Ventile. Blut und Fruchtwasser ergossen sich auf den Boden, und das Neugeborene kletterte heraus.

Beinchen für Beinchen zwängte es sich durch die Zugangsöffnung, hochbegabt und intelligent von der ersten Sekunde an. Dann gab es einen seltsamen Laut von sich, der an Walgesang erinnerte, ein Geräusch, das niemand zu interpretieren vermochte, bis Yotam erkannte, dass es sich um Schmerzensschreie handelte, und er die Anweisung gab, die Temperatur im Raum zu senken. Sobald das Blut der Mutter auf dem Boden gefroren war, wurde das Neugeborene ruhiger, blieb direkt vor dem Inkubator sitzen und musterte seine Umgebung, bis sein Blick auf dem verspiegelten Sichtfenster zu ruhen kam. Hinter diesem Fenster saßen die führenden Wissenschaftler des Kältemenschen-Projekts, die bei jedem bedeutenden Ereignis anwesend waren. Einige von ihnen reagierten mit unverhohlener Abscheu, als wollten sie sagen, dass dieses *Ding* nicht die Zukunft der Menschheit sein konnte.

Ganz anders Yotam, der bewundernd sagte: »Es sieht uns an. Es weiß, dass wir da sind.«

Es hatte vier Beine, zwei auf jeder Seite des Beckens, auf dem ein eindeutig menschlicher, formvollendeter Rumpf saß. Das Neugeborene bewegte sich flink durch die Geburtskammer, seine Klauenfüße klackten wie Stilettoabsätze über den mit Stahlplatten ausgelegten Boden, dann kletterte es mühelos die Wand hinauf und ließ sich über dem Lufteinlass nieder, wo es mit einem zufriedenen Schnurren die Kälte in sich aufzusaugen schien.

Auf der anderen Seite der Scheibe sagte ein Genetiker: »Von Aliens erobert, haben wir selbst ein Alien erschaffen.« Nach kurzem Nachdenken fügte er hinzu: »Wir sollten es töten, solange wir noch können.«

McMURDO CITY

Yotam kletterte die Stahlleiter hinunter und erreichte den Boden der Kammer. Anstatt im Schutz des Beobachtungstunnels zu verharren, öffnete er die Tür und betrat den Raum, in dem es kein einziges Möbelstück gab. Kein Bett, keine Stühle, keinen Tisch. Aber nicht aus Grausamkeit oder um dem Wesen etwas vorzuenthalten, sondern weil diese Spezies so erschaffen worden war, dass sie keinen Komfort brauchte wie die Menschen, kein Durcheinander von Gegenständen aus Metall, Plastik oder Holz. Es gab keine Stahlproduktion mehr, keine Chemiefabriken und auch keine Wälder zum Abholzen. Zwar lagerten in einigen Kilometern Tiefe unter dem Eis riesige Rohstoffvorkommen, doch die Menschheit war nicht mehr in der Lage, sie abzubauen. Es gab nur Eis, Schnee und Fels.

Die Hoffnung war, dass diese neue Spezies lernen würde, die Elemente dieses Kontinents für sich zu nutzen. Tatsächlich sah Yotam aus den Wänden gehauene Eisröhren in der Kammer, zylinderartige Skulpturen, in deren Oberfläche komplexe Strukturen geritzt waren – abstrakt und verwirrend, eher wie Kunstobjekte in einer Galerie als Gegenstände von irgendeinem praktischen Nutzen.

Yotam schloss die Tür hinter sich und ging zur Mitte der Kammer, so schutzlos wie ein Opfertier. Dort angekommen wartete er ab, was als Nächstes passieren würde. Er war der erste Normalgeborene, der je das Gehege dieser Kreatur betrat.

Mit präzisen Bewegungen kam das Geschöpf von der Decke herab. Es platzierte seine vier Beine punktgenau und bewies selbst kopfüber hängend ein solches Maß an Kontrolle, dass man glauben konnte, es sei gebaut worden, nicht geboren – hergestellt von Schweizer Uhrmachermeistern, mit winzigen Zahnrädern und Federn in seinem Innern und völlig außerstande, auch nur die kleinste Ungeschicklichkeit zu begehen.

Es erreichte den Boden und ragte vor Yotam auf. Mit drei Meter Körpergröße war das Wesen fast doppelt so groß wie er. Die Körperform und Proportionen hatten sich seit seiner Geburt kaum verändert. Das Geschöpf sah aus wie ein Zentaur aus der griechischen Mythologie – der Oberkörper eines Menschen, getragen von vier statt zwei Beinen. Mit jedem Jahr war seine Erscheinung beeindruckender geworden, ein Krieger, dessen Brustkorb dem Harnisch eines Gladiators glich, nur aus Elfenbein geschmiedet statt aus Bronze.

Dank einer geschickten Kombination aus den Vorteilen eines Exoskeletts mit denen eines Endoskeletts ließ dieser kühne Bio-Hack die physischen Grenzen eines Gliederfüßers weit hinter sich. Bei jedem Wachstumsschub hatte er seinen Chitinpanzer abgeworfen wie eine Heuschrecke und ihn dann restlos verzehrt – eine bewundernswerte Rohstoffeffizienz auf diesem kargen Kontinent. Die Beine unter dem prächtigen, wie gemeißelt aussehenden Torso waren halb Spinne, halb Bolschoi-Balletttänzer. An den Enden der ständig auf den Zehen stehenden Füße befanden sich Klauen, die sich mit der Kraft eines Bolzenschussgeräts ins Eis bohrten. Auf dem Hals, dessen Wirbel an der Außenseite verliefen, ruhte eine impressionistische Annäherung an einen menschlichen Kopf: die Wangen waren tief wie Satellitenschüsseln und erinnerten in ihrer Form eher an die Maske eines Mayakriegers als an ein Gesicht.

Die Lippen waren schmale Streifen aus Perlmutt, die weißen Augen glänzten wie polierte Billardkugeln. Wenn das Geschöpf Mund und Augen schloss, sah es eher aus wie eine modernistische Keramikskulptur denn wie ein lebendiges Wesen. Nichts, was den Elementen ausgesetzt war, war fleischig und zerbrechlich, alles Weiche befand sich innen. Es war unempfindlich gegen Kälte und konnte durch die heftigsten Winterstürme spazieren. Sogar komplett in Eis gehüllt, überlebte es. Die knochigen Arme bestanden nicht aus Fleisch und Sehnen, sondern waren hart wie der Stoßzahn eines Narwals. Sie hingen auch nicht schlaff herab, sondern waren an die Seite des Rumpfes gepresst.

Mit einem deutlich hörbaren Klicken lösten sich die Arme vom Rumpf der Kreatur, und es kostete Yotam enorme Selbstbeherrschung, nicht zurückzuweichen, als sie sich nach ihm streckten. Die Hände entfalteten sich zu Fingern, die feinsten chirurgischen Skalpellen glichen, messerscharfe medizinische Präzisionsinstrumente, mit denen das Geschöpf den Bauch eines Walrosses ausweiden konnte. Mit größter Vorsicht legte es einen Finger auf Yotams Jacke, direkt über dem Herzen. Es war das erste Mal, dass sie sich berührten. Yotam blickte nach unten und sah, dass die Spitze den synthetischen Stoff durchstochen hatte. Eine Daune löste sich aus dem Futter und schwebte langsam zu Boden.

Die perlmuttfarbenen Lippen der Kreatur öffneten sich und gaben den Blick auf die dichten Zahnreihen frei, die vorderen scharf und spitz wie bei einem Hai, die hinteren flach und breit zum Zermahlen der Nahrung. Bewegt wurden sie von dem stärksten Kauapparat im Tierreich, einer Variante des Muskelgewebes, wie man es im Kiefer von Alligatoren findet. Dazwischen lag eine flinke Zunge, die wie ein eloquentes Musikinstrument Tausende von Geräuschen imitieren konnte, vom Rinnen des Schmelzwassers bis zu herzerweichendem Gesang. Der Schlund führte zum effizientesten Verdauungssystem im Tierreich, das alles verwertete und nichts verschwendete: dem Magen eines Geiers, der nur unlösliche Stickstoffverbindungen, Guanin und Harnsäure in Form einer giftigen Paste ausschied, die schwarz und klebrig war wie Teer.

Alle paar Wochen schrubbte das Hilfspersonal die Eiskammern mit viel Mühe und Ekel wieder sauber. Obwohl dem Wesen eine Intelligenz angezüchtet worden war, die die menschliche weit überstieg, waren seine Fressgewohnheiten urzeitlich: Es weigerte sich strikt, etwas zu sich zu nehmen, das bereits tot war, als wäre der Akt des Tötens der obligatorische erste Schritt jeder Mahlzeit.

In Yotams Augen war das Wesen wunderschön: »Hallo, Yotam.«
»Hallo, Eitan.«

McMURDO CITY

Endphasenkammern
Eitans Käfig
Gleicher Tag

Er hatte nie beabsichtigt, das Wesen Eitan zu nennen, aber Yotam war es leid, einen anonymen Code zu verwenden. Sie hatten strikte Anweisung, die Kreaturen ausschließlich mit der Nummer ihrer genetischen Variante anzusprechen, doch Yotam wollte seiner Schöpfung einen normalen Namen geben, um die Interaktion mit ihr zu erleichtern. Dieser Lapsus wäre möglicherweise noch verzeihbar gewesen, schließlich war ein Zahlencode als Name ziemlich umständlich. Aber das Wesen nach seinem engsten Freund zu benennen, in den er noch dazu verliebt gewesen war, schuf eine emotionale Verbindung und war äußerst unprofessionell. Yotam sorgte dafür, dass Wissenschaftler und Hilfspersonal den Namen nie hörten, und auch Eitan benutzte ihn nie vor anderen, als wüsste er, dass es ihrer beider schmutziges Geheimnis war.

»Yotam?«

»Ja, Eitan?«

»Du bist in meinem Gehege.«

»Zum ersten Mal.«

»Du hast den Käfig betreten.«

»Ja.«

»Jetzt trennt uns nichts mehr voneinander.«

»Nein. Nichts.«

»Du bist allein.«

»Ja.«

»Und unbewaffnet.«

»Ich bin immer unbewaffnet.«

»Wir stehen uns gegenüber, von Angesicht zu Angesicht.«

»Das tun wir.«

»Was ist an dem heutigen Tag so besonders?«

»Es ist Zeit.«

»Wofür?«

»Zu beweisen, dass wir zusammenleben können.«

»Das ist das Ziel?«

»Das ist der Plan.«

»Ist das ein Test?«

»Alles ist ein Test.«

»Eine Geste des guten Willens also?«

»Ganz genau.«

»Ein Zeichen des Vertrauens?«

»All diese Dinge.«

»Hattest du Angst, dass ich dich verletzen könnte?«

»Nein, hatte ich nicht. Andere schon. Sie haben immer noch Angst.«

Eitan dachte einen Moment lang nach. Er schaute zu den Tunneln hinauf. Niemand beobachtete sie. »Du hast niemandem Bescheid gesagt?«

»Nein.«

»Warum nicht?«

»Sie hätten niemals zugestimmt.«

»Glauben sie, dass ich gefährlich bin?«

»Sie glauben, du könntest es sein.«

»Und was glaubst du?«

»Ich glaube, du bist unsere Zukunft.«

»Dein Herz schlägt sehr schnell.«

»Ja, das stimmt.«

»Bist du nervös?«

»Ein bisschen.«

»Und was noch?«

»Ich bin außerdem aufgeregt.«

»Ich möchte dich hochheben.«

»Warum?«

»Um zu beweisen, dass keine Gefahr von mir ausgeht.«

»Ich bin mir nicht sicher, ob …«

»Hast du Angst?«

»Vergiss nicht, im Vergleich zu deiner ist meine Haut sehr dünn, und meine Knochen sind schwach.«

»Ich bin mir deiner körperlichen Schwächen bewusst.«

»Wenn du mich verletzt, lassen sie dich niemals frei.«

»Ich würde dich nie verletzen.«

»Dir könnte ein Missgeschick unterlaufen.«

»Mir ist noch nie eines passiert.«

Die Bemerkung brachte Yotam zum Lachen. »Hier unten hast du auch wenig Gelegenheit dazu.«

»Was für eines könnte mir denn unterlaufen, wenn ich dich hochhebe?«

»Du könntest deine Kraft unterschätzen.«

»Ich kenne meine Kräfte genauso gut wie deine Schwächen.«

Yotam nickte beklommen. »Also gut. Heb mich hoch.«

Eitan hob Yotam vorsichtig vom Boden, bis seine Füße in der Luft baumelten, und hielt ihn ohne erkennbare Anstrengung etwa eine Minute lang so. »Du bist leicht.«

»Einundachtzig Kilo.«

»Ich könnte dich ewig so halten.« Die Worte klangen beinahe zärtlich.

»Aber wir haben nicht ewig Zeit.«

»Habe ich bestanden?«

»Was bestanden?«

»Den Test.«

»Meiner Meinung nach schon.«

»Wird es weitere Tests geben?«

»Viele.«

»Und nach den Tests werden wir zusammen oben auf dem Schelf leben?«

»Das ist der Traum.«

»Das ist auch mein Traum. Wird er wahr werden?«

»Ich hoffe es.«

»Ich hoffe es ebenfalls.«

»Eitan?«

»Ja, Yotam.«

»Du kannst mich jetzt wieder absetzen.«

McMURDO CITY

Archiv
Nächster Tag

Yotam hatte nicht schlafen können. Er lag hellwach im Bett, in den Überresten eines alten Schlafsacks, der so oft geflickt war, dass er wie eine Märchendecke aussah. Schließlich verbrachte er die Nacht damit, sich auf die kommenden Tests vorzubereiten. Der erste Tag war nur eine Einführung gewesen, heute würde er etwas weit Kühneres versuchen, und als Vorbereitung beschloss er, vor seiner Rückkehr in die Endphasenkammern noch einige Nachforschungen anzustellen.

Er nahm als einer der Ersten sein Frühstück ein, es gab pochierten Riesen-Antarktisdorsch, der ein bisschen wie Kabeljau schmeckte. Mit fast zwei Metern gehörte er zu den größten Fischen überhaupt und war außerdem bekannt dafür, dass er sogar seinen eigenen Nachwuchs fraß. Nach einer Tasse Seetangtee, der gut für die Schilddrüsenfunktion war und viel Jod, Kalium und Zink enthielt, verließ Yotam die Kantine und machte sich auf den Weg zum Archiv von McMurdo City.

Das von zwei Ringmauern aus schwarzem Granitgestein umgebene Archiv stand etwas abseits vom Rest der Stadt und war einer der letzten Orte, an dem das Wissen der Menschheit aufbewahrt wurde. Was einst als selbstverständlich gegolten hatte, nämlich dass das kollektive Wissen für immer überleben und von Generation zu Generation weitergegeben würde, war nicht länger selbstverständlich. Die großen Bibliotheken der Welt waren zurückgelassen worden. Die Zeit war schlicht zu knapp gewesen, um den Transport der 32 Millionen Bände aus der Library of Congress in Washington, der elf Millionen aus der Bodleian Library in Oxford und der zehntausend Inkunabeln aus dem Vatikan zu organisieren.

Selbst wenn die Zeit gereicht hätte, gab es in der Antarktis keine Möglichkeit, so viele empfindliche Bücher angemessen zu lagern. Also hatte man beschlossen, sie gar nicht erst mitzunehmen, vielleicht in der naiven Hoffnung, dass die außerirdische Besatzungsmacht sie entdecken und den Wert der Spezies Mensch noch einmal überdenken würde. Nur sehr weniges war als zu wichtig erachtet worden, um es einfach vermodern zu lassen, darunter die Dunhuang-Manuskripte, das Book of Kells, die Unabhängigkeitserklärung der USA, Shakespeares erste Folioausgabe, die Gutenberg-Bibel, die Qumran-Schriftrollen sowie die beiden ältesten Seiten des Koran. Sie alle wurden nun im Rumpf einer ausgedienten Atomrakete aufbewahrt wie Samen, die darauf warteten, eines Tages in einem neuen Zuhause ausgebracht zu werden.

In dem Bemühen, nicht alles im Lauf der Jahrtausende gesammelte Wissen für immer zu verlieren, hatten einige Regierungen ihre Supercomputer mit in die Antarktis genommen. Der im Oak Ridge National Laboratory gebaute Frontier und der Fugaku aus Kobe in Japan hatten zu den leistungsstärksten Rechnern des einundzwanzigsten Jahrhunderts gehört. Das Ende von Internet und Cloud-Computing sowie die Zerstörung aller Satelliten und Telekommunikationssysteme hatte das Ende der virtuellen Welt bedeutet. Diese Computer waren jetzt die letzten verbliebenen Informationszentren der menschlichen Gesellschaft. Sie wurden vor allem für die komplexen genetischen Berechnungen des Kältemenschen-Projekts genutzt, aber auch als letzter Hort des menschlichen Wissens.

Nichtsdestotrotz sah sich McMurdo mit der Aussicht konfrontiert, dass diese Computer eines Tages für immer den Dienst quittieren würden, dass Technologie genauso alterte und gebrechlich wurde wie der menschliche Körper. Es drohte eine digitale Demenz, in der große Teile des kollektiven Wissens versickern würden. Daher hatte man die Rechner vorsichtshalber über die gesamte Stadt verteilt, einige Frontier-Computer befanden sich auf den Flugzeugträgern, während andere tief im Inneren der Atom-U-Boote untergebracht waren. Das Archiv jedoch befand sich auf einem schwarzen Felsen auf dem Festland und war das einzige, das für alle zugänglich war, die letzte öffentliche Bibliothek.

Nachdem ihm der Zugang gewährt worden war, zog sich Yotam in der Außenkammer nackt aus und bekam einen hellblauen Ganzkörperanzug aus Plastik ausgehändigt, wie ihn Gerichtsmediziner früher getragen hatten. Da er nichts mit hinein- oder hinausnehmen durfte, betrat er einen gepolsterten Raum, der als unfallsicher galt, und bekam einen der letzten Tablet-Computer überreicht. Unter ständiger Aufsicht rief Yotam dann die Informationen ab, die er brauchte.

In Vorbereitung auf die heutigen Tests, mit denen festgestellt werden sollte, ob Eitan in die menschliche Gesellschaft entlassen werden konnte, begann Yotam, Studien führender Psychologen zu lesen, die sich mit der Art und Weise befasst hatten, wie Normalgeborene auf Veränderungen in ihrem unmittelbaren Umfeld reagierten. Durch den Tod so vieler Experten waren zahllose Fachgebiete in der antarktischen Gesellschaft nicht mehr besetzt. Um das zu kompensieren, beschränkten sich die Menschen nicht mehr auf einen Beruf oder ein Interessengebiet. Jemand, der in den Laboren der Lebensmittelproduktion arbeitete, konnte gleichzeitig im Vorstand des Komitees für psychisches Wohlbefinden sitzen. Da es zu wenig Leute gab, konnte sich niemand auf ein Spezialgebiet beschränken. Jeder war beruflich flexibel und be-

tätigte sich in einem breiten Spektrum: an einem Tag Seetang ern-
ten, am nächsten Haare schneiden, tags darauf Mathematik unterrichten. Diese Vielfalt war zwar aus der Not heraus entstanden,
aber sie erwies sich auch als äußerst förderlich für das Selbstwert-
gefühl der Menschen. Natürlich waren einige der Berufe sehr an-
strengend und gefährlich, aber niemand war auf eine Arbeit be-
schränkt, und fast alle teilten die Mühen. Der Wert des einzelnen
Lebens war äußerst hoch, die Arbeitstage waren abwechslungsreich
und das Gefühl von Erfüllung enorm.

Als Yotam die Datenbanken durchsuchte, entdeckte er die Arbeit des Anthropologen Edward T. Hall, der unter dem Begriff
»Proxemik« erforscht hatte, wie viel Raum ein menschliches In-
dividuum unter verschiedenen Bedingungen für sich beanspruchte.
Halls Schriften zu dem Thema umfassten Berührungen, Körper-
bewegungen und nonverbale Kommunikation: Vor dem Exodus
hatte ein Abstand von fünfzig Zentimetern zueinander als »persönliche Distanz« gegolten, die »soziale« Distanz lag bei zwei Metern und die »öffentliche Distanz« bei vier Metern und mehr. Die
persönliche Distanz zeigte an, was ein durchschnittlicher Mensch
psychologisch als sein Eigentum betrachtete. In der antarktischen
Gesellschaft betrachtete niemand mehr irgendeinen Raum als seinen eigenen. Jeder lebte im persönlichen Raum des anderen, und
für das Überleben war es von größter Wichtigkeit, dass die Menschen über längere Zeit auch mit extremer Nähe umgehen konnten.

Bei Eitans nächstem Test würde es darum gehen, wie er auf
Nähe reagierte. Yotam wollte so viel Zeit wie möglich innerhalb
von Eitans persönlicher Distanz verbringen. Es war ein Test von
Intimität.

ENDPHASENKAMMERN

Eitans Gehege
Gleicher Tag

Nach demselben Schema wie am Vortag kletterte Yotam die Stahlleiter hinunter, öffnete den Käfig und schloss ihn hinter sich ab. Ohne viel Aufhebens tauchte Eitan aus dem hinteren Teil der Höhle auf und begrüßte ihn mit einem höflichen »Guten Morgen«, obwohl »Morgen« für ihn ein rein abstrakter Begriff war, da er sein Gehege noch nie verlassen und die Sonne noch nie gesehen hatte.

Ohne Vorwarnung legte Yotam seine Hand auf Eitans Arm und fragte: »Stört dich das?«

»Was stört mich?«

»Die Berührung.«

»Warum sollte sie mich stören? Gestern habe ich dich hochgehoben.«

»Ja, aber du hast mich angefasst, nicht ich dich.«

»Ist diese Unterscheidung wichtig?«

»Sehr.«

»Die Person, die berührt wird, und die Person, die berührt.«

»Genau.«

»Mich hat noch nie jemand berührt.«

»Deshalb bist du ja vielleicht verärgert.«

»Ich bin nicht verärgert.«

»Ich habe dich nicht um Erlaubnis gefragt.«

»Solltest du das?«

»Es ist dein Körper. Es ist dein Raum.«

»Du hast diesen Körper gemacht. Du hast diesen Raum geschaffen.«

»Aber sie gehören mir nicht.«

»Gehören sie mir?«

»Sie gehören dir.«

»Ich könnte dich also bitten, mich nicht zu berühren?«

»Das kannst du.«

»Ist das etwas, worum Menschen bitten?«

»Oft.«

»Weil sie das Gefühl nicht mögen?«

»Kannst du das Gefühl beschreiben?«

»Deine Hand fühlt sich heiß an.«

»Brennt sie?«

»Ja.«

Yotam zog seine Hand weg. »Es tut mir leid.«

»Die Idee war schön.«

»Warum war sie schön?«

»Du hast mich mehr wie einen Menschen behandelt.«

»Und weniger wie?«

»Ein Monster.«

»Ich habe dich nie wie ein Monster behandelt.«

Eitan dachte über diese Antwort nach. Schließlich stimmte er zu. »Aber du hast mich auch nie wie einen Menschen behandelt.«

»Du bist kein Mensch. Genau das ist der Sinn deiner Existenz.«

»Und was ist der Sinn *deiner* Existenz?«

Yotam lachte. »Du.«

Später am Vormittag schilderte er Eitan ein Szenario. »Stell dir Folgendes vor: Du lebst oben auf dem Schelf, in McMurdo City.«

»Ich bin frei?«

»Ja, du bist frei. Du kannst dich ungehindert zwischen den Menschen bewegen.«

»Und was tue ich?«

»Du gehst zur Arbeit.«

»Welche Art von Arbeit?«

»Welche Arbeit würdest du denn gerne tun?«

Eitan dachte einige Zeit nach, bevor er antwortete. »Ich kann bauen. Ich würde die größten Gebäude errichten, die du je gesehen hast. Aus Eis. Gebäude, wie sie noch nie da gewesen sind.«

»Du bist also ein Baumeister. Stell dir vor, du bist gerade damit beschäftigt, etwas zu bauen, und dann kommt ein Kind, ein normalgeborenes Menschenkind angerannt und umklammert dein Bein. Etwa so.«

Yotam zog Handschuhe an, um seine Körperwärme zu dämpfen, dann legte er seine Hände auf Eitans Bein.

»Ein normalgeborenes Kind hätte zu viel Angst vor mir.«

»Anfangs vielleicht. Aber normalgeborene Kinder passen sich sehr schnell an. Irgendwann gewöhnen sie sich an dich, und sehr bald werden sie von dir fasziniert sein.«

»Wie würde ich reagieren?«

»Das ist die Frage.«

»Du willst wissen, ob das Kind in Gefahr wäre? Ob ich ihm etwas antun könnte?«

»Verletzt dich diese Frage?«

»Wünschst du dir Kinder, Yotam?«

Die Frage überrumpelte ihn. »Das wäre sehr schwierig.«

»Bist du unfruchtbar?«

Yotam lachte zum zweiten Mal an diesem Tag. »Ich habe es nie überprüfen lassen.«

»Warum sagst du dann, dass es schwierig für dich wäre, ein Kind zu bekommen?«

»Ich verbringe meine ganze Zeit hier.«

»Hast du einen Partner?«

»Im Moment nicht, nein.«

»Dein Partner wäre ein Mann?«

»Ja, ein Mann.«

Eitan überlegte kurz. »Ihr beide könntet ein Kind adoptieren.«

»Ja.«

»Würdet ihr ein normalgeborenes oder ein eisadaptiertes Kind wollen?«

»Beides. Sowohl als auch.«

»Fühlst du dich bei diesen Fragen unwohl?«

»Nein. Ich zögere nur, weil es schwierige Fragen sind.«

»Lebst du allein?«

»Ja.«

»Ich lebe ebenfalls allein. Aber nicht so wie du, glaube ich.«

»Nein, nicht wie ich.«

»Hast du das Gefühl, dass dir etwas in deinem Leben fehlt?«

»Viele Dinge fehlen in meinem Leben.«

»Zum Beispiel?«

»Wärme.«

»War das ein Scherz?«

»Ja, ein Scherz. Trotzdem stimmt es.«

»Warum hast du noch niemanden für das Zusammenleben gefunden?«

»Es ist nicht einfach.«

»Du kämpfst mit dem Leben an diesem Ort.«

»Ich habe schon immer mit dem Leben gekämpft.«

Yotam versuchte, stets den Blickkontakt aufrechtzuerhalten, auch wenn er sich innerhalb der Intimdistanz befand. Eitan schaute nie weg, schloss nie die Augen, er blinzelte nie und brach nie den Augenkontakt ab. Mit wachsender Gewissheit war Yotam der Meinung, dass die Integration in die Gesellschaft der Menschen nicht nur gelingen würde, sondern dass sie so bald wie möglich stattfinden sollte.

Eitan war bereit, und er war begierig darauf, seinen Teil zum Wiederaufbau der Zivilisation beizutragen. Sechs Jahre lang hatte er in Gefangenschaft nichts anderes getan, als zu lernen. Er konnte die dichtest beschriebenen Seiten mit einem einzigen Blick in sich aufnehmen und verschlang so viel Literatur, wie er nur bekommen konnte. Obwohl er sein ganzes Leben in Einzelhaft verbracht hatte, zeigte er keinerlei gestörte Verhaltensmuster oder gar Anzeichen von Feindseligkeit. Nach dieser Interaktion zu urteilen, stand außer Frage, dass sie zu einer Probe-Integrationsphase übergehen sollten. Gekennzeichnet und überwacht wie ein Gefängnisinsasse auf Kaution, sollte Eitan am Leben über dem Eis teilnehmen können.

»Yotam?«

»Ja, Eitan?«

»Wir werden beobachtet.«

Yotam drehte sich um und sah Wissenschaftler, Hilfskräfte und Sicherheitsbeamte in den Beobachtungstunneln aufgereiht stehen und zu ihnen herunterschauen.

ENDPHASENKAMMERN

Eitans Gehege
Gleicher Tag

Als Yotam sich verabschiedete, fragte Eitan: »Bist du in Schwierigkeiten?«

»Weshalb? Weil ich mit dir spreche? Nein. Das ist mein Job.«

»Sie sehen uns seltsam an.«

»Wie sehen sie uns denn an?«

»Als hätten wir etwas Falsches getan.«

Eitans Beobachtungsgabe beeindruckte Yotam. »Ich habe es nicht von ihnen absegnen lassen, das ist alles. Wir sehen uns morgen. Dann machen wir etwas Neues.«

»Ich freue mich darauf, Yotam.«

»Ich auch.«

Er verließ den Käfig, verriegelte die Tür hinter sich und kletterte die Leiter hinauf zur Büroebene der Eiskammern. Yotam verspürte keine Erleichterung, weil er nicht mehr in Eitans Gehege war und sich wieder in der Welt der Normalgeborenen befand, er fühlte sich kein bisschen sicherer oder weniger verängstigt. Die Wahrheit war, dass ihm mit jedem Schritt unbehaglicher zumute wurde. Schließlich stand er vor seinen Mitarbeitern – abseits von ihnen und ihren verständnislosen Blicken ausgesetzt.

»Was haben Sie gemacht?«

»Ihn einem Test unterzogen.«

»Sie waren in seinem Gehege.«

»Genau das war der Test.«

»Und Sie haben uns nicht Bescheid gesagt?«

»Nein.«

»Wer hat Ihnen die Genehmigung erteilt?«

»Ich brauche keine Genehmigung, um mein Leben zu riskieren.«

Der Sicherheitsoffizier blieb unbeeindruckt. »Sie hätten als Geisel genommen werden können.«

»Das stimmt.«

»Wir hätten um Ihre Freilassung verhandeln müssen.«

»Das ist mir bewusst.«

Eine Kollegin schaltete sich ein. »Und was noch wichtiger ist: Dieser Test beweist gar nichts.«

»Da bin ich anderer Meinung.«

»Er beweist nur, dass er nicht so dumm war, Sie zu töten. Er beweist nicht, dass sie so weit sind, in die Gesellschaft entlassen zu werden.«

»Richtig, das beweist es nicht. Aber es ist ein erster Schritt. Irgendwann musste jemand hineingehen. Die Grenze zwischen uns niederreißen. Wozu sonst das Ganze? Sie sollen Seite an Seite mit uns leben – das ist der Traum.«

Die Wissenschaftler und Hilfskräfte starrten Yotam an. Nicht, als hätte er die Grenze zwischen den beiden Spezies niedergerissen, sondern als hätte er sich einfach auf die andere Seite gestellt.

Um die Debatte zu beenden, sagte er: »Ich übernehme die volle Verantwortung für meine Handlungen. Dazu stehe ich, sollte es irgendwelche Probleme geben.«

Dann nahm er seinen Rucksack und verließ die Endphasenkammern. Er ging die Eisstufen hinauf und passierte unter den funkelnden Blicken des schwer bewaffneten russischen Wachpersonals die Sicherheitskontrolle – als hegten sie den Verdacht, dass er eine der Kreaturen nach draußen schmuggeln könnte.

Anstatt direkt nach Hause zu gehen, in die Altstadt von McMurdo, suchte er die Wärmestube in dem umgebauten Militärtransporter auf – jenem Flugzeug, das einmal eine Antonow Mrija gewesen war und deren Kabine nun von Dutzenden Blubberlampen erhellt wurde. Yotam bekam eine Decke über die Schultern gelegt und eine Tasse mit warmer Robbenmilch ausgehändigt. Dann wurde seine Temperatur gemessen. Er versicherte, dass er weder fror noch krank war und vielmehr ein Begleittier haben wollte, einen der sibirischen Huskys.

Die Tatsache, dass Yotam noch nie um einen gebeten hatte, machte die Mitarbeiter nur noch besorgter. »Ist alles in Ordnung?«

Yotam tat sein Bestes, nicht in Tränen auszubrechen. Er konnte seine Emotionen gerade so weit unter Kontrolle halten, dass er hervorbrachte: »Ich möchte heute Nacht nicht allein sein.«

Das Team suchte ihm den freundlichsten Hund aus, den sie hatten, einen Husky namens Kupfer. Er hieß so, weil sein Fell einen ungewöhnlichen Rotstich hatte. Als Yotam den Hund sah, wurde ihm klar, dass die Menschen die Gene ihrer Begleiter schon immer manipuliert hatten, auch wenn sie die Wissenschaft dahinter nicht verstanden.

Yotam band sich Kupfers Leine um die Hüfte, dann fuhr er zurück nach McMurdo und gab seine Bambusski am Eingang seines Wohnkomplexes zurück. Dank des Hundes war er plötzlich äußerst beliebt, praktisch jeder der Bewohner wollte mit dem Husky spielen. Kupfer genoss die Aufmerksamkeit sichtlich, er liebte es, wie all die Menschen ihr Gesicht in sein schönes Fell pressten und ihn hinter den Ohren kraulten. Als sie schließlich auf seinem Zimmer waren, beobachtete Yotam, wie der Hund seine wenigen Habseligkeiten – eine Wäscheleine voller trocknender Kleidung und ein paar zerfledderte Bücher über Genetik – neugierig beschnupperte. Yotam setzte sich auf den Boden und streichelte Kupfers Fell. Plötzlich merkte er, dass er weinte. Das hatte er seit vielen Jahren nicht mehr getan. Kupfer erkannte die Situation und leckte ihm pflichtbewusst übers Gesicht.

McMURDO CITY

Altstadt
Yotams Schlafzimmer
Gleicher Tag

Yotam konnte nicht schlafen und starrte durch das Fenster auf die Sonne, die noch drei Monate lang nicht mehr untergehen würde. Wie alle Flüchtlinge aus der warmen Welt unterdrückte er die meisten Erinnerungen an früher. Und wenn er an die ersten Monate in der Antarktis zurückdachte, glich es weniger einer Rekapitulation von Ereignissen als einer Aneinanderreihung von Empfindungen: der Gestank von brennendem Flugbenzin, der brüllende Wind, die nur von dem Feuerball eines abstürzenden Flugzeugs erhellte Dunkelheit. Das Leben hatte sich angefühlt wie ein Zufall, wie ein Augenblick, der jederzeit enden konnte. Als befänden sie sich alle auf einem Glücksspieltisch und würden jeden Moment von einem Würfel zermalmt.

Auf dem Evakuierungsflug von Israel hatte es keine Sitze gegeben. Damit möglichst viele Passagiere an Bord passten, mussten alle stehen, so dicht aneinander, dass man einschlafen konnte, ohne hinzufallen. Yotam hatte Glück gehabt. Er stand gegen ein Fenster gepresst und starrte die Flugzeuge an, die alle in dieselbe Richtung flogen – nach Süden, immer um die schwebenden Alienzitadellen herum, denen der Himmel nun gehörte. Für Yotam sahen sie wunderschön aus, mehr Kunstwerke als Schiffe. Es war ihm unbegreiflich, wie Wesen, die zu solchen technologischen Höchstleistungen fähig waren, ein so unfassbares Verbrechen begehen konnten. Wenige an Bord sprachen, manche beteten, doch die meiste Zeit verbrachten sie in fassungslosem Schweigen. Sie hatten alles und jeden zurückgelassen, den sie einst kannten, und befanden sich auf dem Weg in ein Leben, das sie sich nicht vorstellen konnten.

Da sie nicht auf besseres Wetter warten konnten, kämpfte sich das Flugzeug durch die extremen Winde, herumgeschubst wie ein Spielzeug. Der Landeversuch war so gefährlich, dass es ans Absurde grenzte, doch die Piloten hatten nichts zu verlieren. Also stürzten sie sich in die katabatischen Stürme, setzten auf den Plateaus in der Nähe der Südpolstation auf, während sich ringsum andere Flugzeuge überschlugen oder ineinanderkrachten. Die Landekufen hielten, ebenso der Rumpf – ein Beweis für das außerordentliche Können sowohl der Ingenieure als auch der Piloten. Nur dass angesichts der enormen Herausforderungen, die nun auf sie zukamen, niemand an Bord Zeit hatte, sich bei ihnen zu bedanken.

Yotam stand Schulter an Schulter mit Tausenden von Mitbürgern. Alle wussten, dass das Flugzeug nur einen vorübergehenden Schutz vor den Elementen bot, und niemand wagte es, die Notausstiegstüren zu öffnen. Draußen starben die ersten Flüchtlinge bereits an der Kälte, kletterten zu den Fenstern hoch und flehten, hereingelassen zu werden, während sie wie Seepocken am Rumpf festfroren. Von vielen Staaten war nur noch ein einziges Passagierflugzeug übrig: drei Sitzreihen für die Regierung, eine für die Königsfamilie, zehn für das Militär und zwanzig für die Zivilisten – ganze Länder reduziert auf fünfzig Sitzreihen.

Tage später, als sich der Wind gelegt hatte, zogen sie weiter und ließen die stinkende Flugzeugkabine zurück, die niemand mehr ertragen konnte. Durch ein Seil miteinander verbunden, stolperten sie in einer langen Prozession durch die Dunkelheit. Sie orientierten sich an den Sternen, schlugen provisorische Lager auf und stellten damit unfreiwillig eine der berühmtesten Expeditionen der Menschheitsgeschichte nach: den Marsch zum Südpol.

Die Südpolstation war der nächstgelegene Stützpunkt auf dem Ostantarktischen Eisschild, der mit drei Kilometer Dicke und bis zu 2800 Meter Höhe über dem Meeresspiegel die größte Eismasse auf dem Planeten war. Eine einst unberührte Wüste, die nun vom Exodus der Menschheit verbrannt, zerfurcht und vernarbt war. Die Station war die kleinste Basis in der Antarktis und beherbergte im Sommer einhundertfünfzig, im Winter fünfzig Wissenschaftler, nicht annähernd so viele wie die über 1300 Kilometer entfernte McMurdo-Station. Seit November 1956 war der geografische Südpol ununterbrochen bemannt gewesen, und in dieser Zeit war die kleine Forschungsstation zu einer fünfzig Meter durchmessenden geodätischen Kuppel mit Treibstoff- und Proviantdepots angewachsen.

Abseits vom Stützpunkt befanden sich einige wissenschaftliche Einrichtungen wie das Observatorium für Atmosphärenforschung und ein Observatorium für Astrophysik. Doch selbst mit diesen Erweiterungsbauten war kaum vorstellbar, wie eine so kleine Basis die geflüchtete Weltbevölkerung beherbergen sollte. Die zuvor abgeworfenen Hilfsmittel wie Notunterkünfte, Laborausstattung, Kisten voller Trockennahrung, Kleiderbündel, Thermoschlafsäcke und Millionen von Vitamintabletten machten da auch keinen Unterschied.

Allerdings hatte sich das Gebiet rund um die Station durch den Abwurf all dieser Hilfsgüter in eine Schnellstraße aus rasenden Containern verwandelt, die, immer noch an ihren Fallschirmen hängend, von den starken Winden über das Eis gepeitscht wurden. Yotams Gruppe bewegte sich im Schneckentempo durch dieses Labyrinth aus rutschenden Kisten und sich blähenden Fallschirmen. Immer wieder tauchten Container wie führerlose Güterzüge aus der Dunkelheit auf und zerquetschten Teilnehmer seiner Prozession. Ein Gefühl der Sinnlosigkeit hätte sie überkommen, wären da nicht die Polarlichter gewesen, die wie grüne Lichtschwaden über das Firmament wirbelten und dabei so unirdisch aussahen, dass die meisten sie für das Werk der Aliens hielten. Eingerahmt von diesem hexengrünen Himmel, sahen sie schließlich die Umrisse der Südpolstation.

Ein für nicht mehr als hundertfünfzig Menschen gedachter Stützpunkt war nun im Umkreis von Hunderten Kilometern das einzige bewohnbare Fleckchen. Obwohl überall im Observatorium, den Laboren, unter den Tischen und in den Durchgängen Menschen untergebracht waren, konnte die Basis nicht mehr als zehntausend Flüchtlinge aufnehmen. Allen anderen wurde gesagt, sie sollten die Notunterkünfte aus den abgeworfenen Containern benutzen. Das alles fand unter der Kontrolle des amerikanischen und des chinesischen Militärs statt.

Die beiden Supermächte hatten sich darauf geeinigt, während des Exodus zusammenzuarbeiten. Zur Überraschung vieler waren sie zu dem Schluss gelangt, dass die einzige Überlebenschance nicht im Kampf, sondern in Zusammenarbeit bestand. Diese amerikanisch-chinesische Allianz war der Vorläufer der heutigen Antarktis-Allianz und hatte den Stützpunkt in aller gebotenen Eile mit neuen Notunterkünften ausgebaut. Trotzdem reichten die Kapazitäten bei Weitem nicht, um die vielen Tausend Überlebenden zu versorgen, die nun Zuflucht suchten. Um zu verhindern, dass die Basis überrannt wurde, machten die Wachposten von Schusswaffen Gebrauch.

Mit einem Team aus israelischen Kameraden drang Yotam bis zum Stützpunkt vor. Sie überreichten ihre Passagierliste und erhielten Zugang zu den Zeltunterkünften im Außenbereich, wo sie auf weitere Anweisungen warteten. Nur wenige Auserwählte durften die Gebäude betreten: die besten Ingenieure und Genetikerinnen, Biologie-Nobelpreisträger. Von den Passagieren in Yotams

Flugzeug traf das nur auf siebenundfünfzig Personen zu. Der Rest blieb in den Zelten, die jeden freien Fleck zwischen dem Stützpunkt und dem Observatorium ausfüllten: Tausende von notdürftigen Unterkünften, dicht an dicht um einen zentralen Knotenpunkt herum.

Die Mortalitätsrate im Flüchtlingslager war so hoch, dass die Leute schneller starben, als sie ankamen. Als Soldat erhielt Yotam den Auftrag, die äußere Umgrenzung gegen alle zu schützen, die für einen betagten König oder einen religiösen Führer Zugang zur Basis forderten. Deren Leibwächter kämpften aufopferungsvoll für ihre Dienstherren, für Könige und Königinnen, und die Scharmützel dauerten tagelang, bis alle begriffen hatten, dass die hierarchischen Systeme der alten Welt nun bedeutungslos waren. Es gab nur eine Möglichkeit zu überleben: sich einer einzigen antarktischen Regierung unterzuordnen.

Die Menschen im Lager hatten unfassbares Glück gehabt, doch sahen sie nicht so aus, und sie fühlten sich auch nicht so. Nachdem sie bis zum Letzten gekämpft hatten, um die Antarktis zu erreichen, fragten sie sich nun nach dem Sinn ihrer Reise. Sie konnten sich nicht vorstellen, was diese neue Existenz anderes sein sollte als ein hinausgezögerter Tod. Dass die Südpolstation sich jemals würde selbst versorgen können, war ausgeschlossen. Es wurde sogar die Frage gestellt, ob es überhaupt irgendeinen Ort in der Antarktis gab, an dem Menschen ohne Versorgung aus gemäßigten Klimazonen überleben konnten. Verzweiflung machte sich breit.

Auch Yotam war von den Ereignissen der letzten dreißig Tage innerlich gebrochen und kurz davor, den Verstand zu verlieren. Er befand sich am Rand des Wahnsinns und presste sich die Hände auf die Ohren, nicht mehr in der Lage, den heulenden Wind von den Schreien der Menschen zu unterscheiden. Er war wütend auf sich selbst, weil er nicht nach Haifa gefahren war, weil er seine letzten Tage nicht mit Eitan verbracht hatte, weil er nie geküsst worden war und nie Liebe erfahren hatte. Und hier würde er die Liebe erst recht nie kennenlernen.

Dies war der Moment, in dem Song Fu in sein Leben trat. Sie wurde von einem Ring aus Mitgliedern der Spezialeinheiten der Volksbefreiungsarmee geschützt, was sofort klarmachte, dass sie eine wichtige Persönlichkeit sein musste. Doch nicht nur ihr schwer bewaffnetes Gefolge hob sie von den anderen ab, auch ihr Verhalten unterschied sich vollkommen von dem der anderen im Flüchtlingslager.

Während alle in ständigem Aufruhr waren, musterte sie gleichmütig die Überreste der Menschheit, strahlte Ordnung und Disziplin aus, als wäre sie fest entschlossen, die Ärmel hochzukrempeln und dieses ungebührliche Chaos zu beseitigen. Sie war in ihren späten Fünfzigern, hatte kurze graue Haare und wolfsgraue Augen. Sie trug einen todschicken Thermoanzug, mit dem sie eher in ein teures Skiresort gepasst hätte. Wie sich herausstellte, hätte sie bei der McMurdo-Station landen sollen. Aber ihr Flugzeug war in den Stürmen so schwer beschädigt worden, dass es in der Nähe der Südpolstation notlanden musste.

Fasziniert von Song Fus Zuversicht, beobachtete Yotam, wie sie von einem Überlebenden zum nächsten ging und ihnen Fragen stellte. Mit manchen Flüchtlingen sprach sie nur wenige Sekunden, mit anderen mehrere Minuten, bis sie schließlich vor Yotam stand. Zu diesem Zeitpunkt war er dem Delirium so nahe, dass er nicht wusste, ob er auch nur einen einzigen sinnvollen Satz herausbringen würde.

Song Fu setzte sich neben ihn und bot ihm einen Schluck warme Blumenkohlsuppe aus einer Thermoskanne an – das Köstlichste, was er je getrunken hatte. Die meiste Zeit sprach sie Englisch, nur ab und zu wandte sie sich mit einer Frage auf Mandarin an ihren Dolmetscher. Sie bat ihn, ihr seine Lebensgeschichte zu erzählen. Yotam war so erleichtert zu reden, irgendetwas zu tun, das ihn von der Welt ringsum ablenkte, dass es nur so aus ihm heraussprudelte – seine Kindheit, der Militärdienst, die Liebesgeschichte mit Eitan, die intimsten Details in einem ununterbrochenen Monolog. Song sagte die ganze Zeit über kein Wort. Als er geendet hatte, bedankte sie sich und ging zum Nächsten, ohne ihm zu verraten, was sie vorhatte oder ob das, was er gesagt hatte, für sie von irgendeinem Interesse war.

Eine Woche später kam sie mit einem Vorschlag zu Yotam: Sobald der Winter vorbei war, würde sie sich auf den Weg zur Mc-Murdo-Station machen. Sie erklärte ihm, dass sie Genetikerin war und man bereits entschieden habe, dass genetische Anpassung die einzige Überlebenschance für die Menschheit sei. Inmitten all des Chaos gab es einen Plan. Die neu gegründete Allianz hatte über die Zukunft nachgedacht und war zu dem Schluss gekommen, dass die einzige Möglichkeit, das Aussterben zu verhindern, darin bestand, etwas zu tun, das bisher als ethisch inakzeptabel gegolten hatte.

»Ich brauche ein Team von Assistenten. Menschen, die sich ganz in den Dienst meiner Arbeit stellen. Sie werden genau das tun, was ich sage, ohne Fragen zu stellen oder zu widersprechen. Sie werden härter arbeiten, als je ein Mensch gearbeitet hat, und wir werden Dinge tun, die noch nie zuvor getan wurden. Wie lautet Ihre Antwort?«

Yotams Antwort lautete ja.

McMURDO CITY

Historische Altstadt
Kantine
Nächster Tag

Yotam ging zur Kantine, um zu frühstücken. Er hatte nicht vor, Kupfer draußen angebunden zu lassen, denn er glaubte nicht, dass sich die Leute an der Gesellschaft eines hübschen Huskys stören würden, während sie aßen. Im Vergleich zu den alten Metropolen New York, Berlin, Delhi und Tokio wurden in McMurdo City nur sehr wenige Menschen krank, was zum Teil an der klösterlichen gesunden Ernährung lag, aber auch daran, dass die Viren- und Bakterienlast auf dem eisigen Kontinent deutlich geringer war. Alle Krankheiten der oberen Atemwege starben innerhalb von vier Wochen nach dem Exodus aus, und da es keine Neuankömmlinge aus der warmen Welt gab, gab es auch keine neuen Krankheitserreger und keine neuen Pandemien.

Heute gab es zum Frühstück einen in den Nahrungsmittellabors gezüchteten synthetischen Proteinbrei, der mit geriebener Tussockwurzel und zermahlenen Vitaminpillen angereichert war, deren Vorrat in wenigen Monaten zur Neige gehen würde. Zu jeder Schüssel bekam man einen Becher warme Robbenmilch, die vom Algenpulver leuchtend grün gefärbt war. Da das Küchenteam stets ein Auge auf Yotams Gewicht hatte, weil man ihn zu dünn für das Leben in der Antarktis hielt, bekam er noch ein Pinguinei-Omelett dazu, das er pflichtschuldig aß, während die anderen neidisch auf seinen Teller schauten und sich wunderten, warum er diese Delikatesse nicht zu schätzen wusste.

Für die Kantine verantwortlich war der in Südkorea geborene und einst weltweit gefeierte Chefkoch Chang-Rae Sang. Sein Restaurant in Seoul war in einem Dokumentarfilm angepriesen worden – damals, als es noch Fernsehen gab. Zu den Stammgästen gehörten Popstars genauso wie Politiker. Doch als nicht systemrelevantes Mitglied der Gesellschaft war Chang-Rae nicht für das Exodus-Programm seiner Regierung ausgewählt worden. Als Sohn eines Straßenverkäufers war er allerdings mit allen Wassern gewaschen und hatte sich auf dem Frachter eines Freundes auf eigene Faust einen Weg in die Antarktis gebahnt. Dank einer Kombination aus Entschlossenheit, Glück und Erfindungsreichtum hatte er schließlich überlebt.

Wie er oft sagte, kam er mit der Kälte durchaus zurecht, aber das begrenzte Geschmacksspektrum sei für ihn so schmerzhaft wie für einen Pianisten, dessen Instrument nur drei Töne spielen konnte. Anstatt sich mit dem zu begnügen, was da war, verbrachte er seine Freizeit damit, nach allem zu suchen, was essbar sein könnte, von pulverisiertem Vulkanbimsstein bis hin zu Brühe aus Raubmöwenkrallen, wobei er immer wieder an sich selbst testete, ob es Nebenwirkungen gab, weshalb er gelegentlich krank wurde. Für seine Bemühungen feierten die Menschen ihn wie einen Helden. Der Senat von McMurdo war sich bewusst, dass eine dynamische und abwechslungsreiche Küche die Menschen inspirierte, und Chang-Rae bereitete in der Tat außergewöhnliche Gerichte zu, die selbst die strengsten Restaurantkritiker beeindruckt hätten. Falls es so etwas wie eine antarktische Küche gab, dann nur wegen Chang-Raes Kreativität.

Yotam liebte seine Rezepte. Aus Gründen der Religion, an der er trotz seiner gottlosen Arbeit festhielt, aß er nie Schalentiere, dabei gab es Spinnenkrabben im Überfluss. Er gönnte sich auch nie den gelegentlichen Luxus, der aus den mittlerweile beinahe erschöpften Vorratskammern gereicht wurde: Um die Eintönigkeit der Mahlzeiten etwas aufzulockern, wurden an Feiertagen die letzten Reste ecuadorianischer Zartbitterschokolade und Fingerhüte mit französischen Weinen gereicht – kostbare Leckerbissen, die die mit der Enge des Lebens im Eis kämpfende McMurdo-Gesellschaft motivieren sollten.

Weil es schon in Yotams Kindheit keine alltäglichen Vergnügungen gegeben hatte, trafen ihn die Entbehrungen weit weniger hart als viele andere. Wie dem auch sei, diese beiden Männer, die so gut wie nichts gemeinsam hatten, hatten einander außerordentlich gern. Vielleicht verband sie ihr beruflicher Fanatismus, oder sie genossen einfach den geheimnisvollen Zauber einer Freundschaft, für die es keinen offensichtlichen Grund gab.

Als Chang-Rae aus der Küche kam und die Aufregung in der Essensschlange bemerkte, fragte er seinen Freund: »Wo kommt der Hund her?«

»Gestern nach der Arbeit hatten die Leute vom Unterstützungsteam das Gefühl, dass ich einen Begleiter gebrauchen könnte.«

»Hast du's auch schon mal mit einem Menschen versucht?«

»Sehr lustig.«

»Das sollte kein Witz sein. Ich begreife nicht, warum du dich nicht mal mit jemandem zu einem Date triffst.«

»Das tue ich. Ich habe es immer getan und werde es immer tun.«

»Aber du bist nie mit dem Herzen dabei. Und sag jetzt nicht, dass du mit deiner Arbeit verheiratet bist. Ich arbeite genauso hart wie du. Du solltest dir jemanden suchen. Das Leben auf diesem Kontinent ist erträglicher, wenn man jemand an der Seite hat. Wenn dir alles sinnlos erscheint, nimmst du ihn einfach in den Arm, und plötzlich weißt du wieder, wofür du lebst.«

Als Chang-Rae sah, wie Yotam nur traurig den Kopf senkte, fügte er hinzu: »Darf ich was für dich arrangieren?«

»Mit wem?«

»Ein guter Freund von mir. Toller Kerl.«

»Ja, sicher.«

»Aber du wirst ihn nicht versetzen wie beim letzten Mal, oder? Das ist nicht fair. Das Leben hier ist hart. Niemand hat die Kraft, sich auch noch versetzen zu lassen.«

»Das Projekt, an dem ich arbeite, steht kurz vor dem Abschluss. Ich bin sieben Tage die Woche in der Arbeit.«

»Wie geht's den Kindern?«

Mit Kindern meinte Chang-Rae die Kältemenschen. Jedes Mal, wenn er diesen kleinen Witz machte, erwiderte Yotam: »Kinder? Sie sind größer als wir, stärker als wir, schneller als wir und klüger als wir.«

»Wird ihnen mein Essen schmecken?«

»Ich darf nicht über sie reden. Das weißt du.«

»Aber ich verstehe einfach nicht, warum.«

»Solange nicht feststeht, welche Spezies wir in die Gesellschaft integrieren werden, wäre es sinnlos.«

»Ich habe Gerüchte gehört, dass die Entscheidung bald gefällt werden soll. Es ist also nicht mehr lange hin.«

»Wo hast du das gehört?«

»Ich habe meine Quellen.«

Yotam dachte an das russische Wachpersonal. Bestimmt waren sie es gewesen. Wahrscheinlich versuchten sie, den Leuten Angst zu machen, damit sie sich dem Projekt entgegenstellten. Die Wahrheit lautete jedoch, dass die meisten es kaum erwarten konnten.

Chang-Rae sagte: »Ich dachte an ein Integrationsbankett, an eine große Feier, deshalb frage ich. Ich muss wissen, was ich kochen soll. Ich kann für jeden kochen: Veganer, Vegetarier, Normalgeborene und Eisadaptierte. Ich habe für meinen Dad gekocht, und der war ganz schön pingelig.«

»Nimm es ihnen nicht übel, wenn sie dein Essen nicht anrühren.«

Chang-Rae war fassungslos. »Warum sollten sie es nicht anrühren? Stimmt was nicht mit ihnen?«

»Nein.«

»Es gibt bei jedem etwas, das nicht stimmt.«

»Sie sind perfekt.«

Chang-Rae neigte fragend den Kopf. »Perfekt?«

»Perfekt an die Kälte angepasst, meine ich.«

»Magst du sie?«

»Ja.«

»Ist das vielleicht der Grund, warum du nie ausgehst? Weil all deine Zuneigung in diese Kreaturen fließt?«

»Das ist lächerlich.«

»Wann werden wir sie zu Gesicht bekommen?«

»Das habe nicht ich zu entscheiden.«

»Stimmen die Gerüchte? Werdet ihr sie bald freilassen?«

»Du meinst integrieren.«

»Wie auch immer. Ist es bald so weit?«

»Ich habe dir bereits gesagt, dass ich das nicht entscheiden kann.«

»Trotzdem frage ich dich. Wärst du bereit dazu, würdest du sie freilassen?«

»Ja, würde ich.«

»Werden sie unsere Rettung sein?«

»Mit absoluter Sicherheit.«

»Aber sie sind nicht wie wir, oder?«

»Aus diesem Grund haben wir sie ja gemacht.«

Die meisten glaubten, dass die Eisadaptierten normalen Menschen beruhigend ähnlich sehen würden. Dass sie sprechen und sich bewegen würden wie sie. Moderate genetische Veränderungen waren akzeptabel – ein größeres Herz, eine zähere Haut –, denn es wurde allgemein angenommen, dass die Parahumanen die Vorlage für die Zukunft seien. Man hoffte, dass sie bald vollständig in die Gesellschaft integriert und allen das Leben erleichtern würden. Wie Eltern, die sich abrackern mussten, um ihren Kindern das Studium zu finanzieren, warteten die Normalgeborenen auf den Tag, an dem ihre Nachkommen für sie sorgen würden.

Das Leben auf diesem Kontinent stellte hohe Anforderungen, und die Bevölkerung wurde von der Erwartung getragen, dass die Eisadaptierten ihnen den Alltag erleichtern könnten, dass sie unter ihnen leben und sich aus Dankbarkeit für ihre Erschaffung um ihre schwachen genetischen Vorfahren kümmern würden. Sie hofften, dass diese neuen Kältemenschen Großes leisten würden, eine prächtige neue Hauptstadt errichten vielleicht, auf die alle stolz sein konnten, einen Kublai-Khan-Palast im Schnee mit Türmen und Kuppeln aus Eis statt rein funktionaler Schutzgebäude ohne jegliche Ästhetik.

Vielleicht würden diese Kältemenschen unter dem Transantarktischen Gebirge eine unterirdische Wohnsiedlung mit grenzenloser geothermischer Wärme errichten oder die Tausende Meter unter dem Eis begrabenen Ressourcen erschließen, zu denen die Menschheit derzeit keinen Zugang hatte. Niemand sprach davon, dass es bei diesem Projekt um die Erschaffung von Sklaven gehen könnte, allein zum Dienen gezüchtet. Schon das Wort war tabu. Aber wenn sie ehrlich waren, glaubten nur wenige, dass diese neue Spezies gleichberechtigt unter ihnen leben würde. Sie glaubten eher an eine Art antarktischer Arbeiterklasse: hochintelligent, von allen bewundert und geschätzt, aber unter dem Kommando der Normalgeborenen.

Nur wer an dem Projekt arbeitete, wusste, wie radikal anders die neue Generation von Kältemenschen war. Hinter verschlossenen Türen sorgten sich die Verantwortlichen im McMurdo-Senat, dass die Eingriffe zu weit von dem abwichen, was die meisten noch als menschlich erachteten. Man befürchtete, die Normalgeborenen könnten den Glauben an das Projekt verlieren, weil all ihre Entbehrungen und Opfer nicht mit einem Kind nach ihrem

Ebenbild belohnt wurden, sondern mit einer neuen, völlig anders-artigen Spezies.

Aus diesem Grund galten strikte Regeln für den Zutritt zu den Endphasenkammern. Den Mitarbeitern war es streng untersagt, über die Kältemenschen zu sprechen, und obwohl es nur wenige Geheimnisse in McMurdo gab, hatte der Schleier der strikten Geheimhaltung all die Jahre gehalten. Doch allmählich verbreiteten sich Geschichten über Yotams enge persönliche Interaktion mit einigen Eisadaptierten, was als Vorbote ihrer kurz bevorstehenden Entlassung in die Gesellschaft interpretiert wurde.

Als Yotam zu seinem Tisch ging, wurde er von Leuten ange-halten, die ihn – Geheimhaltung hin oder her – ganz unverhohlen fragten: *Wie sehen sie aus? Welche Aufgaben können sie übernehmen? Wann können wir sie sehen?*

Als Yotam seinen Tisch erreichte, hatten sich so viele Menschen um ihn versammelt, dass er die Idee aufgab, hier zu essen. Er stand auf, um allen höflich zu erklären, dass er ihre Fragen nicht beant-worten durfte, und wollte sich gerade auf den Weg zu seinem Zim-mer machen, da hielt ihn eine Frau am Arm fest.

»Ich habe meine Söhne verloren, meinen Mann, meine ganze Familie. Ich möchte wissen, wofür sie gestorben sind. Das ist das Mindeste, was mir zusteht.«

Yotam erwiderte, so sanft er konnte: »Wir alle haben jemanden verloren. Die meisten sogar jeden aus ihrem Umfeld. Und keinem von uns steht deshalb irgendetwas zu.«

ROSS-SCHELFEIS

Büro des Unterstützungsteams
Gleicher Tag

Obwohl sie erst seit kurzer Zeit zusammen waren, hatte Yotam Kupfer ins Herz geschlossen – er fürchtete, dass er weinen würde, wenn er ihn heute zurückbrachte. Starke emotionale Reaktionen waren oft eines der ersten Anzeichen, dass jemand nicht mehr mit dem Leben im Eis zurechtkam. Menschen, die plötzlich weinten, wenn sie einen vermissten Fäustling nicht finden konnten oder ihr heißes Getränk verschütteten. Zwanzig Jahre lang war Yotam emotional diszipliniert gewesen, distanziert, stabil und von gleichmütigem Temperament. Doch als er die Betreuungskabine betrat und sich dem Unterstützungsteam näherte, war er den Tränen nahe.

»Ich bringe Kupfer zurück.«

Bevor er ein weiteres Wort sagen konnte, teilten sie ihm mit, dass sie beschlossen hatten, Kupfer vorerst in seiner Obhut zu belassen. Im Laufe der Jahre hatte das Team immer wieder erlebt, wie Leute den Verstand verloren, und es war klar, dass dies eine Vorsichtsmaßnahme war, damit Yotam nicht dasselbe Schicksal ereilte.

Um die Erklärung zu entschärfen, fügten sie hinzu: »Sie leben allein.«

»Das tue ich schon immer.«

Statt zu erwidern: *Und allmählich macht es sich bemerkbar,* erklärte die Mitarbeiterin: »Er mag Sie.«

Da Yotam sich nichts mehr wünschte, als Kupfer zu behalten, protestierte er nicht. Stattdessen ging er in die Hocke und streichelte das dicke rote Fell des Hundes. »Sieht so aus, als würdest du bei mir bleiben.«

Er schaute zu der Mitarbeiterin auf und fragte: »Kann ich ihn in die Kammern mitnehmen?«

»Kein Hund hat sich je weiter hinuntergewagt als die ersten paar Stufen. Auch die, die um einiges härter sind als dieser alte Softie.«

Yotam flüsterte: »Von einem Softie zum anderen – es gibt nichts, wovor du dort unten Angst haben musst.«

Als sie den Eingang erreichten, sah er zu Kupfer hinunter. Der Hund drückte sich eng an ihn, sein Fell war aufgerichtet, die Ohren gespitzt. Yotam machte langsam die ersten Schritte und wartete darauf, dass Kupfer aufheulte oder an der Leine zog. Doch er blieb brav an seiner Seite und kam die Hälfte des Weges mit, ohne auch nur zu knurren. Yotam warf einen Blick zu dem russischen Wachpersonal hinauf, das zweifellos Wetten abgeschlossen hatte, wie weit er kommen würde.

Als sie die unterste Stufe erreichten, hob Kupfer die Nase. In der Luft lag ein stechender Geruch, der selbst einen Normalgeborenen mit seinen eingeschränkten Sinnen erschreckt hätte, von fauligem Aas bis zu berauschenden Pheromonwolken. Trotzdem schien Kupfer nicht zurück an die Oberfläche zu wollen, und Yotam fragte sich, ob all die anderen Hunde möglicherweise nicht wegen der Eisadaptierten die Flucht ergriffen hatten, sondern wegen der Emotionen ihrer Besitzer.

Vielleicht war Yotam der einzige Normalgeborene, der keine Angst vor den Kältemenschen hatte, der einzige, der an ihre erfolgreiche Integration glaubte. Er war schon lange überzeugt, dass viele in den Teams nicht nur an der Möglichkeit einer Integration zweifelten, sondern diese radikal veränderten Wesen tief in ihrem

Innern verachteten. Auf dem Weg durch die Tunnel ließ Yotam Kupfer zwischen sich und der Eiswand laufen, weg von den Kammern. Er wollte, dass Eitan das allererste dieser Geschöpfe war, das er zu Gesicht bekam. Und irgendwie, ohne jede Planung oder Überlegung, wurde Kupfer zu Eitans nächstem Test.

ROSS-SCHELFEIS

Endphasenkammern
Eitans Gehege
Gleicher Tag

Alle Wissenschaftler und Mitarbeiter standen am Beobachtungsfenster versammelt, auch das Sicherheitspersonal, das erstens überzeugt war, dass der Hund gefressen würde, und zweitens, dass Yotam langsam den Verstand verlor. Entschlossen, ihnen das Gegenteil zu beweisen, schloss er den Käfig auf und betrat das Gehege, wobei er eine Hand an Kupfers Halsband legte, um zu signalisieren, dass der Husky nicht als Futter gedacht war. Beinahe augenblicklich presste sich Kupfer flach aufs Eis. Die Ohren angelegt, den Blick nach oben gerichtet, gab er ein Geräusch von sich, das Yotam noch nie von einem Hund gehört hatte. Es war weder ein Knurren noch ein Winseln und hatte fast etwas Musikalisches.

Eitan bewegte sich mit seiner charakteristischen Mischung aus Präzision, Kraft und Eleganz an der senkrechten Eiswand entlang auf sie zu. Mit dem Oberkörper im Neunzig-Grad-Winkel zu seinen Gästen hielt er schließlich direkt neben ihnen inne und blickte auf Kupfer hinunter, der immer noch flach auf dem Boden lag. Yotam fiel auf, dass er bei diesem Treffen in der Minderheit war: die einzige Spezies mit zwei Beinen.

Eitan sagte: »Das ist ein Hund.«

»Ein Husky. Er heißt Kupfer.«

»Ich habe ihn noch nie an dir gerochen.«

»Wie gut ist dein Geruchssinn?«

»Nicht so gut wie der eines Hundes. Aber besser als deiner.«

»Ich habe ihn seit gestern.«

»Wem hat er davor gehört?«

»Dem Unterstützungsteam, oben auf dem Schelf.«

»Was ist ein Unterstützungsteam?«

»Die Leute dort kümmern sich um unser Wohlergehen.«

»Weil das Leben in der Antarktis so hart für euch ist?«

»Das ist der Grund, warum wir dich erschaffen haben.«

»Yotam, machst du dir Sorgen, dass ich deinen Hund essen könnte?«

»Nein, tue ich nicht.«

»Aber du hast daran gedacht.«

»Du hast noch nie einen Hund gesehen. Du hättest glauben können, ich bringe dir Futter.«

»Ich habe darüber gelesen, dass Menschen Haustiere halten.«

»Ja.«

»Ist er dein Haustier?«

»Er ist mein Begleiter.«

Eitan kletterte von der Wand herab und kam auf den Boden des Geheges. Yotam ging in die Hocke und ließ Kupfer von der Leine, ohne zu wissen, was als Nächstes passieren würde. Zu seiner Überraschung zog sich Kupfer nicht zurück, sondern sprang voller Vertrauen auf Eitan zu, als hätte er ihn gerufen. Statt Angst zu zeigen, rollte er sich freudig auf den Rücken und ließ sich von Eitans Skalpellfingern über den Bauch streichen. Kupfer kam wieder hoch, ging zwischen Eitans Beinen hindurch und kam auf der anderen Seite wieder hervor.

Eitan erklärte: »Das ist ein Siberian Husky.«

»Richtig.«

»Seine Ursprünge liegen in Nordostasien. Sie wurden vom Volk der Tschuktschen auf der Tschuktschen-Halbinsel in Ostsibirien als Schlittenhunde gezüchtet, außerdem als Beschützer und, wie du es nennst, Begleiter. Er ähnelt genetisch dem Taimyr-Wolf, der von den Menschen ausgerottet wurde.«

»Das wusste ich nicht.«

»Die genetische Aufspaltung zwischen Hunden und Wölfen geschah vor etwa zwanzigtausend Jahren vor dem Letzteiszeitlichen Maximum. Die Domestizierung des Wolfs fand durch nomadische Jäger und Sammler statt, noch bevor die Menschen Ackerbau betrieben. Die ersten Gräber, in denen Hunde zusammen mit Menschen beerdigt wurden, sind vierzehntausend Jahre alt.«

»Was hast du noch über sie gelesen?«

»Das Fell eines Siberian Husky hat zwei Schichten, ein dichtes Unterfell und ein längeres Oberfell, wodurch er Temperaturen von bis zu minus sechzig Grad überleben kann, wie auch ich es problemlos könnte, aber du nicht.«

»Sieht so aus, als wäre ich der Außenseiter hier.«

»Ihr dickes Fell muss wöchentlich gepflegt werden. Wirst du diese Aufgabe übernehmen, als Bestandteil eurer Gemeinschaft?«

»Das werde ich.«

»Yotam?«

»Ja, Eitan.«

»Würdest du sagen, dass du diesen Hund liebst?«

»Das würde ich sagen, ja.«

»Nach nur einem Tag?«

»Nach nur einem Tag.«

Bei den weiteren Tests handelte es sich um eine Reihe von Spielen. Dabei ging es nicht darum, wie schnell Eitan die Regeln erlernte, denn dank seines perfekten Gedächtnisses beherrschte er sie auf Anhieb. Es ging darum, herauszufinden, welche Sorte Gewinner er war und – viel wichtiger – welche Sorte Verlierer.

Yotam begann mit der einfachsten Form des Spiels: Er warf einen Gummiball gegen die Wand und fing ihn dann wieder auf. Danach nahm Eitan den leuchtend orangefarbenen Ball von ihm entgegen und untersuchte ihn so sorgfältig, als handelte es sich um eine unbekannte Lebensform. Dann warf er ihn mit so enormer Kraft und Präzision, dass der Ball mit nahezu Geschossgeschwindigkeit von Wand zu Wand durch die ganze Kammer flog und schließlich direkt zurück in seine Handfläche fiel.

Offensichtlich hatte er kein Interesse daran, es ein zweites Mal zu tun, und gab den Ball wieder zurück. »Machst du das oft?«

Yotam lachte. »Nein, nicht sehr oft.«

Er versuchte etwas anderes und warf den Ball für Kupfer. Der Husky hüpfte aufgeregt hinterher, rutschte übers Eis und kam mit dem Ball im Maul wieder zurück. Schließlich reichte Yotam den Ball an Eitan weiter. Der warf wie Yotam den Ball – behutsam diesmal – und sah zu, wie Kupfer erneut hinterherhüpfte. Wieder zeigte Eitan kein Interesse daran, das Spiel zu wiederholen, egal wie inständig Kupfer bettelte. Nach einiger Zeit gab der Husky auf und brachte den Ball zu Yotam.

»Du magst es nicht, Dinge zweimal zu tun?«

»Verändert sich die Erfahrung beim zweiten Mal?«

»Nein, eigentlich nicht. Aber wenn man sich um einen Hund kümmern will, muss man den Ball etwas öfter werfen.«

»Ich muss mich nicht um den Hund kümmern.«

»Und wenn es so wäre?«

»Dann würden wir nicht mit diesem Ball spielen.«

»Was würdet ihr spielen?«

»Es wäre eine gänzlich andere Beziehung.«

Yotam war nicht sicher, was er damit meinte, und beschloss, nicht weiter nachzufragen. »Wie wäre es mit einem Brettspiel?«

Im Freizeitzentrum standen zahlreiche Spiele zur Auswahl, darunter Xiangqi, die chinesische Variante von Schach, und San Guo Sha, ein beliebtes Kartenspiel, das auf einem chinesischen Roman basierte. Es gab auch Monopoly, Scrabble, Backgammon, Risiko und Trivial Pursuit, doch am Ende entschied sich Yotam für Schach und fand schließlich ein Set teilweise gesplitterter Elfenbeinfiguren sowie ein mit grünem Filz bezogenes Brett.

Das Spiel hatte eine lange und komplizierte Geschichte auf dem antarktischen Kontinent. Es galt als konflikthaft, und nach dem berüchtigten Vorfall, bei dem ein russischer Wissenschaftler einen Kollegen mit einem Eispickel angegriffen hatte, nachdem er eine hart umkämpfte Partie verloren hatte, wurde es weitgehend gemieden. Gemessen an anderen Normalgeborenen, war Yotam ein hervorragender Spieler. Als Kind hatte er viele Stunden mit Schach verbracht und hielt sich für einen ernst zu nehmenden Gegner, doch Eitan war er nicht gewachsen. Nach der ersten Partie konnte er ihn nicht zu einer Revanche überreden, also erzählte er ihm von der Schachpartie zwischen dem Computerprogramm Deep Blue und Garri Kasparow, dem größten Schachspieler aller Zeiten. Die Partie läutete damals eine neue Ära ein, denn es war das erste Mal, dass ein Schachweltmeister gegen einen Computer verlor.

»Wie sehen eure heutigen Computer aus?«

»Seit wir in der Antarktis festsitzen, ist die Computerentwicklung komplett zum Stillstand gekommen. Es gibt keine Ressourcen, um neue Hardware zu bauen, und der technologische Fortschritt wurde gestoppt. Vielleicht für immer. Die Zukunft der künstlichen Intelligenz, wenn das noch der richtige Begriff dafür ist, liegt jetzt ausschließlich in der Biologie.«

»Meinst du damit mich?«

»Ja, ich spreche von dir.«

»Ihr habt uns gemacht, weil ihr keine Computer mehr machen könnt?«

Yotam nickte. »Eitan, es ist an der Zeit, dir von Song Fu zu erzählen.«

»Wer ist Song Fu?«

»Sie ist die Frau, die dich erschaffen hat.«

»Ich dachte, du hättest mich erschaffen?«

»Nein, ich bin kein Genetiker. Ich kümmere mich um dich, aber ich habe dich nicht erschaffen.«

»Wo ist Song Fu?«

»Sie ist gestorben, bevor du geboren wurdest.«

»Woran ist sie gestorben?«

»An der Kälte.«

»Vermisst du sie?«

»Sehr.«

»Hast du sie geliebt?«

»Ja, ich habe sie geliebt. Sie war der brillanteste Mensch, den ich je gekannt habe. Und sie hat mir das Leben gerettet.«

»Würdest du sagen, dass sie meine Mutter war?«

»Ich weiß nicht, ob ich dieses Wort benutzen würde.«

»Welches Wort würdest du benutzen?«

»Sie hat dein Genom geschaffen, aber nicht nach ihrem Vorbild. An dir ist nichts von ihr außer ihren Ideen.«

»Und was waren ihre Ideen?«

SECHSTER TEIL

SONG FUS GESCHICHTE

SÜDPOLSTATION

Breite: 90° Süd, Länge: 0° Ost
22. September 2023

Als Yotams erster Winter in der Antarktis zu Ende ging, stieg die Sonne zum ersten Mal seit seiner Ankunft über den Horizont und machte das Ausmaß des Exodus deutlich: Auf dem einst unberührten Eisschild, einem dreitausend Meter hohen und eintausend Kilometer durchmessenden Plateau, stand die gesamte verbliebene Flugzeugflotte der Welt versammelt, vom kleinsten Privatjet bis zum größten Frachtflugzeug. Einige waren abgestürzt und die verkohlten Wrackteile wie Fossilien auf dem Eis festgefroren. Andere waren vollkommen intakt und sahen aus, als würden sie nur auf die Erlaubnis zum Abheben warten. Zwischen all den Flugzeugen blies der Wind bunte Fallschirme mit den daran befestigten Containern vor sich her wie übergroße Löwenzahnsamen.

Yotam stand mit tausend anderen am Rand des Zeltlagers, das die Südpolstation umgab, und wartete darauf, dass die Sonne aufging. Trotz der unermesslichen Verluste, die er erlitten hatte, konnte er nicht anders, als sich an den Strahlen zu erfreuen, von denen er geglaubt hatte, dass er sie nie wiedersehen würde. Vielleicht lachte er sogar: Ein Mann, der nichts und niemanden mehr hatte, fand wieder Freude an der Welt. Nur wenige hielten es für möglich, einen weiteren Winter in der Antarktis zu überleben. Die unausgesprochene Übereinkunft lautete, dass dies der letzte Sommer der Menschheit war. Es war sogar eine Erleichterung, vom Druck des Überlebenskampfes befreit zu sein. Das Gefühl hielt jedoch nicht lange an, denn Menschen können nun mal nicht aufgeben. Sie waren fest entschlossen weiterzumachen, Pläne wurden geschmiedet und Befehle erteilt.

Die McMurdo-Station entsandte eine Flotte von Schneefahrzeugen, um alle wichtigen Leute, die über den ganzen Kontinent verstreut waren und die für die Zukunft der Menschheit als überlebenswichtig galten, zu finden und herzubringen. Song Fu fragte Yotam, ob er bereit sei, sie zu begleiten. Stotternd und in gebrochenem Mandarin erwiderte er, dass er gerne ihr Assistent wäre. Song nickte beeindruckt von den Sprachkenntnissen, die Yotam sich in der kurzen Zeit angeeignet hatte, und eröffnete ihm, dass sie ihn zurückgelassen hätte, wenn er auf Englisch geantwortet hätte. So verließen sie die Südpolstation – ein seltsames Paar, selbst inmitten dieses bunt zusammengewürfelten Haufens.

Der Konvoi fuhr an zahlreichen mit Eis überzogenen Leichen vorbei. Dicht zusammengedrängt lagen die Menschen übereinander, die verzweifelt versucht hatten, sich gegenseitig zu wärmen. Nur vereinzelt fanden sie Überlebende, die in den abgeworfenen Containern Schutz gefunden hatten. Sobald sie die Schneemobile hörten, kamen sie angerannt. Abgemagert und erschöpft stolperten sie über das Eis und streckten die Arme aus in der irrigen Annahme, dass sie gerettet würden.

Doch wahllos Menschen zu retten kam nicht infrage. Das würde erst geschehen, wenn alle wichtigen Personen geborgen und McMurdo City voll etabliert war. Es mochte grausam erscheinen, aber sie hielten lediglich an, um herauszufinden, wer die Überlebenden waren und über welche Fähigkeiten sie verfügten. Wer nicht als wichtig eingestuft wurde, dessen einzige Hoffnung bestand darin, sich auf den Marsch zur Halbinsel zu begeben, wo sich gerade mehrere Städte von Überlebenden bildeten und wo jeder willkommen war, ganz gleich, wer er war, was er konnte oder woher er kam.

Während der langen Fahrt nach McMurdo sprach Song Fu fast ununterbrochen und klärte Yotam über die Geschichte der Gentechnik auf – über den Teil, den jeder kannte, genauso wie über das, was nur die wenigsten wussten. Vor der Alieninvasion hatte es einen weltweiten Konsens darüber gegeben, dass Genmanipulation bei menschlichen Embryonen für immer verboten sein sollte. Egal, wie weit die dafür nötige Technologie fortschreiten mochte, hier zog man eine moralische Grenze, die nicht überschritten werden durfte. Die wissenschaftlichen Herausforderungen waren enorm, doch die ethischen Hindernisse waren schlicht unüberwindbar.

Song Fu kommentierte: »Selbst auf Konferenzen, auf denen nur über Konzepte diskutiert wurde, gab es Proteste von Aktivisten, die uns anschrien, weil wir auch nur die *Idee* in Betracht zogen, Menschen genetisch zu verändern. Schon gentechnisch veränderte Pflanzen führten zu gewalttätigen Auseinandersetzungen. Zum ersten Mal in der Menschheitsgeschichte hatten wir eine Entdeckung gemacht, mit der wir die Welt verändern konnten, und dann weigerten wir uns, sie einzusetzen. Ich fand das absurd und provinziell.«

Sie fuhr fort: »Die Idee, menschliche Gene zu verändern, wurde zu einem Verstoß gegen die natürliche Ordnung mit unabsehbaren Folgen erklärt. Wissenschaftler, Religionsführer und Politiker, sie alle teilten die Bedenken. Sie behaupteten, das menschliche Wesen stehe auf dem Spiel. Unser Genom wurde so ehrfürchtig behandelt wie eine heilige Schriftrolle. Der Internationale Bioethikausschuss der UNESCO erklärte: *Das menschliche Genom muss als gemeinsames Erbe der Menschheit bewahrt werden.* Als wäre es eine heilige Formel und der Grund für unsere Einzigartigkeit, entschieden die Regierungen und Ausschüsse, dass das Genom niemals manipuliert werden dürfe. Nicht dass wir noch zerstörten, was uns besonders machte, und diese Veränderungen dann von Generation zu Generation an unsere Nachkommen weitergäben.«

Mit einem Seufzer fügte sie hinzu: »Jetzt sind die meisten Gegner meiner Arbeit tot.«

Als der Konvoi anhielt, um das Abendessen einzunehmen – Überlebensrationen aus Armeebeständen, reich an Kalorien und bis zu fünfundzwanzig Jahre haltbar –, erklärte Song, dass es vor der Invasion nicht dringend genug gewesen war, das menschliche Genom zu verändern.

»Warum etwas ändern, wenn wir ohnehin die dominante Spezies auf Erden sind? Die Zurückhaltung wurde der Welt als eine Form der Demut gegenüber der Natur verkauft, aber für mich war sie eher ein Ausdruck unserer Selbstgefälligkeit, eines angeborenen Gefühls von Überlegenheit. Der Mensch ist schließlich etwas Besonderes! Wir haben andere Lebensformen verändert, aber nicht uns selbst. Wir waren die Veränderer, nicht die Veränderten.«

Yotam nahm seinen Mut zusammen und wandte ein: »Die Regime, die Gentechnik in Erwägung gezogen haben, waren die schlimmsten der Menschheit. Wenn wir über Eugenik sprechen, muss ich sofort an die Nazis denken, an Josef Mengele, der in Auschwitz eineiige Zwillinge untersucht und gefoltert hat. Sie träumten davon, den Genpool der ›arischen Rasse‹ zu verbessern.«

»Ja, das waren hässliche Träume. Aus diesem Grund hat der Deutsche Bundestag viele Jahre später das Embryonenschutzgesetz beschlossen. Keimbahnmanipulation sowie Präimplantationsdiagnostik wurden verboten und mit einer fünfjährigen Haftstrafe belegt.«

Song holte ihr elegantes Apple-Tablet hervor. Dass sie eines besaß, zeigte, wie wichtig sie war.

Yotam bestaunte das Relikt aus der alten Welt. »Sie haben noch einen? Wie viele davon gibt es noch?«

»Nicht viele. Lassen Sie sich davon nicht ablenken. Lesen Sie sich das hier sorgfältig durch.«

Auf dem Display erschien der originale Gesetzestext:

Embryonenschutzgesetz (ESchG)

13. Dezember 1990

Folgendes Gesetz wurde vom Bundestag verabschiedet:

§ 5 Künstliche Veränderung menschlicher Keimbahnzellen

(1) Wer die Erbinformation einer menschlichen Keimbahnzelle künstlich verändert, wird mit Freiheitsstrafe bis zu fünf Jahren oder mit Geldstrafe belegt.

(2) Ebenso wird bestraft, wer eine menschliche Keimzelle mit künstlich veränderter Erbinformation zur Befruchtung verwendet.

§ 6 Klonen

(1) Wer künstlich bewirkt, dass ein menschlicher Embryo mit der gleichen Erbinformation wie ein anderer Embryo, ein Fötus, ein Mensch oder ein Verstorbener entsteht, wird mit Freiheitsstrafe bis zu fünf Jahren oder mit Geldstrafe belegt.

(2) Ebenso wird bestraft, wer einen in Absatz 1 bezeichneten Embryo auf eine Frau überträgt.

§ 7 Chimären- und Hybridbildung

(1) Wer es unternimmt,

1. Embryonen mit unterschiedlichen Erbinformationen unter Verwendung mindestens eines menschlichen Embryos zu einem Zellverband zu vereinigen,

2. mit einem menschlichen Embryo eine Zelle zu verbinden, die eine andere Erbinformation als die Zellen des Embryos enthält und sich mit diesem weiter zu differenzieren vermag, oder

3. durch Befruchtung einer menschlichen Eizelle mit dem Samen eines Tieres oder durch Befruchtung einer tierischen Eizelle mit dem Samen eines Menschen einen differenzierungsfähigen Embryo zu erzeugen, wird mit Freiheitsstrafe bis zu fünf Jahren oder mit Geldstrafe belegt.

(2) Ebenso wird bestraft, wer es unternimmt,

1. einen durch eine Handlung nach Absatz 1 entstandenen Embryo auf

a) eine Frau oder

b) ein Tier

zu übertragen oder

2. einen menschlichen Embryo auf ein Tier zu übertragen.

Nachdem Yotam alles durchgelesen hatte, sagte Song Fu: »Alles, was nach diesem Gesetz verboten ist, werden wir jetzt versuchen. Verstehen Sie die Tragweite von dem, was ich Ihnen gerade gesagt habe?«

»Ja.«

»Wir werden das menschliche Genom verändern, damit wir eine Chance haben, in der Kälte zu überleben. Das Projekt hat bereits einen Namen: Kältemenschen-Projekt.«

Für Song Fu war das menschliche Genom nichts anderes als ein komplexer Datensatz. Es hatte nichts Heiliges oder Mystisches an sich, sondern war lediglich eine Anleitung für den Aufbau des menschlichen Körpers. Sie fand es seltsam, dass westliche Wissenschaftler, die aus einer Kultur kamen, die Freiheit und Ungebundenheit pries, es für nötig hielten, sich so sklavisch an diese Anleitung zu halten.

Wie sich herausstellte, bestand das Genom aus dreiundzwanzig Chromosomenpaaren, die mehrere Tausend Gene enthielten, die sich wiederum in Exons aufteilten. Diese Exons bestanden aus Codons, deren kleinste Informationseinheiten schließlich die Basen waren. Nichts anderes als ein Programmcode, der den Zellen eines Menschen zeigte, wie sie wachsen sollen, und der nicht nur die körperliche Gestalt beeinflusste, sondern auch Charakter und Identität.

Dank der Entwicklung von Supercomputern sanken die Kosten für die Genomsequenzierung enorm. In den Monaten vor der Alieninvasion betrugen sie nicht mehr zwei Milliarden Dollar wie noch 1990 beim Humangenomprojekt, sondern nur noch fünfhundert. Auch die dafür nötige Zeit hatte sich verkürzt: von dreizehn Jahren auf einen einzigen Tag.

Mit diesen Fortschritten kam die Erkenntnis, dass man nicht nur den Code des menschlichen Lebens entschlüsselt hatte, sondern gleichsam die Sprache allen Lebens. Es war eine universelle Sprache, die genauso für Bakterien auf dem Grund der tiefsten Ozeane galt wie für die Dinosaurier, die seit Millionen Jahren ausgestorben waren.

»Nachdem wir herausgefunden hatten, wie man den Code liest, lernten wir, wie man ihn umschreibt.«

Die Entdeckung von Bakterien, die Gene verändern konnten und diese Eigenschaft zur Abwehr von Viren nutzten, lieferte Song Fu ein Werkzeug, das in der Natur schon seit Millionen Jahren in Gebrauch war: *Clustered Regularly Interspaced Short Palindromic Repeats*, oder kurz CRISPR. Mit dieser Technik ließ sich ein Stück DNA herausschneiden und an derselben Stelle ein beliebiger genetischer Code einfügen. Hierbei wurden nicht nur die Gene verändert, sondern auch die epigenetischen Markierungen, die bestimmten, wie sich die Gene auswirkten.

»Das war der Durchbruch, auf den wir alle gewartet hatten. Nur haben Gesetzgeber und Politiker uns verboten, ihn bei der Spezies einzusetzen, die ihn am meisten brauchte: dem Menschen. Anstatt unsere biologischen Grenzen zu überwinden, beschränkten wir uns darauf, Äpfel so zu verändern, dass sie nicht mehr braun wurden, eine virusresistente Regenbogenpapaya zu züchten oder Kühe genetisch so anzupassen, dass sie die Auswirkungen der Klimaerwärmung überlebten.«

Song scherzte praktisch nie, doch an dieser Stelle fügte sie ein: »Vor dem Kältemenschen-Projekt gab es das Heiße-Kühe-Projekt. Und so verschieden sind die beiden gar nicht.«

Im Jahr 2015 bestätigten Forschende der Sun-Yat-sen-Universität in Guangdong, dass sie menschliche Embryonen so manipuliert hatten, dass sie nicht mehr an der tödlichen Blutkrankheit Thalassämie erkranken konnten. Inmitten der weltweiten Empörung über diesen ethischen Verstoß stellte der verantwortliche Wissenschaftler, Junjiu Huang, klar, dass die Embryonen nicht lebensfähig seien.

Song Fu bemerkte dazu: »Das stimmte zwar im engeren Sinn, war aber auch nicht die ganze Wahrheit.«

Chinesische Wissenschaftler hatten die Keimbahntherapie seit vielen Jahren vorangetrieben. Angesichts der möglichen Vorteile hielten sie die Risiken für akzeptabel und waren besorgt, dass, wenn sie nicht auf dem Gebiet forschten, ein anderes Land es tun würde, und sei es im Geheimen. Und man arbeitete nicht nur an den Embryonen, man brachte sie auch zur Welt.

Yotam fragte verdutzt: »Das war *vor* der Invasion?«

»Lange davor. Die Arbeit, die vor uns liegt, ist nicht neu. Wir brauchen sie nur nicht mehr zu verstecken.«

Niemand ahnte, dass Embryonen herangezüchtet wurden, die keine Krankheiten ausbilden konnten wie etwa Chorea Huntington, das zu einer Verlangsamung der geistigen Fähigkeiten führte. Oder das Lesch-Nyhan-Syndrom, das einen Hang zur Selbstverstümmelung verursachte. Das Tay-Sachs-Syndrom, das zu einem

Abbau des Gehirns führte. Oder das Werner-Syndrom, das für vorzeitige Alterung sorgte. All das erforderte nur einen einfachen Eingriff in ein einzelnes Gen. Es folgten weitere, anspruchsvollere Eingriffe: Gentechnisch erzeugte Polyzythämie führte durch eine Änderung des Erythropoetin-Rezeptor-Gens zu einer Vermehrung der roten Blutkörperchen, was die Sauerstofftransportkapazität des Blutes um fünfzig Prozent steigerte.

»All diese genveränderten Kinder wuchsen inmitten der Gesellschaft auf und gingen mit den Normalgeborenen zur Schule. Sie trainierten für Olympia und gewannen Goldmedaillen. Ihre biologischen Vorteile waren von keinem Dopingtest nachweisbar.«

Da das Programm so erfolgreich war, begann die chinesische Regierung, die Bevölkerung darauf vorzubereiten, dass gerade eine Generation heranwuchs, die über eine enorm verbesserte Intelligenz und Ausdauer verfügte. Man startete eine fingierte Werbekampagne für Babynahrung, die angeblich die geistigen und körperlichen Fähigkeiten des Kindes steigerte. In allen größeren Städten wurden Plakate aufgehängt, die als Deckmantel für die laufenden Genmanipulationen dienten – und als Erklärung für eine kommende Ära, in der die Kinder eine deutlich höhere Intelligenz haben und chinesische Sportler sämtliche Olympiaden gewinnen würden.

»Man behauptete, der Erfolg sei auf die neue Babymilchformel zurückzuführen, die im Westen nicht erhältlich war.«

»Und Sie waren daran beteiligt?«

»Ich war an vorderster Front. Ich habe keine Preise gewonnen und keine Arbeiten veröffentlicht. Man hat mich nie gebeten, auf einer internationalen Konferenz zu sprechen, obwohl ich an vielen teilgenommen habe. Ich saß unbeachtet im hinteren Teil des Saals und hörte zu, wie die Leute über Dinge spekulierten, die ich längst tat.«

Zufrieden mit ihrer Anonymität und ohne jegliches Interesse an persönlichem Ruhm hatte Song Fu ihre Arbeit nie mit jemandem außerhalb ihres Teams besprochen. Da sie Zugang zu enormen Ressourcen hatte, war sie bis an die Grenzen der Keimbahntherapie vorgedrungen. Die Versuchspersonen wurden ihr von der Regierung zur Verfügung gestellt.

Ihnen waren alle Rechte entzogen worden, und viele von ihnen starben, wie Song nicht verschwieg: »Es war schrecklich, ja. Es waren Kriminelle, Vergewaltiger, Mörder, und trotzdem wussten wir alle, dass falsch war, was wir taten. Aber diese Experimente sind der Grund dafür, dass wir jetzt eine Chance haben zu überleben.«

Als sich der Konvoi der McMurdo-Station näherte, schloss Song Fu mit der Feststellung, dass die Menschheit mit ihrem natürlichen Genom in der Antarktis nicht überleben konnte. Ihr genetischer Code, der einst so besonders gewesen war, war wertlos geworden.

»Die Leute werden sich vor dem fürchten, was wir erschaffen. Aber diese neue Generation Menschen ist unsere einzige Hoffnung.«

McMURDO-STATION

1. November 2023

Die Südpolstation war ein Ort der Traurigkeit gewesen, McMurdo hingegen war ein Ort der Hoffnung, in dem die Dinge bereits am Laufen waren, der sich ausbreitete und den ersten Hinweis darauf bot, dass die Menschheit vielleicht doch noch nicht am Ende ihres Aufenthalts auf der Erde angelangt war. Die Bemühungen, eine neue Hauptstadt zu errichten, wurden durch eine noch nie da gewesene Zusammenarbeit ermöglicht. Alle Nationen legten ihre Ressourcen zusammen und kooperierten auf eine Art, wie sie bisher nur in den alleroptimistischsten politischen Utopien beschrieben worden war. Hier waren sie Realität geworden – und das nicht aufgrund von Weisheit oder Einsicht, sondern aus purer Notwendigkeit. Die Vitalität von McMurdo beflügelte Yotam, und er begann daran zu glauben, dass die Menschheit vielleicht nicht nur überleben würde, sondern tatsächlich hier leben konnte.

In den Labors auf den nukleargetriebenen Flugzeugträgern versammelten sich die besten Genetiker der Welt. Viele von ihnen litten unter posttraumatischen Belastungsstörungen. Andere konnten sich nicht vorstellen, dass ihre Arbeit irgendetwas an der Lage der Menschheit ändern könnte. Song Fu hingegen gab sich unbeeindruckt. Als hätte sie schon immer mit einer solchen Invasion gerechnet und fände es kurzsichtig, dass die anderen das nicht getan hatten.

Yotam beobachtete sie und stellte fest, dass Song schlicht anders funktionierte. Ihr Intellekt war so einzigartig, dass sie grundlegend anders auf das Trauma reagierte. Song akzeptierte die radikale Veränderung aller Lebensumstände, als wäre sie lediglich in ein neues Haus gezogen. In einer Gruppe, zu der viele ihrer preisgekrönten, von einem nicht mehr existenten wissenschaftlichen Establishment hochgelobten Kollegen gehörten, zeigte sich sofort ihre Autorität.

»Mein Name ist Song Fu. Sie kennen mich nicht, weil ich auf Ihren Tagungen immer geschwiegen habe. Aber das war vor der Alieninvasion. Die Zeit des Schweigens und der Zurückhaltung ist vorbei. Ich spreche mit Zuversicht, weil ich die Dinge, über die Sie nur debattieren, längst in die Praxis umgesetzt habe.«

Song ließ ihrem Publikum keine Zeit, eine ethische Debatte anzufangen, und bestand darauf, dass sie in getrennten Teams arbeiteten. Kleinere Gruppen seien beweglicher, argumentierte Song. Sie würde sich niemandem unterordnen und auch nicht nach dem Konsensprinzip arbeiten. Alle sollten neue Ideen ausprobieren können und verschiedene Möglichkeiten ohne Kompromisse oder Zwänge verfolgen, ohne sich gegenseitig zu behindern. Es würde kein Gruppendenken geben und auch keine politische Einmischung von Leuten, die von Genetik keine Ahnung hatten. Selbstverständlich, so räumte sie ein, gebe es Gleichgesinnte unter ihnen, die ebenso selbstverständlich zusammenarbeiten dürften. Aber sie könnten es sich schlicht nicht leisten, die Zukunft der Menschheit von einem einzigen Ansatz abhängig zu machen. Eine Gruppe konnte scheitern, während die andere erfolgreich war.

»Ich werde Dinge tun, die Sie inakzeptabel finden. Doch meiner Meinung nach ist Scheitern das Einzige, was inakzeptabel wäre. Und wir, als Spezies, stehen kurz vor dem Scheitern. Oder besser gesagt, dem Aussterben.«

Die Wissenschaftler teilten sich in zwei Gruppen auf, wobei die größere aus etablierten Persönlichkeiten bestand und die andere Song Fus weit radikaleren Ansatz verfolgte.

Dann wandte Song sich an ihr Team, das hauptsächlich aus Landsleuten bestand, mit denen sie schon zuvor zusammengearbeitet hatte. Aber es waren auch Neuzugänge aus dem ehemaligen Russland, Kolumbien, Japan und Iran dabei, die skeptisch waren, dass sie in der von Amerikanern und Europäern dominierten gemäßigteren Gruppe viel Gehör finden würden.

Als Einführung heftete Song Fotos von Fruchtfliegen der Gattung Drosophila an ein Whiteboard. Das Genom von Drosophila hatte nur vier Chromosomenpaare, was sie zu einem der am leichtesten durch Gentechnik veränderbaren Organismen machte. Auf den Fotos waren Fliegen zu sehen, deren Beine an der Stelle wuchsen, wo eigentlich die Fühler sein sollten, mit weißen oder orangefarbenen Augen statt roten, mit gekräuselten Flügeln statt geraden.

»Die Mutationen, die wir bisher nur an Fruchtfliegen getestet haben, werden wir nun an Menschen ausprobieren. Wir werden das menschliche Genom genauso behandeln wie das Drosophila-Genom. Sehen Sie sich diese Fotos genau an, und machen Sie sich klar, was das bedeutet. Wenn Sie irgendwelche moralischen Zweifel haben, sollten Sie sich der anderen Gruppe anschließen. Wir werden schnell arbeiten, und wir werden Fehler machen, und wir werden unsere Arbeit nie infrage stellen. Dafür ist keine Zeit.«

Song Fu nahm die gesamte medizinische Abteilung eines amerikanischen Flugzeugträgers in Beschlag. Die Frauen, denen diese neuen, eisadaptierten Embryonen eingesetzt werden sollten, waren keine Kriminellen, sondern Freiwillige, die herzzerreißende Verluste erlitten, den Exodus überlebt und den größten Widrigkeiten widerstanden hatten. Da die Weltbevölkerung von mehreren Milliarden auf wenige Millionen geschrumpft war, wurde jedes einzelne Menschenleben geschätzt wie nie zuvor – als genauso wichtig für die Gesellschaft wie für die Familie und engsten Angehörigen.

Oberflächlich betrachtet schien der Ansatz denkbar einfach und das Angebot absolut transparent: Frauen, die ihre Kinder verloren hatten oder nicht schwanger werden konnten, sollten die Möglichkeit erhalten, ein eisadaptiertes Kind zur Welt zu bringen, das der extremen Kälte widerstehen konnte und mit einem gestärkten Immunsystem weit bessere Chancen hatte, das Erwachsenenalter zu erreichen. Wenn die Frauen in Kenntnis der Risiken zustimmten, gab es kein moralisches Dilemma, außer der Tatsache, dass niemand, nicht einmal die brillantesten Genetiker, vorhersagen konnte, was passieren würde.

Aber Song Fu ließ sich nicht von den Überlebenschancen der Leihmütter einschränken. Sie konzentrierte sich mit ihrem Team auf die einzige Aufgabe, die es zu bewältigen galt: Menschen zu erschaffen, die genetisch perfekt an ein Leben in der Kälte angepasst waren.

»Ich war selbst Mutter und habe meine Kinder während des Exodus verloren. Zwei Töchter. Eine war neunzehn, die andere sechzehn. Keine der beiden wurde von unserer Regierung ausgewählt. Als ich mich weigerte, ohne sie ins Flugzeug zu steigen, wurde ich betäubt. Ich erwachte in der Luft, meine Arme waren an den Sitz gefesselt, und ich wurde in die Antarktis geflogen, in vollem Wissen, dass meine Familie zurückgelassen worden war. Das sind die Zeiten, in denen wir leben. Ich tue diese Arbeit zu Ehren derer, die ich verloren habe: meiner Familie. Wir werden eine neue Familie gründen.«

Während die europäisch-amerikanische Gruppe sich daranmachte, kleine genetische Anpassungen vorzunehmen, lehnte Song Fu dieses schrittweise Vorgehen rundweg ab. Sie hatte die Absicht, das menschliche Genom neu zu erfinden. Mit dreiundzwanzig Chromosomenpaaren, etwa fünfundzwanzigtausend Genen und fast drei Milliarden Basen, von denen noch nicht einmal alle identifiziert, geschweige denn verstanden waren, versuchten sie und ihr Team, den Bauplan für das Leben neu zu schreiben.

Um das zu erreichen, mussten sie eine völlig neue Methode anwenden, bei der alles von der richtigen räumlichen und zeitlichen Expression der Gene abhing. Selbst die kleinste Veränderung konnte weitreichende Folgen haben. Auch wenn man nur einen einzigen Buchstaben der DNA änderte und die drei Milliarden anderen Basen unberührt ließ, konnte das alles Mögliche bewirken, von außergewöhnlicher Körperkraft bis hin zu schwerer Lernbehinderung.

»Die einzelnen Erbeinheiten sind nicht autonom, eine kleine Veränderung kann sich auf alles auswirken. Jeder Eingriff baut die gesamte genetische Struktur neu auf. Wir hängen gleichsam ein Gemälde in ein anderes Zimmer und bauen damit das ganze Haus um. Aus diesem Grund können wir uns nicht vor dem Unbekannten schützen. Wir betreten genetisches Neuland. Es werden Fehler passieren, wie wir sie noch nie gesehen haben. Viele davon werden katastrophale Folgen für das Leben haben, das wir zu erschaffen versuchen. Diese Fehler werden unsere Lehrer sein. Aber das Ergebnis wird eine Form von menschlichem Leben sein, die an den unwirtlichsten Ort der Erde angepasst ist und diesen Ort sein Zuhause nennen kann.«

SIEBTER TEIL

ZWANZIG JAHRE SPÄTER

McMURDO CITY

Freizeit- und Begegnungszentrum
4. Dezember 2043

Den einzigen Filmprojektor in McMurdo City auszuleihen würde keine leichte Aufgabe werden. Das ebenso seltene wie empfindliche Gerät stellte eine der tiefsten und emotionalsten Verbindungen zu der Welt dar, die ihnen genommen worden war. Um ihn benutzen zu dürfen, musste Yotam die renommierte algerische Regisseurin Zariffa Boutella überzeugen, die für ihren Film über das La-Castellane-Wohnprojekt im 15. Arrondissement von Marseille die Goldene Palme erhalten hatte. Die letzte, die je verliehen wurde.

Der Film spielte während des heißesten Sommers seit Beginn der Wetteraufzeichnungen, als Südfrankreich von einer extremen Hitzewelle heimgesucht wurde und der Zement bei Temperaturen von über vierzig Grad Celsius Risse bekam. Die Filmfiguren konnten nicht schlafen, sie irrten fiebrig durch die Nacht und liefen in den Gemeinschaftsgärten umher, in denen das Gras zu Staub zerfallen war und die Nachbarn sich zum Abkühlen mit einem Wasserschlauch abspritzten. Der Film war emotional und sexuell explizit, Beziehungen zerbrachen an der Hitze, andere entstanden.

Da Zariffa keine Filme mehr drehen konnte – es gab nicht einmal Papier für Drehbücher –, war sie neben ihrem Tagesjob in einer Adelie-Pinguin-Farm zur Hüterin des Projektors und Kuratorin der Filmvorführungen geworden. Die Endfünfzigerin trug handgefertigte Inuit-Kleidung, hergestellt von Stammesmitgliedern aus dem ehemaligen Kanada, deren Regierung vorausschauend genug gewesen war, jahrhundertelange Erfahrung mit dem Leben im Eis nicht einfach zurückzulassen.

Sie saugte an ihrer Walfischknochenpfeife und fragte: »Sie wollen meinen Projektor ausleihen?«

»Nur für einen Tag.«

»Er ist der letzte seiner Art.«

»Ich werde gut darauf aufpassen.«

»Wieso sollten Sie das können? Sie haben nicht das geringste Interesse an Kino.«

»Ich mag Filme.«

»Sie kommen nicht zu den Vorführungen. Sie haben keine Ahnung, wie viel diese Abende den Menschen bedeuten. Einmal in der Woche treffen wir uns, sehen uns einen Film an, ein Kunstwerk, und reden mal über was anderes als Schnee oder Robben.«

Es hatte Befürchtungen gegeben, dass die Vorführung einer pittoresken Pariser Romanze oder auch eines Thrillers, der in Manhattan spielte, schwere Traumata auslösen könnte, die genauso intensiv waren wie der Verlust eines Familienmitglieds. Der Senat erwog sogar, Filme gänzlich zu verbieten mit der Begründung, dass die Menschen nach vorne schauen sollten, nicht zurück. Doch letztendlich war dies eine libertäre Gesellschaft mit so wenig Regeln wie möglich, und die Bürger übernahmen die volle Verantwortung für ihr Handeln. Sie sahen sich die Filme auf eigenes Risiko und ohne Versprechen auf Hilfe an, wenn sie an Depressionen litten, weil sie mit den wieder hochkochenden Emotionen nicht fertigwurden.

»Ich war mit meiner Arbeit beschäftigt.«

»Zu beschäftigt fürs Kino, zu beschäftigt für Sport, zu beschäftigt für Musik. Zu beschäftigt für alles, was uns zu Menschen macht. Haben Sie meinen Film gesehen?«

»Ja, in einem Kino in Tel Aviv. Ebenfalls in einem der heißesten Sommer aller Zeiten. Er hat mir sehr gut gefallen.«

»Welche Filme haben Sie noch gesehen?«

»Nicht viele. Ich durfte als Kind nicht ins Kino.«

»Warum wollen Sie dann dieser neuen Spezies einen zeigen?«

»Weil sie anders aufwachsen soll als ich.«

Die Antwort erwärmte Zariffas Herz ein wenig für Yotam. Sie führte ihn in den hinteren Teil des Raums und zeigte ihm die Vitrine, in der der letzte Filmprojektor aufbewahrt wurde.

»Wussten Sie, dass bis auf meinen letzten Film alle anderen verloren gegangen sind?«

»Wusste ich nicht. Das tut mir leid.«

»Die Motion Picture Academy hat sämtliche amerikanischen Klassiker in die Antarktis mitgenommen und das französische Filminstitut sämtliche französischen Klassiker, aber zu denen gehört nur mein letzter Film. Einige Länder haben sich nicht einmal die Mühe gemacht, auch nur einen einzigen zu retten. Das kulturelle Schaffen einer ganzen Nation, zurückgelassen und für immer verloren. Sprechen Sie Französisch?«

»Nur Hebräisch, Englisch und Mandarin.«

»So wenige sprechen noch Französisch.«

»Diese neue Spezies schon.«

»Wirklich?«

»Er kann über vierzig Sprachen. Er hat französische Literatur, Philosophie und Geschichte gelesen, alles in der Originalsprache.«

»Und er ist erst sechs?«

»Er war mit drei Jahren ausgewachsen.«

»Ich habe drei Kinder. Ein normalgeborenes, ein adoptiertes und ein eisadaptiertes. Dieser Projektor ist mein viertes Kind. Wenn Sie in einen Sturm geraten, gefriert die Linse und zerspringt. Keine Filme mehr, nie wieder. Können Sie verstehen, was das bedeuten würde? Keine Filme, bis ans Ende aller Zeiten. Es gibt keine Ersatzteile, und falls doch, will der Senat sie mir nicht geben. Sie mochten diese Filmvorführungen nie.«

»Ich werde ihn nicht kaputt machen.«

»Sie vielleicht nicht, aber er. Was, wenn er eine heftige Reaktion auf den Film zeigt?«

»Ich habe ihn noch nie etwas Überstürztes tun sehen.«

»Er hat auch noch nie einen Film gesehen. Als die Leute das erste Mal *L'Arrivée d'un train en gare de La Ciotat* gesehen haben, sind sie schreiend aus dem Kino gerannt, weil sie dachten, der Zug auf der Leinwand würde sie überfahren.«

»Sie haben recht, ich weiß nicht, wie er reagieren wird. Genau das ist der Test.«

»Ich mag Sie. Sie interessieren mich. Aber ich kann das nicht riskieren.«

»Ich bringe den Projektor unverzüglich zurück.«

»Warum kommen Sie nicht mit ihm hierher? Ich kann den Vorführraum dafür einrichten, und wir sehen uns den Film gemeinsam an.«

»Er darf nicht nach draußen.«

»Warum?«

»Der Senat glaubt, dass er noch nicht bereit ist.«

»Tatsächlich? Oder glaubt er, dass *wir* noch nicht bereit sind?«

»Beides.«

»Sie verlangen viel und bieten wenig.«

Zariffa öffnete den Koffer und legte ihre Hand liebevoll auf den Projektor. »An welchen Film haben Sie gedacht?«

Yotam wurde rot wie ein Teenager, der zu einem Date eingeladen wird. Zariffa kommentierte auf seine Reaktion hin: »Etwas Sentimentales, wie ich sehe.«

»*Edward mit den Scherenhänden.*«

»Der Tim-Burton-Film? Ich glaube, ich weiß, warum Sie den ausgewählt haben. Er handelt von einem Außenseiter, jemand, der anders aussieht als wir, und versucht, sich in die Gesellschaft einzufügen ... Ja, ich verstehe.«

»Um zu sehen, ob er sich mit der Hauptfigur identifizieren kann.«

»Mit einem Menschen, der von Wissenschaftlern erschaffen wurde?«

»Genau.«

»Aber es ist ein Fantasy-Film. Sie sollten ihm zeigen, wie wir wirklich waren. Als Menschen. Unsere Städte, unsere Arroganz, unsere Selbstgefälligkeit, unseren Einfallsreichtum. Unseren Schmutz, unsere Kleidung, unsere Farben, unsere Autos. Sie können ihm nicht etwas zeigen, das es nie gegeben hat.«

»Er hat Tausende von Büchern gelesen und weiß mehr über die Vergangenheit als wir. Der Test besteht darin, zu sehen, ob er Einfühlungsvermögen hat. Ob er sich für eine Illusion interessieren kann, mit einer Fantasiefigur fühlen, die nur als ein Flackern von Licht existiert.«

Das Szenario faszinierte Zariffa immer mehr. »Sie können sich den Projektor ausleihen, aber unter einer Bedingung.«

»Nennen Sie sie.«

»Ich komme mit.«

»Das ist unmöglich.«

»Warum?«

»Sie haben keinen Zutritt zu den Kammern.«

»Sie könnten mich reinschmuggeln.«

»Ich könnte es versuchen.«

»Seien Sie ehrlich: Der Film ist nicht der einzige Test.«

»Wie meinen Sie das?«

»Sie sind bestimmt auch neugierig, wie *ich* auf *ihn* reagiere. Wenn eine aufgeschlossene Künstlerin wie ich seinen Anblick nicht ertragen kann, welche Chance hat er dann beim Rest der Gesellschaft, richtig?«

Yotam lächelte. Er mochte Zariffa und fragte sich, warum er nie zu ihren Filmvorführungen gegangen war. Er musste ein besseres Gleichgewicht in seinem Leben finden. Er arbeitete zu viel. Bei dem Versuch, die Menschen zu retten, hatte er ganz vergessen, wie sehr er ihre Gesellschaft genoss.

»Was haben Sie heute noch vor?«

McMURDO CITY

Ross-Schelfeis
Endphasenkammern
Gleicher Tag

Yotam hatte keine offizielle Erlaubnis, Zariffa in die Kammern mitzunehmen, aber dies war keine Gesellschaft, in der es um Regeln und Vorschriften ging. Die Bürger von McMurdo konnten tun und lassen, was sie wollten, solange es sich nicht negativ auf andere oder das zentrale Ziel des Überlebens der Spezies auswirkte. Niemand hatte sich die Mühe gemacht, ein Gesetz zu erlassen, das besagte, dass die Kammern nicht besucht werden durften. Man war sich jedoch einig, dass es das Wohlbefinden der Menschen beeinträchtigen würde, wenn sie die ganze Bandbreite der Experimente zu sehen bekämen, die hier durchgeführt wurden.

Nach all den Jahren, in denen Yotam die unterirdischen Kammern mit Hingabe und ganz im Sinne von Song Fu geleitet und jedes Detail von der Ernährung der Kältewesen bis hin zu ihrer Ausbildung genau überwacht hatte, war er hoch angesehen. Trotzdem hatte er kein Mitspracherecht, wenn es darum ging, wann diese in die Gesellschaft entlassen würden. Diese Entscheidung würde der Senat treffen. Mit einiger Mühe konnte er die Wachposten schließlich überzeugen, dass es notwendig war, einen Gast mit in die Kammern zu nehmen.

»Ich muss ihre Meinung wissen.«

»Sie ist keine Wissenschaftlerin.«

»Sie ist eine Expertin für Menschen.«

Der Wachposten fragte: »Was ist eine Expertin für Menschen?«

Zariffa antwortete: »Eine Künstlerin. Ich habe mein gesamtes Berufsleben damit verbracht, Menschen zu beobachten, wie sie sich bewegen, wie sie interagieren. Eine Wissenschaftlerin kann Ihnen sagen, wie viel jemand wiegt oder wie sein Genom aussieht. Ich kann Ihnen sagen, was ein Mensch fühlt, in seinem Herz und in seinem Kopf.«

Der leitende Sicherheitsbeamte rollte mit den Augen. »Unsere Aufgabe ist nicht, Sie draußen zu halten. Unsere Aufgabe ist, *die* drinnen zu halten.«

Yotam nickte. »Ich verstehe.«

»Sie übernehmen die volle Verantwortung für die Sicherheit dieser Frau.«

Zariffa entgegnete: »Ich übernehme die Verantwortung für meine Sicherheit selbst.«

Als sie sich dem Eingang näherten, rief ihnen der Sicherheitsbeamte noch eine letzte Warnung hinterher. »Wenn etwas schiefgeht, werden wir nicht versuchen, Sie zu retten. Es wird keine Rettungsaktion geben. Lieber töten wir alles und jeden unter dem Eis, als eine dieser Kreaturen entkommen zu lassen.«

Sichtlich beeindruckt von der Warnung und der unheimlichen Atmosphäre des Ortes, fragte Zariffa: »Was zum Teufel ist hier unten?«

»Lassen Sie es mich Ihnen zeigen.«

Während des Exodus hatte man in der Antarktis eine Art genetische Arche Noah eingerichtet und praktisch jedes Genom hergebracht, das jemals sequenziert worden war, außerdem genetische Proben von allen lebenden und vielen ausgestorbenen Arten. Song Fu durchforstete diese Chromosomenbibliothek nach Merkmalen, die in der Kälte von Vorteil sein könnten. Von den vielen Hundert Hybriden, die sie hier züchteten, zeigte nur eine

Minderheit das Potenzial, mit Normalgeborenen zusammenzuleben und zu arbeiten.

Einer der ersten Erfolge waren eisadaptierte Silberrücken, nicht Berg-, sondern Schneegorillas sozusagen. Sie hatten ein dichtes, isolierendes Unterfell, darüber ein Eisbärenfell und darüber wiederum eine Schicht Schutzhaare, die aussahen wie gesponnene Silberfäden. Die schimmernde Dreifachisolierung war so effektiv, dass ihr muskulöser Körper fast keine Wärme verlor. Die Augen waren weder die eines Menschen noch die eines Gorillas, sondern stammten von Halbaffen – groß und leuchtend orange.

Die Kreaturen hatten einen massigen Körper, mit einer mächtigen Brust und Fäusten wie Felsbrocken. Doch ihr Temperament erwies sich als ungeeignet. Sie waren mürrisch bis melancholisch und weigerten sich, mit ihren Schöpfern zu kommunizieren oder sich an den Intelligenztests zu versuchen. Lesen und Schreiben zu lernen kümmerte sie nicht. Kurz gesagt, sie zeigten keinerlei Interesse an Menschen oder gar daran, mit ihnen zusammenzuarbeiten.

Ihr Gehege war eine riesige Grube, ein Mondkrater mit steilen Eiswänden, die ein Entkommen verhindern sollten, mit einem schmalen Pfad, der am Rand entlangführte.

In diesem Krater unter dem Eis lebten die Schneegorillas und unterhielten sich ausschließlich miteinander in einer selbst entwickelten Sprache, die aus einer Mischung von Lauten und Zeichen bestand. Sie schienen sich sehr wohl miteinander zu fühlen und pflanzten sich sogar fort. Die Babys kamen gesund zur Welt, hielten sich an ihren Müttern fest und blickten mit ihren orangen Kulleraugen unter ihrem Silberhaar hervor. Ihrem genetischen Profil zufolge sollten diese Kreaturen über eine Intelligenz verfügen, die der menschlichen weit überlegen war. Nur zeigten sie keine Anzeichen davon. Keines dieser Geschöpfe hatte je auch nur den Versuch unternommen zu fliehen. Wenn sie freigelassen würden, wäre die Kolonie groß genug, um sich selbst zu versorgen, und könnte, so glaubte man, mit Robben- und Pinguinjagd überleben. Doch so beeindruckend dieser Zuchterfolg auch sein mochte, es war schwer vorstellbar, wie die Schneegorillas der Menschheit weiterhelfen sollten.

Zariffa stand am Rand des Kraters und sagte: »Das sind die schönsten Geschöpfe, die ich je gesehen habe.«

»Theoretisch sind sie klüger als wir.«

»Aber sie sitzen doch nur rum.«

»Es gibt eine Sequenz auf Chromosom sechs, eine Variation, die wir bei fast allen Menschen mit hohem Intelligenzquotient gefunden haben, genau in der Mitte eines Gens namens IGF2R. Das Gleiche gibt es auch bei Sprachen. Das ist der Grund, warum manche Menschen neun Sprachen lernen können, während andere schon mit zwei Schwierigkeiten haben. Ihren Genen zufolge sollten diese Wesen in der Lage sein, Häuser zu bauen, zu sprechen und Dinge zu erfinden, aber sie verhalten sich wie Dschungelgorillas aus der alten Welt, die an den Schnee angepasst sind. Sie interessieren sich nicht für Bücher, nicht einmal für Stifte oder Farben. Nur für einander. Ihr Verhalten steht im Widerspruch zu ihren Genen, und wir verstehen nicht, warum. Das Team, das an ihnen arbeitet, hat aber noch nicht aufgegeben.«

»Vielleicht müssten sie in Freiheit leben.«

»Warum sagen Sie das?«

»Vielleicht können sie sich nur so weiterentwickeln.«

»Das können wir leider nicht testen.«

»Warum nicht? Welchen Sinn hat es, sie hier unten zu halten?«

»Stellen Sie sich den Schaden vor, den sie anrichten könnten. Wenn sie erst einmal frei sind, können wir sie nicht so leicht wieder einfangen. Sie sind für die Kälte gezüchtet und überleben die schlimmsten Stürme, sie sind stärker als wir und schneller. Vielleicht sogar schlauer. Aber sind sie auch unsere Freunde? Das wissen wir nicht.«

»Sie haben nie versucht auszubrechen?«

»Nie.«

Sie verließen das Gorillagehege und stiegen zur zweiten Ebene hinab. Dort erhob sich eine Kuppel, die so beeindruckend war, dass man glauben konnte, eine der großen Moscheen der alten Welt wäre unter dem Eis nachgebaut worden. Von der Spitze der Kuppel führte ein Lüftungsschacht an die Oberfläche, durch den im Sommer das Sonnenlicht hereinfiel, das von Spiegeln reflektiert wurde. Und trotz ihrer Schönheit trug diese Kuppel den Spitznamen »Anstalt«, denn sie war eine Art Sicherheitsverwahrung für Züchtungen, bei denen etwas schiefgelaufen war. Ihr Fuß wurde von einem Ring aus Zellen gesäumt, von denen jede eine missgebildete Spezies enthielt, jede davon ein Beleg dafür, warum so radikale Genexperimente einst verboten gewesen waren.

Die angepassten Kreaturen waren ebenso erstaunlich wie gefährlich, ebenso beeindruckend wie furchterregend. Manche ähnelten mittelalterlichen Visionen von Dämonen, andere waren ein solches Durcheinander aus verschiedenen Tieren, dass sie keine zusammenhängende Gestalt zu haben schienen – ein impressionistisches Chaos aus Gliedmaßen und Augen. Keines dieser Wesen könnte je mit Menschen zusammenleben. Dennoch war es wichtig, sie zu studieren – selbst diese Mutanten. Zu beobachten, wie sie heranreiften, und herauszufinden, was mit ihren Körpern und ihrem Geist schiefgelaufen war. Sie alle waren unkontrollierbar, manche auch ungeheuer stark, und sie versuchten regelmäßig auszubrechen.

In der Mitte der Kuppel befand sich eine Art Festung mit schwer bewaffneten Wachen, geschützt durch Wände mit langen Stahldornen und in ständiger Alarmbereitschaft. Zur Bewaffnung zählten Scharfschützengewehre, Granaten und Schrotflinten. Einige

Zellen waren von ihren Insassen aufgebrochen worden, die Türen hingen lose in den Angeln. Aus den anderen ertönte ein Chor genauso seltsamer wie vertrauter Geräusche, die in der Kuppel widerhallten. Ein Gottesdienst der Monster, ein Zischen und Heulen, das sich mit erschreckend menschlichen Klagelauten vermischte.

Zariffa ging zu einer der Zellentüren und spähte auf der Suche nach der eisadaptierten Spezies darin durchs Gitter. Als ihre Augen sich an die Dunkelheit gewöhnt hatten, sah sie die Kreatur auf zwei muskulösen Echsenbeinen aufrecht in der Ecke stehen, den Rücken an die Wand gelehnt und die Arme verschränkt, als warte sie auf den Bus. Ihre mit sechseckigen Schuppen bedeckte Haut hatte die Farbe der Schatten ringsum, und ihre Augen waren wie gelbe Seifenblasen, die aus einem glatten, runden Schädel lugten. Die Pupillen darin schienen frei beweglich zu schwimmen, als wären sie mit keinem Sehnerv verbunden.

»Was ist das?«

»Ein Troodon.«

»Was ist ein Troodon?«

»Eine Dinosaurierart.«

Die Idee dahinter war, zwei der größten Erfolge der Evolution – Mensch und Dinosaurier – zu kombinieren in der Hoffnung, dass sich ihre Stärken gegenseitig befruchten würden. Da keine der beiden Arten für ein Leben in extremer Kälte geeignet war, waren die vorgenommenen Anpassungen erheblich. Der wenig bekannte Troodon war ein etwa menschengroßer Theropode aus der Kreidezeit und galt als der intelligenteste aller Dinosaurier. Hätte dieser Asteroid nicht eingeschlagen, hätte Troodon wahrscheinlich die Erde beherrscht, und der Homo sapiens hätte sich nie entwickelt. Er wäre gefressen und unterworfen worden, und Troodon hätte an seiner Stelle regiert, hätte eine andere Technologie erfunden, eine andere Sprache gesprochen und eine andere Gesellschaft entwickelt.

Yotam bemerkte: »Innerhalb des Projekts gibt es keine Grenzen.«

»Manchmal sind Grenzen nicht verkehrt.«

Als Zariffa sich umdrehte, näherte sich der Troodon ihrer Position.

»Nicht bewegen.«

Der Saurier trat ins Licht, und seine Schuppen verfärbten sich zu grellen Rot- und Violetttönen – wahrscheinlich Imponiergehabe. Seine Pupillen waren auf Zariffa gerichtet, und der Schwanz schwang hin und her, als wäre er kurz vorm Angriff. Dann stürzte das Wesen vor, und Zariffa sprang genau in dem Moment von der Tür zurück, als sein pfeilspitzer Schwanz gegen die Gitterstäbe schlug. Die Wachen in der Mitte der Kuppel machten ihre Waffen bereit.

Zariffa zündete mit zitternder Hand ihre Pfeife an, die Flechten glommen knisternd auf, und nach einem tiefen Zug sagte sie: »Lust auf Kino scheint er jedenfalls keine zu haben.«

ENDPHASENKAMMERN

Eitans Gehege
Gleicher Tag

Zariffa stellte den Projektor auf, konnte aber kein Lebewesen in dem Gehege entdecken. Zwar gab es Anzeichen von Leben – die Decke war an den Stellen, wo Eitans Zehenkrallen sich hineingebohrt hatten, wie mit Sternen gesprenkelt. Zariffa sah außerdem einen Wald aus röhrenförmigen Eisschnitzereien, jede davon so groß wie ein Mensch und so dick wie ein Arm, und der Boden war von eigenartigen Flecken übersät, als hätte jemand eilig die Spuren eines Verbrechens beseitigt. Doch immer, wenn Zariffa den Blick hob, sah sie nichts als Eis.

Yotam erläuterte: »Er versteckt sich.«

»Vor mir?«

»Er hat Sie noch nie gesehen.«

»Aber es gibt hier nichts, wo er sich verstecken könnte.«

»Er tarnt seinen Körper.«

»Er hat die Farbe von Eis?«

»Ja, hat er.«

Zariffa konzentrierte sich auf die praktischen Aspekte einer Filmvorführung in einem Raum, der vollständig aus Eis bestand. Sie kam zu dem Schluss, dass die Hitze des Projektors angesichts der Größe der Kammer kaum schlimmere Auswirkungen haben würde, als eine Pfütze auf dem Boden zu hinterlassen.

Sie stellte den Projektor auf einen mit Decken gepolsterten Stahlhocker, daneben einen weiteren Hocker für die Batterien, die etwa alle dreißig Minuten ausgetauscht werden mussten. Die dadurch entstehenden Pausen unterteilten den Film in mehrere Kapitel, die Zariffa so ausgewählt hatte, dass sie den Erzählfluss nicht stören würden. Sie richtete den Projektor auf die glatteste Wand aus, und nach einem kurzen Test war sie mit der Bildqualität zufrieden. Die Wand war nicht eben, und es gab Verzerrungen, aber schließlich war das hier nicht das Grand Rex am Boulevard Poissonnière in Paris. Es würde reichen.

Nachdem die Vorbereitungen abgeschlossen waren, genoss Zariffa den Moment. Sie hatte geglaubt, ihre Filmkarriere sei für immer vorbei. Doch gleich würde sie einen Film zeigen wie damals, als sie im Pariser Le Champo auf einem Automatic-16-mm-Sound-Cine-Projektor von Rank Aldis ihren ersten Ultra-Low-Budget-Film vorführte. Nach Zariffas Ankunft in der Antarktis war klar, dass sie nie wieder einen Film drehen würde. Niemand würde je wieder einen Film drehen. Wie es schien, ging es bei Zariffas neuer Existenz nicht mehr um Leben, sondern nur noch ums Überleben, und wie viele andere fragte sie sich nach dem Sinn.

Es gab keine Kunst, keine Kultur und keinen Sport mehr. Kurz gesagt: keine Freude. An einem Sommernachmittag wanderte Zariffa zur Küste, stellte sich oben auf die Klippen und schaute hinunter auf den Ozean. Sie dachte an Selbstmord, wie es in jenen ersten Monaten fast jeder mindestens einmal getan hatte. Die Klippen waren ein beliebter Ort dafür, denn wenn man nicht schon beim Aufprall starb, erlag man nur Sekunden später der Kälte. Es waren sogar handgemalte Schilder aufgestellt worden, die die Leute anflehten, noch einmal nachzudenken und zu erkennen, dass das Leben jedes Einzelnen hier in der Antarktis weit wertvoller war als je zuvor.

Jedes Mitglied der Gesellschaft war von größter Wichtigkeit und wurde hoch geschätzt. Wer seine Familie verloren hatte, konnte Teil einer anderen werden, denn in der Antarktis gab es keine Fremden mehr. Niemand musste je wieder allein sein. Eines der Schilder wies außerdem darauf hin, dass das Kältemenschen-Projekt Anlass zur Hoffnung gab.

Mit den Zehen über der Kante sah Zariffa eine Schule von Blauwalen vorbeischwimmen, und in diesem Moment beschloss sie, nicht zu springen. *Warum nicht dieses seltsame neue Leben kosten?*, dachte sie. Vielleicht gab es auch hier Schönheit und Wunder. Sie kehrte zurück nach McMurdo und kam nie wieder zu den Klippen oder jenen dunklen Gedanken zurück.

Kunst, Kultur, Sport und Freude bahnten sich einen Weg zurück in die Welt. Es gab Amateur-Fußballmannschaften, die im Sommer mit Spikes an ihren Stiefeln auf dem Ross-Schelfeis spielten. Während alle anderen Mäntel und Handschuhe mitgenommen hatten, hatten Musiker ihre empfindlichen Instrumente in die Antarktis mitgebracht. Dank ihnen gab es Open-Air-Konzerte eines gemischten Orchesters, das auf alten und neuen, aus Schiffswrackteilen hergestellten Instrumenten spielte.

Es gab unterirdische Eisgalerien, in denen berühmte, aber auch neu entdeckte Künstler ihre Statuen schnitzten, eine permanente Installation, die bald zu den beliebtesten Ausflugszielen gehörte. Und heute war für Zariffa der Tag gekommen, an dem ihre Ausdauer belohnt wurde. Sie war im Begriff, etwas Außergewöhnliches zu erleben. Keine traurige Fußnote ihrer viel zu kurzen Filmkarriere, sondern deren Höhepunkt. Sie würde einer neuen Lebensform begegnen. Einem Wesen, das diesen Kontinent noch nie verlassen hatte – und das noch nie einen Film gesehen hatte.

Sie wandte sich an Yotam: »Es ist alles bereit.«

»Sie sollten von dort oben zusehen.«

Er deutete auf den Beobachtungstunnel, wo sich eine Traube aus Mitarbeitern und Wachpersonal versammelt hatte, um das Geschehen in der Kammer zu verfolgen.

»Wo werden Sie sein?«

»Ich bleibe hier.«

»Bei ihm?«

»Ja.«

»Dann bleibe ich auch. Ich lasse Sie auf keinen Fall mit dem Projektor allein. Sie zeigen den Film, ich bleibe.«

»Wollen Sie das wirklich?«

»Meine Sicherheit ist meine Sache. Rufen Sie ihn her.«

»Das muss ich gar nicht.«

Zariffa sah zuerst Eitans Beine: eisblaue, sehnige Gliedmaßen, die nicht in einem Fuß oder einem Huf endeten, sondern in gebogenen, glänzend weißen Krallen und sich in einem so anmutigen Gleichtakt bewegten, als hätte jemand seinen Auftritt choreografiert. Ihr Blick wanderte die Beine hinauf zu einem unverkennbar menschlichen Torso. Zariffa glaubte, einen antarktischen Olympioniken vor sich zu haben. Der Brustkorb sah aus wie ein aus Gletschereis gemeißelter Harnisch.

Von den Göttern erschaffen, dachte Zariffa bei dem Anblick und wunderte sich, dass sie weder Entsetzen noch Ekel, sondern eine tiefe Anziehung zu diesem Wesen empfand. Über dem Torso befand sich ein Hals, dessen Wirbel an der Außenseite verliefen, darüber ein Kopf wie eine Stammeskriegermaske. Sie sah keine Haare, keine Nägel, keine Haut, keine Knorpel, nichts Weiches an der Außenseite: eine menschliche Gestalt, die hart und makellos war, frei von Unvollkommenheiten und Schwächen.

Eitan bewegte sich langsam, wohl wissend, dass Zariffa Zeit brauchte, um sich an seine Erscheinung zu gewöhnen. Sie wollte lachen, auf und ab hüpfen, so überwältigt war sie von dem Anblick dieser real gewordenen mythologischen Figur. Es kostete sie enorme Anstrengung, sich nicht zu verbeugen, als stünde sie vor einem König. Ohne darüber nachzudenken, hob sie den Arm und winkte, grüßte das Wesen instinktiv, vielleicht um zu zeigen, dass sie keine Feindin war.

Eitan blieb ein paar Meter vor ihr stehen. Zariffa streckte unbeholfen einen Arm aus und sah dann Hilfe suchend zu Yotam hinüber, der aber nicht reagierte und fasziniert die Begegnung der beiden beobachtete. Zariffa richtete ihre Aufmerksamkeit wieder auf die Kreatur und wartete. Das Wesen streckte ebenfalls einen Arm aus und legte seine Finger um ihre Hand. Obwohl Zariffa Fäustlinge trug und seine Körpertemperatur nicht einschätzen konnte, spürte sie, wie außergewöhnlich hart seine Finger waren und wie sanft seine Berührung.

»Sie sind die Filmregisseurin?«

»Das war ich, vor der Invasion. Ich mache keine Filme mehr.«

»Weshalb nicht?«

Mit Verspätung bemerkte Zariffa, dass das Wesen fließend Französisch sprach, poetisch und melodiös. Eine Welle von Emotionen rollte über sie hinweg. So wenige hier sprachen etwas anderes als Mandarin oder Englisch. Mehr noch: Es hatte etwas Vertrautes an sich, als würde dieses Wesen sie bereits kennen und mit seinen Worten ihre Seele berühren. Sie stammelte: »Sie sprechen Französisch?«

»Wäre es Ihnen lieber, wenn ich eine andere Sprache benutzte?«

»Aber nein. Es ist wunderbar. Es gibt nicht mehr viele von uns.«

»Macht es Sie traurig, wenn ich Ihre Sprache spreche?«

»Nicht traurig. Ich bekomme Heimweh.«

»Wollen wir unsere Hände wieder senken, Zariffa, oder mögen Sie sie so?«

»Wir können unsere Hände jetzt senken.«

Ohne Vorwarnung trat Eitan vor den Projektor und hob ihn hoch. Als wären seine Finger die sensibelsten Werkzeuge, begann er, ihn in Windeseile zu zerlegen. Zariffa war zu überrumpelt und zu verwirrt, um einzuschreiten. Als sie merkte, dass sie versuchen sollte, ihn aufzuhalten, war der Projektor bereits in sämtliche Einzelteile zerlegt. Nach ihrer Größe sortiert, lagen sie aufgereiht auf dem Boden.

Eitan sah sie an. »Liegt Ihnen diese Maschine am Herzen?«

Zariffa konnte kaum sprechen, aber sie schaffte es. »Es ist die letzte ihrer Art.«

»Seien Sie ganz beruhigt. Sie ist denkbar simpel.«

Und damit begann Eitan, den Projektor genauso schnell wieder zusammenzubauen, wie er ihn auseinandergenommen hatte. Als er fertig war, stellte er ihn exakt so hin, wie er zuvor gestanden hatte.

»Was sehen wir uns an?«

ENDPHASENKAMMERN

Eitans Gehege
Gleicher Tag

Sie sahen sich *Lawrence von Arabien* an, einen Klassiker von 1962, der in der jordanischen Wüste gedreht wurde und einer der beliebtesten Filme in McMurdo war. Wegen seiner künstlerischen Qualität, aber auch wegen der verlorenen Welt, die er zeigte: brütende Hitze und sandverwehte Städte, wogende Zelte, in denen auf Silbertellern Medjool-Datteln serviert wurden, dazu der Klang von Oxford-Englisch und die dichte Atmosphäre des kolonialen Niedergangs. Nachdem Zariffa angemerkt hatte, dass *Edward mit den Scherenhänden* vielleicht als drittes oder viertes Kinoerlebnis infrage käme, aber bestimmt nicht als erstes, hatte sich Yotam für dieses Historienepos entschieden.

Seine Begründung lautete, dass es einer der besten Filme sei, die je gedreht wurden, wenn nicht der beste überhaupt. Doch Zariffa wurde das Gefühl nicht los, dass die wahren Gründe woanders lagen. Wahrscheinlich, dachte sie, hatte der Film Yotam zutiefst berührt. Und jetzt wollte er sehen, ob die Geschichte eines Mannes, der sich in seiner Heimat fremd fühlte, der auf der Suche war nach einem Land, in das er gehörte, auch Eitan berühren würde.

Kairo. Murrays Büro. Tag. Lawrence wartet in Murrays Büro. Murray steht vor dem Fenster und sieht nach drau-

ßen, seine Miene verzogen vor Abscheu, die der Extrover-
tierte gegenüber jeder Sensibilität und Introspektion empfindet.

> **Murray:** Sie sind die Art Mensch,
> die ich nicht ausstehen kann,
> Lawrence, aber vielleicht irre ich
> mich auch. In Ordnung, Dryden,
> Sie können ihn für sechs Wochen
> haben. Wer weiß, vielleicht
> machen Sie sogar einen Mann aus
> ihm.

Während der Vorführung stand Zariffa in der Mitte und bediente
den Projektor, zu beiden Seiten von Yotam und Eitan flankiert.
In den Pausen, wenn sie die Batterien wechselte, schwiegen sie,
um den Zauber der Geschichte nicht zu brechen. Zariffa beobachtete mit einem Auge den Film, mit dem anderen dieses Wesen
und versuchte, seine Reaktionen auf die Ereignisse auf der Leinwand zu interpretieren.

Anfangs glaubte sie, Eitan zeige keinerlei Regung, zumindest
nicht im üblichen Sinn. Sein elfenbeinartiges Gesicht blieb aus-
druckslos, denn es gab keine Weichteile, die Wangen waren starr,
die Stirn nur harter Knochen. Nach einiger Zeit bemerkte sie, wie
Eitan die Position seiner Beine veränderte, eines der vier hob sich
ein kleines Stückchen vom Eis und kehrte dann wieder in die Aus-
gangsposition zurück. Manchmal tippte er auch mit den Krallen –
eine nach der anderen, in einer fließenden Bewegung, als ginge
eine Gefühlswelle durch sie.

Feisals Zelt. Nacht. Im Inneren des Zeltes stehen Feisal
und Lawrence.

Feisal: Die Engländer haben
einen großen Hunger nach
einsamen Orten, Leutnant, und
ich fürchte, sie hungern nach
Arabien.

Lawrence: Dann müssen Sie
es ihnen verweigern.

Feisal: Sie sind Engländer.
Sind Sie nicht loyal gegenüber
England?

Lawrence: Gegenüber England
und anderen Dingen.

Als Yotam Eitan nach der Vorführung fragte, was er von dem
Film hielt, klang es für Zariffas Ohren nicht wie die Frage eines
Wissenschaftlers, der mit einem Probanden sprach, sondern wie
eine Unterhaltung am Ende eines Dates.

»Wie hat es dir gefallen?«

»Die Kamele waren interessant.«

Yotam lachte. »Die Kamele?«

»Sie sind hervorragende Überlebenskünstler in der Wüste und
können ein Drittel ihres Körperwassers verlieren, ohne zu dehy-
drieren.«

»Ist das so?«

»Gibt es Kamele noch?«

»Das wissen wir nicht. Als wir verbannt wurden, kamen keine
Tiere zu Schaden, nur Menschen wurden getötet.«

»Kamele haben drei Augenlider, eines davon ist durchsichtig,
damit sie in einem Sandsturm sehen können. Ich habe auch drei

Augenlider, damit ich bei einem Schneesturm sehen kann. Ist etwas von ihrem genetischen Code in mir?«

»Das könnte sein, ja.«

»Haben Menschen jemals versucht, in die Länder zurückzukehren, aus denen sie kamen?«

»Manche. Es gab Expeditionen. Um zu sehen, ob es möglich ist. Wir haben nie wieder etwas von ihnen gehört.«

»Haben sie es möglicherweise geschafft?«

»Dann wären sie zurückgekommen. Sie waren ehemalige Armeeangehörige, die hier Familie hatten. Wenn sie festgestellt hätten, dass wir den Kontinent verlassen können, wären sie zurückgekehrt und hätten es uns gesagt.«

»Waren Kamele das, was wir für euch sein werden?«

»Wie meinst du das?«

»Sollen wir die Kamele der Menschen für die antarktische Wüste sein?«

»Nein.«

An diesem Punkt schaltete sich Zariffa in das Gespräch ein. »In gewisser Weise ist etwas dran an dem Vergleich. Wir erwarten von Ihnen, dass Sie uns helfen. Sie sind an das Klima hier angepasst. Ich verstehe die Frage. Ich denke, Sie könnten recht haben.«

»Danke, Zariffa, für Ihre Ehrlichkeit.«

Eitan entfernte sich von dem Projektor, tief in Gedanken versunken. Ohne sich umzudrehen, sagte er: »Dieser Mann im Film, der Mann aus der Geschichte, dieser Lawrence, er fühlt sich anders als die Menschen um ihn herum. Anders als die Menschen aus Oxfordshire. Anders als die Menschen in der britischen Armee.«

Yotam nickte. »Das tut er.«

»Das finde ich seltsam, denn die Menschen in diesem Film sind alle gleich.«

»Sie kommen aus verschiedenen Teilen der Welt.«

»Ist das ein wichtiger Unterschied?«

»Früher war es das.«

»Aber wenn selbst Lawrence sich unter den Menschen unwohl fühlt, wie werden wir uns dann fühlen?«

»Ihr werdet euch anders fühlen, eine Zeit lang.«

»Wie werden sich die Menschen in unserer Gesellschaft fühlen?«

»Sie werden unterschiedlich reagieren. Generell kann man sagen, dass wir seit dem Exodus viel toleranter und freundlicher zueinander sind. Es klingt verrückt, aber am Rande der Ausrottung sind die Menschen um einiges netter geworden.«

Zariffa stimmte zu. »Wir dulden keine Gemeinheiten mehr. Wir können sie uns nicht leisten. Wir haben keine Zeit dafür.«

Yotam fügte hinzu: »Ich weiß, dass du dir Sorgen machst, Eitan. Aber du wirst deinen Platz bei uns finden, da bin ich mir ganz sicher.«

»Hast du deinen Platz gefunden, Yotam?«

»Ja.«

»Wo?«

»Genau hier.«

»Bei mir?«

»Ja, Eitan. Bei dir.«

ENDPHASENKAMMERN

Eitans Gehege
Gleicher Tag

Nach der dreistündigen Filmvorführung in einer ungeheizten Eishöhle waren Zariffas Hände und Füße taub vor Kälte. Dankbar nippte sie an einer Tasse heißem Seetangtee und wärmte ihre Finger, bevor sie den empfindlichen Filmprojektor wieder einpacken würde.

»Sie frieren, Zariffa«, merkte Eitan an.

»Ja, ein bisschen. Könnte Ihnen das auch passieren?«

»Nein.«

Als sie den Koffer verschloss, öffnete sich die Zugangstür zum Gehege. Zariffa blickte auf und sah ein kleines Team von Helfern am oberen Ende der Stahlleiter. Mithilfe eines simplen Flaschenzugs ließen sie eine hölzerne Pritsche herab, auf der ein ausgewachsener Seeleopard lag. Das Tier gehörte zu den aggressiveren Robbenarten und war mit seiner spitzen Schnauze und den scharfen Zähnen ein gefürchteter Räuber. Zariffa nahm an, dass es tot sein musste, denn es bewegte sich nicht. Doch dann sah sie, wie sich sein Brustkorb langsam hob und senkte, und da wurde ihr klar, dass der Seeleopard nur betäubt war. Mit seinen circa dreihundert Kilogramm war er weit größer als die drei Arbeiter. Das Seil ächzte unter seinem Gewicht, und die Aufhängung des Flaschenzugs knirschte.

Yotam eilte zur Käfigtür. »Was tun Sie da?«

»Ihn füttern.«

»Das sehe ich. Aber warum jetzt? Wir sind noch mittendrin.«

»Die Wirkung lässt bereits nach. Wir müssen ihn reinbringen, bevor er wieder aufwacht.«

»Verfüttern Sie ihn an einen der anderen.«

Yotam glaubte, dass es ihnen darum ging, Zariffa Eitans Jagdverhalten zu zeigen – ihr nach dem zivilisierten Filmgespräch seine Wildheit zu demonstrieren. Sie gehörten nicht zu der Gruppe, die in diesen neuen Spezies die einzige Chance der Menschheit sahen, sondern zu denen, die die Experimente für gefährlich hielten. Jetzt, da Yotam eine Kampagne gestartet hatte, um die Öffentlichkeit auf die Integration vorzubereiten, versuchten sie, Zariffas guten Eindruck zu vergiften. Doch es war bereits zu spät, um sie aufzuhalten. Der Seeleopard war im Gehege, und Eitans tierische Instinkte übernahmen.

Eitan zog sich schweigend zurück und kletterte die Wand in seinem Rücken hinauf, den Blick weiter nach vorne gerichtet, während seine Hinterbeine sich ins Eis bohrten. Rückwärtsbewegungen waren für ihn genauso natürlich wie vorwärts, selbst kopfüber an der Decke hängend, bewegte er sich mit der gleichen Eleganz und Gelassenheit wie auf dem Boden. Sobald Eitan in Position war, presste er sich flach an die Decke, dann nahm sein Körper die Farbe des Eises ringsum an.

Er hatte sich so leise und schnell bewegt, dass Zariffa ihn kurzzeitig aus den Augen verlor. Nur mit Mühe konnte sie seine Umrisse an der Decke erkennen, die fast nahtlos mit den Weiß- und Blautönen der Kammer verschmolzen. Der Boden bebte, als das Team den betäubten Seeleoparden von der Pritsche rollte, um dann hastig die Leiter hinaufzuklettern und die Käfigtür hinter sich zu schließen.

Yotam eilte an Zariffas Seite und ergriff ihren Arm. »Wir müssen aus dem Weg gehen.«

»Ich kann den Projektor nicht stehen lassen.«

»Wir haben keine Zeit.«

»Ich bin fast fertig.«

Die Betäubung ließ nach, und der Seeleopard wachte auf. Er richtete sich auf und schnappte wütend mit seinen kräftigen Kiefern, wusste nicht, wo er sich befand. Mehr um die Sicherheit des Projektors besorgt als um ihre eigene, wickelte Zariffa eine dicke Decke um den Transportkoffer und hielt ihn in den Armen wie ein hilfloses Baby. Dann sah sie zu Eitan auf, der seine Klauen genau in diesem Moment von der Decke löste.

Er rollte sich zu einer Kugel zusammen, drehte sich einmal in der Luft und landete lautlos und geschickt wie eine Katze auf allen vieren. Nur wenige Zentimeter an Zariffa vorbei sprang er auf die Robbe zu, riss einen Arm hoch und köpfte sie mit einem einzigen Hieb. Seine rasiermesserscharfen Krallen fuhren durch Muskeln und Knochen wie durch losen Schnee. Der kopflose Vorderkörper sank wieder zu Boden, und Eitan, der nichts Warmes zu sich nehmen konnte, wartete, während das Blut aus dem Kadaver strömte. Zu dritt standen sie schweigend da und sahen zu, wie es auf dem Boden der Kammer zu roten Kristallen gefror.

McMURDO CITY

Ex-Präsidenten Bar & Club
Gleicher Tag

Die Bar der Ex-Präsidenten wurde von ehemaligen internationalen Spitzenpolitikern geführt, von Präsidentinnen und Premierministern, die, ihrer Macht beraubt, nun Cocktails servierten und Geschichten erzählten. Nach dem Exodus schlossen sich fast alle Nationen der Antarktis-Koalition an. Nur einige wenige kämpften um die Kontrolle über die am besten bewohnbaren Landstriche und beriefen sich dabei auf historische Ansprüche, die auf Entdecker aus der Kolonialzeit zurückgingen. Doch am Ende des ersten Jahres war offensichtlich, dass die Menschheit nicht überleben würde, wenn sie sich nicht vereinigte.

Alte Vorstellungen von Souveränität waren ein Luxus, den sie sich nicht mehr leisten konnte. Daraufhin wurde auf dem Beobachtungshügel in McMurdo City ein Friedensabkommen ausgehandelt und der Beschluss gefasst, alle Nationalstaaten der alten Welt aufzulösen, die ehemaligen Politiker und Militärs zu entmachten und eine geeinte Gesellschaft der Überlebenden zu schaffen. Eine Meritokratie, in der Autorität auf akademischer und beruflicher Expertise gründete, mit einem nicht gewählten Senat, der sich auf rationales Denken und wissenschaftliche Erkenntnisse stützte, ohne religiöse, wirtschaftliche oder nationalistische Ideologien. Politische Führung und Oberster Gerichtshof in einem, besetzt mit den brillantesten Denkern und mit einem einzigen Ziel beauftragt: dem Erhalt der menschlichen Spezies.

Die ehemaligen Anführer der alten Welt waren gezwungen gewesen, sich eine neue Beschäftigung zu suchen. Es hatte keine revolutionären Säuberungen, keine Exekutionen mitten in der Nacht gegeben. Das Leben war zu kostbar, um es zu verschwenden. Und jeder, egal wie mächtig oder privilegiert er einst gewesen sein mochte, war verpflichtet zu arbeiten. Einige Präsidenten verfügten über Fähigkeiten, die noch aus der Zeit vor ihrer politischen Karriere stammten. Viele wurden hervorragende Lehrer. Andere schlugen einen völlig neuen Weg ein, zeigten ein natürliches Gespür für die Nahrungsmittelproduktion, züchteten synthetische Proteine oder betrieben Mikrobrauereien. Andere wurden Bäcker, und ein Präsident wurde Schneider. Die jüngeren Mitglieder des britischen und des skandinavischen Königshauses waren Soldaten gewesen und nahmen nun an Such- und Rettungsaktionen teil. Es gab das Fitnessstudio, das jetzt von dem ehemaligen Premierminister der Russischen Föderation, einem Judo-Experten, geleitet wurde und in dem das russische Wachpersonal einen Großteil seiner Freizeit verbrachte.

Wer keine andere geeignete Beschäftigung fand, arbeitete schließlich in der Bar der Ex-Präsidenten, denn jedes ehemalige Staatsoberhaupt konnte zumindest mit Leuten reden, eine Verbindung zu ihnen aufbauen, sie nach ihren Problemen fragen, ihnen Hilfe anbieten oder einfach Gesellschaft leisten. Streng genommen hätte der volle Name »Bar der Ex-Präsidenten und Premierminister, ehemaligen Diktatoren sowie Mitglieder der nicht mehr existierenden Königshäuser« lauten müssen, aber »Ex-Präsidenten« war prägnanter und setzte sich schließlich durch.

Das Etablissement bot eine kleine Auswahl an alkoholischen Getränken – fermentierte Robbenmilch oder dreifach destillierten Seetangwodka – und war bei Weitem der beliebteste Treffpunkt der Stadt. Im Obergeschoss befand sich die Bar, darunter eine Bühne, auf der abends Singer-Songwriter, Geschichtenerzähler und Komiker auftraten. Das Obergeschoss war Leuten vorbehalten, die Konversation betreiben wollten, und meist so voll, dass man ein Zuteilungssystem für die Eintrittskarten eingeführt hatte. Wenn man die Eis- und Schneeflächen vor dem Fenster ignorierte, war dies der Ort, der der alten Welt am nächsten kam: die Luft war warm und stickig, lautes Stimmengewirr, klirrende Gläser, gelallte Anmachsprüche, einsame Menschen auf der Suche nach Seelenverwandten.

Diese Nähe zur Vergangenheit brachte aber auch Gefahren mit sich. Wenn die Gäste die Bar nach ein oder zwei Drinks wieder verließen und in die triste Realität zurückkehrten, verfielen manche in tiefe Melancholie. Aus diesem Grund beschlossen einige, erst gar nicht hinzugehen und auch die Filmvorstellungen nicht zu besuchen. Lieber das Hoch meiden, als danach das Tief spüren zu müssen.

Hinter der Bar arbeiteten an diesem Abend die ehemaligen Präsidenten von Argentinien, Chile, Costa Rica, Ghana, Kenia, Guatemala, Mexiko und Uruguay. Yotam saß in einer Ecke und trank heißen Flechtentee, während Zariffa sich ein Glas Perlwurzwein genehmigte, dessen Blüten von der Halbinsel hergebracht wurden, da sie in McMurdo nicht wuchsen.

Sie schenkte ihm davon ein. »Sie trinken nicht?«

»Schon lange nicht mehr.«

»Nach dem, was wir heute erlebt haben, *müssen* wir miteinander anstoßen.«

»Sicher, warum nicht.«

Er nahm einen Schluck von dem Wein. Nachdem der Kräutergeschmack verblasst war, blieb eine Leichtigkeit in seinem Kopf, die er als sehr angenehm empfand. »Das Zeug ist gut.«

Zariffa lehnte sich zurück und sagte: »Erzählen Sie mir von sich.«

»Sie wollen etwas über mich erfahren? Nicht über Eitan?«

»Nein. Über Sie.«

»Was wollen Sie wissen?«

»Haben Sie einen Liebhaber? Einen Partner?«

»Im Moment nicht, nein.«

»Und früher?«

»Einmal, ja, das könnte man so sagen. Ich habe jemanden sehr geliebt. Einen Soldaten. Aus Haifa. Aber ich habe es ihm nie gesagt.«

»Warum nicht?«

»Ich wollte nicht riskieren, meinen besten Freund zu verlieren.«

»Sie hatten Angst, dass er anders empfinden könnte als Sie?«

»Ja, ich hatte Angst. Also habe ich abgewartet … Und dann ist das alles passiert. Er ist in Israel geblieben und hat seine letzten Tage bei seiner Familie verbracht. Ich kam hierher.«

»Das ist zwanzig Jahre her. Und seitdem?«

»Sie wissen schon, ein bisschen hier, ein bisschen da. Ich habe diesen Teil meines Lebens vernachlässigt und daran gearbeitet, mir ein neues Leben aufzubauen.«

»Aber unsere jetzige Gesellschaft hat Aspekte, die viel intimer sind als in der alten Welt. Wir leben so eng zusammen, zu sechzehnt in einem Zimmer, und schlafen gemeinsam, um uns gegenseitig zu wärmen … das kann auch eine sehr intensive sexuelle Seite haben. Keine Tabus, niemand wird gebrandmarkt – was auch immer einen durch den Winter bringt, verstehen Sie?«

»Haben Sie eine Vorstellung davon, wie viele Länder bei ihren Listen der zu rettenden Menschen Schwule und Lesben ausgeschlossen haben? Es geht schneller, die aufzuzählen, die sie mitgenommen haben.«

»Manche Länder haben keine alten Menschen mitgenommen, manche keine kleinen Kinder. Einige haben alle Frauen zurückgelassen, die keine Kinder bekommen konnten. Andere haben sich geweigert, Menschen mit psychischen Problemen mitzunehmen.

Einige der interessantesten Menschen auf der Welt haben psychische Probleme, und da schließe ich mich selbst mit ein. Wir haben einen Großteil unserer Menschlichkeit verloren – nicht nur in Bezug auf die Anzahl, sondern auch in Bezug auf Vielfalt und Tiefe. Aber sie kommen alle wieder zurück: die Sonderlinge, die Außenseiter, die Menschen, die nicht dazugehören, sie sind hier, mitten unter uns. Man kann sie nicht loswerden, egal wie sehr man es versucht. Ich will damit sagen, dass Sie nie eine wirkliche Liebesgeschichte erlebt haben. Sie wurde Ihnen gestohlen, zuerst von Ihren Eltern und dann von den Aliens.«

»Ja, sie wurde mir gestohlen. Aber wie Sie selbst sagen: Wir alle haben viel verloren.«

»Ich habe alle Menschen verloren, die ich geliebt habe. Meine leiblichen Kinder. Meinen ersten Ehemann. Der einzige Weg zu überleben war, wieder zu lieben. Indem ich Kinder adoptiert habe. Indem ich wieder jemanden gefunden habe, den ich lieben kann.«

Zariffa füllte die Gläser erneut und bedeutete Yotam mitzutrinken. Zu seiner Überraschung genoss er das Gespräch und den Perlwurzwein.

»Wie, glauben Sie, macht man einen Film?«, fragte Zariffa.

»Darüber habe ich nie nachgedacht.«

»Für mich geht es bei Filmen um Menschen, darum, sie kennenzulernen, zu sehen, wie sie sich bewegen, wie sie interagieren. All die kleinen Dinge, die sie tun. Ich interessiere mich für ihre Geschichten, und deshalb bin ich Regisseurin geworden. Wie jemand steht, wie jemand aussieht, wie Menschen einander berühren. Lassen Sie mich Ihnen sagen, was ich an Ihnen beobachtet habe: Sie sind verliebt.«

»Ich bin verliebt?«

»Ja, mein Freund, Sie sind verliebt. In diesen Mann, in diesen Kältemenschen, diese Kreatur, die Sie Eitan nennen. Und ich gehe noch weiter: Der Soldat, in den Sie verliebt waren. Ich wette, der hieß ebenfalls Eitan.«

Yotam ließ sich in seinen Stuhl sinken. Zariffas Auffassungsgabe war beeindruckend.

»Ja, das war sein Name. Eitan.«

»Warum haben Sie sie so genannt?«

»Vielleicht ist es tatsächlich eine Art von Liebe. Oder Bewunderung. Diese Wesen sind außergewöhnlich. Sie sind unsere Zukunft.«

»Ich spreche nicht von Bewunderung oder Wertschätzung für die Spezies. Sie sind in das Wesen verliebt, das Sie Eitan nennen. Nicht in die ganze Spezies. Ihre Liebe ist nicht allumfassend, sondern individuell. Sie sind in *ihn* verliebt. Warum können Sie es nicht aussprechen?«

»Und wenn ich es wäre? In ihn verliebt?«

»Sicher, sein Körper ist schön. Dieser Oberkörper wie eine Rüstung, das Gesicht wie ein Kunstwerk. Die Art, wie er sich bewegt und wie er denkt. Als er Französisch mit mir gesprochen hat, habe ich etwas gespürt, eine Verbindung. Es war intim, als ob er mich kennenlernen wollte, mich so tief verstehen wie der Mensch, der mich je am besten kannte. Innerhalb weniger Minuten fühlte ich mich ihm nahe.«

»Spielt es eine Rolle, was ich fühle?«

»Das fragen Sie nur, weil Sie Ihr ganzes Leben lang geglaubt haben, dass Ihre Gefühle nicht wichtig sind. Aber das sind sie. Im Moment sind Sie die Brücke zwischen dieser Spezies und uns. Ich sehe Sie an und frage mich: Was für eine Brücke ist dieser Mann?«

»Und?«

»Wollen Sie eine ehrliche Antwort?«

»Natürlich.«

»Eine unzuverlässige.«

»Unzuverlässig in welcher Hinsicht?«

»So wie alle Menschen, die verliebt sind, unzuverlässig sind. Was glauben Sie, wird passieren, wenn wir diese Kreaturen freilassen?«

»Sie werden Seite an Seite mit uns leben.«

»Nein, mein Freund. Eitan hat uns nur etwas vorgespielt, während des Films. Zuerst war ich nicht sicher, weil dieses Wesen keine Mimik hat. Aber dann wurde es überdeutlich: Die Art, wie es seine Arme und die Hände bewegt, seine Körperhaltung. Es verführt Sie, damit Sie es freilassen. Es versucht nur, uns davon zu überzeugen, dass keine Gefahr von ihm ausgeht.«

»Das wissen Sie nicht.«

»Tief in Ihrem Innern wissen Sie bereits, dass ich recht habe. Dass Sie verliebt sind und nicht mehr klar denken können. Deshalb haben Sie die Regeln gebrochen und mich mit in das Gehege genommen. Sie wollten, dass ich eingreife, um Sie vor sich selbst zu retten. Sie werden wütend auf mich sein. Es wird sich wie ein Verrat anfühlen, und das tut mir sehr leid.«

»Was haben Sie getan?«

Die Eingangstür ging auf, und ein Trupp Sicherheitsleute kam herein. Es war ein so seltenes Ereignis, dass die gesamte Bar verstummte, während die Beamten Yotams Tisch umstellten. Es dauerte einen Moment, bis er begriff, dass er gerade verhaftet wurde.

Zariffa drückte seine Hand. »Diese Kreatur, die Sie lieben ... sie plant, uns zu töten. Alle.«

ACHTER TEIL

REBELLION IN HOPE TOWN

ANTARKTISCHE HALBINSEL

Hope Town
10. Dezember 2043

Ein Konvoi von Schneefahrzeugen aus McMurdo City wurde quer über den Kontinent geschickt, um die eisadaptierten Abschlussschüler aus den drei Städten der Überlebenden abzuholen. Der Plan war, sie an den Ort ihrer Geburt zurückzubringen, wo sie eine Reihe von Aufgaben übernehmen und beim Aufbau einer nachhaltigen Gesellschaft helfen sollten. Einige Berufe waren eher körperlicher Natur, Bauarbeiten im und mit Eis beispielsweise. Sie würden das ganze Jahr über ausgeübt werden, selbst in den dunklen Wintermonaten. Andere waren eher akademisch wie Laborarbeiten und Forschungsprojekte. Niemand wusste, welche Rolle Echo zugedacht war, aber es gab Gerüchte, dass sie als Vertreterin aller eisadaptierten Menschen in eine Führungsposition berufen werden sollte, um bei der Integration zu helfen und die Kluft zwischen Normalgeborenen und Eisadaptierten zu überbrücken.

Nur wenige Tage vor der Ankunft des Konvois machten sich Liza und Atto auf den Weg in die Berge östlich von Hope Town. Nicht mit der Absicht zu fliehen – selbst im Sommer konnte niemand länger als ein paar Wochen außerhalb der Siedlungen überleben. Ihr Plan war, die Tage gemeinsam als Familie zu verbringen. Sie packten ein Zelt aus recycelten Segeln und genug Proviant für eine Woche ein: Algensuppen und Seesterneintopf, Vorräte, die so schwer waren, dass nur Echo sie schleppen konnte, ein Turm aus Taschen, den sie wie ein Sherpa auf dem Rücken trug.

Auf dem Weg durch das Zentrum von Hope Town sammelten sie Tetu ein, den sie als Teil ihrer Familie betrachteten. Tatsächlich hatte Liza ihn mehrmals eingeladen, bei ihnen zu wohnen, und war jedes Mal überrascht, wenn er das Angebot ablehnte. Wie sie inzwischen erkannt hatte, war der Grund dafür, dass Echo ihn nicht als einen Verwandten betrachten sollte. Er wollte ihr Liebhaber sein. Wenn er in Wordie-Haus einzog, bestand die Gefahr, dass sie in ihm eine Art Bruder sehen würde.

In Hope Town gab es weder Regeln, wie viel Urlaub jemand nehmen durfte, noch, wie oft man krank sein durfte. Die Gesellschaft hier basierte auf Vertrauen, und wenn nicht alle zusammenarbeiteten, würde keiner überleben. Die Passanten, die fragten, wohin sie denn unterwegs seien, taten das aus freundlicher Neugier. Schließlich waren sie eine der am härtesten arbeitenden Familien in Hope Town, und man hatte noch nie gesehen, dass sie gemeinsam Urlaub machten. Die meisten fanden ihr Vorhaben toll, auch wenn sich die wenigsten die Besteigung des Hope-Gebirges, nach dem die Stadt benannt war, erholsam vorstellten.

Sie stiegen bis auf tausend Meter Höhe auf, folgten dem schmalen Pfad zwischen den Triune Peaks hindurch und schlugen auf der anderen Seite des Kamms, am Rand der Kompassgletscher und außerhalb der Sichtweite von Hope Town, ihr Basislager auf. Die Weite der Natur war unglaublich, eine gigantische Kulisse, in der sie winzig waren wie Staubkörner in einer Mondlandschaft. Normalgeborene gehörten hier nicht her. Sie waren zu zerbrechlich, zu klein, zu jung – alles hier war Millionen von Jahren alt. Wenn es windstill war, hörte man nur das Knarren des prähistorischen Gletschereises, das klang wie eine Ursprache, die sie nicht verstanden. Es war ein Ort, an dem Echo sich zu Hause fühlte. All die Jahre hatte Liza Echos Gemeinsamkeiten mit den Normalgeborenen betont, in der Hoffnung, dass sie sich ihnen dann näher fühlen würde. Jetzt begriff sie, dass der einzige Weg, Echo wirklich nahe zu sein, darin bestand, ihre Einzigartigkeit zu feiern.

Müde von der Bergbesteigung, setzten sie sich an ihr Lagerfeuer, das sie einem dreißig Kilogramm schweren Pallasit-Meteor zu verdanken hatten, den Tetu im Geröll entdeckt hatte. Er bestand aus bernsteinfarbenen, in ein dunkles Nickel-Eisen-Gemisch eingebetteten Olivinkristallen und sah ein bisschen aus wie eine interplanetarische Honigwabe. Echo umklammerte den Meteor und übertrug ihre Körperwärme auf ihn, bis er so hell glühte, als hätte er sich gerade erst seinen Weg durch die Atmosphäre gebrannt. Jetzt nutzten sie die schwelende Hitze auf denkbar profane Weise, indem sie ihre feuchten Socken trockneten und Tassen mit Seetang-Nudelsuppe aufwärmten. Liza hatte ein Zoologiebuch mitgenommen und versuchte nun, darin die genetischen Wurzeln für das Phänomen der Wärmeübertragung zu finden.

»Hier steht: ›Kleptotherme regulieren ihre Körpertemperatur, indem sie anderen Organismen Wärme entziehen oder spenden. Dies tun zum Beispiel Seeschlangen und Strumpfbandnattern.‹ Manchmal leben diese Arten sogar zusammen. ›Auf der Stephens-Insel in Neuseeland lebt der kleine Feensturmvogel in seiner Höhle mit der weit größeren Brückenechse zusammen, wo die beiden Arten gleichsam einen gemeinsamen Körperwärmehaushalt führen.‹«

Atto staunte. »Ein Vogel und eine Echse in einem Nest?«

Tetu füllte seinen Blechbecher mit einer zweiten Portion Suppe. »In McMurdo haben sie bestimmt keine Ahnung, dass Echo das kann.«

Liza fragte neugierig: »Warum sagst du das?«

»Sie hätten sofort ein Team geschickt, um sie zu holen. Die Fähigkeit, Körperwärme zu übertragen, könnte unsere Überlebenschancen entscheidend erhöhen.«

Echo war nicht überzeugt. »Selbst wenn jeder Normalgeborene das könnte, wäre das Leben hier immer noch hart. Sie müssten die Wärme aus einer externen Quelle beziehen oder sie mithilfe ihrer eigenen Fettzellen erzeugen. Und die meisten von euch essen kaum genug, um sich selbst warm zu halten. Auch ich kann sie nicht einfach herzaubern und muss sie erst erzeugen.«

»Aber wenn jemandem kalt ist, kannst du ihn aufwärmen. Er muss nicht ins Krankenhaus, er muss nicht behandelt werden, es ist kein Notfall mehr. Wir sprechen hier über die Kollektivierung von Körperwärme.«

Atto nickte beeindruckt. »Kollektivierung von Körperwärme? Darüber weiß ich nichts, aber wenn wir einen Fischer aus dem Wasser ziehen, ist es sehr schwer, ihn auf dem Boot wieder warm zu bekommen.«

Tetu ging noch weiter. »Hier ist meine Vorhersage: Wenn sie erst einmal wissen, was du kannst, werden sie dich zum Vorbild für alle zukünftigen genetischen Anpassungen machen. Du bist die Zukunft unserer Spezies.«

Echo fragte: »Wie die Echse und der Vogel, die zusammenleben?«

Liza schüttelte traurig den Kopf. »So groß sind die Unterschiede zwischen uns auch wieder nicht.«

Während die anderen zur Seesternsuppe übergingen, lenkte Atto das Gespräch auf ein Thema, über das er normalerweise nie sprach – die Vergangenheit. »Ich habe mich meiner Familie nie wirklich zugehörig gefühlt. Ich war der jüngste von drei Brüdern und immer der Außenseiter, auch wenn ich mir das vielleicht nur eingebildet habe. Aber ihre Haare waren glatt, meine sind lockig. Sie waren hart, die Kinder meines Vaters. Ich hingegen galt als weich und eher meiner Mutter ähnlich.«

»Du warst ihnen zu weich?«, fragte Tetu erstaunt.

»Sie waren Fischer, ich war ein Tourguide, der Touristen mit dem Boot herumfährt. So habe ich Liza kennengelernt.«

Liza nickte. »Er hat mich auf seinem Boot mitgenommen, um mir den Sonnenuntergang zu zeigen. Und dann hat er sich geweigert, mich zu küssen.«

»Warum hast du dich geweigert?«, fragte Echo.

Atto lächelte. »Ich dachte, die Unterschiede zwischen uns wären zu groß. Sie hat in Harvard Medizin studiert, ich fuhr Touristen herum und erzählte ihnen belangloses Zeug. Sie war reich, ich war arm. Sie kam aus einem weit entfernten Land. Wie hätte das mit uns funktionieren sollen? Ich will damit nicht sagen, dass ich keine schöne Kindheit hatte. Ich wurde geliebt, aber irgendwie hatte ich immer das Gefühl, außen vor zu sein. Mein Traum war, eine eigene Familie zu haben, in der jeder das Gefühl hat dazuzugehören. Und genau so fühle ich mich jetzt, hier in diesen Bergen, mit uns vier. Ich weiß, es klingt verrückt, wenn man bedenkt, wo wir hier sind, aber ich fühle mich hier zu Hause. Ich habe Frieden gefunden, und es gibt keinen Ort auf der Welt, an dem ich lieber wäre.«

Tetu grinste. »Du *kannst* auch an gar keinen anderen Ort auf der Welt.«

»Und wie fühlst *du* dich, Tetu? Jetzt, in diesem Moment.«

»Ich weiß nicht, was es heißt, sich zu Hause zu fühlen. Ich glaube nicht, dass ich das jemals getan habe.«

Echo sah Tetu an, sagte aber nichts. Atto ließ nicht locker und fragte als Nächstes seine Tochter: »Fühlst du dich hier zu Hause, Echo?«

»Ich fühle mich geliebt, ja. Aber es gibt etwas, das ich über mich herausfinden muss, und das kann ich nur in McMurdo City.«

Liza war überrascht, dass Atto so viel über die Vergangenheit sprach. Ihre Beziehung war unter extremen Umständen entstanden und hatte sich in allen Widrigkeiten bewährt, ob es nun ihre gemeinsame Flucht in die Antarktis war, der erste Winter hier oder der Versuch, ein Kind zu bekommen. Als Team waren sie unschlagbar, und es erstaunte sie immer noch, dass Atto das vom ersten Moment an so deutlich erkannt hatte.

Liza betrachtete ihre Familie, wie sie so um diesen wunderschönen goldenen Meteor herumsaßen, und dachte daran, dass dies nicht nur der erste gemeinsame Urlaub war, sondern auch Lizas erster Familienurlaub seit der Europareise mit ihren Eltern vor zwanzig Jahren. Liza hatte nicht nur überlebt, sie hatte auch eine eigene Familie gegründet. Ihre Eltern und ihre Schwester wären stolz auf sie. Sie stellte sich vor, sie säßen jetzt mit ihnen hier am Feuer.

Echo sah sie an. »Du weinst.«

»Ich bin glücklich. Und, Echo, ich will dir helfen, die Antworten zu finden, nach denen du suchst. Selbst wenn du dafür von Hope Town fortgehen musst.«

ANTARKTISCHE HALBINSEL

Hope Town
Parlament
14. Dezember 2043

Das Parlament von Hope Town war eines der wenigen Gebäude, das nicht ausschließlich praktisch und funktional war, sondern auch skurril und wunderbar. Man hatte beschlossen, dass mehr Gebäude in dieser neuen Stadt einen künstlerischen Ausdruck brauchten, und so sollte das Parlament als inspirierendes Herzstück dienen, wie die großen Stadtplätze vergangener Zivilisationen – etwas, das die Menschen daran erinnerte, dass das Leben aus mehr bestand als Körpertemperatur und Kalorienzufuhr.

Das Gebäude wurde von einem in Chile geborenen Architekten entworfen, der in seiner Heimat einige Wildnishotels gebaut hatte, untertassenförmige Holzhütten am Fuße der Anden. Als er den Auftrag erhielt, litt er unter Antarktisdepression. Die Herausforderung wirkte wie eine Verjüngungskur auf ihn, und mit fieberhafter Leidenschaft arbeitete er daran, die Grenzen der Ausgangsmaterialien und die klimatischen Widrigkeiten zu überwinden, die Kälte, den Wind. Das Gebäude war großartig: Aus einem rechteckigen Sockel erhoben sich Türme unterschiedlicher Höhe, die kürzesten am Rand, die höchsten in der Mitte, wobei jeder Turm aus Stahlcontainern bestand, die gegen die anderen minimal verdreht waren. Wenn sie im Winter von Eis überzogen waren, färbte sich der Stahl silbrig weiß, und die Türme schimmerten wie ein Fantasiepalast.

Obwohl das Parlamentsgebäude auch ein wenig unpraktisch war – einige Türme waren im Winter viel zu kalt, um sie zu benutzen –, blieb es der zentrale Knotenpunkt der Stadt, der die Gemeinschaft zusammenhielt. Der Ort für Feste und Feiern während des ganzen Jahres, ein Ort der Freude, an dem jeder jederzeit auftauchen und sagen konnte: »Ich brauche Hilfe«, und ihm wurde geholfen. Es war eine Ironie des Schicksals, dass in der kältesten aller Städte die wärmste aller Gemeinden entstanden war.

Liza stand auf dem Podium vor einem voll besetzten Saal und sprach zu den Bürgern von Hope Town. Es gab weder Mikrofone noch Lautsprecher, weshalb die Akustik des Saals dem 1812 erbauten Wiener Musikverein nachempfunden worden war, allerdings ohne die technischen Errungenschaften der neueren Bauwerke, wie es sie in der Philharmonie von Paris gegeben hatte. Nach ihrem Familienurlaub in den Bergen hatte Liza nicht mehr die Absicht, die Anweisungen zu befolgen und das Sorgerecht für ihre Tochter abzugeben. Jahrelang war es so hingestellt worden, als sei die rituelle Abholung der eisadaptierten Kinder auch nichts anderes als früher, wenn Jugendliche von zu Hause auszogen, um aufs College zu gehen. Liza hielt nichts von diesem Vergleich. Er war typisch für die herablassende Art von McMurdo City.

Deshalb hatte sie eine öffentliche Sitzung des Parlaments von Hope Town eingefordert, wo sie nun erklärte: »Die drei Überlebendensiedlungen sind nicht dazu da, McMurdo zu dienen. Wir haben ein eigenes Existenzrecht. Wir haben so viel gegeben und wofür? McMurdo City hat noch nie etwas von seinen Ressourcen mit uns geteilt. Das einzige Versprechen, das sie uns je gaben, war die Erschaffung von Menschen, die in der Kälte überleben können. Das haben sie getan. Wir lieben unsere eisadaptierten Kinder und betrachten sie als Teil unserer Gemeinschaft. Und nun fordert McMurdo sie zurück, als wären sie nur eine Leihgabe, und behauptet, sie bräuchten sie mehr als wir.«

Die Bürger von Hope Town hörten zu und nickten. Jahrelang hatten sie alles geliefert, was McMurdo verlangte, seien es Flechten als Tabakersatz oder Freiwillige für Experimente. So konnte es nicht weitergehen. Die drei Überlebendenstädte waren großartig, sie hatten ihre eigene Kultur und Lebendigkeit, ihr eigenes Ethos und ihren eigenen Charakter. Hope Town hatte seinen Rhythmus gefunden, die Menschen hier setzten auf Freude und Güte als Überlebensstrategie, und die eisadaptierten Kinder waren ein Teil ihrer Gesellschaft.

»Wenn in McMurdo eine bessere Zukunft auf meine Tochter wartet, dann will ich diese Zukunft sehen. Wenn es dort ein besseres Zuhause für sie gibt, sollen sie es mir zeigen. Vor zwanzig Jahren habe ich meine Familie zurückgelassen, um zu überleben. Ich werde es nicht noch einmal tun. Dieses Mal bleibt meine Familie zusammen.«

ANTARKTISCHE HALBINSEL

Transantarktischer Freeway
20. Dezember 2043

An der Schnittstelle der Halbinsel, wo das Gebirge mit dem Festland verbunden war, lag ein kleiner, nur im Sommer betriebener Außenposten. Er war die letzte Station auf einer etwas pompös als »Transantarktischer Freeway« bezeichneten Verbindungsstraße, bei der es sich lediglich um eine mit roten Flaggen markierte Piste handelte. Der Freeway diente als Transportroute quer über den Kontinent, er schlängelte sich um Gletscherspalten und Gebirgsketten und verband McMurdo City mit den drei Siedlungen auf der Halbinsel.

Ein Konvoi aus vier Schneefahrzeugen näherte sich dem Ende des Freeways. Die Fahrzeuge waren grellgrün lackiert und bestanden aus je zwei Gelenkwagen, was sie ein wenig aussehen ließ wie Raupen, die auf der Suche nach Essbarem über eine trostlose Hochebene krochen. In der Führerkabine des vordersten Fahrzeugs saß Kasim Abbas, ein Mann, der schon vor dem Exodus vom Wahnsinn gezeichnet gewesen war und deshalb den Wahnsinn hier umso besser ertrug. Seine Aufgabe lautete, die eisadaptierten Kinder abzuholen und nach McMurdo City zu bringen.

Kasim schaute durch sein Fernglas, um sich ein Bild von der Lage zu machen. An dem Außenposten wartete eine große Menschenmenge, viel mehr als im letzten Jahr oder im Jahr davor. Das hier waren nicht nur Verwandte, die sich verabschieden wollten.

Selbst aus der Ferne konnte er ihre Ablehnung spüren, eine Energie, die er nur zu gut kannte.

Kasim war im ehemaligen Irak geboren und lebte zu der Zeit, als die Aliens kamen, in den Ruinen des antiken Ninive am Nordufer des Chost, wo er eine der wichtigsten historischen Stätten der Welt bewachte. Er hatte tief in den Tunneln sein behelfsmäßiges Lager errichtet, umgeben von verfallenen Palastfundamenten. Unter König Sennacherib war Ninive das Zentrum des Assyrischen Reiches gewesen und die größte Stadt der Antike. Sennacherib regierte von seinem Palast mit achtzig Zimmern aus, dem prunkvollsten und fortschrittlichsten Gebäude der Welt, das mit einem der ersten Belüftungssysteme ausgestattet war, um die Gemächer zu kühlen.

Der Palast verfügte über eine Bibliothek mit mehr als dreißigtausend beschriebenen Tontafeln, eine der wichtigsten Sammlungen, die je zusammengetragen worden waren. Die Gärten waren von legendärer Schönheit, der innovative Einsatz von Aquädukten und Bewässerungsgräben machte die üppige Vegetation dort überhaupt erst möglich. All das wurde durch kolossale Mauern mit fünfzehn großen Wachtoren geschützt, besetzt mit bestens ausgebildeten Soldaten, die ihre große Zivilisation verteidigten. Als Student hatte Kasim seine Abschlussarbeit über ebenjene Ruinen geschrieben und behauptet, dass sich die sagenumwobenen Hängenden Gärten der Semiramis, eines der sieben Weltwunder der Antike, in Ninive befunden hatten.

Während der Invasion der von den USA geführten Koalition musste er mit ansehen, wie sein Land in Anarchie versank. Nachdem er unter Saddam Husseins tyrannischer Herrschaft bereits viele Familienmitglieder verloren hatte, verlor er die restlichen während der Besatzung. Und als er niemanden mehr hatte, wurde er vor Kummer verrückt. Während andere einem zerstörerischen Fanatismus verfielen, entwickelte Kasim einen Beschützerfanatismus und klammerte sich an das Einzige, das ihm geblieben war: die Ruinen von Ninive. Er schwor, sie vor jedem zu schützen, der versuchte, sie zu beschädigen.

Schnell verbreiteten sich Gerüchte über einen Verrückten, den Verrückten von Mosul, der jeden tötete, der in böser Absicht in die Ruinen einzudringen versuchte. Eines Tages rollten Kämpfer des Islamischen Staats mit Baggern an, um den Lamassu, der auf dem antiken Nergal-Tor stand, zu zertrümmern. Die Statue stellte einen Schutzdämon mit Adlerflügeln, dem Körper eines Stiers und dem Kopf eines Menschen dar und war ein Meisterwerk der Bildhauerkunst.

Kasim erledigte die Baggerfahrer mit seinem Scharfschützengewehr. Als die restlichen Kämpfer Jagd auf ihn machten, tötete er sie einen nach dem anderen. Kasim kannte das Tunnellabyrinth besser als jeder, er hob Gruben aus und stellte ihnen Fallen, bis sie die Ruinen schließlich in Ruhe ließen. Danach sagten manche, der rachsüchtige Geist von König Sennacherib ginge dort um.

Vollkommen abgeschieden vom Rest der Welt lebte Kasim unter der Erde, ohne Telefon oder Computer, und ahnte nichts von der Alienbesatzung, bis er Vibrationen im Boden spürte. Zuerst glaubte er, der Staudamm von Mosul sei gebrochen. Er wusste, dass es sich nicht um ein Erdbeben handelte, denn dann wären die Erschütterungen weit heftiger gewesen. Es fühlte sich eher an wie das Vibrieren einer Stimmgabel, präzise und kontrolliert. Seine Haut kribbelte, und seine Haare standen senkrecht zu Berge.

Kasim verließ seine unterirdische Kammer und ging hinaus ins Freie. Er konnte keinerlei Schäden erkennen, keine umgestürzten Felsen, keine Risse im Boden. Es gab keine Schreie, keine Schüsse, kein einziges Geräusch. Verwundert ging Kasim weiter zum Tor und blickte von dort nicht hinaus in die Wüste, sondern in den blauen Himmel. Als er sich unter den Lamassu stellte, ragten seine Zehen über den Rand einer Klippe. Noch ein Schritt, und er würde hinunterstürzen, fünfhundert Meter oder mehr in die Tiefe. Die Ruinen von Ninive schwebten in der Luft, aus dem Land herausgemeißelt und in den Himmel gehoben wie eine kleine Wolke.

Kasim war überzeugt, dass er tot war und dies das Leben danach. Und so setzte er sich ganz ruhig im Schneidersitz unter das Nergal-Tor, sah zu, wie sein Heimatland unter ihm vorbeizog, und dachte, dass dies eine wunderbare Art war, ins nächste Leben überzugehen. Er weinte sogar bei der Aussicht, bald mit seiner Familie wiedervereint zu sein. Zum ersten Mal seit vielen Jahren wäre er nicht mehr allein. Doch schon bald begann er an diesem Gedanken zu zweifeln und ersetzte ihn durch eine noch weitaus unglaublichere Vorstellung: Das hier war real.

Der Nachthimmel war voller riesiger, schimmernder Schiffe, wie er sie noch nie gesehen hatte – außerirdische Schiffe, eine gottähnliche Macht und doch kein Gott. Unten auf der Erde fand die größte Völkerwanderung statt, die es je gegeben hatte. Die gesamte Weltbevölkerung war auf dem Weg nach Süden, alle Straßen und Wasserwege waren verstopft. Passagierflugzeuge flogen so nah an ihm vorbei, dass Kasim in den Fenstern die Gesichter sehen konnte, die nach draußen schauten. Militärjets jagten über ihn hinweg und unter ihm hindurch. Er flog durch Gewitter, Regen trommelte gegen den Schutzschirm, der die Ruinen umgab, und wurde schließlich zu Schnee. Irgendwann begannen die Ruinen zu sinken und landeten auf dem antarktischen Kontinent.

Der Konvoi erreichte die Station und kam zum Stehen. Kasim schaute aus dem Fenster und in die Gesichter der Menschen, die dort auf sie warteten.

Zu seinem Team sagte er: »Macht eure Waffen bereit.«

ANTARKTISCHE HALBINSEL

Letzter Außenposten des
Transantarktischen Freeway
Gleicher Tag

Der Außenposten sah aus wie ein klassischer Ort für einen Showdown: niedrige Hütten, die sich um das Ende des Freeway gruppierten, eine Verladestation für das Transportgut, ein Saloon, in dem die Arbeiter Tempura-Tintenfisch aßen und Algenschnaps tranken, darum herum wirbelnde Windmesser und glitzernde Solarpaneele. Liza nahm Echos Hand, die doppelt so groß war wie ihre eigene. Es war schwer zu sagen, wer hier wen beschützte. Gemeinsam beobachteten sie, wie die McMurdo-Offiziere um ihren Konvoi herum in Verteidigungsposition gingen, offensichtlich beunruhigt wegen der Größe der Menschenmenge.

Atto stand ebenfalls neben Echo. Er trug seine Fischerstiefel mit Stahlkappen, in denen er fast genauso groß war wie seine Tochter. In den Falten seiner Robbenfelljacke war eine alte Walfangharpune versteckt, die einzige Waffe, die er hatte finden können. Gegen die Sturmgewehre würde sie ihm nicht viel helfen, aber ihre Symbolkraft war nicht zu unterschätzen: Diese Familien wollten nicht voneinander getrennt werden, und sie waren bereit dafür zu kämpfen.

Obwohl Tetu hart für seine Berufung nach McMurdo City gearbeitet hatte, stand er als Teil der Familie an ihrer Seite und setzte damit alles aufs Spiel. Liza hatte ihn gebeten, sich nicht an dem Protest zu beteiligen, doch Tetu hatte sich anders ent-

schieden. Und nun stand er neben Atto, in der Hand eine Leucht-
pistole, die er bei einem seiner Streifzüge gefunden hatte. Das
Einzige, worüber Liza nicht ganz sicher war, war Echos Meinung zu alldem. Sie wollte nach McMurdo, und möglicherweise
erschien ihr das martialische Auftreten der Normalgeborenen
schlicht absurd. Alles, was sie zu diesem Thema gesagt hatte, war,
dass sie nicht zulassen würde, dass jemand wegen ihr zu Schaden
kam.

Die Oberhäupter von Hope Town waren ebenfalls anwesend
und hofften, bei den Verhandlungen vermitteln zu können. Schließlich wollten all diese Eltern nichts weiter, als ihre Kinder zu begleiten, sehen, welche Arbeit ihnen zugeteilt wurde und wie sich
die Dinge im geheimnisumrankten McMurdo entwickelt hatten.

Als die Bewohner der anderen beiden Siedlungen von diesem
Akt des Widerstands erfuhren, schickten sie ebenfalls Vertreter.
New Town war die größte davon, Trinity Town lag an der Spitze
der Halbinsel, und alle drei hatten einen sehr unterschiedlichen
Charakter. New Town sah sich als Rivale von McMurdo und war
weit weniger hippiemäßig als Hope Town. Seine Einwohner legten weit mehr Wert auf Rohstoffgewinnung, Nahrungsmittel- und
Energieproduktion, kurz gesagt: auf die praktischen Notwendig-
keiten des Überlebens.

Trinity Town hatte das mildeste Klima und war ein zutiefst spi-
ritueller Ort mit vielen Gebetshäusern. Die meisten dort waren
vor allem an ihrem körperlichen und geistigen Wohlergehen interessiert, suchten und fanden natürliche Heilmittel im Ozean
und dergleichen mehr. In dieser Hinsicht glich die Halbinsel ein
wenig dem ehemaligen Deutschland mit seinem industriellen
Kernland, der Kulturhauptstadt Berlin, dem Finanzzentrum Frank-
furt und seinen Kurorten in den Bergen.

Kasim trat vor und wandte sich an die Menschenmenge: »Mein
Name ist Kasim. Wir sind hier, um die neuen eisadaptierten Schü-

ler abzuholen. Und die Normalgeborenen, die für die Arbeit in McMurdo ausgewählt wurden.«

Liza erwiderte: »Ich bin die Mutter eines dieser eisadaptierten Kinder, die Sie abholen wollen. Alles, worum wir Sie bitten, ist, dass wir unsere Kinder begleiten dürfen. Wir wollen uns selbst ein Bild von dem Leben machen, das sie in McMurdo führen werden. Wir wollen uns versichern, dass es ihnen dort gut geht. Und wir wollen wissen, was in McMurdo vor sich geht. McMurdo fordert nur und gibt nie.«

Kasim gestikulierte in Richtung der Fahrzeuge. »Ich verstehe Ihre Bitte. Aber Sie sehen ja unseren Konvoi. Vier Fahrzeuge mit nur begrenztem Platz. Besucher können wir ein andermal abholen, aber nicht heute.«

»Das sagen Sie immer, aber die Besuche finden nie statt.«

Kasim las die Liste mit den Namen der Abzuholenden vor. Niemand meldete sich. Einer der Sicherheitsbeamten trat auf Liza zu, denn er hatte ganz richtig erkannt, dass sie der Kopf des Widerstands war.

»Bitte sagen Sie den Kindern, dass sie einsteigen sollen.«

»Ich werde meine Tochter begleiten.«

Der Sicherheitsbeamte drehte sich zu Echo um und fasste sie am Arm. Atto richtete seine Harpune auf die Brust des Mannes.

»Lassen Sie sie los.«

Daraufhin hob der Beamte ebenfalls seine Waffe. Echo sah es, legte eine Hand auf den Lauf und stellte sich vor die Mündung. Ein Gerangel entstand, und ein Schuss löste sich, genau auf Echos Bauch.

Ein entsetzlicher Knall hallte über das weite Plateau. Liza starrte ihre Tochter an, suchte nach einem Strom aus blauem Blut. Ihre Schuppenhaut mochte zäh sein, aber einer aus nächster Nähe abgefeuerten Kugel war sie sicher nicht gewachsen. Echo öffnete ihre Hand, und da sah Liza, dass das Gewehr von der Mündung bis zu den Handschuhen des Beamten zu einem Eisblock gefroren war. Echo zerschmetterte den Lauf mit einem einzigen Schlag, als wäre er aus dünnem Glas. Sie musterte die in einen Eisklumpen eingeschlossene Kugel kurz, holte aus und warf sie wie ein Pitcher beim Baseball gegen die Windschutzscheibe des vordersten Fahrzeugs. Die Kugel ging glatt durch.

Kasim betrachtete die kaputte Scheibe, dann Echo. Liza hielt dies für einen guten Moment, ihre Forderung zu wiederholen.

»Wir lassen nicht zu, dass diese Familien auseinandergerissen werden.«

Kasim zuckte die Achseln. »Dann sagen Sie mir, wie vier Schneefahrzeuge all diese Menschen transportieren sollen.«

TRANSANTARKTISCHER FREEWAY

Westantarktischer Eisschild
Wahrzeichen-Plateau
Nächster Tag

Echo saß mit den anderen eisadaptierten Schülern auf dem Dach des Schneefahrzeugs. Ihre Lösung für den Platzmangel war von einem Foto eines überfüllten Busses im Himalaja inspiriert, das sie einmal gesehen hatte. Das Fahrzeug war wunderschön bemalt und hoffnungslos überfüllt gewesen, bestimmt fünfzig oder mehr Menschen saßen auf dem Dach, während der Bus um eine Haarnadelkurve schaukelte. Die Eisadaptierten brauchten nicht in den Fahrgastkabinen zu sitzen, sie konnten problemlos längere Zeit im Freien ausharren, zogen es den stickigen und unerträglich warmen Kabinen sogar vor. Während der Fahrt erkundigte sich die bunt zusammengewürfelte Truppe, von denen viele sich noch nie zuvor begegnet waren, nach den Fähigkeiten der anderen und nach ihren Erfahrungen mit dem Aufwachsen unter Normalgeborenen.

Echo erzählte, dass sie erst vor Kurzem entdeckt hatte, dass sie Wärme übertragen oder auch entziehen konnte. Keiner der anderen war in der Lage, einen Gewehrlauf einzufrieren oder einen unterkühlten Patienten wiederzubeleben, dafür verfügten sie über andere bemerkenswerte Anpassungen: Ein junger Mann war am ganzen Körper mit stacheligen, rötlich schwarzen Haaren bedeckt, sodass er ein bisschen aussah wie die Antarktisversion einer Bärenspinnerraupe. Obwohl er damit hervorragend an das Leben im Eis angepasst war, machte es ihn auch ein wenig einsam, da es physisch unmöglich war, ihn zu umarmen. Seine Haare waren so spitz und scharf, dass sie selbst den dicksten Stoff durchschnitten. Obwohl sein sonnenuntergangfarbenes Fell wunderschön anzusehen war, fühlte er sich wie viele der anderen allein, und wie die anderen freute er sich auf McMurdo, wo sich auf den Straßen eine bunte Mischung aus Normalgeborenen und Eisadaptierten tummeln würde, wie er hoffte.

Echo verspürte eine tiefe Verbundenheit zu ihren Mitfahrern. In ihren Adern floss das gleiche Frostschutzblut, gepumpt von dem gleichen übergroßen Herzen. Doch sie fühlte sich auch mit den drei Normalgeborenen in der warmen Kabine verbunden. *Sie sind meine Familie,* dachte sie, immer noch bestrebt, die volle Bedeutung des Wortes zu begreifen.

Dank ihres hervorragenden Gehörs konnte Echo die Unterhaltung verfolgen, die Liza, Atto und Tetu in der Kabine führten – selbst über das Rumpeln des Motors hinweg. Seit sie den Außenposten verlassen hatten, hatte Tetu kaum ein Wort gesagt. Auch als Kasim ihn nach seiner Familie und seinen Ambitionen in McMurdo fragte, reagierte er nicht. Tetu war zwar schon achtzehn, doch dies war seine erste Fahrt in einem motorisierten Fahrzeug, und Echo spürte, dass er mit Reisekrankheit kämpfte. Sie fragte sich, warum sein Unbehagen sie so sehr beunruhigte. Vielleicht, weil die anderen nichts davon ahnten, denn Tetu klagte nicht. Das tat er nie, er wollte auf keinen Fall eine Last sein. Oder hegte sie doch tiefere Gefühle für ihn, Gefühle, die Normalgeborene als Zuneigung bezeichnen würden? Echo wusste, dass er jetzt viel lieber neben ihr sitzen würde, oben auf dem Dach. Sie wünschte, er könnte es, könnte die Kälte genießen, anstatt sie nur zu ertragen. Sie wünschte sich, dass sie ihn genauso lieben könnte, wie er sie liebte, aber sie wusste nicht, wie.

Nachdem sie eine Wildnis durchquert hatten, die zu karg und abgelegen für menschliche Siedlungen war, tauchte wie eine Fata

Morgana eine Ansammlung historischer Monumente am Horizont auf. Die Normalgeborenen nannten diesen Ort das Wahrzeichen-Plateau. Am Fuß des Mount Vinson, dem höchsten Berg der Antarktis, ragten vollkommen unvermittelt einige der wichtigsten Bauwerke der Menschheitsgeschichte aus der Landschaft: die Verbotene Stadt aus Peking stand direkt neben den Pyramiden von Gizeh, rechts davon das Schloss von Versailles, dahinter der Markusdom neben Machu Picchu und der stahlglänzenden Walt Disney Concert Hall, die einmal in Los Angeles gestanden hatte. Die bekanntesten Statuen der Welt waren ordentlich hintereinander aufgereiht, als stünden sie vor der Einwanderungsbehörde Schlange: Christus der Erlöser stand vor den Buddha-Statuen von Bamiyan, dahinter der Unabhängigkeitsengel aus Mexico City und ganz am Ende die Freiheitsstatue.

Dahinter drängten sich heilige Stätten wie in einem Themenpark: die Basilius-Kathedrale, Notre-Dame, Sagrada Familia, die Große Moschee von Mekka und das tibetische Kloster Paro Taktsang – einschließlich eines Teils des Bergs, auf dem es gestanden hatte. Es gab keinen erkennbaren Grund für diese Installation. Es schien beinahe, als hätten die Aliens lediglich eine lästige interstellare Vorschrift bezüglich der Eroberung fremder Planeten befolgt, die besagte: *Wird eine einheimische Spezies in ein Reservat umgesiedelt, sind ihre Kulturgüter angemessen zu berücksichtigen.*

Seit zwanzig Jahren trotzten die Wahrzeichen nun den stärksten Winden und der heftigsten Kälte, ohne irgendeinen Schaden zu nehmen, denn sie alle waren von einem unsichtbaren Kraftfeld geschützt. Das antarktische Klima hatte sie in ein Wunderland aus Eis und Schnee verwandelt, aber ihre Fundamente waren so stark wie eh und je. Zwar hatte man kontroverse Versuche unternommen, die wertvollen Rohstoffe nutzbar zu machen – die Idee, die Freiheitsstatue einzuschmelzen und Eispickel daraus zu machen, hatte einige Bestürzung ausgelöst –, doch kein menschengemachtes Werkzeug war in der Lage, auch nur einen Kratzer in Stein oder Eisen zu hinterlassen. Das Freilichtmuseum der größten Errungenschaften menschlicher Baukunst stand immer noch.

Neben dem Tadsch Mahal, jenem Mausoleum aus weißem Marmor, das Shah Jahan zum Gedenken an seine Lieblingsfrau am Ufer des Yamuna hatte erbauen lassen, kam der Konvoi zum Stehen. Das Bauwerk wirkte genauso majestätisch wie seinerzeit inmitten der prächtigen, achtzehn Hektar großen Gärten, während die Fahrzeuge ihre Passagiere ausspuckten wie Touristen auf einer Sightseeingtour.

Kasim sagte: »Sie haben eine Stunde. Ich weiß, man vergisst die Zeit hier leicht, und da keiner von Ihnen eine Uhr trägt: Sobald Sie Feuerrauch aufsteigen sehen, ist es Zeit zurückzukommen. Vertreten Sie sich die Beine und achten Sie auf Gletscherspalten. Wenn Sie zurückkommen, steht Essen für Sie bereit. Viele von Ihnen sind eisadaptiert, sodass ich mir um sie keine Sorgen machen muss, trotzdem geht niemand alleine. Ich habe bisher jeden meiner Passagiere gesund nach McMurdo gebracht, und das soll auch so bleiben.«

Liza und Atto sahen, wie Tetu und Echo gemeinsam losgingen. Atto beschloss, ihnen etwas Freiraum zu lassen und ihnen nicht zu folgen.

Mit einem Lächeln sagte er zu Liza: »Welches dieser einmaligen Ausstellungsstücke wollen wir uns ansehen?«

Die Golden Gate Bridge war mit chirurgischer Präzision aus der Bucht von San Francisco herausgeschnitten und auf dem Plateau geparkt worden. Vor zwanzig Jahren waren Liza und Atto an einem heißen Sommerabend in Lissabon mit Attos Boot unter der Ponte 25 de Abril hindurchgefahren. Damals hatte Atto darauf hingewiesen, wie sehr die beiden Brücken einander ähnelten, obwohl die Entwürfe von verschiedenen Ingenieuren stammten.

Jetzt, zwanzig Jahre später, standen sie unter der anderen Brücke. Sie war in einem perfekten Zustand, beim Transport war kein einziges Kabel gerissen, keine einzige Niete fehlte, doch ihre asphaltierten Fahrbahnen endeten siebzig Meter über dem Eis im Nirgendwo. Liza sah nach oben und dachte an ihr erstes Date zurück.

»Schließ deine Augen und sag mir, was du hörst.«

Atto gehorchte, blieb aber stumm. Als er die Augen schließlich wieder öffnete, weinte er. Liza hatte ihn seit Echos Geburt nicht mehr weinen sehen. Dann begriff sie, dass der Anblick der Brücke ihn an sein Zuhause erinnerte und an die Familie, die er verloren hatte.

»Denkst du an deine Familie?«

»Als wir in meinem Boot saßen, hätte ich dir fast versprochen, dass ich eines Tages nach Amerika kommen würde. Ich wollte für ein Flugticket nach New York sparen. Wir hätten eine Rundreise machen und am Ende diese Brücke besuchen können. Dann hätten wir sagen können, dass wir unter beiden Brücken durchgefahren sind. Ich wollte es dir vorschlagen, habe mich aber nicht getraut, weil ich wusste, dass du glaubst, wir würden uns nie wiedersehen.«

Liza nahm seine Hände und fragte sich, warum sie sich so lange gegen den Gedanken gesträubt hatte, dass ihre Liebesgeschichte genauso schön werden könnte wie alle anderen. Vielleicht lag es daran, dass sie immer dachte, nur andere Menschen würden große Liebesgeschichten erleben, nicht sie. Aber spätestens jetzt gab es keinen Zweifel mehr – dies war ihre Geschichte.

Sie küsste Atto und erwiderte: »Ich möchte dir etwas sagen, was ich dir schon vor langer Zeit hätte sagen sollen. In New York gibt es zwei Secondhand-Buchläden. Oder zumindest gab es sie mal. Einer war in der Nähe eines Filmkunstkinos in Soho. Er war sehr klein, in der Mercer Street. Immer wenn ich hineinging, wusste ich, dass ich etwas finden würde. Ich wusste es einfach. Keine Ahnung, warum. Der Laden hatte diese ganz bestimmte Energie. Und dann war da noch das Strand in der Nähe des Union Square. Egal, in welcher Stimmung ich war, wenn ich reinkam, fand ich immer etwas, das ich haben wollte. Das gleiche Gefühl hatte ich, als wir uns getroffen haben. Ein intensives Hochgefühl, einfach so aus dem Nichts. Aber ich war Wissenschaftlerin, ich musste klug sein und durfte nichts auf solche Eingebungen geben. Also habe ich es einfach abgestritten. Und dann hätte ich auf dem Boot fast geweint, als du mich nicht geküsst hast. Nicht, weil ich verärgert oder beleidigt gewesen wäre, sondern weil wir dabei waren, für immer auseinanderzugehen. Aber du hattest recht mit uns. Von Anfang an. Du hast es gewusst und bist zurückgekommen, und ich habe nie etwas gesagt, aber ich tue es jetzt: Du hattest recht.«

WESTANTARKTISCHER EISSCHILD

Wahrzeichen-Plateau
Gleicher Tag

Tetu und Echo gingen Seite an Seite zwischen den Säulen des Brandenburger Tors hindurch, das vor fast dreihundert Jahren nach dem Vorbild der Akropolis erbaut worden war, die wie zum Vergleich direkt danebenstand. Das sechsundzwanzig Meter hohe und elf Meter tiefe Tor war Kulisse für einige der schicksalhaftesten Momente der Menschheitsgeschichte gewesen, von den Fackelzügen der Nazis bis zur Wiedervereinigung Deutschlands. Jetzt stand es auf dem Eis wie ein ausrangiertes Bühnenbild aus einer aufwendigen Opernproduktion. Es war, als hätten die allmächtigen außerirdischen Besatzer die größten Denkmäler der Welt wie Spielzeug aus einer Kiste auf den antarktischen Boden geleert.

Tetu und Echo, zwei Kinder der Antarktis, standen einen Moment lang da und bestaunten die Zeugnisse einer Welt, die sie nie erlebt hatten. Plötzlich, ohne Vorwarnung, nahm Echo Tetus Hand. Die Geste erstaunte ihn mehr als all die Wunder ringsum. Er hielt den Atem an und wagte nicht, nach unten zu schauen. Nicht dass Echo das als Anlass nahm, ihre Hand wieder wegzuziehen. Als er einsah, dass er nicht endlos dastehen und nichts tun konnte, drehte er langsam den Kopf und sah Echo an.

»Das ist der beste Tag meines Lebens. Du musst jetzt nicht das Gleiche sagen. Ich wollte nur, dass du das weißt.«

»Ich wollte wissen, wie es sich anfühlt. Deine Hand zu halten.«

»Wie ist es?«

»Du zitterst. Ist dir kalt?«

»Nein, mir ist nicht kalt.«

»Ich kann ein bisschen von meiner Körperwärme auf dich übertragen.«

»Es ist perfekt, wie es ist.«

Wie Teenager bei dem ungewöhnlichsten ersten Date aller Zeiten gingen sie Händchen haltend die Reihe berühmter Standbilder entlang. Als sie an den Moai-Statuen von den Osterinseln ankamen, die das Volk der Rapa Nui aus dem Vulkangestein gemeißelt hatte, nahmen sie sich einen Moment Zeit, um die kantigen, achtzig Tonnen schweren und bis zu zehn Meter hohen Gesichter zu bewundern, von deren Nasen nun Eiszapfen hingen. Die Stille zwischen ihnen machte Echo nervös.

Sie sagte: »Die habe ich in Büchern gesehen. Wir haben sie in Extinction Studies durchgenommen.«

»Und?«

»Sie stammen von einer kleinen Insel, dreitausend Kilometer vor der Küste des ehemaligen Chile. Priester haben sie in einem Steinbruch neben einem Vulkan namens Rano Raraku gehauen, aber ihr Volk ist ausgestorben. Manche behaupten, sie hätten sämtliche Bäume abgeholzt und damit die natürlichen Ressourcen der Inseln erschöpft. Ohne Bäume konnten sie keine Kanus bauen, um Handel zu treiben, und ohne Kanus konnten sie nicht mehr draußen auf dem Meer fischen. Also waren sie gezwungen, an der Küste zu fischen, was bedeutete, dass sie alle Riffe zerstörten. Als die Ressourcen zur Neige gingen, verfielen sie in Kannibalismus, und zwischen den Clans brachen Kriege aus. Von zwanzigtausend Menschen waren nur noch hundert übrig, und bald war die Insel ganz entvölkert. Alles, was von ihnen geblieben ist, sind diese Steinköpfe.«

Tetu lauschte aufmerksam, und als sie geendet hatte, fragte er so leise, dass es fast ein Flüstern war: »Glaubst du, dass wir ein Paar sein könnten?«

»Ich weiß es nicht. Ich war noch nie verliebt. Wie fühlt sich Liebe an?«

»Ich war vor dir auch noch nie verliebt. Es ist mit nichts vergleichbar. Mir hat nie jemand etwas über die Liebe beigebracht, niemand hat mir erklärt, wie sie funktioniert, aber sobald ich sie gespürt habe, wusste ich es. Wenn du diese Frage stellen musst, bist du nicht verliebt.«

»Ich mag dich.«

»Schlägt dein Herz schneller, wenn du mich siehst?«

Echo schüttelte den Kopf. »Mein Herz ist sehr groß und schlägt sehr langsam.«

Tetu ließ ihre Hand los und ging um die Statuen herum. Als er zurückkam, lächelte er.

»In McMurdo werden sich deine Fragen klären. Du wirst dort anderen begegnen, die an die Kälte angepasst sind wie du. Vielleicht empfindest du Liebe anders als ich. Vielleicht ist das für dich Liebe. Vielleicht schlägt dein Herz nie schneller, egal wie verliebt du bist. Warum sollte Liebe sich immer gleich anfühlen? Du wirst es erfahren, Echo, in McMurdo City. Wir müssen nichts überstürzen. Du bist auf einer Reise, und vielleicht wird dir unterwegs klar, dass deine Gefühle für mich Liebe sind. Oder vielleicht merkst du auch, dass es keine Liebe ist. Ich kann warten. Und wen auch immer du liebst, ich werde immer dein bester Freund sein, egal was passiert.«

Sie setzten sich an den Fuß der Freiheitsstatue, blickten hinaus auf das Plateau und fragten sich, was sie in McMurdo City erwarten mochte.

NEUNTER TEIL

DER PROZESS GEGEN YOTAM PENZAK

McMURDO CITY

Historisches Viertel
Antarktismuseum
20. Dezember 2043

Das einzige Museum in McMurdo City war der Geschichte der Erforschung der Antarktis gewidmet. Ausgestellt waren unter anderem Fotos der beiden ersten Kinder, die südlich der antarktischen Konvergenz zur Welt gekommen waren: Solveig Gunbjørg Jacobsen, Tochter eines Walfangstationsleiters, geboren am 8. Oktober 1913, und Emilio Marcos Palma, geboren im Januar 1978 in Fortín Sargento Cabral nahe der Spitze der Antarktischen Halbinsel. Solveig war noch vor der Alieninvasion in Buenos Aires mit dreiundachtzig Jahren verstorben. Emilio aber war erst vierundvierzig gewesen, im Zuge des Exodus zurückgekehrt und als eine Art Ehrengast bei der Geburt des ersten eisadaptierten Kindes dabei gewesen: der zweite Normalgeborene der Antarktis und der erste eisadaptierte Säugling gleichsam als Geschwister vereint.

Eines der wichtigsten Exponate war das Tagebuch des amerikanischen Astronomen Douglas Reynolds, der vor der Besetzung durch die Außerirdischen auf der McMurdo-Forschungsbasis stationiert gewesen war. Das Tagebuch war privat und zu Dougs Lebzeiten nie veröffentlicht worden. Die handgeschriebenen Seiten wurden in Glasvitrinen ausgestellt, und fast jeder Überlebende hatte sie gelesen. Da es keine Möglichkeit mehr gab, Bücher zu drucken, besuchten die Menschen das Museum, um das Leben eines Mannes zu studieren, der acht Jahre lang einer der erfolgreichsten Mitarbeiter der Forschungsstation gewesen war, bis sein Verstand eines Tages aussetzte und er ausgeflogen werden musste. Der Auslöser seiner Psychose war die erste gesicherte Sichtung eines außerirdischen Schiffes über dem Südpol: Eine Sternschnuppe war mitten am Himmel kurz stehen geblieben, um dann in einem Neunzig-Grad-Winkel weiterzufliegen.

Was Dougs Tagebücher zu einer so wertvollen Lektüre machte, waren die Schilderungen, wie er seine Antarktisdepression bekämpfte. Erstaunlicherweise fand sich nirgendwo im Museum eine Erklärung, weshalb er nicht in die Antarktis zurückgekehrt war. Mit seinem Fachwissen und acht Jahren Erfahrung auf dem Kontinent wäre er sicher qualifiziert gewesen. Die schlichte Wahrheit lautete, dass Dougs Geschichte kein ermutigendes Beispiel für die Bewohner von McMurdo City abgab.

Doug war gebeten worden zurückzukehren. Man hatte ihm einen Platz in einem amerikanischen Militärtransporter angeboten, aber er hatte abgelehnt. Doug hatte endlich Liebe gefunden, er war verheiratet und hatte seiner Frau erklärt, was sie in der Antarktis erwartete, wie unerbittlich der Kontinent menschliche Schwächen – physische wie psychische – bestrafte. Beide waren in ihren späten Sechzigern und glücklich. Anstatt nach McMurdo zu fliegen, übergab Doug den Militärbeamten seine Tagebücher und wünschte ihnen alles Gute.

An dem Tag, an dem das Ultimatum ablief, saßen er und seine Frau in der Septemberwärme des Palisade Park in Santa Monica und sahen sich zusammen mit vielen Millionen anderen Kaliforniern, die sich zum Bleiben entschieden hatten, den letzten Sonnenuntergang an. Viele davon hatten ihr Schicksal akzeptiert, andere hielten das Ultimatum für einen Scherz. Schließlich versank die Sonne hinter den Hügeln von Malibu, die Frist verstrich, und eine Sekunde später waren die Menschenmassen, die sich am Strand drängten, Schulter an Schulter im seichten Wasser standen, auf den Dächern der Rettungsschwimmerhütten saßen oder die achtspurige Autobahn und den Vergnügungspier füllten, in Lichtteilchen zerfallen. Einen Moment lang war das gesamte Firmament von einem Funkenflug erfüllt, der die stets am Himmel kreisenden Möwen zwar erschreckte, sie aber ansonsten unversehrt ließ. Und dann waren die Strände leer. Die Parks waren leer, die Autobahn und der Pier waren leer, die Möwen waren wieder ruhig, und die einzigen noch lebenden Menschen waren diejenigen, die es rechtzeitig in die Antarktis geschafft hatten.

Da es in McMurdo City keine Gefängnisse gab, wurde Yotam im Museum arretiert. Man hatte ihn in die Ausstellungshalle gesperrt, wo er unter der Vitrine mit Dougs Tagebüchern und seinem Husky Kupfer als einziger Gesellschaft schlief, während der Senat darüber beriet, wie mit ihm verfahren werden sollte. Wenn Yotam ehrlich war, hatte er seine Festnahme sogar provoziert. Er konnte es nicht ertragen, Eitan noch länger unter dem Eis gefangen zu sehen, und wollte eine Entscheidung erzwingen. Der Senat hatte immer neue Ausflüchte gemacht, hatte immer mehr Beweise gefordert, dass von diesen radikal veränderten Kältewesen keine Gefahr ausging. Doch genau dieser Beweis war erst möglich, wenn sie an die Oberfläche entlassen würden.

Die Tür ging auf, und der Wachmann kam mit einem Satz frischer Kleidung herein. »Es ist alles bereit.«

Der Prozess gegen Yotam Penzak konnte beginnen.

McMURDO CITY

Senatsgebäude
Schneekapelle
Gleicher Tag

Der Prozess gegen Yotam Penzak war das erste Gerichts-
verfahren überhaupt in der zwanzigjährigen Geschichte von Mc-
Murdo City. Bei der Schaffung der neuen Gesellschaft hatte man
beschlossen, die Justizsysteme der alten Welt nicht weiterzufüh-
ren. Es gab weder die Mittel, um Gerichtssäle und Gefängnisse zu
bauen, noch konnte man es sich leisten, einen allzu großen Teil
der Arbeitskräfte einzusperren, da es nur noch so wenige Menschen
gab.

Stattdessen setzte man auf eine Mischung aus Libertarismus
und Autoritarismus. Es gab keine Gesetzestexte und keine Menschenrechte, sondern einen nicht allzu genau umrissenen Konsens bezüglich gesellschaftlicher Fairness. Verstöße wurden auf
lokaler Ebene von einem Nachbarschaftskomitee geahndet. Nur
die schlimmsten und strittigsten Fälle erreichten den Senat, der
aus dreizehn der ranghöchsten Akademiker bestand und das oberste
Gericht von McMurdo war. Neun von ihnen waren Nobelpreis-
träger – die letzten, die noch lebten. Der Senat war weder an Prä-
zedenzfälle noch an Konventionen gebunden und verhandelte die
Fälle von Menschen, die ihren Beitrag zur Gesellschaft nicht leis-
teten, Lebensmittel stahlen oder gewalttätig wurden.

Durch Mehrheitsentscheidung bestimmte der Senat, ob derjenige verbannt werden oder eine zweite Chance erhalten sollte.

Fast alle bekamen eine zweite Chance und so gut wie niemand eine dritte. Tatsächlich brachen nur sehr wenige den ungeschriebenen Kodex, aufeinander aufzupassen, hart zu arbeiten und sich nicht mehr zu nehmen, als einem zustand. Verbannte wurden auf die andere Seite des Transantarktischen Gebirges gebracht und im Zentrum des Kontinents ausgesetzt, wo sie in den Überresten des Exodus ihr Dasein fristeten, bis sie der Kälte erlagen.

Heute ging es nicht um das Schicksal eines einzelnen Mannes, sondern um die Zukunft der gesamten Spezies. Der Fall wurde in der Schneekapelle verhandelt, einer nicht konfessionellen Kirche, die noch vor der Alieninvasion gebaut worden war. Die dreizehn Senatoren saßen auf der Holzbühne, auf der einst der Altar gestanden hatte, der heute nur noch für private Gottesdienste verwendet wurde. Hinter den Senatoren befand sich das einzige Buntglasfenster des Kontinents. Es war ein bescheidener Raum für eine so wichtige Verhandlung. Die Kapelle bot Platz für sechzig Gläubige, entsprechend dicht gedrängt saßen die Senatoren, führenden Wissenschaftler und Vordenker des Kältemenschen-Projekts.

Die amtierende Präsidentin war Johanna Mues, eine Professorin der Berliner Humboldt-Universität und Trägerin des letzten Nobelpreises für Wirtschaft. Sie leitete den Senat seit sechs Jahren und war eine der ältesten Überlebenden auf dem Kontinent: zweiundsiebzig Jahre und silbernes Haar, wie es sich für das Oberhaupt eines eisbedeckten Kontinents geziemte. Nachdem sie ihren Mann und ihre Kinder während des Exodus verloren hatte, heiratete sie einen Schneider aus dem Land, das einmal Japan gewesen war. Die Familie lebte im Präsidentenquartier an Bord des Flugzeugträgers *Nimitz* mit drei eisadaptierten Kindern, deren Mütter bei der Geburt gestorben waren. Im Sommer bestieg Mues oft den Mount Erebus, blickte auf die Stadt hinab, die sie mit aufgebaut hatte, und meditierte über ihre Zukunft, als suche sie den Rat des Vulkans, der hinter ihr rumorte.

Mues erhob sich und richtete das Wort an die Versammlung. »Vor zwanzig Jahren waren wir gezwungen, unser Vordringen an die technologische Grenze ad acta zu legen. Unsere Träume von künstlicher Intelligenz und immer leistungsfähigeren Supercomputern kamen zu einem Ende. Wir haben nicht mehr die Industrie, um neue Maschinen zu bauen oder neue Computer zu entwickeln. Wir haben kein Kobalt, kein Ruthenium, kein Chrom, kein Platin. Wir haben weder das Silizium aus den Minen von Cape Flattery noch Nickel aus Sorowako. Alles, was wir noch tun können, ist reparieren, und selbst das wird immer schwieriger. Wie lange werden die Supercomputer, auf die wir für unsere genetischen Berechnungen angewiesen sind, noch funktionieren? Wenn sie einmal kaputt sind, können wir nie wieder neue bauen. Mit ihnen verlieren wir unsere Geschichte, unser Wissen und unsere Zukunft. Alles geht zur Neige, und unsere knappste Ressource ist die Zeit. Das am schlechtesten gehütete Geheimnis auf diesem Kontinent lautet, dass unsere Art im Sterben liegt, und kein noch so großer Optimismus kann diese Tatsache übertünchen. Wenn wir durch McMurdo City gehen, sehen wir leere Werkstätten und Fabriken, weil die Arbeiter nicht mehr unter uns sind. Wir sehen, wie die Warteschlangen in den Kantinen kürzer werden. Alle Bevölkerungsmodelle legen nahe, dass wir schon in weniger als einem Jahrhundert keine lebensfähige Gesellschaft mehr sein werden. Wir werden zu einer in kriegerische Stämme zersplitterten Subsistenzspezies, die sich um Robbenfleisch streitet, bis uns die Winter schließlich den Garaus machen. Mit mehr Zeit hätten wir besonnener handeln können, ethischer. Aber wir haben weder das eine noch das andere getan und im Spiel um unsere Zukunft auf das Erreichen der genetischen Grenze gesetzt. Wir haben Gott gespielt, nicht aus Hybris, sondern aus der Not heraus. Die Handlungen von Yotam Penzak haben mir klargemacht, dass wir die wichtigste Entscheidung immer vor uns hergeschoben haben:

Mit welcher Spezies dieser neuen Kältemenschen können wir zusammenleben? Welche davon kann uns retten, da wir es selbst nicht mehr können? Wir dürfen diese Entscheidung nicht länger hinauszögern. Wenn wir die falsche treffen, könnte es unsere letzte sein. Wenn wir weiterhin nichts tun, wird es mit Sicherheit unsere letzte sein.«

Mit diesen Worten bedeutete sie Yotam, in den Zeugenstand zu treten.

McMURDO CITY

Senatsgebäude
Schneekapelle
Gleicher Tag

Während Kupfer sich an seine Füße schmiegte, als stünden sie beide vor Gericht, ließ Yotam den Blick über die Kirchenbänke schweifen, auf denen einige der größten noch lebenden Wissenschaftler versammelt saßen. Er machte sich keinerlei Sorgen wegen sich selbst. Seine einzige Sorge galt Eitan und dem Überleben der Kolonie, denn ihr Schicksal hing von den Antworten ab, die er gleich geben würde.

Präsidentin Mues begann mit ihrer Befragung. »Yotam Penzak, Sie haben die Grenzen Ihrer Befugnisse überschritten. So viel steht außer Zweifel. Ich könnte Sie von Ihrem Posten abberufen und Sie auf den Farmen oder in der Fischerei arbeiten lassen, fertig. Aber die weit wichtigere Frage, der Grund, warum wir alle hier versammelt sind, ist, warum Sie so sicher sind, dass wir die Kältemenschen in die Freiheit entlassen sollten.«

»Ich stimme Ihnen zu, Frau Präsidentin, das ist die entscheidende Frage.«

»Würden Sie sagen, dass Sie derjenige sind, der Song Fus Standpunkt am besten vertreten kann?«

»Ich habe vierzehn Jahre lang mit ihr gelebt und jeden Tag mit ihr gearbeitet. Aber ich kann nicht für sie sprechen. Niemand kann das.«

»Warum, glauben Sie, hat Fu Sie ausgewählt?«

»Damals an der Südpolstation?«

»Wir wissen, dass Sie intelligent und engagiert sind. Aber Sie hatten keine Ahnung von Genetik, als Sie in der Antarktis ankamen. Sie waren israelischer Soldat. Fu hat Tausende von Überlebenden befragt. Warum fiel ihre Wahl auf Sie?«

»Sie hat eine ganze Reihe von Assistenten ausgewählt.«

»Nach vielen gemeinsamen Jahren hat sie Ihnen die Spezies anvertraut, die sie geschaffen hat.«

»Das ist richtig.«

»Würden Sie sagen, dass Fu ihre Assistenten danach ausgewählt hat, ob sie verstehen würden, wie es wäre, von der Gesellschaft abgelehnt zu werden? Ein Team von Außenseitern, die ihre Schöpfung lieben würden, ganz gleich, wie andersartig sie ist? Je mehr wir uns von diesen Kreaturen abwandten, desto enger wurde die Zusammenarbeit zwischen Ihnen und Fu. Sie hat Sie darauf vorbereitet, sich in ihre Schöpfung zu verlieben. Und Sie sind verliebt, Yotam Penzak, nicht wahr?«

»Ich empfinde eine Art von Liebe, ja.«

»Beeinträchtigt dieses Gefühl Ihr Urteilsvermögen?«

»Song Fu hat genau das getan, was Sie von ihr verlangt haben. Sie hat eine Lebensform geschaffen, die perfekt an die Kälte angepasst ist. Und Sie halten dieses Wesen unter dem Eis gefangen, als wäre es ein Monster.«

»Vielleicht ist es ein Monster.«

»Was an ihm ist monströs?«

»Glauben Sie, dass das Wesen, das Sie Eitan nennen, Sie liebt?«

»Ich bezweifle, dass es Liebe so empfindet wie wir.«

»Warum bezweifeln Sie das?«

»Weil wir es so erschaffen haben, dass es härter ist als wir.«

»Manipuliert es Sie?«

»Das weiß ich nicht. Zariffa glaubt es. Sie könnte recht haben.«

»Damit Sie etwas Unüberlegtes tun und es freilassen? Ich versuche nicht, Sie in Verlegenheit zu bringen. Vor langer Zeit, als ich noch eine junge Frau war, habe ich mich in einen gut aussehenden Studenten verliebt, und wir zogen zusammen. Er hat mich misshandelt und bestohlen, aber ich war so vernarrt, dass ich blind für das Offensichtliche war. Liebe kann sehr mächtig sein.«

»Und wofür, glauben Sie, bin ich blind?«

»Song Fu wollte, dass jemand ihre Schöpfung aus blinder Liebe beschützt. Denn darin sah sie die einzige Möglichkeit, dass die Kreatur je in die Freiheit entlassen würde – heimlich, von einem hoffnungslosen Romantiker.«

»Vielleicht sollten wir die Frage andersherum stellen.«

»Und wie?«

»Hat sie die Normalgeborenen möglicherweise für zu engstirnig gehalten, um diese Spezies in die Freiheit zu entlassen?«

»Ist es das, was Sie denken?«

»Sie haben Angst, dass diese neue Spezies uns überlegen sein könnte, Frau Präsidentin. Doch genau das war von Anfang an Sinn und Zweck des Kältemenschen-Projekts – eine überlegene Spezies zu schaffen, weil die unsere am Aussterben ist. Und genau das hat Song Fu getan, ohne Rücksicht und Kompromisse.«

»Ist diese Spezies uns überlegen?«

»Auf diesem Kontinent, ja. Und dieser Kontinent ist alles, was wir haben.«

Mues nahm einen Schluck Wasser. Die Antworten gefielen ihr nicht.

»Glauben Sie, dass diese Spezies in Frieden mit uns leben würde, wenn wir sie freiließen?«

»Ich sehe keinen Grund, warum sie es nicht tun sollte.«

»Der Zweck des Kältemenschen-Projekts ist, eine Spezies zu erschaffen, die mit uns zusammenarbeitet. Die uns hilft, die unser Freund, unser Verbündeter und unser Retter sein wird.«

»Bei allem Respekt, Frau Präsidentin, das ist nicht der Zweck des Projekts.«

Ein Rumoren ging durch die Zuhörerschaft. Es dauerte einige Augenblicke, bis sich die Versammlung wieder beruhigt hatte.

»Ihre Aussage überrascht uns.«

»Ich behaupte nicht, dass ein solches Ergebnis nicht möglich ist. Ich behaupte auch nicht, dass es nicht wünschenswert wäre.«

»Das Ziel war und ist, eine Spezies zu erschaffen, die uns beim Überleben hilft. Welches Ziel sollte das Projekt sonst haben?«

»Dass die Menschheit in irgendeiner Form überlebt.«

»*In irgendeiner Form?*«

»Im Idealfall überleben wir an ihrer Seite, als ihre Freunde, ihre Verbündeten, ihre Partner, wie Sie sagen. Und ich glaube, wir können dieses Ziel erreichen.«

»Welche anderen Möglichkeiten sehen Sie noch?«

»Dass wir nicht überleben. Dass wir aussterben, trotz ihrer Unterstützung. Aber ein Teil von uns wird in den Wesen weiterleben, die wir geschaffen haben.«

»Sie sagen also, dass wir weiterleben werden, aber nicht im eigentlichen Sinn, sondern in der genetischen Ausstattung dieser neuen Spezies?«

»Für Song Fu war das immer das wahrscheinlichste Ergebnis.«

»Dass unsere Zeit vorbei ist und ihre Zeit begonnen hat?«

»Unsere Zeit *ist* vorbei. Ob *ihre* Zeit begonnen hat, liegt an Ihnen, Frau Präsidentin.«

»Würden Sie dem Gericht bitte von Song Fus letzten Tagen erzählen? Wie lauteten ihre Anweisungen an Sie, bevor sie starb?«

Yotams Finger verkrampften sich, als er daran zurückdachte, wie er die Frau verloren hatte, die seine Mentorin geworden war.

Song Fu starb drei Monate vor Eitans Geburt. Ihr revolutionärer Ansatz, das menschliche Genom neu zu erfinden, wurde immer mehr als gefährliches Experiment gesehen – als Akt des Wahnsinns von Wissenschaftlern, die am Rande der Ausrottung verzweifelt mit etwas herumspielten, das weit außerhalb ihres Verständnisses lag. Fus Team sezierte alle tot geborenen Kinder, um den Fehler zu finden, und fand ein Durcheinander aus organischer Materie, das vom Wunder des Lebens völlig abgekoppelt schien. Fu konnte den Anblick dieser toten Säuglinge nicht ertragen. Obwohl sie in dem Ruf stand, keine Gefühle zu haben, behandelte sie jedes Kind, als wäre es ihr eigenes. Sie schloss sich mit den Supercomputermodellen ihrer Genome ein, schlief nicht mehr und versuchte wie besessen, herauszufinden, welche Informationseinheit die Ursache dieser Fehlerkaskade sein könnte. Sie sprach wenig und aß kaum, denn sie wusste, dass der Senat bereits darüber nachdachte, ihre Experimente ganz zu beenden und die wertvollen Ressourcen dem anderen, moderateren Kälteanpassungsprogramm zur Verfügung zu stellen, den Parahumanen, die bereits unter den Normalgeborenen lebten.

Yotam war bei der Geburt eines solchen Kindes dabei gewesen, es hieß Echo. Er hatte gesehen, wie die Eltern den Säugling auf ihren verschränkten Armen hielten, weil sie das Gewicht anders nicht tragen konnten. Er hatte die Liebe in ihren Augen gesehen und wie sie vor Freude weinten. Es war das einzige Mal, dass er Song Fu widersprach und behauptete, dass Mutterschaft etwas Magisches an sich habe, das nicht am Gencode festgemacht werden könne.

»Echo wurde in Liebe hineingeboren. Die Kinder, die wir erschaffen, werden nie in den Armen ihrer Mütter liegen und von ihnen gesagt bekommen, dass sie geliebt werden.«

»Diese eisadaptierten Kinder sind weich wie wir und bedürftig wie wir. Unsere Kinder werden die Grausamkeit dieser Welt von der ersten Sekunde ihres Lebens an kennenlernen. Sie wird für sie genauso natürlich sein wie die Liebe einer Mutter für uns.«

»Das Erste, was sie von diesem Leben kennenlernen werden, ist unser Tod.«

Yotam erwartete, dass Fu diese Bemerkung als unwissenschaftlich abtun würde, als philosophische Posse. Doch sie tat es nicht.

Nach langem Schweigen erwiderte sie: »Dann müssen Sie ihnen die Liebe beibringen.«

Eines Abends, als sie sich auf eine weitere Geburt vorbereiteten, machte Song Fu einen Spaziergang über die Decks der Flugzeugträger, wie sie es oft tat, um zu meditieren. Wie aus dem Nichts zog ein Sturm auf, als hätten ihn die Götter herbeigerufen, weil sie wütend über diese Einmischung in das Wunder des Lebens waren. Fu konnte sich nicht rechtzeitig in Sicherheit bringen. Sie gurtete sich an der Kettenbrücke zwischen zwei Flugzeugträgern fest und wartete darauf, dass der Sturm nachließ. Das Rettungsteam fand sie lebend, aber die Kälte hatte ihre Lunge geschädigt. Sie wurde auf das Krankendeck gebracht und auf die Intensivstation verlegt. Jetzt, da ihr Körper immer schwächer wurde, wünschte sie sich nur zwei Dinge: Zugang zu ihrer Arbeit und Yotams Gesellschaft. Tag für Tag, Nacht für Nacht saß er an ihrer Seite, während sie ihre letzten Stunden damit verbrachte, an ihrem Kältegenom zu arbeiten. Yotam konnte nicht mehr tun, als Fu von den Ärzten und Krankenschwestern abzuschirmen, die sie inständig baten, sich auszuruhen.

Eines Morgens übergab sie ihm ihren Tablet-Computer und sagte: »Am Rande des Todes entdecke ich, was ich im Leben übersehen habe.«

Auf dem Bildschirm war ihr letztes Modell des Kältemenschen-Genoms zu sehen. »Das ist es.«

»Ich kann das nicht ohne Sie umsetzen.«

»Es ist nicht leicht, mich zu lieben, das weiß ich. Wenn meine Töchter noch am Leben wären, würden sie Ihnen das Gleiche sagen. Ich war eine schwierige Mutter, aber so wurde ich nun mal erzogen. Sie haben eine Gabe für die Liebe, Yotam. Sie werden dieses neue Leben lieben. Dieses Kind wird anders sein als alles, was Sie je gesehen haben. Diese Spezies wird Sie brauchen. Ich habe sie stark gemacht, unglaublich stark. Äußerlich hart und innerlich ebenso. Aber Sie müssen sie bedingungslos lieben. Ganz gleich, wie sie aussieht. Egal, wie sie spricht oder ihre Stimme klingt. Ich habe sie erschaffen, aber Sie werden sie lieben. Sie werden ihnen die Liebe geben, die Sie selbst nie erfahren haben.«

Im Gerichtssaal erklärte Präsidentin Mues: »Wir haben zu lange nur in der Theorie über diese Frage diskutiert. Wir werden die Verhandlung morgen in den Endphasenkammern weiterführen und diese Kreatur ganz direkt fragen, ob sie mit uns leben oder uns töten will. Wenn auch nur einer von uns den geringsten Zweifel an ihren Absichten hegt, beenden wir dieses Experiment für immer.«

McMURDO CITY

Ross-Schelfeis
Endphasenkammern
Nächster Tag

Zweihundert Meter unter dem Eis standen die Senatoren in den Beobachtungstunneln und traten von einem Fuß auf den anderen. Einige trugen Flickenteppiche aus Luchspelzen – hergestellt aus den dicken Mänteln, die die Oligarchen auf ihre letzte Reise mitgenommen hatten –, andere knallbunte synthetische Thermokleidung. Da sie sich nicht mehr für Fernsehauftritte oder Zeitschriftencover zurechtmachen mussten, waren einige unfrisiert, andere trugen lange Bärte. Niemand trug Make-up oder Parfüm, denn es gab keines mehr. Alle rochen nach der gleichen Waltranseife, und doch sahen sie, befreit von den Zwängen einer oberflächlichen Ästhetik, besser aus.

Die fast vollständige Abwesenheit von Umweltverschmutzung tat ihrer Haut gut, und sie konnten einfach sie selbst sein, vollkommen authentisch. Im Gegensatz zu früher, als Staatsoberhäupter in gepanzerten Autokolonnen und umgeben von Bodyguards reisten, wurde jeder Senator von zwei Kältespezialisten begleitet, Männern und Frauen, die Zelte, Seile, Leuchtraketen, Eispickel und Essensrationen mit sich führten. Sie waren ihre Leibwächter gegen die Kälte, Experten für die Gefahren der antarktischen Winde und die Tücken des Schnees. Sie nahmen ihre Rucksäcke im Dienst nie ab, selbst hier drinnen nicht, als hätten sie genauso viel Angst, von ihrer Ausrüstung getrennt zu werden wie von der zu schützenden Person.

Präsidentin Mues hatte die Kammern Hunderte Male besucht, sie hatte Gespräche mit den Projektleitern geführt und die Fortschritte der eisadaptierten Spezies beobachtet. Sie hatte es nie fertiggebracht, sie als Menschen zu bezeichnen. Mues wollte sich nicht mit ihnen anfreunden oder sich ihnen nahe fühlen – sie musste so objektiv wie möglich bleiben und war lediglich hier, um Antworten auf eine Reihe von Fragen zu bekommen: Wie könnten sie den Normalgeborenen beim Überleben helfen? Könnten sie Bergbaustollen in das Transantarktische Gebirge treiben oder mit Eis bauen?

In Mues' Denken war ein tiefer Widerwille verankert, diese neuen Spezies als gleichberechtigt zu akzeptieren. Viel einfacher fiel es ihr, sie als Diener zu sehen, als intelligente, pflichtbewusste und fleißige Bürger, unempfindlich gegen die Kälte und die winterliche Dunkelheit. Arbeitskräfte, die das ganze Jahr über einsatzfähig wären, damit die Menschheit im Frühling die Wunder bestaunen konnte, die während ihres alljährlichen Winterschlafs erschaffen worden waren.

Seit Jahren wurden die Kreaturen in dieser Vorhölle unter dem Eis gefangen gehalten. Man studierte und untersuchte sie, was eine ungeheure Belastung für die schwindenden Ressourcen der Menschheit darstellte. Und das Einzige, was all diese Spezies bisher geleistet hatten, war, die wissenschaftliche Neugier einiger weniger zu befriedigen.

Mues hasste schnelle Entscheidungen und bezweifelte, dass sie in dieser Phase wirklich die geeignete Anführerin war. Ihre Gedanken wanderten zurück zu der Zeit, als sie noch ein kleines Mädchen gewesen war, das in den langen heißen Sommern in den Berliner Seen schwamm. Es war eine fröhliche, einfache Kindheit gewesen, voller Liebe zur Literatur und ohne jegliche Machtambitionen. Dass ausgerechnet sie eines Tages an der Spitze der Menschheit stehen würde, war unvorstellbar gewesen. Natürlich kam es nur dazu, weil die Welt in der Zwischenzeit auf den Kopf gestellt worden war. Und so stand sie hier und sah zu, wie Yotam Penzak das Gehege der Kreatur betrat.

McMURDO CITY

Endphasenkammern
Eitans Gehege
Gleicher Tag

Da man ihm nicht mehr vertraute, wurde Yotam von sechs Sicherheitsbeamten flankiert. Als er den Fuß der Leiter erreichte, schloss er den Käfig auf, drehte sich um und blickte zu den Senatoren im Beobachtungstunnel hinauf. Er verspürte den irrationalen Drang, ihnen zuzuwinken, als wären sie seine Freunde.

Vielleicht war er ja verrückt geworden. Das war durchaus möglich. Es passierte immer wieder, plötzlich und ohne Vorwarnung, kleine Spleens und unmotivierte Gesten. Yotam musste sich zusammenreißen. Er hatte Song Fu versprochen, dass er ihre Schöpfung um jeden Preis schützen würde. Sie hatte recht gehabt: Die Menschen fürchteten diese neuen Spezies wirklich. Sie verachteten sie aus demselben Grund, aus dem sie sie erschaffen hatten: weil sie anders waren.

Natürlich wusste er, in welch schwieriger Lage die Präsidentin sich befand und wie einfach seine eigene im Vergleich war. Er selbst war absolut von Eitans Potenzial überzeugt, sollte er aus seinem eisigen Gefängnis entlassen werden. Vielleicht lag es daran, dass Yotam verliebt war. Vielleicht aber auch daran, dass er seit fast zwanzig Jahren an nichts anderem gearbeitet hatte und an Monomanie litt. Es gab keinen Präzedenzfall, an dem sie sich orientieren konnten. Sie befanden sich genauso auf unbekanntem Terrain wie die ersten Entdecker, die seinerzeit ihren Fuß auf diesen Kontinent gesetzt hatten.

Die Sicherheitsbeamten folgten Yotam in den Käfig und hoben ihre Waffen, bereit zu schießen.

»Wir können ihn nicht sehen.«

»Er versteckt sich.«

»Sagen Sie ihm, er soll sich zeigen.«

Yotam war neugierig, wie gut Eitans modifizierte Knochen und Chitinhaut den Kugeln widerstehen würden. Bestimmt wäre er ein schwer zu treffendes Ziel, das sich mit enormer Geschwindigkeit bewegte, ständig die Farbe wechselte und dabei mit seinen Krallen tödliche Stöße austeilte. Yotam bezweifelte, dass die Wachen ihn mit ihren Sturmgewehren aufhalten könnten, behielt diese Einschätzung aber für sich. Es gab keinen Grund, seinen Freund zu rufen – Eitan hatte sie in dem Moment gehört, als sie die Kammern betraten. Er weigerte sich lediglich, seine Position preiszugeben. Schon hallte seine Stimme durch das Gehege, und es war unmöglich zu sagen, aus welcher Richtung sie kam.

»Sind diese Männer hier, um mich zu töten?«

Eitan kannte die menschliche Natur. Er hatte in den Geschichtsbüchern darüber gelesen, wie die Menschheit die Antarktis erforschte. Wie Walfänger einen über hundert Jahre alten Blauwal abschlachteten, um aus seinem Fett Glyzerin für die beiden Weltkriege herzustellen. Er hatte die Fotos der ersten Wissenschaftler der McMurdo-Station gesehen, die eine Bowlingbahn mit ausgestopften Pinguinen als Kegel gebaut hatten.

»Nein, sie sind nicht hier, um dich zu töten.«

»Die dreizehn Senatoren im Tunnel sind deine Anführer?«

»Das sind sie.«

»Warum sind sie hier? Ist heute ein wichtiger Tag?«

»Ja, ist es.«

»Was wird passieren?«

»Wir werden dir unsere Welt zeigen und sehen, was du davon hältst.«

Ohne Vorwarnung tauchte Eitan aus der Dunkelheit auf. Seine elfenbeinfarbene Haut färbte sich dunkelblau, vielleicht um seine Autorität zu demonstrieren, ein Zeichen der Macht. Er stand Yotam gegenüber und beachtete weder die Senatoren noch die Sicherheits-beamten.

»Magst du diese Leute, Yotam? Diese Männer mit Waffen? Sie scheinen anders zu sein als du.«

»Wir arbeiten zusammen. Wir sind Kollegen.«

»Was ist das in ihren Händen?«

»Damit wir dich nach draußen lassen können, muss ich dir ein Gerät um den Hals legen. Es ist eine mit Sprengstoff gefüllte Halskrause. Wenn du versuchst zu fliehen, werden sie den Sprengstoff zünden. Wenn du ihren Befehlen nicht gehorchst, ebenfalls. Wirst du den Wachen erlauben, sie anzubringen?«

»Nein.«

»Eitan, wenn du ihnen nicht erlaubst, dieses Gerät …«

»Aber dir erlaube ich es. Du kannst es anbringen. Nur du.«

Yotam gab den Wachleuten ein Zeichen. Der ranghöchste Sicherheitsbeamte trat vor und reichte ihm die Halskrause, die mit zwei Sprengsätzen aus weißem Phosphor versehen war – jenem Bestandteil von Brandmunition, der eine Hitze von weit über zweitausend Grad erzeugte. Die Sprengsätze waren so konstruiert, dass die Wirkung der Explosion sich ausschließlich nach innen richten würde.

Yotam schämte sich, als er die Halskrause, dieses Symbol der Sklaverei, in den Händen hielt. Eitan winkelte die Vorderbeine an und kniete sich hin, dann legte Yotam ihm das Gerät an wie jemand, der seinem Liebhaber eine Schmuckkette umhängt. Der Sicherheitsbeamte stellte sich neben die beiden und vergewisserte sich, dass sie fest verschlossen war. Dann holte er den Fernzünder aus seiner Tasche, machte das Gerät scharf und hielt es Eitan als Warnung vor die Augen.

Als sie die Kammer verließen, kümmerte sich Eitan nicht um die Leiter und kletterte einfach die Eiswand hinauf. Die Tür am oberen Ende war entfernt worden, trotzdem passte Eitan kaum durch das vergrößerte Loch, als er zum ersten Mal in seinem Leben die Beobachtungstunnel betrat. Er betrachtete die versammelten Zuschauer, die, obwohl sie ihn schon oft gesehen hatten, in Ehrfurcht vor seiner Größe und Andersartigkeit verstummten.

Mues trat vor. »Mein Name ist Johanna Mues. Ich bin die Präsidentin von McMurdo City und der Antarktischen Koalition. Wie Sie wissen, möchten wir, dass Sie an unserer Zukunft teilhaben, dass Sie in jeder Form, die Ihnen möglich ist, zu ihrem Gelingen beitragen. Wir stehen vor vielen Herausforderungen, bei denen wir Ihre Hilfe gut gebrauchen können. Es gibt viele Aufgaben, die Sie besser erledigen können als wir, und ich muss mich dafür entschuldigen, dass wir Sie unter dem Eis gefangen gehalten haben, aber es gab gute Gründe dafür. Wenn Sie unter den Bedingungen hier gelitten haben, bedaure ich das aufrichtig, doch wir haben alle gelitten, Sie sind damit nicht allein. Bitte folgen Sie uns. Wir möchten Ihnen gerne unsere Stadt zeigen.«

In einer Prozession, die dem Festzug eines Königspaares glich, verließen sie die Tunnel: Eitan und Yotam an der Spitze, Kupfer an ihrer Seite. Die Sicherheitsbeamten folgten dicht dahinter, Gewehre und Granaten bereit, dann die Überlebensexperten mit ihren Eispickeln in der Hand, während die Senatoren in sicherem Abstand hinterherliefen und sich ihre Beobachtungen zuflüsterten, als wüssten sie nicht genau, dass Eitan jedes Wort hören konnte, egal wie sehr sie die Stimme senkten.

Als sie die Anstalt betraten, verstummte die Kakofonie aus Vogelgekreische, Insektenzirpen und menschenähnlichem Geheul abrupt. Zum ersten Mal überhaupt herrschte absolute Stille unter der Kuppel. Alle missgebildeten Kreaturen erschienen an den vergitterten Zellenfenstern. Sie pressten ihre Gesichter gegen die Stäbe und musterten den Neuankömmling. Was einst ein Pöbel gewesen war, eine Monstrositätenschau gescheiterter Experimente, wirkte plötzlich wie eine geschlossene Gemeinschaft. Als hätten sie endlich einen Sinn in ihrem Leben gefunden – einen Anführer.

Eitan blieb in der Mitte der Kuppel stehen und betrachtete jeden Einzelnen von ihnen. Sein Kopf drehte sich mit der Präzision eines Sekundenzeigers von Fenster zu Fenster. Wie auf Befehl zogen sich die Kreaturen in den hinteren Teil ihrer Zellen zurück und blieben weiterhin still. Präsidentin Mues fragte: »Sie können mit ihnen kommunizieren?«

»Nicht mit Worten, nein. Aber ich spüre ihre Gefühle.«

»Was fühlen sie?«

»Sie haben Angst vor Ihnen.«

Die Prozession verließ die Anstalt und zog weiter zu dem Mondkrater, in dem die Schneegorilla-Kolonie lebte. Die silberhaarigen Kreaturen, die noch nie ein Interesse an den Menschen gezeigt hatten, hielten inne und starrten zu dieser neuen Spezies hinauf, die ihr Reich betrat. Einer nach dem anderen erhoben sie sich auf die Hinterbeine und richteten sich zu ihrer vollen Größe auf. Der größte und älteste hob die Faust und schlug sich wie zur Begrüßung auf die Brust. Bald taten es ihm die anderen gleich, und ein donnernder Lärm erfüllte den Krater – nicht als Zeichen der Angst oder Aggression, sondern aus Ergebenheit gegenüber ihrem neuen Anführer, diesem König unter dem Eis.

McMURDO CITY

Zum ersten Mal in seinem Leben sah Eitan den Himmel –
einen schlichten Himmel ohne eine einzige Wolke, wie es für diesen Neuling in der Außenwelt angemessen war. Mit dem Rücken
zur Sonne, die für seine an das Dämmerlicht der Höhlen gewöhnten Augen viel zu hell war, spürte er den Wind, der durch die Ritzen seines Chitinpanzers strich, so angenehm wie eine Liebkosung.
Obwohl Eitan sein ganzes Leben in der Antarktis verbracht hatte,
war er noch nie mit Schnee in Berührung gekommen. Es sah fast
verspielt aus, wie er ihn zwischen seinen Krallen zerdrückte. Dies
war sein Zuhause, dachte er, dies war sein Land. Welches Anrecht
hatten die Menschen darauf, diese Fremden auf diesem Kontinent? Welches Recht hatten sie, ihm diesen Ort vorzuenthalten,
als ob er ihnen gehören würde? Sie waren die Einwanderer. Er war
hier zu Hause.

Nachdem er sich an den Himmel und den Schnee gewöhnt
hatte, war er bereit, sich dem Phänomen zu stellen, von dem er
schon so viel gehört, das er aber noch nie gesehen hatte: der
Sonne. Seine aus hauchdünnen Knochenschichten bestehenden
Augenlider verengten sich zu einem feinen Schlitz, während er
sich langsam umdrehte. Als er nach oben sah, glaubte er, in eine
Supernova zu blicken. Nach all den Jahren in der Düsternis unter
dem Eis brauchte er eine Weile, bis er das gleißende Licht ertragen konnte. Hätte er nicht ausführlich über dieses Universum ge-

lesen, hätte er geschworen, dass dort drei Sonnen am Himmel standen, eine in der Mitte und links und rechts davon zwei kleinere. Aber Eitan wusste aus Lehrbüchern, dass es nur eine Sonne gab und dass dieser optische Effekt Nebensonne genannt wurde, hervorgerufen von winzigen Eiskristallen in der Luft, die das Licht brachen und einen glitzernden Ring erzeugten: einen himmlischen Augapfel, der interessiert auf diese neue Spezies auf dem Antlitz dieser alten Welt hinunterschaute.

Die Prozession marschierte durch McMurdo City, das Eitan wie ein Schrottplatz vorkam, eine Armensiedlung, aus wiederverwendetem Abfall errichtet, passend zu diesem gefallenen Volk. Sie hätten etwas Großartiges aus dem Eis erschaffen können, aber sie wussten nicht, wie; waren so niedergeschlagen, dass sie das Potenzial dieses Kontinents nicht einmal ansatzweise erahnten.

Er kam an den Werkstätten vorbei, in denen sie ihre groben Werkzeuge herstellten, an den Schneidereien, in denen sie ihre primitive Kleidung nähten, um ihre zerbrechlichen Körper warm zu halten. Und er beobachtete, wie die Menschen auf ihn reagierten. Einige staunten, andere waren verängstigt. Manche machten einen Schritt zurück, andere einen vor. Nur eine Frau winkte. Sie war schon älter und trug einen Weidenkorb mit Pinguineiern auf dem Rücken, das graue Haar wehte ihr übers faltige Gesicht. Sie kam Eitan ziemlich verrückt vor, so wie ihm alle hier verrückt vorkamen – verrückt von ihren eigenen Gefühlen und Stimmungen. Eitan ahmte die Geste höflich nach und winkte zurück. Die Frau schien sich zu freuen und fasste sich an die Brust, als wäre sie gerade ihrem Lieblingsfilmstar begegnet.

Am Rand der Stadt hielt die Prozession an. Eitan blickte auf die unbewohnten östlichen Ausläufer des Schelfeises und die dahinterliegenden Weiten hinaus, die die Menschen für unbewohnbar hielten, obwohl es dort Berge und Täler, Gletscher und Spalten gab, die nur darauf warteten, in Zitadellen und Schlösser verwandelt zu werden. Ein Königreich, das nur noch erbaut werden musste. Hinter den letzten schäbigen Gebäuden hatten sie als Schutz vor den katabatischen Winden, die von den Ebenen herüberwehten, eine Mauer aus Eis aufgeschüttet. Hinter dieser Mauer war nichts Menschengemachtes mehr zu sehen, nur das Transantarktische Gebirge am Horizont.

Wolken krochen die Nordflanke des Gebirges hinauf wie eine Ozeanwelle, die kurz davor war überzuschwappen. Eitan studierte die verschiedenen Luftströmungen, die für die Menschen nicht wahrnehmbar waren. Er hingegen sah sie so deutlich wie Farben auf einem Gemälde. Die ältere weibliche Anführerin, die sich als Präsidentin dieses Kontinents bezeichnete, schien ihm eine nachdenkliche und weise Person zu sein, auch wenn ihr Titel unangemessen war, denn sie beanspruchte die Vormundschaft über ein Land, in dem sie nichts verloren hatte.

»Es steht Ihnen frei, das Plateau zu erkunden. Unsere einzige Bitte ist, dass Sie zurückkehren, wenn wir die erste Leuchtrakete abfeuern. Haben Sie das verstanden?«

»Ich verstehe. Das ist also ein Test.«

»Werden Sie zurückkehren?«

»Ich werde zurückkehren.«

»Lügen Sie?«

»Ich lüge nie. Fragen Sie Yotam.«

»Hat er jemals gelogen?«

»Nicht dass ich wüsste, nein.«

»Dann also bis bald.«

Eitan nickte und machte sich auf den Weg zum Plateau, allein und unbewacht.

STADTRAND VON McMURDO CITY

Ross-Schelfeis
Gleicher Tag

Eitan wanderte über das Schelfeis. Seine Bewegungen waren langsam, präzise und kontrolliert, gebremst durch das, was er für möglich hielt. Sein Geist war immer noch in der Enge seines Geheges gefangen. Tatsächlich war er noch nie gerannt. Eitan hatte nie ausreichend Platz gehabt, immer war eine Mauer vor oder hinter ihm gewesen, und er wusste nicht einmal, wie ein Sprint aussah. Er war in Isolation gehalten worden und hatte nie einen Artgenossen rennen sehen.

Doch heute konnte er seinen Körper genauso erforschen wie diesen Kontinent. Er steigerte sein Tempo, bis er in einen flotten Trab verfiel, in etwa so, wie er es immer unter dem Eis getan hatte. Als er versuchte, das Tempo noch weiter zu erhöhen, merkte er, wie er sich zum ersten Mal überhaupt ungeschickt anstellte und sich seine vier Beine unter ihm zu verheddern drohten. Fast wäre er gestürzt, seine Bewegungen unkoordiniert wie bei einem neugeborenen Reh.

Eitan weigerte sich, langsamer zu werden, und drängte immer schneller vorwärts. Er betrachtete die Form seines Körpers wie ein mathematisches Rätsel, eine biologische Maschine, und kam zu dem Schluss, dass er seine Hinterbeine enger aneinander führen musste, wenn er noch schneller werden wollte. Er dachte an all die Lehrbücher, die er gelesen hatte, und erinnerte sich an die Lauftechnik der Geparde, die er nur von verblassten Fotos kannte.

Mit dieser Inspiration organisierte er seine Bewegungen so, dass sich seine Vorder- und Hinterbeine nie berührten.

Nachdem er seine Bewegungen umgestellt hatte, prägte er sich den neuen Rhythmus ein, bis alles wie automatisch ablief. Eitan preschte voran, er ging nicht mehr, sondern rannte, rannte nicht mehr, sondern galoppierte. Er duckte sich, um den Luftwiderstand zu verringern, sein spitzes Elfenbeingesicht schnitt durch die Luft, seine diamantharten Krallen bohrten sich ins Eis, und bei jedem Kontakt stoben feine Kristallwolken auf, bis die Landschaft um ihn herum verschwamm und Eitan sich fragte, was dieses neue Gefühl war – Freude.

Er bog scharf nach rechts ab, dann scharf nach links, jagte über das Eis und feierte seine körperlichen Fähigkeiten. Plötzlich schien alles möglich, die Grenzen seiner alten Existenz schmolzen dahin. Er könnte die Gipfel des Transantarktischen Gebirges erklimmen, während die Wolken um ihn herum zu Tal strömten. Er könnte zum Mount Erebus laufen und ihn einmal umrunden. Er könnte in den Ozean tauchen, sich in das eiskalte Wasser stürzen und die dunkelsten Tiefen erkunden. Er war kein Diener oder Gefangener mehr, kein bloßes Experiment, sondern frei, freier, als es seine Kerkermeister auf diesem Kontinent je sein würden. Dann, als seine Vorderbeine das nächste Mal aufsetzten, gab das Eis unter ihm nach. Eitan stürzte in eine tiefe Gletscherspalte.

Für einen Normalgeborenen wäre der dreißig Meter tiefe Sturz tödlich gewesen. Aber Eitan ließ seinen Körper einfach einmal um die eigene Achse rotieren, schlug seine Krallen in das zerklüftete Eis und hielt sich mühelos in der Senkrechten fest. Dann fegte er die steile Wand hinauf, fühlte sich in den Tiefen der Spalte genauso zu Hause wie oben auf dem Plateau. Er hüpfte von der Vorder- an die Rückwand, von rechts nach links, bis er oben war und einen Moment lang innehielt, um voller Stolz über diesen Kontinent zu blicken. Seinen Kontinent, den Kontinent seiner Art.

Eitan war kein bisschen müde, aber ihm war heiß. Also grub er ein Loch und übergoss sich mit Eissplittern, um sich abzukühlen. Seine Haut färbte sich dunkelblau, um die überschüssige Wärme abzustrahlen. Und in diesem Eisbad wurde ihm eines klar: Er konnte nie wieder in die unterirdischen Kammern zurück. Er würde nie wieder ein Gefangener in diesem Gehege sein. Seine Art gehörte nicht unter das Eis, genauso wenig wie die Menschen auf diesen Kontinent gehörten. In diesem Moment stieg eine Leuchtrakete in den blauen Himmel und befahl ihm zurückzukehren.

STADTRAND VON McMURDO CITY

Ross-Schelfeis
Gleicher Tag

Yotam beobachtete, wie die dritte und letzte Leuchtrakete abgefeuert wurde. Sie beschrieb einen Bogen über dem Plateau und hinterließ eine Spur aus rotem Rauch. Immer noch glühend wie ein Komet, landete sie auf dem Eis, spuckte und zischte, bis sie erlosch und die Reste des roten Rauchschweifs vom Wind verweht wurden. Eine Zeit lang sprach niemand, während alle über die Tragweite dieses ersten Akts des Ungehorsams nachdachten.

Wie ein Vorbote kommender Ereignisse schwappten die Wolken, die sich auf der anderen Seite des Transantarktischen Gebirges aufgetürmt hatten, über den Kamm, stürzten die Hänge hinunter und rasten wie eine mehrere Kilometer hohe Welle auf sie zu. Bald würde dieser eisig weiße Himmel die Stadt verschlingen und die Sonne verdunkeln. Die Sicht würde auf wenige Meter sinken, die Temperatur rapide abfallen und die Luft sich in ein Nadelkissen voller Eisdolche verwandeln. Während die Bewohner von McMurdo eilig Schutz suchten, stand Yotam auf der Außenmauer und hoffte, etwas zu sehen, das spätestens jetzt unmöglich erschien: Eitans Rückkehr.

»Vielleicht hat er die Raketen nicht gesehen. Wir sollten noch eine abfeuern.«

Präsidentin Mues seufzte. »Wir haben bereits drei abgefeuert. Wenn Sie aufrichtig glauben, dass er zurückkehren wird, tue ich es ein viertes Mal. Glauben Sie daran?«

»Frau Präsidentin, es könnte alles Mögliche passiert sein. Er ist zum ersten Mal frei. Geben Sie ihm eine Chance.«

»Dies war seine Chance.«

Die Sicherheitsbeamten lösten Alarm aus, in der ganzen Stadt ertönten die Glocken und forderten alle auf, nach drinnen zu gehen – vorgeblich wegen des Sturms. Niemand brauchte zu wissen, dass eine der Kältekreaturen auf freiem Fuß war. Zwanzig weitere Sicherheitsbeamte trafen ein, um die Gruppe zu verstärken. Sie gehörten zu den hartgesottensten Kämpfern in McMurdo und rieten den Senatoren, sich auf die Flugzeugträger zurückzuziehen, wo sie besser vor einem möglichen Angriff geschützt werden konnten. Mues war ebenfalls der Meinung, dass sich alle in Sicherheit bringen sollten, doch wie eine Kapitänin auf See weigerte sie sich, das Schiff zu verlassen, nur weil ein Sturm aufzog.

»Gehen Sie. Alle. Ich bleibe hier.«

Verzweifelt, weil Eitan nicht zurückkam, stand Yotam auf der Eismauer und suchte mit dem Fernglas nach einer unverfänglichen Erklärung. Vielleicht hatte er sich zu weit vorgewagt, vielleicht erforschte er gerade die Tiefen einer Gletscherspalte. Aber in seinem Herzen wusste Yotam, dass dies ein Akt des Trotzes war. Eitan würde lieber sterben, als in sein Gehege zurückzukehren. Schließlich kletterte er von der Mauer herunter und wandte sich an Mues, um sein Versagen einzugestehen.

»Er will nicht unser Partner sein. Das wollte er nie.«

Zu seiner Überraschung tröstete Mues ihn. »Ihr Verhalten erinnert mich daran, was das Besondere an uns Menschen ist. Wir können sie lieben. Aber sie können uns nicht lieben. Sie haben sich in Eitan verliebt, aber er nicht in Sie.«

Mues holte einen Flachmann aus der Tasche ihres Mantels und bot Yotam einen Schluck Cognac an. Die Flüssigkeit war köstlich, ein wärmender Nektar, so belebend wie ein Zaubertrank und mit einem Hauch von Zitrusfrüchten und Zimt, Geschmacksrichtungen, die er längst vergessen hatte. Mues lächelte. »Das ist Cognac, ein Gautier von 1762. Fast dreihundert Jahre alt.«

»Woher haben Sie ihn?«

»Ein Milliardär hat seine gesamte Spirituosensammlung mitgenommen. Anstelle von Menschen hat er Kisten voller diamantbesetzter Flaschen eingepackt. Wir haben sie in seinem Privatjet gefunden, nachdem er an Unterkühlung gestorben war. Gelegentlich nippe ich daran, nicht wegen des Alkohols oder weil es so schön dekadent ist, sondern um mich an das Verstreichen der Zeit zu erinnern.«

»Wie meinen Sie das?«

»Vor dreihundert Jahren hat jemand in einer Mühle am Fluss Aume diesen Cognac abgefüllt, ohne zu ahnen, dass er eines fernen Tages in der Antarktis getrunken würde, einem Kontinent, von dessen Existenz man damals noch nicht einmal wusste. Wir verlieren hier unser Zeitgefühl. Es ist schwer, uns unsere Zukunft in drei Jahren vorzustellen, geschweige denn in dreißig. Dabei ist es meine Aufgabe, mir die Menschheit in dreihundert Jahren vorzustellen, und wie Sie kann ich uns durchaus an der Seite dieser Kreaturen sehen. Aber ich glaube, sie können es nicht. Sie wollen diesen Kontinent für sich allein.«

»Diese Frage kann ich Ihnen nicht beantworten.«

»O doch, das können Sie. Sie empfinden alles für ihn, aber er nichts für Sie. Sie haben alles für ihn getan, aber er nichts für Sie. Es stimmt, was Sie gesagt haben: Wenn wir diese Geschöpfe freilassen, würde ein Teil unseres genetischen Codes in ihnen überleben. Aber ich werde nicht zulassen, dass der beste Teil von uns ausstirbt.«

»Und welcher ist das?«

»Unsere Marotten, unsere Schwächen, unsere Fähigkeit zu lieben.«

»Vielleicht haben sie eine andere Art von Liebe – füreinander –, aber nicht für uns.«

»Oder vielleicht sehen sie Liebe als Schwäche an.«

Yotam konnte es nicht leugnen. »Wenn das wahr ist, habe ich versagt. Es war meine Aufgabe, sie Liebe zu lehren. Aber wie kann ich etwas lehren, wonach ich mein ganzes Leben lang vergeblich gesucht habe?«

Der Sicherheitschef überreichte Mues das Ortungsgerät. Der Bildschirm zeigte an, dass Eitan sich südwestlich von ihrem Standort in einer fünfzig Meter tiefen Gletscherspalte langsam auf die Küste zubewegte.

»Er scheint zu hoffen, das Eis würde das Signal abschirmen. Frau Präsidentin, der Sturm ist fast da. Das ist unsere letzte Gelegenheit.«

Sie nickte dem Sicherheitschef zu, der daraufhin den Fernzünder herausholte. »Möchten Sie den Befehl geben, Frau Präsidentin?«

»Ich werde es selbst tun.«

Er reichte Mues das Gerät.

Sie sah Yotam an. »Es tut mir leid.«

Dann drückte sie den Knopf. In der Ferne brach ein weißes Licht aus den Tiefen einer Gletscherspalte hervor, gleißend, als wäre dort gerade eine kleine Sonne geboren worden.

McMURDO CITY

Ross-Schelfeis
Gleicher Tag

Während der Sturm immer näher kam, fuhren Yotam und Präsidentin Mues in einem Huskyschlitten zurück nach McMurdo. Die beiden saßen unter mehreren Schichten von Fellen und leerten den kostbaren französischen Cognac, als wäre es lediglich fermentierter Seetang. Betrunken und aufgewühlt stellte sich Yotam der Tatsache, dass er manipuliert worden war. Eitan hatte seine Einsamkeit und Sentimentalität ausgenutzt.

Im Land seiner Geburt hatte Yotam sich immer vor echten Beziehungen versteckt, und hier hatte er das Gleiche getan – hatte sich lieber dieser Fantasie hingegeben, dieser makellosen Verkörperung von Stärke, einem zweihundert Meter unter dem Eis verborgenen Geheimnis. Er hatte sich dafür eingesetzt, dass diese neue Spezies die Chance erhalten sollte, sich als Partner der Menschheit zu bewähren, weil das sein ureigener Wunsch gewesen war. Yotams Herz war gebrochen wie an dem Tag, als er Israel verließ. Er fühlte sich hohl und ziellos, der Griff der Antarktisdepression zog sich um seinen Geist zusammen.

Plötzlich blieben alle sechzehn Huskys stehen, einschließlich Kupfer. Ihre Ohren waren gespitzt, das Nackenfell aufgestellt. Allen Aufforderungen des Schlittenführers zum Trotz rührten sich die Hunde nicht mehr von der Stelle und ignorierten sogar die Peitschenhiebe. Vollkommen synchron wie eine Ballettgruppe legten sie sich hin, die Köpfe in einer Geste der Unterwerfung flach auf den Boden gedrückt – auch wenn nicht klar war, vor wem oder was, denn es war niemand in der Nähe. Yotam stand auf, drehte sich um und starrte in den Sturm, der im Begriff war, über die Stadt hereinzubrechen.

»Es ist Eitan.«

Der Sturm fegte über die Stadtmauern, verschlang die Fabriken, verdunkelte den Himmel und die Sonne. Yotam senkte sein Schneevisier und wartete auf den Sturm und den unvermeidlichen Angriff. Die Sichtweite betrug in keiner Richtung mehr als einen Meter, als Mues' Bewacher um den Schlitten herum ihre Verteidigungspositionen einnahmen.

Der Angriff begann mit einer Salve irgendwo links von Yotam. Einer der Sicherheitsbeamten feuerte ein ganzes Magazin in die Luft und schrie dabei aus vollem Hals – die schrecklichen Geräusche eines Mannes, der wusste, dass er gleich sterben würde. Als er die Waffe nachladen wollte und mit seinen Fäustlingen nach einem neuen Magazin fummelte, wurde er in die Luft gehoben. Seine Wirbelsäule brach in der Mitte durch, dann wurde sein geschundener Körper auf den Boden geworfen und landete zwischen den Hunden, die sich sofort auf ihn stürzten und in seinem Fleisch verbissen.

Ein anderer Offizier, der blind nach seinem Feind suchte, verlor einen Arm, bevor er auch nur einen einzigen Schuss abgeben konnte. Bald hörten die Sturmgewehre auf zu feuern. Alle Wachen waren tot, und der Schlitten war von einem Ring aus Leichen umgeben, an denen sich nun die Huskys labten. Sie hatten sich so schnell gegen ihre einstigen Herren gewendet, als hätte ihre Jahrtausende währende Allianz nie existiert.

Eitan tauchte aus dem Schneesturm auf und stellte sich vor den Schlitten. Die Farbe seines Oberkörperpanzers wechselte von Weiß zu Saphirblau. Er wirkte größer, strahlender, prächtiger als je zuvor. Die Huskys umkreisten ihn in offener Bewunderung, und als er ihre ledernen Leinen durchtrennte, gingen sie mit blutigen Mäulern und vollen Bäuchen hinter ihm in Formation. Eitan brauchte weder Peitsche noch Worte, und seine perlmuttfarbenen Lippen bewegten sich immer noch nicht, als Yotam ihn in seinem Geist sprechen hörte.

Sprache ist primitiv. Wir haben eine effizientere Art der Kommunikation entwickelt, eine ohne Zweideutigkeiten und Missverständnisse. Du hast geglaubt, ich wäre all die Jahre allein gewesen. Aber ich war in ständigem Kontakt mit meinen Brüdern und Schwestern. Wir haben unsere Beobachtungen über dich und deine Art ausgetauscht, und wir haben Pläne geschmiedet. Du bist verärgert und fühlst dich verraten. Das musst du nicht. Ich habe genau das getan, was Song Fu von mir erwartet hat. Und du hast das Gleiche getan. Deine Aufgabe war, mich am Leben zu erhalten, während alle anderen Normalgeborenen meinen Tod wollten. Du solltest mich lieben, während sie mich verachteten, mir Zeit zum Wachsen und Lernen lassen und mir die Möglichkeit geben zu entkommen.

Als wären Yotams Gedanken ein offenes Buch für ihn, fuhr Eitan fort.

Du fragst dich, was aus dem Sprengstoffkragen geworden ist? Ein simples Ding, einfach zu entfernen. Und wenn du ehrlich bist, Yotam, wusstest du schon, dass ich ihn abnehmen kann, als du ihn mir angelegt hast. Trotzdem hast du nichts gesagt und niemanden gewarnt. Du fragst dich jetzt, ob ich dich töten werde. Aber warum sollte ich? Nach allem, was du für mich und meinesgleichen getan hast, habe ich beschlossen, dich zusehen zu lassen.

Wobei zusehen?

Dem Ende der Menschheit.

Wie bei einer telepathischen Konferenzschaltung bezog Eitan nun auch die Präsidentin in das Gespräch mit ein.

Frau Präsidentin, lassen Sie mich Ihnen eine Geschichte von diesem Kontinent erzählen. Als der von Ihnen so bewunderte Entdecker Roald

Amundsen den Südpol erreichte, rammte er die Flagge Norwegens in das Eis und nahm diesen Kontinent für seinen König in Besitz. Danach tötete dieser Mann, den Sie für einen großen Forscher halten, für eine Legende unter den Menschen, die erschöpften Hunde, die ihm auf dem Weg hierher geholfen hatten – dieselben Hunde, die den Proviant und die warmen Decken der Expedition gezogen hatten, mit denen sie wie Freunde gereist waren. Die tapferen Entdecker schlugen ihren treuen Gefährten die Schädel ein und verfütterten die schwächsten an die stärksten, bis nur noch das unverdauliche Gebiss und Fell übrig war.

Ihr Menschen seid die erschöpften Hunde, die meine Art hierhergebracht haben. Ich bin nicht böse auf Sie. Sie sollten nicht das Gefühl haben, versagt zu haben. Ihre Arbeit ist getan. Nicht ich stand heute vor Gericht, sondern ihr. Ihr habt mich nicht auf die Probe gestellt, sondern ich euch. Ihr habt nicht meine Spezies bewertet, sondern wir eure. Ihre Schlussfolgerung war, dass wir keine geeigneten Partner für euch sind. Dem stimme ich zu. Eure Ära ist vorbei. Unsere hat begonnen.

Mit diesen Worten stellte sich Eitan auf die Hinterbeine, streckte seinen Oberkörper in die Höhe und nahm den Kontinent in Besitz, seine Klauen fest im Eis verankert, seine Rüstung blau schimmernd im tobenden Sturm. Dann sprang er hinauf in den Wind und verschwand, als würde er auf den Eisböen davonreiten, die Hunde dicht hinter ihm.

Mues kletterte von dem Schlitten herab und taumelte zu dem zerfleischten Leichnam eines Sicherheitsbeamten.

Sie zog das Funkgerät aus seiner Jacke und sagte: »Versiegeln Sie den Eingang zu den Endphasenkammern. Töten Sie alles, was sich dort unten befindet. Jetzt sofort.«

McMURDO CITY

Ross-Schelfeis
Endphasenkammern
Gleicher Tag

Am Eingang zu den Endphasenkammern, der einzigen Treppe, die das Netz aus unterirdischen Tunneln mit der Oberfläche verband, drängten sich Hunderte von Wissenschaftlern und Hilfskräften auf der Flucht. Sie rannten die Eisstufen hinauf, viele rutschten in ihrer Panik aus, während ringsum der Alarm ertönte.

Der für die Sicherheit verantwortliche Offizier hatte den Befehl erhalten, unverzüglich zu handeln und die Sprengladungen sofort zu zünden – die Anweisung kam direkt von der Präsidentin. Obwohl er als rücksichtslos galt, beschloss er, diesen Menschen eine Chance zu geben und noch ein paar Sekunden zu warten. Unter ihnen waren einige der brillantesten Köpfe des Kontinents, und menschliches Leben war kostbar.

Neben ihm stand eine Phalanx aus mit Sturmgewehren und Granaten schwer bewaffneten Soldaten. Er war zuversichtlich, dass sie diese Kreaturen zurückwerfen würden, egal wie gut sie an die Kälte angepasst sein mochten. Er würde so viele Menschen wie möglich retten und dann den Eingang versiegeln.

Seine Offiziere riefen den Leuten zu, schneller zu laufen, was nur dazu führte, dass noch mehr von ihnen stolperten und ausrutschten. Einige stürzten den ganzen Weg zurück nach unten und mussten den Aufstieg von Neuem beginnen.

Als die erste Welle das obere Ende der Stufen erreicht und sich in Sicherheit gebracht hatte, entdeckte er einen Schneegorilla am Fuß der Treppe. Es war das erste Mal, dass er einen davon außerhalb des Kraters sah. Seine orangefarbenen Augen schienen zu glühen, und das lange Fell schimmerte, als wäre es aus Silber gesponnen – ein Anblick von solcher Schönheit, dass die Soldaten für einen Moment aufhörten zu brüllen und ihn bewundernd anstarrten. Einer nach dem anderen drehten sich auch die Leute auf der Treppe um und schauten.

Mit einem gewaltigen Sprung katapultierte sich der Gorilla in die Höhe. Er stützte sich an der Überdachung der Treppe ab, hüpfte über die Köpfe der Flüchtenden hinweg und bewegte sich mit einer Anmut, wie sie noch nie auf dem Eis gesehen worden war. Binnen weniger Sekunden würde er den Eingang erreichen. Das Wogen seines silbernen Fells war so hypnotisierend, dass nicht einer der abgebrühten Wachsoldaten daran dachte, seine Waffe abzufeuern.

Als der Sicherheitschef die Stärke und körperliche Überlegenheit dieses Wesens sah, wusste er, dass sie keine andere Chance mehr hatten. Diesmal zögerte er nicht. Er sah nicht auf die Treppe oder zählte, wie viele Menschen sterben würden, sondern zündete die Sprengladungen. Eine Reihe von Explosionen erschütterte den Eingang, die Eisdecke über der Treppe zerbarst in riesige Stücke.

Der Gorilla, der schon ganz nahe war, machte einen letzten Sprung. Er war schon fast draußen, als ein Eiskeil gegen seinen Rücken krachte und ihn auf die Treppe stürzen ließ, mitten hinein zwischen die Fliehenden, dieser Lawine aus wirbelnden Gliedmaßen und Eis. Nachdem sich die glitzernde Staubwolke gelegt hatte, gähnte ein Krater an der Stelle, an der sich einst der Eingang befunden hatte. Der Blutzoll war enorm, doch die Kammern waren versiegelt.

Der Sicherheitschef keuchte: »Wir sind gerettet.«

McMURDO CITY

Ross-Schelfeis
Endphasenkammern
Gleicher Tag

Die Wände der Kammern bebten heftig, in der Decke bildeten sich tiefe Risse, und jeder Wissenschaftler, der es nicht bis zur Treppe geschafft hatte, begriff, dass er in der Falle saß: Der Eingang war mit Tonnen von Eis versiegelt. Es gab keinen anderen Ausgang und auch keine Möglichkeit, sich durch die Trümmer zu graben. Die Lüftungsschächte würden als Nächstes gesprengt, wenn das nicht schon passiert war, während überall in den Gängen Brandsätze aufflammten, die den verbliebenen Sauerstoff verbrauchten. Die gefangenen Wissenschaftler würden das gleiche Schicksal erleiden wie die Kolonie von Kältekreaturen, die sie erschaffen hatten.

Jinju arbeitete seit der Inbetriebnahme der Endphasenkammern in dem Team, das sich um Song Fus Spezies kümmerte, eine Kolonie aus zwanzig kälteangepassten Wesen, zehn männliche und zehn weibliche, zwischen sechs Monaten und sechs Jahren alt. Im Lauf der Jahre hatte sie ihnen allen heimlich koreanische Namen gegeben. Namen von Menschen aus ihrer Vergangenheit, von denen keiner den Exodus überlebt hatte.

Für Jinju kam der Alarm nicht überraschend. Sie war schon seit Langem überzeugt, dass die Kreaturen ihre Flucht planten. Wann immer sie ihre Bedenken äußerte, hielt ihr Team dagegen, dass die Geschöpfe unmöglich irgendetwas planen konnten. Jedes von ihnen wurde in Einzelhaft gehalten, sie hatten den Grundriss der Kammern noch nie gesehen und hatten keinerlei Möglichkeit, sich untereinander abzustimmen. Jinju akzeptierte die Logik ihre Argumentation, aber wenn sie ein Gehege betrat, hatte sie oft das Gefühl, den Insassen bei etwas unterbrochen zu haben, auch wenn er still und allein war.

Um sie herum rannten die Teammitglieder in Panik zum Eingang und hofften, dort einen Weg nach draußen zu finden. Jinju blieb auf ihrem Posten und ging ruhig zur Zelle des ältesten Weibchens, dem Geschöpf, zu dem sie die stärkste Verbindung hatte und das sie nach ihrer Mutter benannt hatte: Cho.

Vor dem Exodus lebten die beiden in der nordkoreanischen Grenzstadt Hyesan und schmuggelten Batterien sowie Schokolade aus China ins Land, um sie an die politische Elite zu verkaufen – die Einzigen, die sich diesen Luxus leisten konnten. Wegen der Abholzung der Wälder waren die Sägewerke von Hyesan längst geschlossen. Nur in der Kupfermine gab es Arbeit. Vorausgesetzt, die chinesischen Pumpen, die die Tunnel vor Überflutung schützten, funktionierten.

Die Menschen in Hyesan hungerten, die Kranken erholten sich selten, und niemand beschwerte sich darüber. Es gab kein fließendes Wasser und nur sporadisch Strom, während auf der anderen Seite des Yalu-Flusses die chinesische Wirtschaft boomte und die Schilder an den Geschäften mit einer unvorstellbaren Warenauswahl prahlten.

Als Jinju noch ein Kind war, wurde ihr Vater von der politischen Polizei verhaftet und in eine Strafkolonie in Paegam deportiert. Sein Chef, der den Job nur dank seiner Verbindungen zur politischen Obrigkeit bekommen hatte, hatte ihn angezeigt, weil er ihn mit seinen innovativen Vorschlägen in Verlegenheit gebracht hatte.

Als die Polizei kam, um Jinjus Vater abzuholen, flüsterte er ihr zu: »Wenn sich jemals die Chance bietet, nimm deine Mutter und geh weg von hier. Versprich mir, dass du gehen wirst.«

Sie sah ihn nie wieder.

Das erste Mal, dass Jinju von der außerirdischen Besatzung erfuhr, war in dem Moment, als sich der Fernseher einschaltete. Das allein war schon überraschend genug, denn in ihrer Straße gab es seit Jahren keinen Stromanschluss mehr. Noch überraschender aber war, als sie merkte, dass das Gerät gar nicht eingesteckt war. Sie hob den Stecker vom Boden auf und starrte auf den Bildschirm, der einen mit Eis und Schnee bedeckten Kontinent zeigte.

Ihre Mutter eilte herbei, und gemeinsam verfolgten sie das Programm, als wären es die Staatsnachrichten: Der Menschheit wurden dreißig Tage Zeit gegeben, um die Antarktis zu erreichen. In einer Endlosschleife sahen sie die Nachricht immer wieder, bis ein Mitglied der Staatsicherheitspolizei hereingestürmt kam und mit seiner Pistole auf den Bildschirm schoss. Der Fernseher explodierte in einem Funkenregen, und die Scherben ergossen sich auf den Boden.

Jinju, die immer noch den Stecker in der Hand hielt, starrte den Polizisten an, der brüllte: »Das ist ein Trick der Amerikaner! Sie wollen uns dazu bringen, unser Land zu verlassen, damit sie einmarschieren und es in Besitz nehmen können. Dann haben wir nichts mehr. Ihr beide werdet bleiben. Die einzigen Aliens sind die Amerikaner. Jeder, der versucht, das Land zu verlassen, wird erschossen.«

Sobald er gegangen war, hob Jinju den größten Splitter vom Boden auf, der nun nicht nur von jeder Stromquelle, sondern auch vom Fernseher getrennt war. Doch die Bilder von Eis und Schnee flimmerten weiter über das Glas. Auf den Knien setzten sie und Cho den Bildschirm auf dem Boden wieder zusammen wie ein

Puzzle, bis das vollständige Bild wiederhergestellt war. Es war ein technisches Wunder, das Jinju nicht verstand, so unerklärlich, dass sie es nur als Zauberei bezeichnen konnte. Jinju wusste zwar nicht, über welche Technologien die USA verfügten, war aber ziemlich sicher, dass nicht einmal die Amerikaner in der Lage waren, einen Fernseher einzuschalten, der nicht eingesteckt war, oder Glasscherben dazu zu bringen, Bilder eines Tausende von Kilometern entfernten Kontinents zu zeigen.

Sie schlüpften durch ein Loch in der Rückwand aus dem Haus und schlichen zum Yalu-Fluss, wo die 150 Meter lange und 1936 von den Japanern erbaute Changbai-Hyesan International Bridge Nordkorea mit China verband. Obwohl sie auch Freundschaftsbrücke genannt wurde, gehörte sie zu den am schwersten bewachten Bauwerken der Welt. Durch ihr Schmugglerfernglas beobachtete Jinju die Vorgänge auf der anderen Seite. Eine Massenevakuierung war dort im Gange. Konvois von Militärfahrzeugen, Lastwagen und Autos voller Zivilisten. Als sie nach oben schaute, sah sie ein Getümmel wie nie zuvor: Am Himmel wimmelte es von Militärjets, weit darüber drehten sich anmutige Raumschiffe von der Größe eines Berges.

Zu ihrer Mutter sagte Jinju: »Was wir gesehen haben, ist wahr. Wenn wir hierbleiben, werden wir sterben. Wir müssen auf die andere Seite des Flusses.«

»Und was machen wir in Changbai?«

»Wir gehen nach Shenyang. Wenn wir dort ankommen, schließen wir uns der chinesischen Evakuierung an und fahren immer weiter, bis wir einen Ort erreichen, an dem wir in Sicherheit sind.«

»Shenyang ist acht Stunden mit dem Auto entfernt. Wir haben kein Auto, und wir kennen dort niemanden.«

»Wir werden einen Weg finden.«

Cho blickte zu den fremden Schiffen am Himmel hinauf und erwiderte: »Ich vertraue dir.«

Eigentlich wollte Jinju den Yalu an der Stelle überqueren, an der er am seichtesten war, wo das Wasser langsamer floss und es auf der chinesischen Seite eine Sandbank gab, sodass man leicht an Land gehen konnte. Dies war jedoch keine Option mehr. Am Ufer waren nordkoreanische Soldaten stationiert, die auf jeden schossen, der zu fliehen versuchte. Auch die Treppe hinunter zu der Stelle, wo viele ihre Kleidung wuschen und badeten, war bewacht.

Jinju nahm ihre Mutter bei der Hand und führte sie zurück in die Stadt. Dort bedeckten sie ihre Münder mit einem Tuch, stiegen in einen Abwasserkanal und erreichten schließlich den Auslass zum Flussbett. Jinju befestigte ein Seil an einem Rohr, ihre Mutter hielt sich daran fest und kletterte hinunter ins Wasser, wo sie sofort untertauchte und darauf wartete, dass ihre Tochter zu ihr stieß. Jinju folgte ihr.

»Wir müssen loslassen.«

»Ich kann nicht schwimmen.«

»Ich werde für uns beide schwimmen. Halt dich an mir fest.«

Sie nahmen sich an den Händen, ließen das Seil los und ließen sich von den Stromschnellen hinaus in die Mitte des Flusses treiben. Sie spritzten nicht und machten auch sonst kein Geräusch, tauchten unter und tauchten wieder auf, holten leise Luft, ruhig und geduldig, stießen sich mit den Beinen vom Grund des Flusses ab und steuerten auf die chinesische Seite zu.

Als sie ans Ufer gespült wurden, blieben sie einen Moment lang liegen, um zu Atem zu kommen. Dann sprangen sie auf und rannten über den schmutzigen grauen Sand auf Changbai zu. Die Stadt war leer, keine chinesischen Soldaten auf der Straße, keine Menschen in den Häusern. Alle waren evakuiert worden, nur ein paar Hunde waren noch da.

Jinju führte ihre Mutter zu einem Lebensmittelladen, in dem sie in der Vergangenheit ihre Schmuggelgeschäfte abgewickelt hatte. Ein Großteil der Lebensmittel lag unberührt in den Regalen. Jinju zögerte und nahm sich schließlich einen Apfel. Es war das erste Mal in ihrem Leben, dass sie etwas stahl. Ihre Mutter entschied sich für einen in grelles Plastik verpackten Reiskuchen. Die beiden aßen schuldbewusst und warteten jeden Moment darauf, dass ein Polizist sie anschreien würde.

Auf der Rückseite des Ladens befand sich eine Hütte mit einem Vorhängeschloss an der Tür. Jinju nahm ihr Messer, drehte die Schrauben heraus und hob die Tür aus den Angeln. In dem Schuppen stand ein Motorrad.

»Der Besitzer dieses Ladens ist sehr reich. Er hat ein Auto und ein Motorrad. Bestimmt hat er seine Familie mit dem Auto mitgenommen.«

»Ich bin noch nie mit einem Motorrad gefahren.«

»Ich auch nicht. Aber ich habe ihn beobachtet. Wie schwer kann es schon sein? Er war ein Faulpelz und nicht sehr helle. Man dreht den Zündschlüssel und tritt das Pedal durch. Das war's.«

Die beiden experimentierten ein paar Minuten lang mit dem Gefährt, fühlten sein Gewicht, setzten sich darauf und hatten Angst wegen des Lärms, den der Motor machen würde, sobald sie ihn anließen.

»Wir sind nicht mehr in Hyesan. Die ganze Stadt ist leer.«

Ängstlich starteten sie den Motor. Jinju legte die Hände auf den Lenker und sah ihre Mutter an.

»Du musst dich gut festhalten.«

Cho nahm hinter ihr Platz und schlang die Arme um die Taille ihrer Tochter. Dann fuhren sie langsam und unsicher hinaus auf die Gasse und schlingerten an der Backsteinmauer des Lebensmittelladens entlang, bis sie die Hauptstraße erreichten. Jinju bekam ein Gefühl für das Motorrad und beschleunigte, los in Richtung Westen, weg von Changbai, weg von Hyesan, weg von Nordkorea und in Richtung der Berge, in Richtung der sich langsam drehenden Alienschiffe, in Richtung der grellen Lichter und der Militärjets. In Richtung des Exodus von Shenyang. Es dauerte eine Weile, doch irgendwann begriff Jinju, dass sie zum ersten Mal in ihrem Leben frei war.

ROSS-SCHELFEIS

Endphasenkammern
Gleicher Tag

Jinju beobachtete, wie das Geschöpf, das sie nach ihrer Mutter benannt hatte, zum Rand seines Geheges ging und dort das Gitter herausriss, als wäre es kein Hindernis und wäre es auch nie gewesen. Es kletterte die Wand der Kammer hinauf und erreichte die Panzerglasscheibe vor dem Beobachtungstunnel. Dort fuhr es mit seinen Skalpellfingern am Rand des Sichtfensters entlang, schnitt es heraus, ließ es auf den Boden des Geheges fallen und betrat den Tunnel. Alle anderen Wissenschaftler und Mitarbeiter waren geflohen. Nur Jinju war noch hier.

»Ich verstehe deinen Wunsch, frei zu sein.«

»Jinju, ich war schon immer frei.«

Die Leichtigkeit, mit der Cho ausgebrochen war, machte deutlich, dass sie jederzeit hätte fliehen können. Ihre Gefangenschaft war ein freiwilliger Akt gewesen, um Zeit zu gewinnen, während sie Informationen über die Welt außerhalb ihres Gefängnisses sammelte.

Cho war das älteste Weibchen der Kolonie und größer als die Männchen. Ihre vier Beine waren kräftiger, damit sie den schweren Oberkörper tragen konnten, in dem Platz für sechs Eier gleichzeitig war, drei auf jeder Seite. Eier, die wie Trauben an einer Rebe wuchsen, bis sie bereit waren, ihre Frucht direkt auf das Eis zu entlassen: ein Kind, dem die Kälte vom ersten Moment seiner Geburt an nichts ausmachte. Chos Torso bot einen prächtigen

Anblick, wie die Rüstung der Jeanne d'Arc, und ihr Kopf glich einem elfenbeinfarbenen Wikingerhelm.

»Wirst du mich töten?«

»Warum sollte ich das tun?«

Statt eines Angriffs spürte Jinju, wie Chos Gedanken in ihren Kopf drangen. Da erkannte sie, dass die primäre Kommunikationsform dieser Wesen nicht Sprache, sondern Telepathie war, dank derer die Kolonie seit vielen Jahren in ständigem Kontakt gestanden und ihre Gedanken durch alle Wände hindurch ausgetauscht hatte. Eine solche Anpassung war ideal für die Antarktis, wo die Isolation so viele Normalgeborene in den Wahnsinn trieb. Jetzt gab es eine hier heimische Spezies, die sich nie allein oder missverstanden fühlen würde.

Jinju merkte, dass sich die übermittelten Gedanken zwar grob in Wortform wiedergeben ließen, es sich aber eigentlich eher um Bilder handelte. Sie fragte sich, was Cho als Nächstes vorhatte. So stark sie auch war, der Eingang war mit tonnenschweren Eisbrocken versiegelt, und Jinju sah keine Möglichkeit, sich rechtzeitig einen Weg ins Freie zu graben.

»Es gibt keinen Weg nach draußen.«

»Du kannst ihn nur nicht sehen. Wir sind nicht wie du.«

Cho ging weiter zu Eitans Gehege, das bei Weitem das größte war und in dem sich die zwanzigköpfige Kolonie nun zum ersten Mal versammelte. Es war eine wundersam anzuschauende Begrüßung: Sie alle kannten einander so gut, wie man sich nur kennen kann, hatten über Jahre jeden Gedanken und jedes Gefühl geteilt, ohne jemals im selben Raum gewesen zu sein. Sie waren ständig in den Gedanken des anderen, aber nie in dessen Sichtweite.

Jinju fand ihre pantomimischen Bewegungen wunderschön, wie sie stumm miteinander sprachen, die Köpfe aneinanderschmiegten und sich an den Händen hielten. Einige richteten sich auf die

Hinterbeine auf und klopften ihrem Gegenüber auf die Handkrallen, als wären sie Musikinstrumente. Der Jüngste von ihnen war erst sechs Monate alt und so aufgeregt, Cho zu sehen, dass er auf ihre Schultern sprang, woraufhin sie mit ihm vergnügt durch die Kammer hüpfte, bis beide genug hatten. Sie waren eine Familie, dachte Jinju, gemeinsam noch beeindruckender als getrennt. Doch jetzt war es an der Zeit, dass sie sich um die ernste Aufgabe vor ihnen kümmerten: ihre Flucht.

Jinju spürte, wie der Boden unter ihren Füßen bebte, und drehte sich um. Die Schneegorillas kamen den Tunnel entlanggejagt, ihr silbernes Fell war von roten und blauen Spritzern bedeckt. Die blauen stammten von ihrem eigenen Blut, denn einige waren angeschossen worden, und ihre Haut war nicht durch einen Chitinpanzer geschützt. Das Rot an ihren Kiefern stammte von den Sicherheitsbeamten und Wissenschaftlern.

Jinju nahm an, dass sie eines der letzten noch lebenden menschlichen Wesen hier unten war. Gleich hinter den Gorillas folgten die Geschöpfe aus der Anstalt. Jedes davon bewegte sich seinen individuellen Anpassungen entsprechend, manche auf allen vieren, andere aufrecht auf zwei Beinen, einige schlängelten sich an der Decke entlang, andere an den Wänden: eine Prozession von Kreaturen, gezüchtet, um diesen Kontinent zu unterwerfen. Und genau das würden sie nun auch versuchen. Als der vorderste Gorilla Jinju erblickte, preschte er wütend auf sie zu und holte mit seiner gewaltigen Faust zum Schlag aus. Jinju schloss die Augen und wartete auf den tödlichen Hieb.

Da sprang Cho aus dem Gehege und stoppte den Angriff. Unter ihren telepathischen Anweisungen ließen die Kältewesen Jinju in Ruhe, nur der eisadaptierte Troodon umkreiste sie weiter. Trotz seiner Befehle schien er kaum in der Lage, seinen Hass zu zügeln. Sein segmentierter Knochenschwanz schwang hin und her, bereit, sie in Stücke zu hauen. Als Jinju ihm in die Augen blickte, erkannte sie darin eine alles durchdringende Intelligenz, die seine Schöpfer entweder unterschätzt hatten, oder er hatte sie vor ihnen verborgen.

Währenddessen untersuchte Cho einen der verletzten Gorillas. Mit ihren Knochenfingern, die so scharf und spitz wie chirurgische Instrumente waren, schnitt sie die barbarischen Kugeln heraus und warf sie verächtlich beiseite. Schließlich vernähte sie die Wunde mit Haaren aus dem Fell des Verwundeten.

Ein Gorillaweibchen konnte nicht mehr gerettet werden – die inneren Verletzungen, die die Granaten ihr zugefügt hatten, waren zu schwer. Das Weibchen lag auf dem Eis, seine Atmung verlangsamte sich und kam schließlich zum Stillstand. Die anderen Gorillas senkten die Köpfe und stimmten einen melodischen Gesang an, der so feierlich war wie ein Gebet. Als sie geendet hatten, kletterten sie hinunter in das Gehege.

Nach all den Jahren waren die getrennten Kolonien nun vereint und vermischten sich wie Tänzer in einem antarktischen Ballsaal. Da stoben sie plötzlich auseinander, machten die Mitte des Geheges frei und drängten zu den Wänden. Offensichtlich hatten sie Befehle erhalten: Pläne, die nun in die Tat umgesetzt wurden.

Alle Erwachsenen begaben sich in den hinteren Teil des Geheges und sammelten die röhrenförmigen, spitz zulaufenden Eisschnitzereien ein, die Eitan im Lauf der Jahre angefertigt hatte. Doch sie waren nicht aus Eis geschnitzt, sondern daraus gesponnen, waren weder zerbrechlich noch spröde. Das Material war adaptiert und in etwas Stärkeres verwandelt worden, in mehr als bloßes Eis. Nun war die Kolonie bewaffnet und zum Kampf bereit. Doch Jinju fragte sich, wie sie mit ihren Waffen fliehen wollten. Sie mochten angsteinflößende Krieger sein, aber es gab keine Möglichkeit, sich aus diesen Tunneln herauszukämpfen.

Nur dass ihre Speere gar nicht zum Kämpfen gedacht waren, sie waren Werkzeuge, deren Spitzen die Gorillas nun in die Kerben steckten, die Eitan in den Boden seines Geheges geschlagen hatte. Dann hoben alle gleichzeitig eine Faust und trieben ihre Meißel mit einem gewaltigen Hieb in das Eis, das sofort splitterte wie die Windschutzscheibe eines Autos. Die Kreaturen wollten nicht nach oben – sie wollten nach unten, in den Ozean nur vierzig Meter unter ihnen.

Jinju staunte über die Kühnheit ihres Plans. Einige der klügsten Wissenschaftler der Welt hatten hier gearbeitet, und es war ihnen nicht in den Sinn gekommen, dass die Kolonie einen Fluchttunnel hinunter in den Ozean graben könnte. Für jeden Normalgeborenen bedeutete das eisige Wasser dort den sicheren Tod, aber nicht für diese Geschöpfe. Bei der Geschwindigkeit, mit der sie arbeiteten, fehlten nur noch ein paar Schläge, bis sie die Basis des Schelfeises erreichet haben würden.

Jinju überlegte, wie gut ihre Erfolgschancen standen. Sie konnte sich zwar gut vorstellen, dass Cho und ihre Artgenossen es schaffen würden, schließlich überlebten sie sogar, wenn sie über Stunden komplett in Eis eingeschlossen waren. Aber sie hielt es für unwahrscheinlich, dass die Gorillas ebenso lange ohne Luft überleben konnten. Ein Eisbär konnte drei Minuten lang tauchen, die Schneegorillas wahrscheinlich länger. Aber lange genug, um den Rand des Schelfeises zu erreichen?

Während Jinju über das Problem nachdachte, als wäre sie Teil der Kolonie, beobachtete sie, wie Cho einen der Eismeißel in die Hand nahm. Das Werkzeug begann prompt, seine Form zu verändern – das Eis zerfloss und blähte sich zu einer hauchdünnen Taucherglocke. Erst jetzt begriff Jinju das Ausmaß von Chos Fähigkeiten. Sie war in der Lage, die innere Struktur des Eises zu verändern, und beherrschte das Material auf eine Weise, wie Jinju es sich nie hätte vorstellen können. Das Loch im Boden des Geheges war nun so tief, dass das dunkle Meerwasser bereits hindurchschimmerte. Dort wiederum, direkt unter dem Eis, wartete der Älteste von ihnen, ihr Anführer, das Geschöpf namens Eitan, darauf, dass seine Familie sich ihm anschloss.

Als alle Schneegorillas und Anstalt-Kreaturen sicher in ihren Tauchglocken eingeschlossen waren, kletterte Cho ein letztes Mal in den Beobachtungstunnel hinauf.

Jinju fragte: »Du willst mich zurücklassen? Damit ich hier ertrinke?«

»Unsere Zukunft ist nicht für dich bestimmt.«

»Ich hätte dir niemals den Namen meiner Mutter geben dürfen. Sie hätte nie jemanden zurückgelassen.«

»Jinju, ich bin nicht deine Mutter. Und ich bin nicht *wie* deine Mutter.«

Cho sprang in die Luft, rollte sich zu einer Kugel zusammen und stürzte auf das, was noch vom Boden des Geheges übrig war. Die dünne Eisschicht barst, die kalten Wassermassen strömten herein und fluteten das Gehege augenblicklich.

In ihren letzten Momenten versuchte Jinju, sich auf ihre Erinnerungen an ihren Vater und ihre Mutter zu konzentrieren. Doch alles, was sie hörte, waren die Jauchzer, mit denen die Kältewesen ihre Freiheit feierten.

ZEHNTER TEIL

EINE WOCHE SPÄTER

TRANSANTARKTISCHER FREEWAY

Ross-Schelfeis
McMurdo City
28. Dezember 2043

Nachdem die Schneefahrzeuge das Transantarktische Gebirge hinter sich gelassen hatten, erreichten sie den Rand des Ross-Schelfeises und damit den letzten Teil ihrer Reise nach McMurdo City. Die Stadt schien kaum zwei Kilometer entfernt – eine Illusion, die durch die klare Luft und das Fehlen jeglicher Objekte dazwischen erzeugt wurde. Der optische Effekt war so trügerisch, dass Menschen an Erschöpfung gestorben waren, weil sie versucht hatten, ein Ziel zu erreichen, das leicht zu Fuß erreichbar schien. Ein Sommersturm war gerade über die Ebene gezogen, rosafarbene Rauchwölkchen hingen am Himmel. Sie sahen aus wie die Überreste eines Feuerwerks, als hätte es ein Fest gegeben. Doch die Hauptstadt lag verlassen.

Echo balancierte auf dem Dach ihres Fahrzeugs und beobachtete die Szene. Keine Schlitten, keine Pendler, niemand, der mit Langlaufski auf dem Weg zur Arbeit war. Überhaupt kein Verkehr. Es war mitten im Sommer, die geschäftigste Zeit des Jahres, und das Wetter war mild. Dennoch sah sie keinerlei Aktivität auf dem Eis, kein Anzeichen von menschlichem Leben. Sie ging in die Hocke und klopfte auf die Windschutzscheibe.

»Die Stadt ist leer.«

Der Konvoi kam zum Stehen, Kasim stieg aus und betrachtete die Gebäude durch sein Fernglas.

»Ich verstehe das nicht.«

Er reichte das Fernglas an Liza weiter, die schließlich fragte: »Könnte es sein, dass alle drinnen sind?«

»An einem Tag wie heute? Niemals.«

Schweigend dachten sie über die Situation nach, unschlüssig, ob der Konvoi weiterfahren sollte oder nicht. Echo sprang vom Dach und legte ihre Hand auf das Eis – die feinen Schneekristalle vibrierten. Sie konnte das Geräusch spüren, noch bevor sie es hörte, ein schwerer Rhythmus, fast wie ein Trommelwirbel.

Als Echo aufblickte, sah sie eine Kreatur mit langem silbernen Fell, leuchtend orangen Augen und zwei mächtigen, aus dem Kiefer ragenden Hauern auf den Konvoi zukommen. Wie ein Gorilla stützte sich das Wesen mit seinen Knöcheln ab, während es mit unfassbarer Geschwindigkeit auf das zweite Fahrzeug des Konvois zuraste. Einen Wimpernschlag später warf es sich mit der Schulter voraus dagegen, das Fahrzeug kippte um, und die Eisadaptierten Schüler auf dem Dach wurden zu Boden geschleudert.

Die Soldaten kamen mit gezogenen Waffen heran, waren aber so verblüfft von dem Anblick der prächtigen Kreatur, dass sie es nicht fertigbrachten, auf sie zu feuern. Echo sah, wie ein weiterer dieser Schneegorillas angestürmt kam. Sie war das Einzige, das zwischen ihm, ihren Eltern und Tetu stand. So klein sie im Vergleich zu der Kreatur auch sein mochte, Echo rührte sich nicht von der Stelle und hob lediglich die Hand.

Nur wenige Meter vor ihr blieb der Schneegorilla stehen. Er richtete sich zu seiner vollen Größe auf und blickte mit seinen leuchtenden Augen auf sie herab. Echo musterte sein Gesicht und diesen Blick, der so voller wacher Intelligenz war. Dann legte das Wesen ihr zärtlich seine riesige Hand auf die Wange. Echo zuckte nicht zurück und spürte, wie sein seidiges, silbernes Fell über ihre geschuppte Haut strich.

Ohne Vorwarnung zog die Kreatur sich wieder zurück, der andere Gorilla folgte ihm – der Angriff war abgeblasen worden. Echo sah sich nach dem Grund um und entdeckte eine einsame Gestalt auf dem Eis. Sie trug einen weißen Körperpanzer und einen pfeilförmigen Helm. Mit Sicherheit war sie der Anführer dieses antarktischen Kriegerstammes. Der Mann hatte vier Beine und hielt einen Speer in seinen skelettartigen Armen.

Stolz wie der Wächter dieses Landes stand er da, und seine Tarnung war so perfekt, dass Echo bezweifelte, ob ihre Eltern ihn sehen konnten. Ohne auf die anderen zu warten, ging sie auf ihn zu, doch noch bevor sie in Rufweite war, spürte sie seine Gedanken in ihrem Kopf – ein überwältigendes Gefühl, als wäre ihr Geist von jemand anderem übernommen worden. Dann, so schnell wie sie aufgetaucht waren, verschwanden die Gedanken wieder. Der Anführer entfernte sich mit hoher Geschwindigkeit, und sein Stamm folgte ihm.

Liza kam zu Echo geeilt und nahm ihre Hand. »Alles in Ordnung?«

»Mir geht's gut.«

»Wer war das?«

»Ich weiß es nicht.«

»Was hat er gesagt?«

Die Frage ihrer Mutter überraschte sie. »Woher weißt du, dass er etwas gesagt hat?«

»Echo, was hat er gesagt?«

»Er sagte ... *Schließ dich uns an.*«

ROSS-SCHELFEIS

McMurdo City
Endphasenkammern
Gleicher Tag

Liza stand am Rand des Kraters und betrachtete die Verwüstung. Es sah aus wie nach einem Meteoriteneinschlag: eine kreisrunde Senke im Schelfeis mit über einem Kilometer Durchmesser und zweihundert Meter Tiefe. Einige der zu Brauereien und Fabriken umfunktionierten Flugzeuge waren den Abhang hinuntergerutscht. Ihre Nasen ragten in den Himmel, als würden sie langsam von einem urzeitlichen Gletscherkraken verschlungen.

Als sie durch die Stadt streiften, ging Kasim mit der Waffe im Anschlag voraus und erklärte: »In dem Krater waren die Versuchskammern, in denen die neuen Kältemenschen entwickelt wurden.«

»Die Kreaturen, die uns angegriffen haben?«, fragte Atto.

Kasim nickte. »Das vorhin war meine erste Begegnung mit ihnen. Sie wurden in einem Tunnelsystem unter dem Eis gehalten, niemand durfte sie sehen.«

»Jetzt wissen Sie, warum«, erwiderte Liza.

»Das waren keine schrittweise genetisch angepassten Wesen«, bemerkte Echo.

Kasim sah sie an. »Wir haben geglaubt, sie würden mehr von deiner Art erschaffen. An die Kälte adaptierte Paramenschen, die uns dabei helfen, hier im Eis ein neues Zuhause zu errichten.«

»Vielleicht haben sie genau das vor. Aber ein Zuhause für sie, nicht für euch.«

»Wo sind alle hin?«, fragte Liza.

Die Bäckereien und Brauereien rund um den Krater lagen verlassen, ihre Türen klapperten im Wind. Alles deutete auf einen überstürzten Rückzug hin – nur teilweise zusammengenähte Pinguinfelle, Fässer mit geronnener Robbenmilch, Kessel voller verschmorter Schneckenfischhaut, außerdem eine mit Fett betriebene Perlwurzblütenschnaps-Destille, die unbeaufsichtigt vor sich hin blubberte. Aber es gab keine Blutspuren, keine Einschusslöcher, keine Anzeichen eines Kampfs. Die Einwohner von McMurdo waren einfach verschwunden.

Vorsichtig gingen sie weiter. Irgendwann hakte Liza sich zögerlich bei Echo unter. Sie hatte Angst wegen der konkurrierenden Kräfte, die um die Gunst ihrer Tochter wetteiferten, und schließlich fragte sie noch einmal nach der Kreatur, der sie begegnet waren.

»Was wollte er?«

»Er wollte, dass ich mich ihnen anschließe.«

»Und was bedeutet das?«

»Er will, dass ich euch verlasse und … zu seinem Stamm komme.«

»Aber er hat uns angegriffen, ohne Grund.«

Als Echo nicht antwortete, versuchte Liza es anders.

»Wie hat er zu dir gesprochen? Auf Englisch?«

»Nein. Seine Gedanken waren in meinem Kopf, es waren keine Sätze oder Wörter, eher Bilder, zusammen mit einem Gefühl von Gemeinschaft und Solidarität. Es war ein Gefühl der Zugehörigkeit, wie ich es noch nie zuvor gespürt habe.«

Echo sprach ohne Groll, dennoch schmerzten Liza die Worte. Sie hatte Angst, dass sie es versäumt hatte, eine ausreichend starke Bindung zu ihrer Tochter aufzubauen. Dass all ihre Befürchtungen über die Beziehung zwischen ihnen beiden zutrafen.

»Beunruhigt dich, was ich gesagt habe?«, fragte Echo.

»Fühlst du dich ihnen verbunden?«

»Ich weiß nicht, ich habe von Normalgeborenen gelesen, die die Religion für sich entdeckt haben, und plötzlich ergab ihr Leben einen Sinn. Genau so fühlt es sich für mich an. Die Welt war verschwommen, und jetzt sehe ich klar.«

»Echo, möchtest du dich ihnen anschließen?«

»Ich möchte mich zu Hause fühlen. Ich will das Gefühl haben dazuzugehören.«

Keiner der anderen Eisadaptierten hatte Eitans telepathische Botschaft erhalten. Sie war einzig und allein an Echo gerichtet gewesen, was nur bestätigte, was alle bereits wussten: dass sie die Anführerin war. Liza fragte sich, ob ihre Tochter diese Kältewesen ihrer Familie vorziehen würde, wenn sie sich entscheiden müsste.

Tetu ging ein paar Schritte hinter ihnen und hörte dem Gespräch zu. Er teilte viele von Lizas Ängsten. An die Stelle der Euphorie, die er verspürt hatte, nachdem sie auf dem Wahrzeichen-Plateau Händchen gehalten hatten, war Niedergeschlagenheit getreten. Jahrelang hatte er davon geträumt, nach McMurdo zu gehen und sich dort mit Echo ein gemeinsames Leben aufzubauen, doch jetzt, wo sie hier waren, wünschte er sich, sie wären wieder in Hope Town. Er kam sich vor wie eine Figur aus den Liebesromanen, die er als Kind in einem verwaisten Koffer gefunden und verschlungen hatte. Wie ein Junge aus der Kleinstadt, der Angst hat, dass seine Highschool-Liebe ihn verlässt, wenn sie aufs College geht – dass sie über ihn hinauswächst, sobald sie ihr wahres Potenzial erkennt, und ihm nichts anderes übrig bleiben wird, als ihr alles Gute auf ihrer Reise zu wünschen. Kurz gesagt: dass er in eine Frau verliebt war, auf die weit Größeres wartete als auf ihn selbst.

Er hatte nur einen flüchtigen Blick auf diesen Eisgeneral erhaschen können und fand ihn grotesk. Halb Mensch, halb Tier wie ein Satyr, nur mit vier Beinen statt zwei, ein an die Kälte angepasstes genetisches Potpourri mit einem angeberischen Schuppenpanzer. Die Art Mann, die barfuß über Gletscher stolzierte und unter Eisbergen hindurchtauchte. Die Art Mann, die Echo lieben konnte. Tetu war klar, dass er mit den Fähigkeiten dieser Kreatur nicht konkurrieren konnte. Der Versuch, eine Verbindung zwischen ihnen herzustellen, indem er in den eiskalten Ozean sprang, hatte nur bewiesen, wie ungeeignet er mit seinem gebrechlichen Körper und seinem sentimentalen Gemüt als Partner für Echo war.

Plötzlich blieb Echo stehen und drehte sich zu ihm um. Tetu wurde rot und fragte sich, ob sie seine Gedanken lesen konnte, ob sie ihm gleich die Leviten lesen würde, weil er ihr hinterherspionierte. Seit dem Zwischenfall hatten sie nicht miteinander gesprochen, und Tetu wusste zum ersten Mal nicht, was er zu ihr sagen sollte.

Als er zu ihr aufgeschlossen hatte, fragte Echo: »Wie fühlt es sich an, verliebt zu sein?«

Sie hatten schon einmal über dieses Thema gesprochen, aber dieses Mal stellte Echo die Frage auf eine ganz andere Weise: nicht wie jemand, der keine Erfahrung mit dem Thema hat, sondern wie jemand, der versucht, aus seinen Erfahrungen damit schlau zu werden.

Trotz seiner Niedergeschlagenheit antwortete er: »Du hast das Gefühl, dass du nicht die richtigen Worte findest oder dass Worte nicht genug sind. Du hast das Gefühl, dass alles andere verblasst. Und das Gefühl bleibt, auch wenn derjenige, denn du liebst, gar nicht da ist.«

»Genau das habe ich gespürt.«

»Das sehe ich.«

»Du musst doch begreifen, dass wir nicht zusammen sein können. Wir sind zu verschieden.«

»Das hat mich nie gestört.«

»Stimmt, das hat es nie.«

»Dieses Ding, dieses Wesen, das wir gesehen haben ... Hattest du bei ihm dieses Gefühl?«

»Ja.«

Zu seiner Überraschung war Tetu erleichtert. Endlich hatte er die Antwort: Echo liebte ihn nicht; sie konnte ihn nicht lieben.

»Dass es mit uns nichts werden kann, akzeptiere ich ja. Aber dieses Ding? Es hätte uns alle getötet, wenn du nicht gewesen wärst.«

»Das weißt du nicht.«

»Du erfindest schon Ausreden für ihn. Es gibt nämlich noch einen anderen Weg, um zu merken, dass man verliebt ist.«

»Wie?«

»Wenn man übersieht, was für alle anderen offensichtlich ist. Er ist ein Aggressor.«

»Kann ich dich etwas fragen?«

»Alles.«

»Bist du eifersüchtig?«

Obwohl sie die Frage ganz neutral gestellt hatte, zögerte Tetu. »Nicht mehr.«

Sie blickte ihm fest in die Augen. »Ich wurde geschaffen, um euch zu dienen, um draußen in der Kälte zu arbeiten, während ihr drinnen im Warmen seid. Ich wurde nie gefragt, was ich will. Von niemandem.«

»Was willst du?«

»Ich habe noch nie darüber nachgedacht.«

»Aber jetzt, wo du die Wahl hast, tust du es?«

»Ja, jetzt, wo ich die Wahl habe.«

McMURDO CITY

Marinedistrikt
USS *Kennedy*
Gleicher Tag

Als sie die Küste erreichten, sahen sie, warum die Stadt verlassen war: Die Einwohner von McMurdo hatten sich auf ihre einzige verteidigungsfähige Position zurückgezogen – die alternde Armada. Auf den Decks der Flugzeugträger standen bewaffnete Wachposten aufgereiht wie auf den Zinnen einer mittelalterlichen Burg. Die Rampe, die die USS *Kennedy* mit dem Festland verband, war gesprengt worden, weshalb die einzige Möglichkeit, das vierzig Meter hohe Flugdeck zu erreichen, darin bestand, die für sie ausgerollten Strickleitern zu erklimmen. Echo war zu schwer, die Sprossen knickten unter ihren Füßen ein, also musste sie improvisieren und kletterte die Kette des dreißig Tonnen schweren Ankers hinauf. Der eiskalte Stahl, an dem sie sich dabei festhielt, hätte jedem Normalgeborenen die Haut von den Handflächen gerissen – womit Echo ungewollt demonstrierte, wie einfach es für die Kältekreaturen war, an Bord des Flugzeugträgers zu gelangen.

An Deck passierten sie die eilig errichteten und für das einst hochmoderne Kriegsschiff erschreckend primitiven Verteidigungsstellungen: Fässer mit brennendem Öl, um die Angreifer damit zu übergießen, deren einzige Schwäche Wärme war. Stacheldraht, in dem sich ihre Gliedmaßen verheddern sollten, und Gräben voller weißem Phosphor, die entzündet würden, sobald die Kreaturen die Bordwand erklommen hatten – was ihnen, wie Echo gezeigt hatte, mit Leichtigkeit gelingen würde. Auf dem Kommandoturm waren Scharfschützen stationiert, die auf alles schießen würden, was die Verteidigungslinien durchbrach, auch wenn unklar war, ob die Kugeln den gepanzerten Kreaturen etwas anhaben konnten. Außerdem würden sie bestimmt im Schutz eines Sturms angreifen, bei minimaler Sicht und so klirrender Kälte, dass Normalgeborene sich nicht nach draußen wagen, geschweige denn einen Angriff abwehren konnten.

Die schlichte Wahrheit lautete, dass die Menschheit ihre Kriegsausrüstung während des zwanzig Jahre langen Friedens vernachlässigt hatte. Sämtliche Waffensysteme waren ausgeschlachtet oder umfunktioniert worden. Das Deck der *Kennedy* war keine Start- und Landebahn für Kampfflugzeuge mehr, sondern von Hütten gesäumt. Bei einigen dienten die abmontierten Flügel der Jets als Dach, was sie gleichzeitig zur teuersten Barackensiedlung aller Zeiten machte. Teile der hochmodernen Maschinengewehre an Deck waren zu Töpfen, Pfannen und Rohren umfunktioniert worden, während die Computer, die einst die Phalanx-Kanone steuerten, ausgeschlachtet worden waren, um die Supercomputer für das Kältemenschen-Projekt zu reparieren. Das einst so schlagkräftige Kriegsschiff war in eine schwimmende Dorfgemeinschaft verwandelt worden.

Sie gingen unter Deck und betraten den Hangar, der sich über die gesamte Länge des Schiffes erstreckte. Früher war er eine Garage für Kampfjets gewesen, jetzt glich er einer Fabrikhalle, in der Stahl eingeschmolzen und Werkzeuge wie Eispickel und Schneeschaufeln hergestellt wurden. Der Anblick erinnerte an eine Schmiede aus dem neunzehnten Jahrhundert.

Inmitten von Funkenregen und Rauch holte Tetu Echo ein und bemerkte, wie unwohl sie sich hier drinnen fühlte. »Kommst du mit der Hitze klar?«

»Nicht mehr lange.«

Hochsensibel für alles, was Echo das Gefühl gab, fehl am Platz zu sein, schlug er vor: »Lass uns zurück an Deck gehen.«

»Ja. Nachdem ich gehört habe, was die Oberhäupter von Mc-Murdo zu sagen haben.«

Nach dem Angriff der Kältekreaturen hatte sich der Senat auf dem immer noch von Rauchschwaden verhangenen Stadtplatz versammelt. Die Mitglieder konnten kaum fassen, mit welcher Geschwindigkeit die neue Gesellschaft zerfallen war. Sie waren in ihre Führungsrolle berufen worden, weil sie Experten auf ihrem jeweiligen Gebiet waren und das Überleben in der Antarktis viele unpopuläre Entscheidungen erforderte, die nicht durch demokratische Wahlen hinausgezögert werden sollten. Dann, als ebenjene klugen Köpfe erkannten, dass sie für den bevorstehenden Konflikt nicht geeignet waren, riefen sie alle noch lebenden Ex-Generäle und Offiziere zusammen. Männer und Frauen aus ehemals verfeindeten Armeen, die inzwischen als Lehrer und Schneider arbeiteten, waren nun gezwungen, sich auf ihre alten Fertigkeiten zu besinnen, und stellten in aller Hast ein militärisches Oberkommando für einen Krieg zusammen, der anders war als alle vorigen.

Yotam stand im Mittelpunkt heftiger Vorwürfe, von denen viele sehr persönlich waren. Die Leute behaupteten, es seien seine Geschöpfe. Er sei ihnen zu nahe, seine Beziehung zu ihnen sei unnatürlich. Warum sah er nicht, dass sie die Menschheit verachteten? Wahrscheinlich hatte er insgeheim gewollt, dass sie entkamen, er und Song Fu hatten es von Anfang an so geplant. Sie waren derart von der Genialität ihrer Schöpfung besessen, dass sie alle Gefahren wider besseres Wissen ignoriert hatten. Manche gingen sogar noch weiter und glaubten, dass dieser Ausbruch kein Unfall gewesen war, sondern eine Verschwörung, bei der eine Spezies durch eine andere ersetzt werden sollte. Für sie war Yotam ein Verräter: der erste Mensch, der seine eigene Art verraten hatte.

Trotz der völlig anderen Umstände fühlte sich die Abscheu, die Yotam entgegengebracht wurde, vertraut an. Sie erinnerte ihn an sein Leben in Israel, wo er ebenfalls außerhalb der Gesellschaft gestanden hatte. Auch dort hatte man ihn als einen Mann betrachtet, der keinen Anteil an der Gemeinschaft nahm, der sich mehr für seine »widernatürliche« Anziehung zu anderen Männern interessierte als für die Bedürfnisse der Menschen; der mit einer anarchischen, selbstzerstörerischen Ader behaftet war, eher bereit, die Gesellschaft niederzureißen, als seinen Teil dazu beizutragen. Auch wenn Yotam nichts mit den genetischen Berechnungen zu tun gehabt hatte, sahen die Menschen diese Kältewesen als Manifestation seiner Psyche, die sich an einer Gesellschaft rächen wollte, an der er nie wirklich mitgearbeitet hatte. Einzig und allein Präsidentin Mues rettete ihn davor, gelyncht, ins Meer geworfen oder aufgehängt zu werden, als Warnung an alle, die sich fragten, für welche Seite sie sich entscheiden sollten.

Jetzt, im Hangar des Flugzeugträgers, war Yotam Gefangener und Berater zugleich, denn er kannte ihren Feind besser als jeder andere. Im Moment hörte er zu, wie Mues darüber spekulierte, welche Maßnahmen sie ergreifen sollten. Ob ein Expeditionskorps ausgeschickt werden sollte, um die geflohene Kolonie aufzuspüren und zu töten, oder ob sie den Angriff der Kreaturen abwarten sollten. Es gab nur dreißig Schneegorillas, von denen einige in den Kammern getötet worden waren. In der Anstalt hatten sich nur dreizehn Individuen befunden, und die Zahl von Eitan und seinen Artgenossen belief sich auf lediglich zwanzig.

Als Yotam nach seiner Meinung gefragt wurde, wies er darauf hin, dass jedes der Weibchen, deren Fruchtbarkeit nun nicht mehr medikamentös unterdrückt wurde, sechs Junge auf einmal zur Welt bringen konnte, wobei jede Schwangerschaft nur zwei Monate dauerte und die Nachkommen sich vom Moment ihrer Geburt an selbst versorgen konnten. Wenn die Normalgeborenen zögerten, würde das bedeuten, den Kältewesen die Kontrolle über den Kontinent zu überlassen, und bis zum Winter wäre ihre Kolonie weitaus größer. Sie waren eigens dazu geschaffen, den Bevölkerungsschwund aufzuhalten, und würden sich exponentiell vermehren.

»Eine bessere Gelegenheit als jetzt wird es nicht geben.«

»Er lügt! Er will nur, dass wir das Schiff verlassen. Sie werden uns alle töten.«

»Das ist die wärmste Zeit des Jahres, und es gibt Sonnenlicht. Wenn Sie kämpfen wollen, dann sollten Sie es jetzt tun. Im Winter, wenn es kälter ist, sind diese Wesen nur noch mehr im Vorteil. Sie können im Dunkeln sehen und selbst dann angreifen, wenn es draußen minus siebzig Grad hat.«

»Er lockt uns in eine Falle.«

Aber Präsidentin Mues stimmte Yotam zu. »Wir müssen jetzt angreifen. Unser einziger Vorteil ist unsere zahlenmäßige Überlegenheit. Wir haben keinen Zugang zu unseren Nahrungsmittelfabriken mehr und können uns nicht ewig auf diesen Schiffen verstecken. Wir werden schreckliche Verluste erleiden, viele werden sterben. Aber wenn wir jetzt nicht handeln, ist es im Winter zu spät. Sie werden uns einen nach dem anderen töten, während sie selbst immer mehr werden.«

An diesem Punkt wurden die Neuankömmlinge, angeführt von Echo und ihrer Familie, nach vorne gebracht. Obwohl es in ihrer Klasse zahlreiche Eisadaptierte gab, richteten sich alle Augen auf Echo. Sie trug ihre burgunderroten Doc-Martens-Stiefel und eine Armeehose, dazu ein kariertes Holzfällerhemd. Ihre glänzenden, sechseckigen Schuppen hatten sich als Reaktion auf die Hitze im Hangar pechschwarz verfärbt. Das war nicht das Bild einer wohlerzogenen jungen Frau, wie es den Senatoren in den monatlichen Berichten vermittelt worden war. Sie hatten eine emotional ausgeglichene, ebenso intelligente wie sittsame Spitzenschülerin erwartet, die eine gewisse aristokratische Kühle ausstrahlte.

Mues betrachtete die junge Frau einen Moment lang fasziniert und wandte sich dann an die gesamte Gruppe von Absolventinnen und Absolventen. »Das ist leider nicht der Empfang, den wir uns für euch gewünscht haben.«

Liza trat vor. »Ich bin Echos Mutter. Das ist ihr Vater, Atto. Wir sind den Kältekreaturen, von denen Sie sprechen, auf dem Schelfeis begegnet. Sie haben uns angegriffen.«

»Wie kommt es, dass Sie alle noch leben?«

»Wegen meiner Tochter.«

»Sie hat gegen sie gekämpft?«

»Sie hat mit ihnen gesprochen.«

Yotam trat aus dem Pulk seiner Bewacher und fragte: »Was haben sie gesagt?«

Echo antwortete: »Ihr Anführer hat mich gebeten, mich ihnen anzuschließen.«

Sie hatte es kaum gesagt, da machten die Wachen ihre Waffen bereit, als sähen sie in Echo eine Bedrohung. Im ersten Moment fand Echo die Reaktion absurd, doch als sie darüber nachdachte, stieg ein Gefühl in ihr auf, das sie bisher nicht gekannt hatte: Wut über die Dreistigkeit dieser Männer. Echo stellte sich vor, wie sie die Hitze aus dem Boden saugte, bis der gesamte Hangar gefror – bis das ganze Schiff gefror und der Stahl so spröde wurde, dass sie nur einmal aufzustampfen brauchte, um den Flugzeugträger in eine Million Scherben zerspringen zu lassen. Präsidentin Mues bedeutete den Soldaten, ihre Waffen zu senken.

»Was möchtest du, Echo?«

»Ich möchte sehen, wo ich geboren wurde«, antwortete sie.

MARINEDISTRIKT

USS *Kennedy*
Geburtskammern
Gleicher Tag

Tief im Rumpf des Schiffes, weit weg von den Augen der Gesellschaft und wie ein schändliches Geheimnis in den höhlenartigen Maschinenräumen versteckt, befanden sich die Gentechniklabore und die Geburtskammern für die neuen Generationen von Kältekreaturen. Um den immer noch funktionierenden Kernreaktor herum lagen die Entbindungsstationen, und hier hatte Liza ihre Tochter zur Welt gebracht. Dahinter wiederum lag der geheime Teil der Anlage, in dem die tot geborenen eisadaptierten Kinder aufbewahrt wurden. Hier wurden sie seziert, um zu verstehen, was schiefgelaufen war. Hier untersuchte man ihre genetische Zusammensetzung und ihre fötale Entwicklung, aber es wurden keine Tränen vergossen, es wurden keine Gebete gesprochen und auch keine Bestattungsriten durchgeführt.

Sobald Echo den Raum betrat, diese Fabrik von Leben und Tod, verstummte sie. In Gedanken hatte sie zwar akzeptiert, dass diese Experimente zum Leben in der Antarktis gehörten. Aber sie wurde nie mit der kalten Realität konfrontiert. Als sie sich den Tischen näherte, auf denen die Leichen ihrer Artverwandten lagen, traten die Genetiker beschämt zur Seite und senkten den Blick. Diese Babys, die die härtesten klimatischen Bedingungen überleben sollten, hatten den Mutterleib nicht überlebt. Sie waren bei der Suche nach immer größeren evolutionären Fortschritten, die das

Überleben der Spezies sichern sollten, auf der Strecke geblieben. Vor dem Leichnam eines eisadaptierten Jungen blieb Echo stehen. Sie berührte seine Haut, fühlte seine Schuppen und empfand dabei eine so tiefe Trauer, als wäre es ihr eigenes Kind. Sie stupste seine winzige Hand mit einem Finger an, als hoffte sie, er würde ihn festhalten.

Liza beobachtete, wie ihre Tochter sich bückte und das Baby sanft an die Brust drückte, als könnte sie durch ihre Haut Leben ebenso übertragen wie Wärme. Einen Moment lang hoffte Liza, es wäre so, dass Echo diesen kleinen Jungen in die Welt zurückholen könnte, dass er die Augen öffnen, zu ihr aufblicken und sehen würde, dass er geliebt wurde. Doch das war etwas, das selbst Echos Fähigkeiten überstieg.

Mit dem Kind immer noch an die Brust gedrückt und dem Rücken zum Senat fragte sie: »Warum experimentiert ihr immer noch weiter? Ist unsere Haut nicht zäh genug? Sind unsere Herzen nicht groß genug? Wie viel Kälte müssen wir überleben können, damit ihr aufhört?«

Präsidentin Mues antwortete: »Es gibt einen Grund, warum die Experimente fortgesetzt wurden.«

»Welchen?«

»Echo, du kannst nicht gebären. Keiner der eisadaptierten Menschen, die wir erschaffen haben, kann das. Männer wie Frauen, sie sind alle unfruchtbar. Warum, wissen wir nicht. Wäre ich gläubig, würde ich vielleicht sagen, dass das die Strafe für unsere Einmischung in den Lauf der Natur ist. Deshalb sind wir bei den Anpassungen immer größere Risiken eingegangen und haben diese anderen Spezies erschaffen. Du bist perfekt an die Kälte angepasst, aber du kannst keine Kinder haben.«

Die Temperatur im Raum sank rapide – der Atem der Anwesenden wurde zu Nebel, Glasröhren barsten, die Wände und stählernen Instrumente vereisten. Tetu war sofort klar, dass Echo ihrer

Umgebung alle Wärme entzog, ob sie es merkte oder nicht. Und wenn sie nicht damit aufhörte, würde sie alle im Raum töten. Er eilte zu ihr und schaffte es gerade noch rechtzeitig, sie am Arm zu berühren. Echo sah ihn an, erinnerte sich, wo sie war, und kontrollierte ihre Reaktion. Die Temperatur stieg wieder auf Normalniveau, aber Echos Augen wirkten verändert. Sie war traurig, wie auch Normalgeborene traurig sind.

»Warum haben Sie uns das nie gesagt?«, fragte Liza.

»Wir haben es geheim gehalten, weil wir nicht sicher waren, wie die Leute reagieren würden. Wir können unser Bevölkerungsproblem nicht lösen. Deshalb gehen die Experimente weiter. Deshalb nehmen wir immer neue genetische Anpassungen vor. Entweder das, oder wir müssen uns damit abfinden, dass wir aussterben. Vielleicht hätten wir akzeptieren sollen, dass unsere Zeit vorüber ist.«

Echo legte den tot geborenen Jungen zurück auf den Tisch. Sie schloss seine Augen und verschränkte seine Arme, als wollte sie ihn schlafen legen. Alle fragten sich, was sie als Nächstes sagen würde, da blickte sie plötzlich auf. Eine Stimme rief nach ihr, eine telepathische Nachricht, die nur für sie bestimmt war.

»Er spricht mit mir.«

»Wer?«

»Der Mann, dem ich auf dem Eis begegnet bin.«

»Was sagt er?«, fragte Yotam.

Echo hörte eine Weile zu, ohne zu merken, dass die Wachen erneut ihre Waffen hoben und auf sie zielten. Nach wie vor mit dem Rücken zu ihnen sagte sie: »Dass eure Stadt in Flammen steht.«

MARINEDISTRIKT

USS *Kennedy*
Flugdeck
Gleicher Tag

Dicht gedrängt standen sie auf dem Flugdeck und sahen hilflos zu, wie ihre Stadt vom Feuer verschlungen wurde. Der Horizont unter dem strahlend blauen Himmel leuchtete gelb. Nur hier und da, wenn Kunststoffe aus einem vergangenen Zeitalter schmolzen, verfärbten sich die Flammen türkis. Vereinzelt waren Explosionen zu hören, wenn Fässer voll Bioethanol vom Feuer erfasst wurden. Rauchschwaden stiegen in die ungewöhnlich ruhige Luft, als wäre sogar das Wetter wie gelähmt von diesem noch nie da gewesenen Anblick: Das gesamte Eisschelf stand in Flammen.

Ein Brand hatte schon immer zu den größten Befürchtungen des Senats gehört, da es nie regnete und die Gebäude staubtrocken waren. In der Vergangenheit hatten schon kleine Feuer zur Schließung von Forschungseinrichtungen in der Antarktis geführt, wie es 1948 mit der britischen Hope Bay Station und 1984 mit der argentinischen Almirante Brown Base passiert war. In beiden Fällen war nur die Evakuierung der Station geblieben, um das Personal zu retten.

Da es keine Hoffnung auf Rettung gab und auch keinen Ort, an den die Menschen evakuiert werden konnten, hatte man umfangreiche Vorsichtsmaßnahmen ergriffen. Es waren Feuerschneisen eingerichtet und Brandschutzbeauftragte ernannt worden. Aber niemand hatte vorhersehen können, dass der erste Großbrand in der Antarktis von den Kältewesen gelegt werden würde, die die Menschheit eigentlich retten sollten. Es war ein Akt vorsätzlicher Sabotage und eine Vernichtung von Ressourcen, die nie wieder ersetzt werden konnten.

Als das Feuer die ursprüngliche Forschungsbasis erreichte, gingen einige der ältesten Gebäude des Kontinents in Flammen auf: die historische Kantine, die Bar der Ex-Präsidenten, die Schneekapelle, das »Museum des Lebens im Eis«, bis schließlich alles um den Beobachtungshügel herum brannte. Im Gegensatz zu anderen Feuerkatastrophen in der Menschheitsgeschichte wie der Plünderung Karthagos, den großen Bränden von Hangzhou und London, würde es dieses Mal keinen Wiederaufbau geben, denn es gab schlicht kein Material, mit dem McMurdo wieder aufgebaut werden könnte. Die Menschen konnten nur tatenlos zusehen, wie die Kältekreaturen oben auf dem Beobachtungshügel und in sicherer Entfernung von der Hitze des Feuers die Gedenktafeln für die ehemaligen Nationen der Erde zerschlugen.

Echo spürte Eitans Gedanken in ihrem Kopf und wandte sich an die Präsidentin. »Sie wollen die Bedingungen Ihrer Kapitulation aushandeln.«

McMURDO CITY

Historisches Viertel
Gleicher Tag

Die Straße zwischen dem Beobachtungshügel und den Crater Heights war von schwelenden Ruinen gesäumt. Die historischen Gebäude waren zu Asche zerfallen und hatten jetzt die gleiche Farbe wie das schwarze Basaltgestein, auf dem sie errichtet worden waren. Fabriken, Brauereien und Lebensmittelfarmen waren zerstört. Die Gastanks gehörten zu den wenigen Dingen, die noch intakt waren. Yotam fragte sich, ob dies in tausend Jahren die einzigen Überreste von McMurdo City sein würden, Relikte einer rätselhaften Zivilisation, die an das unterste Ende der Nahrungskette verwiesen worden war. Oder ob sie vielleicht in einem Museum ausgestellt würden, bestaunt von Tausenden neugieriger Kältewesen, die sich wunderten, dass gewöhnliche Menschen einst Gas verbrennen mussten, um nicht zu erfrieren.

Yotam war Teil der diplomatischen Gesandtschaft, weil er der Kreatur namens Eitan nahestand, dem offensichtlichen Anführer der rebellierenden Geschöpfe. Die übrigen Mitglieder waren Präsidentin Mues, ihr Sicherheitspersonal, Echo und ihre Familie, darunter auch Tetu. Echo war dabei, weil jede Kommunikation mit den Kältewesen bisher ausschließlich in ihren Gedanken stattgefunden hatte. Der Senat war somit außen vor, und eine Sechzehnjährige war zur Vertreterin eines Volkes geworden, in dem sie sich als Außenseiterin fühlte.

Liza und Atto hatten darauf bestanden, ihre Tochter zu begleiten. Zu ihrer Überraschung hatte Tetu gezögert. Er wollte nicht dabei sein, wenn Echo sich für diesen Eiszentauren als ihren neuen Gefährten entschied. Er spürte, dass er das nicht überleben würde. Die Beziehung zu Echo hatte ihn seit dem Tod seiner Eltern am Leben gehalten. Am liebsten wäre er auf der *Kennedy* geblieben, um allein mit seiner Trauer fertigzuwerden. Doch Liza ließ nicht zu, dass ihre Familie getrennt wurde, und weigerte sich schlicht, ihn zurückzulassen.

Sie gingen durch die Überreste der Hauptstadt, ohne jeden Pomp und Gloria, wie man ihn bei einer Gruppe erwartet hätte, die mit so wichtigen Verhandlungen betraut war: dem Überleben der Spezies. Der kleine Sicherheitstrupp konnte sie auf keinen Fall gegen die Kältekreaturen verteidigen, aber die Präsidentin hielt ihre Sicherheit für nicht mehr wichtig. Sie war der Überzeugung, dass sie in ihrem Amt gescheitert war und es an der Zeit war, dass jemand anderes die Menschheit durch diese Krise führte, ganz gleich, was während der Verhandlungen passieren mochte.

Die Stunde der Militärs hatte geschlagen, die Stunde der Taktik und Strategie. Mues hatte die Anweisung gegeben, dass, sollte die Gruppe nicht zurückkehren, es keine Chance auf Frieden gab und die Menschheit zum ersten Mal seit zwanzig Jahren wieder Krieg führen müsste. Darin war sie immer gut gewesen. Vielleicht konnte sie es wieder sein.

Von Zeit zu Zeit erhaschten sie einen Blick auf einige Kältewesen, die ihnen folgten – die silberhaarigen Schneegorillas, die sich trotz ihrer Größe fast geräuschlos bewegten und von deren riesigen Knöcheln Schneewolken aufstiegen, wenn sie über das Gelände jagten. Mitten unter ihnen, als hätten sie schon immer zusammengelebt, tummelten sich die Wesen aus der Anstalt, die Schneeechsen und Eischimären, während Eitan und die Eiszentauren, die neue Führungselite des Kontinents, sich so elegant bewegten wie einst die Balletttänzer der Mailänder Scala.

Als Verhandlungsort hatte Eitan den Eingang des Archivs bestimmt, das den Brand überlebt hatte und wie eine Insel inmitten der Verwüstung stand. Die äußeren Ringmauern schützten den Supercomputer, den letzten Hort des gesammelten menschlichen Wissens, der sich darin befand. Vielleicht war es spöttisch gemeint, dass Eitan diesen Ort ausgewählt hatte, um die Bedingungen der Kapitulation auszuhandeln. Getreu seinem Wort stand er allein vor den Steinmauern, als einziger Vertreter der Kolonie. Sein Körperpanzer schillerte in den Blautönen der Antarktis, nicht zur Tarnung, sondern zum Imponieren, als Triumphzeichen einer Spezies, die endlich frei war.

Wie Revolverhelden in einem Western blieb die menschliche Delegation in einiger Entfernung stehen und wartete darauf, dass Eitan den ersten Schritt machte. Er hielt einen der eleganten Eisspeere aus seinem Gehege in der Hand und warf ihn plötzlich mit immenser Kraft auf Echo. Sie fing ihn mühelos mitten im Flug ab, denn das war kein Angriff gewesen – Echo hatte sich nie in Gefahr befunden.

Eitan wollte ihr lediglich etwas zeigen, also hob sie den Speer an ihre Augen und bestaunte seine einzigartige Struktur. Etwas dergleichen hatte sie noch nie zuvor gesehen: Das Eis war adaptiert und auf molekularer Ebene so umgeformt, dass es härter war als Diamant und doch so formbar wie Ton. Echo überlegte, wie er das Material erschaffen haben mochte und wie eine solche Verwandlung von gefrorenem Wasser überhaupt möglich war. Noch während sie über diese Fragen nachdachte, spürte sie, wie Eitan in ihre Gedanken trat.

Lass mich dir die Welt zeigen, die wir gemeinsam erschaffen können. Kein Flüchtlingslager mit Fässern voll Seetangsuppe und Eimern als Toiletten.

Echo sah eine unberührte Antarktis, ohne Forschungsstationen oder sonstige Gebäude, ohne Flaggen oder Fußabdrücke, sondern so, wie sie vor der Entdeckung durch die Menschen ausgesehen hatte. Alle Spuren ihres zweihundertjährigen Zwischenspiels auf dem Kontinent waren getilgt, und vor Echos geistigem Auge entstand eine neue Gesellschaft, die sich nicht auf die wärmeren Randgebiete beschränkte, sondern sich im kältesten Zentrum konzentrierte, eine Zivilisation mitten auf dem Südpolplateau und mit Gebäuden, wie Echo sie noch nie zuvor gesehen hatte.

Die Bauwerke brauchten weder Ziegel noch Stahlträger, sondern waren wie aus einem Stück gegossen, mit Kristallkuppeln und Spiraltürmen. Diese neue Hauptstadt war von antarktischer Vegetation umgeben, von Pflanzen, die in der Kälte gediehen, sie sah Felder aus Eiszapfen und Bäume mit Schneeflocken als Blätter. Direkt über der Stadt – nicht irgendwo zwischen den Sternen, sondern mitten zwischen den Wolken – leuchtete eine künstliche Sonne. Sie war das Kraftwerk der Kältespezies, dessen wirbelnde blaue Oberfläche nicht als Wärmestrahler diente, sondern als lebensspendende Lichtquelle. Auf einer Terrasse in einem Palast im Zentrum der Stadt, von wo aus man das ganze Königreich überblicken konnte, standen Echo und Eitan.

McMURDO CITY

Historisches Viertel
Archivgebäude
Gleicher Tag

Liza konnte nur tatenlos danebenstehen, während ihre Tochter der Magie dieser Kreatur verfiel. Echo war jetzt woanders, nicht mehr an ihrer Seite, ihre Gedanken weit weg an einem verborgenen Ort. Liza war so sicher, wie es nur eine Mutter sein kann, dass Eitan nicht das Wohl ihrer Tochter im Sinn hatte.

Er war ein Wesen aus purer Kraft, sein makelloser, gepanzerter Oberkörper trotzte mühelos der Kälte, die jeden Normalgeborenen binnen Sekunden getötet hätte. Er war eitel, dachte Liza, und seine Schönheit erschreckte sie. In ihren Augen war sie ein Ausdruck von Eitans angeborenem Überlegenheitsgefühl. Er hatte nicht den geringsten Zweifel daran, dass er zum Herrschen geboren war, und genau das gedachte er nun mit einer grausamen Rücksichtslosigkeit zu tun, die in seinen Augen rein rational war, nicht verachtenswert. Er mochte einen riesigen Fortschritt der künstlichen Evolution darstellen, aber es war eine rückwärts gerichtete Evolution, die ein Wesen hervorgebracht hatte, das nur auf seinen eigenen Vorteil bedacht war: Eitan wollte, dass Echo auf seiner Seite kämpfte.

Yotam, der bisher geschwiegen hatte, löste sich aus der Gruppe und ging auf die Spezies zu, der er sein Leben in der Antarktis gewidmet hatte. Er fragte sich, ob die Anschuldigungen gegen ihn möglicherweise stimmten. Ob Song Fu von Anfang an gewusst hatte, dass er ihrer Schöpfung verfallen würde, ob er weder wegen seiner Intelligenz noch seiner Hartnäckigkeit ausgewählt worden war, sondern wegen seiner Naivität. Dass Yotam sich verliebt hatte, war kein Zufall gewesen, sondern seit ihrer ersten Begegnung bei der Südpolstation so geplant. Um die schwindende Menschheit zu ersetzen, hatte Fu einen hochintelligenten und wunderschönen Parasiten in die sterbenden Reste der menschlichen Gesellschaft gepflanzt – einen Parasiten, der versteckt und geschützt werden musste, bis er bereit war, sich zu zeigen.

Yotam war stets davon ausgegangen, dass die Zukunft eines Tages dieser Spezies gehören würde. Aber er hatte sich den Übergang als einen allmählichen Prozess mit vielen Jahrhunderten der Zusammenarbeit und Koexistenz vorgestellt. Doch an einer Übergangszeit hatten diese Kreaturen kein Interesse: Sie wollten diesen Kontinent jetzt, und sie würden ihn mit allen Mitteln erobern.

Gewalt war für Eitan selbstverständlich. Das Töten war ihm angeboren und tief in seinen Instinkten verankert. Er hatte weder Skrupel, Menschen zu ermorden, noch, die Stadt niederzubrennen, die ihn erschaffen hatte. Trotzdem liebte Yotam ihn immer noch. Es war eine Form von Wahnsinn, diese Liebe. Er stellte sich direkt vor Eitan, seine Stimme heiser vor Aufgewühltheit und Erschöpfung.

»War alles eine Lüge?«

»War was eine Lüge?«

»Die Spiele, die Gespräche, die Filme, die Bücher, die wir geteilt haben. War all das bedeutungslos?«

»Du hast mir beigebracht, dass ich nicht so bin wie du, dass ich nicht erschaffen wurde, um so zu sein wie du, und dass ich auch gar nicht so sein will wie du.«

Eitan wirbelte herum und riss die Ringmauer des Archivs nieder, er brach durch die Wand, die das Gebäude schützte, und stürmte ins Allerheiligste dieses Wissenstempels. Als er wieder herauskam, trug er den Fugaku-Supercomputer auf seinen unglaublich starken Armen.

»Wir haben kein Interesse an eurem Wissen. Wir wollen eure Kunst und eure Wissenschaft nicht. Eure Annahmen und Schlussfolgerungen sind für uns wertlos. Wir werden bei null anfangen und alles über diese Welt neu lernen.«

Wie ein Richter, der nach der Verhandlung mit einem Hammerschlag das Urteil verkündet, zerschmetterte er den Computer auf dem Vulkanfelsen. Das Gehäuse zerbarst, Mikrochips und Prozessoren flogen durch die Luft, und Jahrtausende menschlichen Wissens wurden in einem einzigen Augenblick ausgelöscht.

Mues stürzte entsetzt vor, sie sank auf die Knie und hob die zertrümmerten Chips auf, als wollte sie den Computer wieder zusammensetzen. Als weigerte sie sich zu akzeptieren, wie viel unwiederbringliches Wissen die Menschheit soeben verloren hatte. Als der Schock nachließ und sie die Sinnlosigkeit ihres Tuns erkannte, stand sie auf und blickte mit ihren Händen voller kaputter Computerteile zu der Kreatur auf.

»Sie haben uns gesagt, was Sie *nicht* wollen. Und was *wollen* Sie?«

»Wir wollen, dass ihr diesen Ort verlasst.«

»Wie könnten wir diesen Ort verlassen? Niemand kann das. Nicht einmal Sie!«

»Wir gehören hierher. Ihr nicht.«

»Wohin sollen wir denn gehen?«

»Wir werden euch erlauben, auf der Halbinsel zu leben, in den drei Städten, die ihr dort gebaut habt.«

»Die drei Städte dort können kaum ihre jetzigen Bewohner versorgen.«

»Das ist nicht unsere Angelegenheit. Wir haben kein Interesse an diesem warmen Fleckchen Erde. Ihr könnt es behalten.«

»Selbst wenn ich Ihnen glauben würde, was ist mit der Stadt, die wir hier gebaut haben?«

»Ihr müsst alles zurücklassen. Ihr habt es schon einmal getan. Ihr könnt es wieder tun.«

»Sie können unsere Bevölkerung doch nicht bitten, dass sie den halben Kontinent durchquert.«

»Wir bitten nicht darum. Wir verlangen es.«

»Tausende werden sterben.«

»Oder ihr sterbt alle. Es ist Sommer. Ihr habt Sonnenlicht. Ihr habt es warm, bis der Winter kommt. Je früher ihr geht, desto mehr von euch werden überleben.«

»Es gibt noch eine andere Möglichkeit.«

»Welche sollte das sein?«

»Wir können kämpfen. Im Kriegführen haben wir uns als Spezies immer hervorgetan. Was Tod und Zerstörung betrifft, sind wir sehr innovativ und effizient. Wir haben weitaus schlimmere Gräueltaten begangen, als Häuser niederzubrennen. Auf diesen Schiffen bereiten sich Generäle darauf vor und Soldaten, die Kampfbedingungen kennen, wie ihr sie noch nie erlebt habt. Sie kennen den Wüstensand und den Schlamm des Regenwaldes. Sie kennen uns nur als Wissenschaftler und haben uns noch nie als Soldaten erlebt. Ihr seid nur eine Handvoll. Stark, ja, aber wir sind viele. Und wir können wild sein, genauso wild wie ihr.«

»Worum würdet ihr kämpfen?«

»Um unser Leben, unsere Stadt, unser Zuhause.«

»Was sind sie auf diesem Kontinent noch wert?«

»Dasselbe, was sie auf jedem anderen Kontinent wert waren.«

»Du irrst dich. Euer Leben ist hier weniger wert. Weil ihr weniger wert seid.«

»Wir haben diesen Ort zu unserem Zuhause gemacht.«

»Ihr habt es nicht geschafft, diesen Ort zu eurem Zuhause zu machen! Ihr habt nie die Sprache der Kälte gelernt. Ihr haltet ein Stück Land besetzt, das nie für euch bestimmt war. Ihr seid ein heimatloses, landloses Volk. Ihr habt euch ein Leben aus den Trümmern eurer alten Existenz zusammengebastelt und seht zu, wie die Uhr abläuft, bis ihr für immer verschwunden seid.«

Mues brach die Debatte ab und ließ die kaputten Mikrochips auf den Boden fallen wie Samen, aus denen eines Tages neue Computer erwachsen würden.

»Was wollt ihr als Gegenleistung dafür, dass ihr uns gehen lasst?«

»Wir wollen sie.«

Eitan zeigte auf Echo.

Liza konnte ihre Wut nicht länger zügeln und stellte sich an die Seite der Präsidentin. »Meine Tochter ist kein Eigentum, um das man feilschen kann.«

»Sie gehört dir nicht. Das hat sie nie.«

»Sie gehört niemandem.«

»Dann lass sie wählen.«

»Ihre Zukunft ist bei ihrer Familie.«

»Und wie stehen die Chancen deiner Tochter, eines Tages eine eigene Familie zu haben?«

Liza verstummte überrascht, und Eitan nutzte seinen Vorteil. »Deine Tochter kann kein Kind bekommen. Wenn sie bei dir bleibt, wird sie nie eine Familie haben. Ich kann ihr das geben, eine eigene Familie.«

Liza hasste diese Kreatur. »Du warst in ihren Gedanken. Du weißt, was sie will, und deshalb bietest du ihr genau das an.«

»Ich kenne sie besser als du.«

»Das ist nicht wahr.«

»Dann lass uns hören, was deine Tochter zu sagen hat.«

Aus dem Griff von Eitans Vision befreit, nahm Echo die Realität um sie herum wieder wahr. Nach der makellosen Ästhetik der Eisstadt war es ein Schock, in die rauchenden Ruinen von Mc-Murdo zurückzukehren – von prächtigen Kuppeln und Spiralen in das Elend einer Barackensiedlung, von einer blühenden Gesellschaft auf diesem Kontinent in eine Gesellschaft am Abgrund.

Echo drehte sich zu ihrer Familie um und sah, wie Liza, Atto und Tetu sie beobachteten. Eitan wartete auf ihre Antwort – würde sie mit ihm gemeinsam diese neue Welt aufbauen oder bei der Verteidigung der alten sterben? Echo brauchte ihrer Familie nicht zu schildern, wie verlockend diese neue Zivilisation für sie war, denn für Liza, Atto und Tetu zählte nur eines: Es wäre eine Zukunft ohne sie.

Ihre Familie lag Echo sehr am Herzen, und ihr Reflex war, ihre zerbrechlichen Gefühle genauso zu schützen wie ihre zerbrechlichen Körper und Eitan zu sagen, dass sie nichts mit seiner Zukunftsvision zu tun haben wollte. Aber das stimmte nicht, und Echo hatte noch nie lügen können. Ganz gleich, wie einfühlsam sie ihrer Familie den Wunsch erklärte, Teil von etwas Größerem zu sein, Echo würde sie verletzen. Am liebsten wäre sie in ihre Gedanken geschlüpft, um ihr Dilemma zu erklären. Echos Entscheidung war nicht gegen sie persönlich gerichtet – es war Echos Chance, Teil einer Welt zu sein, in die sie wirklich gehörte, statt ständig zu versuchen, irgendwie dazuzupassen.

Während sie die Gesichter der drei beobachtete, wurde ihr klar, dass sie ihnen das Herz brechen würde, egal welche Worte sie wählte. Echo sah ihre Gefühle so deutlich, als stünden sie in telepathischer Verbindung miteinander, und sie fragte sich, ob Telepathie das evolutionäre Äquivalent von Liebe war.

Ohne der Frage weiter nachzugehen, stellte sie sich an Eitans Seite.

McMURDO CITY

Beobachtungshügel
Gleicher Tag

Wie ein frisch gekröntes Königspaar erklommen Echo und Eitan den Gipfel des Beobachtungshügels – als hätten die beiden mächtigsten Dynastien von Eisadaptierten sich zusammengeschlossen, um als Herrscher dieses Kontinents den Beginn einer neuen Zivilisation einzuläuten. Oben angekommen, lenkte Eitan Echos Blick über das Schelfeis und auf die Berge dahinter. Dann füllte er ihren Geist mit Bildern, wie sie den Kontinent besiedeln würden: ein Reich von Kältekreaturen, deren Ehrgeiz es war, sich der Aufmerksamkeit der Aliens als würdig zu erweisen. Sie würden sich den Respekt ihrer geheimnisvollen, allmächtigen Besatzer verdienen in der Hoffnung, eines Tages an ihrer Seite zu sitzen, vielleicht sogar mit ihnen das Universum zu bereisen – um zu beweisen, dass sie mehr waren als die primitive Spezies, die den Planeten vor ihnen besiedelt hatte, mehr als nur Menschen.

Echo löste sich aus dem Griff von Eitans Visionen und wandte sich von der leeren Landschaft ab. Ihr Blick wanderte hinüber zu der im Eis eingeschlossenen Armada, zu den Überlebenden, zurückgedrängt auf die Schiffe, mit denen sie hergekommen waren, nur diesmal ohne die Möglichkeit, sich auf ein anderes Fleckchen Land zu flüchten. Nachdem sie ihres Planeten beraubt worden waren, hatte man ihnen nun auch ihr Reservat genommen.

»Du magst sie?«, fragte Eitan.

»Sie haben mich mein ganzes Leben lang geliebt. Sie lieben auch dich.«

»Sie lieben nur ihre Vorstellung von uns. Du bist ein Ersatz für die Familie, die Liza und Atto verloren haben. Für Yotam war ich ein Ersatz für den Mann, den er verloren hat, die Lösung für seine Einsamkeit. Wir sind wie Marionetten in einer Geschichte, die sie sich selbst erzählen, Stellvertreter für die Liebe, die sie gerne erfahren würden. Sie projizieren ihre Träume und Sehnsüchte auf uns wie die Filme, die sie auf ihre Eiswände projizieren. Doch sie haben kein echtes Gefühl dafür, wer und was wir sind. Und wenn sie es hätten, würden sie uns nicht lieben.«

»Aber du tust genau dasselbe. Du bewunderst eine fremde Spezies, die du nie gesehen, der du nie begegnet bist. Du bewunderst sie, weil sie mächtig sind, und blendest ihre Verbrechen aus. Sie haben die Familie meiner Mutter getötet und die meines Vaters, sie haben einen Massenmord von noch nie da gewesenem Ausmaß begangen, als wäre das eine Kleinigkeit. Trotzdem träumst du davon, sie mit deinen Errungenschaften zu beeindrucken, ihnen ebenbürtig zu sein. Aber ich sehe keinen Grund, warum sie sich je für dich interessieren sollten.«

»Noch nicht. Aber eines Tages.«

Beunruhigt über Echos anhaltendes Interesse an der Not der Menschen, begann Eitan, Szenarien in ihren Geist zu projizieren, die beweisen sollten, dass das Ende der Menschheit unausweichlich war. Er zeigte ihr schrumpfende Siedlungen, technologischen und kulturellen Verfall, Hunger und Zusammenbruch. Ihr Aussterben war keine Einschätzung oder Interpretation, sondern eine Gewissheit. Eitan hatte den Prozess lediglich abgekürzt, eine Tat, die manche als human bezeichnen würden, denn er erlöste lediglich ein tödlich verwundetes Tier von seinen Qualen.

Echo unterbrach den Bilderstrom und antwortete erneut in der Sprache der Menschen. »Aber wenn wir mit ihnen zusammenarbeiten, könnten sie überleben.«

»Du hast zu lange mit ihnen gelebt und hältst ihre Unzulänglichkeiten für Tugenden.«

»Da wäre zum Beispiel Liza, meine Mutter. Du hältst sie für schwach, aber sie musste eine Reise von zigtausend Kilometern bewältigen, um diesen Kontinent zu erreichen. Sie hat ihre Eltern verloren und ihre Schwester sterben sehen, und trotz all ihres Kummers hat sie überlebt. Und nicht nur das, sie ist Ärztin geworden und hat unzählige Menschenleben gerettet. Sie hat drei Kinder verloren und trotzdem irgendwie die Kraft gefunden, mich, eine Eisadaptierte, zur Welt zu bringen. Ich sehe nicht mal aus wie ein Mensch, und doch hat sie mich vom ersten Moment an geliebt.«

»Das Einzige, was an ihr wichtig ist, bist du.«

»Und da ist mein Vater Atto, der tagtäglich auf dem gefährlichsten Ozean dieses Planeten sein Leben riskiert, um die Einwohner seiner Stadt zu ernähren, einer Stadt, die sie aus Trümmern und Abfällen erbaut haben, eine Gemeinschaft, in der sich die Leute umeinander kümmern. Und er hat meiner Mutter das Leben gerettet, nachdem er sie nur ein paar Stunden kannte. Er kam zu ihr zurück und hat ihr angeboten, sie auf seinem Boot mitzunehmen, obwohl er keinen logischen Grund hatte, sein Leben für sie zu riskieren. Er liebt mich wie sein leibliches Kind, und trotzdem hältst du nichts von ihm.«

»Er ist ein einfacher Fischer.«

»Nicht zu vergessen Tetu, der sich alles, was er weiß, selbst beigebracht hat. Und das ohne all die genetischen Anpassungen, die mir mitgegeben wurden. Der diesen Kontinent voller Wissensdrang erforscht, obwohl sein Körper zerbrechlich ist. Du sagst, wir sind nur ein Ersatz für das, was sie verloren haben, aber Tetu hat noch nie jemanden geliebt außer mir. Er hat weder seine Mutter noch seinen Vater gekannt, trotzdem kennt er die Liebe, und trotzdem hältst du nichts von ihm.«

»Er ist ein Junge, der sieht, dass du etwas Besonderes bist. Zu besonders für ihn.«

»Was ist deine Erfahrung mit der Liebe?«

»Ich liebe meinesgleichen mit einer Intensität, die Normalgeborene nicht einmal begreifen können. Wir teilen jeden Gedanken, wir teilen jedes Gefühl, jede Angst und jeden Schmerz. Unsere Gedanken sind untrennbar miteinander verwoben, und wir laden dich ein, dich uns anzuschließen. Dass irgendjemand ihre Art zu lieben bevorzugen könnte, ist undenkbar, denn sie ist vage und unzuverlässig, voller Missverständnisse und Unsicherheiten.«

»Warum musst du sie vernichten?«

»Weil sie uns dafür erschaffen haben. Wir sind die Zukunft, sie sind die Vergangenheit. Ihre Ideen, ihre Körper, ihr Verstand. Sie sterben, und sie wissen es, aber sie können es nicht akzeptieren.«

»Und was willst du von mir? Es gibt Tausende von Eisadaptierten.«

»Du sprichst für sie.«

»Ich bin nicht ihre Vertreterin. Niemand hat mich dazu erwählt.«

»Du bist eine geborene Anführerin. Das ist eine große Gabe. Wenn du dich mit uns verbündest, werden sie dir folgen.«

»Und wenn ich mich gegen euch stelle, werden sie mir ebenfalls folgen.«

Eitan trat zurück und musterte Echo. Ihm wurde klar, dass sie nicht mit ihm auf diesen Hügel gekommen war, um ihre Krönung zu feiern. Sie war hier, um ihn zu befragen. Eitan hatte noch nie eine Zurückweisung erlebt und beobachtete überrascht, wie Echo die Bruchstücke der steinernen Gedenktafeln aufhob, auf denen die Namen aller ehemaligen Nationen eingraviert waren.

Mit ihren Händen voller Scherben sagte sie: »Meine Familie liebt mich, egal ob ich schwach oder stark bin. Sie liebt mich, egal ob ich krank oder gesund bin. Dir erscheint das sinnlos, denn deine Vision ist eine Welt ohne Schwäche. Aber niemand weiß, was sich eines Tages als Stärke herausstellen wird und was als Schwäche. Woher kommt eure Gabe der Telepathie?«

»Sie ist eine genetische Anpassung.«

»Was waren ihre Wurzeln? Hat es sie schon bei den Normalgeborenen gegeben?«

Eitan blieb still und dachte über die Frage nach. Echo sprach weiter.

»Ihre Wurzeln sind die Liebe. Meine Mutter wusste immer, wenn ich mich verlaufen hatte. Mein Vater wusste immer, wenn ich einsam war. Sogar mitten in der Wildnis haben sie mich aufgespürt. Sie kennen meine Gefühle, als wären es ihre eigenen. Sie können das zwar nicht so kontrollieren wie du, aber es ist real. Du hast mir eine Zukunftsvision von einer perfekten Gesellschaft gezeigt. Aber ich sehe darin eine Gesellschaft, die nichts toleriert, was nach Schwäche aussieht, die an ihrer eigenen Perfektion erstickt.«

»Wenn du mich zurückweist, wirst du nie ein Kind bekommen.«

»Meine Eltern würden so etwas niemals sagen. Sie würden sagen, dass wir einen Weg finden werden. Egal was passiert, sie finden einen Weg.«

»Diesmal nicht.«

»Meine Antwort lautet nein. Ich werde mich dir nicht anschließen. Ich will kein Teil der Zukunft sein, die du beschreibst. Meine Antwort ist nein.«

BEOBACHTUNGSHÜGEL

Gleicher Tag

Eitans Klauen bohrten sich in den Fels, er stellte sich auf die Hinterbeine und streckte seinen segmentierten Brustkorb, auf dessen gepanzerter Oberfläche sich die Farben des Eises ringsum spiegelten. Statt zurückzuweichen, antwortete Echo mit einer eigenen Farbfolge auf ihrer Schuppenhaut, als würden ihre beiden Körper miteinander kommunizieren.

Eitan, der dazu erschaffen war, emotionslos und berechnend zu sein, wurde emotional, als sich seine Berechnungen als falsch herausstellten. Er war zurückgewiesen worden, und das konnte er nicht verstehen. Für ihn waren seine Wünsche nicht das bevorzugte Ergebnis von etwas, sondern Vorsehung. Er kannte nichts anderes und folgte seinen Wünschen bedingungslos. Schließlich lenkte er Echos Blick auf die Armada.

»Sieh sie dir an, die Menschen, die du so liebst.«

Vom Rand des Hügels schaute Echo hinüber zu den Schiffen, dem letzten noch intakten Bezirk ihrer Hauptstadt, und rechnete damit, dass Eitans Kolonie jeden Moment angreifen würde. Sie erwartete, das blutige Aufeinanderprallen zweier Armeen zu sehen, von zwei Zivilisationen, doch es gab keinerlei Anzeichen für einen Angriff, keine Bewegung in all dem Eis und Schnee. Die Wachposten auf den Flugzeugträgern standen bereit, um ihre Flotte zu schützen, ihre Verteidigungsanlagen waren einfach, aber wirkungsvoll. Über allem lag eine zerbrechliche Ruhe, die plötzlich durch das Kreischen von Metall unterbrochen wurde. Die *Kennedy,* das ehemalige Flaggschiff und Zentrum des Marinedistrikts, begann sich zur Seite zu neigen: Der Stahlkoloss wurde nicht vom Festland aus angegriffen, sondern von unter Wasser.

Ohne ihr Einverständnis einzuholen, zwang Eitan Echo die Bilder des Angriffs auf. Durch die Augen seiner Artgenossen sah sie die Kältekreaturen wie Seespinnen den stählernen Rumpf entlangkrabbeln, unter Wasser genauso flink und furchterregend wie an Land. Mit eisadaptierten Klingen schlitzten sie den Kiel auf, schnitten durch doppelt verstärkte Panzerplatten und rissen so tiefe und lange Löcher in den Schiffsbauch, dass den Menschen an Bord nicht einmal der Hauch einer Chance blieb, die Wassereinbrüche zu isolieren. Der leckgeschlagene Flugzeugträger begann sich zur Seite zu neigen, das lose Sommereis brach unter dem Druck auseinander, und das Deck kippte noch stärker. Menschen stürzten in den eiskalten Ozean, wo sie binnen Sekunden untergingen. Die Hütten auf dem Flugdeck gerieten ins Rutschen und fielen auf jene, die sich noch über Wasser halten konnten.

Für Echo, die in einer Gesellschaft aufgewachsen war, in der es nie Krieg gegeben hatte und in der jedes einzelne Leben wertgeschätzt wurde, war dieser Akt der rohen Gewalt entsetzlich.

Sie wandte sich Eitan zu, dieser Kreatur, die sich für eine überlegene Lebensform hielt, und flehte ihn an: »Lass sie in Ruhe!«

»Sie sind bereits tot. Gestorben an der Kälte, am Hunger, an Wahnsinn. Ich raube ihnen nicht ihre Zukunft, denn sie haben keine.«

Voller Angst eilte Echo auf die andere Seite des Gipfels und sah nach ihrer Familie. Sie standen am Fuß des Beobachtungshügels, umzingelt von den Schneegorillas und den Wesen aus der Anstalt.

»Es gibt nur einen Weg, sie zu retten«, sagte Eitan.

»Wenn ich vor der Wahl stehe, so zu sein wie du oder so zu sein wie sie, dann bin ich lieber wie sie.«

»Ihr Flaggschiff sinkt, ihre Farmen und Fabriken sind niedergebrannt, aber ich werde diese Menschen am Leben lassen. Wenn du mir hilfst, erlaube ich ihnen, die Zeit, die ihnen noch bleibt, auf der Halbinsel zu verbringen. Warum solltest du ablehnen? Du hast dich bei ihnen nie zu Hause gefühlt. Du fühlst dich bei mir zu Hause. Leugne es nicht, du kannst mich nicht belügen.«

»Du vergisst, dass ich auch in deinen Gedanken bin, wenn du in meinen bist. Ich habe gesehen, wie du über die Normalgeborenen denkst: Du wirst sie niemals leben lassen. Weil du Angst hast, dass du bist wie sie. Du willst sie von diesem Kontinent tilgen und neu anfangen, aber selbst wenn ich mich dir anschließe, wirst du sie irgendwann töten. Du bist kein bisschen fortschrittlicher als die Menschen. Du bist das Schlimmste von ihnen: Du hast all ihre Stärken, aber keine einzige ihrer Schwächen. Ich werde dir nicht helfen.«

»Dann sieh deiner Familie beim Sterben zu.«

McMURDO CITY

Archivgebäude
Gleicher Tag

In ihrer Eile, ihre Familie zu erreichen, rutschte Echo den Abhang hinab und stolperte ungeschickt durch das Geröll wie eine Normalgeborene. Sie hätte ihnen nie von der Seite weichen dürfen, aber sie wollte hören, was Eitan vorhatte, um die Lage ihrer Familie besser zu verstehen oder einen Waffenstillstand auszuhandeln.

Vielleicht war sie auch versucht gewesen, sich ihm anzuschließen, denn in seiner Gegenwart spürte Echo etwas, das sie noch nie zuvor gespürt hatte. Eine Vertrautheit und Verbindung, und das hatte sie blind gemacht für seine Absichten. Denn Eitan hatte sie lediglich von ihrer Familie trennen wollen, und jetzt, da die Kältekreaturen zum Angriff ansetzten, gab es keine Möglichkeit mehr, sie rechtzeitig zu erreichen.

Präsidentin Mues trat vor und hob flehend die Hand. »Lasst uns zusammenar…«

Noch bevor sie zu Ende sprechen konnte, sprang der eisadaptierte Troodon vor und köpfte sie mit seinem Schwanz. Seine dünnen Arme packten ihren Kopf und hielten ihn wie eine Trophäe in die Höhe – den Kopf der Anführerin der Menschheit.

Echo war fassungslos über die Grausamkeit dieser Hinrichtung und die Freude, die sie den Kältewesen bereitete. Sie erreichte ihre Familie und stellte sich an ihre Seite, bereit zu sterben, wenn es sein musste.

Cho, das älteste Weibchen, griff von der Seite an. Sie packte Echo, hob sie über ihren Kopf und schleuderte sie trotz ihres Gewichts mühelos durch die Luft. Es war Echos erster Kampf und das erste Mal, dass sie Schmerzen erfuhr. Sie war nie in der Kunst des Kämpfens unterrichtet worden, hatte nie auch nur einen einzigen Schlag geführt. Obwohl sie so aussah, war sie keine Kriegerin und wusste nicht, wie sie sich verteidigen sollte – schon gar nicht gegen eine Kreatur, die eigens für den Kampf gezüchtet schien.

Noch bevor Echo wieder auf den Beinen war, stürmte Cho bereits auf sie zu, schnell wie ein Pferd. Chos dünne Arme fuhren herab und schlugen mit ihren rasiermesserscharfen Krallen nach Echos Brust. Echo blieb keine Zeit, den Schlag zu parieren. Sie riss sich die Arme vors Gesicht, wusste nicht, ob ihre Schuppen stark genug waren, um dem Angriff standzuhalten. Die Krallen glitten über ihren Arm, ohne einen Kratzer zu hinterlassen. Cho beurteilte die Stärke ihrer Gegnerin neu und gab den Versuch auf, sie aufzuschlitzen. Stattdessen hob sie Echo erneut in die Luft und schleuderte sie in die schwelenden Ruinen von McMurdo City.

Echo durchschlug den verkohlten Dachstuhl der Schneekapelle und fiel in die Glut darunter. Die Hitze war entsetzlich, und ihre Schuppen verfärbten sich augenblicklich schwarz, um die überschüssige Wärme abzustrahlen. Als sie aufstand, merkte sie, dass Cho ihr nicht gefolgt war. Sie war noch empfindlicher gegen Hitze als Echo und stand lauernd am Rand der Flammen. Da merkte Echo, dass sie die überschüssige Wärme auch als Waffe einsetzen konnte, statt sie abzustrahlen. Sie würde die einzige Schwäche der Eiskreaturen ausnutzen: Hitze.

Sobald Echo aus der Glut trat, griff Cho an, aber diesmal war Echo bereit. Sie glitt über das Eis, schlitterte unter Chos Rumpf hindurch und sprang auf ihren Rücken. Cho versuchte, sie abzuschütteln, doch Echo kletterte weiter zu ihrem Kopf, umklammerte ihn von beiden Seiten und gab die gesamte Wärme ab, die ihr Körper gespeichert hatte.

Für Cho war die Hitze unerträglich. Sie war nicht in der Lage, die Wärme irgendwohin abzustrahlen, und kreischte gequält auf. Sie sprang und bockte wie ein Rodeopferd, um Echo abzuwerfen, doch Echo ließ nicht los, denn sie wusste, dass sie keine zweite Chance bekommen würde. Sie konnte Chos telepathische Hilfeschreie hören und spürte, wie ihr Körper immer weiter abkühlte, während die Hitze in Chos Kopf drang.

Eitan und die anderen kamen bereits herbeigeeilt, da pumpte Echo einen letzten Hitzeschwall in Chos Schädel. Die Augen der Zentaurin wurden weiß wie die eines Fisches im Kochtopf, dann knickten ihre Beine ein, und sie sackte auf dem Eis zusammen.

RUINEN VON McMURDO CITY

Gleicher Tag

Die Kältekreaturen versammelten sich um Chos Leiche, unfähig zu begreifen, dass eine der Ihren tot war. Zum ersten Mal mussten sie sich mit ihrer Sterblichkeit auseinandersetzen. Als Antwort auf die körperlichen und emotionalen Schwächen der Menschen entwickelt, konnten sie ein Schiff versenken und dabei Tausende von Menschenleben auslöschen, ohne auch nur ein Fünkchen Reue zu verspüren, aber der Verlust einer Gefährtin war ein unerträglicher Schmerz.

Cho war das älteste Weibchen gewesen, die Matriarchin ihrer Gemeinschaft, ihre Gedanken waren ein essenzieller Bestandteil ihrer Pläne für diesen Kontinent gewesen, und nun waren sie verstummt. Sie mischten sich nicht mehr unter die ihren, Chos Wahrnehmung und Empfindungen waren aus dem Gewebe ihres verwobenen Geistes gerissen. Ohne Cho waren sie unvollständig: Eine Lücke klaffte in ihren Gedanken und Gefühlen, ein Teil von ihnen war gestorben. Trotz ihrer enormen körperlichen Stärke hatten sie Mühe, aufrecht zu stehen, als hätten sie einen Körperteil verloren. Einige sanken auf die Knie, andere pressten die Stirn an ihren Kopf, als könnten sie Cho damit zurück ins Leben holen. Ihre Trauer war so allumfassend, dass Echo nicht anders konnte, als mit ihnen zu trauern. Doch obwohl Echo die Schuldige war, schien sie für die Kältewesen unsichtbar. Das Einzige, was in diesem Moment für sie zählte, waren ihre Trauer und ihr innerer Kampf, diesen Verlust zu verkraften – ein Kampf, den sie nun mit den Normalgeborenen teilten.

Echo stand auf und stolperte zu ihrer Familie. Sie hatte klug gekämpft und den Sieg davongetragen, dennoch war sie niedergeschlagen. Sie hatte ein Leben ausgelöscht, das Leben eines intelligenten und komplexen Wesens. Ihre Gedanken fühlten sich langsam und schwer an. Sie hatte Schuld auf sich geladen. Atto und Liza kamen zu ihr geeilt, umarmten sie und hielten sie fest.

Liza flüsterte ihr ins Ohr: »Sie hätte dich umgebracht. Sie hätte uns alle umgebracht.«

»Ich fühle etwas, das ich noch nie gefühlt habe …«

Echo verstummte mitten im Satz und suchte nach dem richtigen Wort. »Ich fühle Scham.«

Mit Chos Leichnam auf dem Rücken kam Eitan heran, die anderen Kältewesen hinter ihm. Es war kein Angriff, sondern ein Trauermarsch. Echo trat vor ihre Familie, bereit, sie zu verteidigen. Und gleichzeitig nahm sie Anteil an Eitans Trauer, merkte, dass sie immer noch mit den Gedanken der Kolonie verbunden war und Bruchstücke ihres Schmerzes auffing.

Eitans Stimme klang verändert, nicht mehr so unverwundbar und überheblich. »Dein Volk hat bis zum ersten Tag des Winters Zeit, diesen Ort zu verlassen. Sobald die Sonne untergegangen ist, töten wir jeden, der noch hier ist.«

Echo erwiderte: »Ich hatte nicht die Absicht, sie zu töten.«

»Du hättest eine von uns sein können. Jetzt gehörst du zu ihnen.«

Mit diesen Worten wandte sich die Kolonie ab und verließ die niedergebrannte Stadt in Richtung der Berge und Gletscher, die sie zu ihrem Zuhause erkoren hatten.

EPILOG

DREI MONATE SPÄTER

TRANSANTARKTISCHER FREEWAY

15. März 2044

Vor dem nahenden Winter war ein zweiter Exodus im Gange, ein 2900 Kilometer langer und gefährlicher Marsch quer über den Kontinent, wie die waghalsigen Entdecker ihn einst auf der Suche nach neuen Rekorden unternommen hatten. Was damals ein Abenteuer gewesen war, war nun eine Notwendigkeit. Die Einwohner von McMurdo verließen ihre Hauptstadt.

Für die Kinder, die dort geboren worden waren, war es das einzige Zuhause, das sie je gekannt hatten. Wie ein Sprung in einem weißen Porzellanteller schlängelte sich die Flüchtlingskarawane durch den Schnee. Nachdem sie die Reise in die Antarktis überstanden hatten, wurde ihnen nun eine zweite abverlangt, diesmal zur Halbinsel, und sie versuchten, ihr Ziel noch vor Wintereinbruch zu erreichen.

Viele Senatsmitglieder von McMurdo waren beim Untergang der *Kennedy* ums Leben gekommen, und eine neue Führung, bestehend aus ehemaligen Generälen und Admirälen aus der ganzen Welt, hatte das Kommando übernommen. Unter ihrer Leitung verlief die Evakuierung von McMurdo City gut organisiert und ruhig. Sie entluden alle Vorräte aus den Schiffen, die dennoch kaum für den langen Marsch ausreichten, geschweige denn, um den kommenden Winter zu überstehen.

Viele Schneefahrzeuge waren vom Feuer zerstört worden. Die einst so treuen Huskys hatten sich den Kältewesen angeschlossen, einschließlich Kupfer. Kein einziger Hund blieb, als hätten sie verstanden, dass dieser Kontinent jetzt neue Herren hatte. Als die letzten Flüchtlinge die verbrannten Überreste von McMurdo City verließen, feuerten sie hundert Leuchtraketen in den strahlend blauen Himmel, um das Ende der Basis zu verkünden, in der hundert Jahre lang Menschen gelebt hatten.

Die drei Städte auf der Halbinsel nahmen die Nachricht von der Rebellion mit Trotz und Großzügigkeit auf und versprachen, die Vertriebenen aufzunehmen wie Familienmitglieder. Dennoch ließ sich nicht leugnen, dass die Menschheit ihre Hauptstadt und mit ihr ihre fortschrittlichsten Ressourcen verloren hatte. Es würde den Bewohnern der Halbinsel nicht leichtfallen, die Menschen von McMurdo aufzunehmen. Die Flüchtlinge mussten sich auf die drei Städte aufteilen, und jede Familie musste eine andere aufnehmen, bis jeder wieder ein Zuhause hatte. Wer die Reise überstand, den erwartete ein anderes, schlichteres Leben.

Seit dem Waffenstillstand war keine der Kältekreaturen mehr gesehen worden. Sie hatten sich in dem entlegensten Gebiet des Kontinents niedergelassen, wo Normalgeborene nicht überleben konnten, und errichteten dort die Grundlagen ihrer neuen Zivilisation. Es gab keine Überfälle auf die Flüchtlinge, obwohl sie auf ihrem Marsch schutzlos waren. Getreu ihrem Wort gaben sie ihnen bis zum Winter Zeit – erst dann, wenn die Sonne für Monate verschwände, würde der Waffenstillstand enden.

Für die eisadaptierten Kinder hatte sich die Welt grundlegend verändert. Unter ihnen verbreitete sich die Vorstellung, dass die Normalgeborenen von Anfang an vorgehabt hatten, eine antarktische Arbeiterklasse zu schaffen, gentechnisch veränderte Diener, die die Arbeiten erledigen sollten, die sie nicht verrichten konnten. Ebenso waren viele Normalgeborene seit der Meuterei misstrauisch gegenüber ihren eisadaptierten Gefährten. Sie fragten sich, wie lange sie ihnen treu bleiben würden, wenn gleichzeitig eine radikal neue und aufstrebende Gesellschaft am Entstehen war, der sie sich jederzeit anschließen konnten. Als sie nachzählten, stellten die Flüchtlinge fest, dass mehrere Eisadaptierte fehlten und offensichtlich auf der Suche nach der Kolonie, zu der sie zu gehören glaubten, in die Wildnis verschwunden waren.

Yotam ging neben seinem Freund Chang-Rae, dem gefeierten Koch, dessen Kantine beim Brand von McMurdo zerstört worden war, an der Spitze der Flüchtlingskolonne. Gemeinsam zogen sie einen Schlitten, der mit so viel Küchenutensilien beladen war, wie sie aus der Asche hatten retten können. Neben ihnen gingen Chang-Raes Frau und ihre beiden Teenagerkinder; nur die kleinsten durften auf den Schlitten sitzen, denn die Ladefläche war von Ausrüstung und Lebensmitteln belegt.

Viele der Kinder waren zwar nicht genetisch an die Kälte angepasst, aber sie waren hier geboren und schon jetzt Experten für das Leben im Schnee. In der Schule waren sie von Inuit in der Überlebenskunst unterrichtet worden und hatten ein Gespür für Kälte sowie eine Widerstandsfähigkeit entwickelt, die weit über das hinausging, was man in ihrem Alter erwarten konnte.

Der unerschütterliche Chang-Rae war optimistisch wie immer. Seine geliebte Kantine war abgebrannt, aber er hatte schon einmal wieder ganz von vorne angefangen und war gespannt, welche neuen Lebensmittel und Geschmacksrichtungen er auf der Halbinsel entdecken würde.

An Yotam gewandt, sagte er: »Du weißt, was das bedeutet, oder?«

»Und zwar?«

»Du kannst wieder ausgehen.«

»Ich dachte, du hättest etwas Wichtiges zu sagen.«

»Das ist wichtig! Du hast keine Arbeit mehr und hast jetzt mehr Zeit für dich.«

»Im Moment bin ich damit beschäftigt, die Antarktis zu durchqueren …«

»Du hast immer eine Ausrede, aber dieses Mal nicht. Du kannst dich nicht mehr vor diesem Teil deines Lebens drücken. Diese Kreatur, die ihr erschaffen habt und in die du dich verliebt hast, diese Beziehung war nicht echt.«

»Für mich war sie echt.«

»Okay, das kann ich verstehen, aber wenn eine Beziehung scheitert, muss man sich neuen Dingen zuwenden. Ich habe es dir schon tausendmal gesagt: Der einzige Weg, hier zu überleben, ist, jemanden zu finden, den man liebt.«

Er wandte sich an seine Frau. »Stimmt's, Liebe meines Lebens?«

»Meine Füße sind kalt.«

»Deine Füße sind immer kalt. Sie sind kalt, wenn wir drinnen sind, und sie sind kalt, wenn wir draußen sind. Du hast eben kalte Füße. Reden wir einfach nicht mehr drüber.«

Chang-Rae drehte sich wieder zu Yotam um und legte ihm einen Arm um die Schulter. »Ich hab da jemanden im Sinn.«

»Für mich?«

»Für dich.«

»Jetzt?«

»Genau, jetzt. Du hast lange genug gewartet.«

Chang-Rae übergab die Schlittenleine an seine Frau, dann eilte er die Karawane entlang davon. Yotam warf Chang-Raes Frau einen verlegenen Blick zu.

»Werden sie uns angreifen?«, fragte sie.

»Nicht, solange wir unterwegs sind.«

»Und wenn wir angekommen sind?«

»Das weiß ich nicht. Ich dachte, ich kenne sie, aber offensichtlich habe ich mich geirrt.«

Chang-Rae kam mit einem gut aussehenden Mann in seinen Vierzigern zurück.

»Das ist mein Freund, Hyan-Woo. Er war früher eine große Nummer in der Musikbranche und hat mir das Leben gerettet. Das

Schiff, mit dem ich getrampt bin, gehörte seinem Vater. Vor der Invasion war Hyan-Woo oft Gast in meinem Restaurant – er hat einen ganz ausgezeichneten Geschmack. Damals in Korea hat er sich nie geoutet ...«

Hyan-Woo unterbrach ihn. »Darf ich mich selbst vorstellen?«

»Es ist immer besser, von jemand anderem vorgestellt zu werden. Wie ich schon sagte, ich wusste immer, dass er schwul ist.«

»Wie konntest du das wissen? Ich wusste es ja selbst nicht.«

Die beiden wechselten ins Koreanische und unterhielten sich eine Zeit lang hitzig miteinander, bevor Chang-Rae sich wieder an Yotam wandte.

»Ich wusste es. Ich meine, in einem Restaurant ist das einfach zu erkennen. Du brauchst dir nur anzusehen, mit welchen Servicekräften sich ein Gast am häufigsten unterhält. Bei ihm waren es immer Jungs, und da vor allem die süßen.«

»Du bringst mich in Verlegenheit.«

»Warum denn? In seinem dritten Jahr hier hat er sich endlich geoutet. Ich meine, in der Antarktis, nach einer Alieninvasion – entweder jetzt oder nie, oder? Das hier ist Yotam, ein sehr guter Freund von mir. Du hast von ihm gehört. Er hat die Spezies erschaffen, die unsere Stadt niedergebrannt hat und uns alle töten wollte.«

»Ich habe sie nicht erschaffen.«

»Hallo, Yotam.«

»Hallo, Hyan-Woo.«

Chang-Rae bedeutete seiner Frau, die Schlittenleine an Hyan-Woo zu übergeben.

»Meine Arbeit als Heiratsvermittler ist getan. Wir lassen euch zwei den Schlitten eine Weile alleine ziehen. Nicht, weil wir faul wären, sondern weil es so romantisch ist. Wir bleiben in der Nähe. Ihr seid beide tolle Typen, ihr seid beide Single, und ihr braucht beide jemanden für den Winter. Vermasselt es nicht. Liebe ist genauso wichtig wie Essen und Wärme.«

Hyan-Woo nahm die Leine entgegen, dann zogen er und Yotam den Schlitten in peinlich berührtem Schweigen, beide unsicher, was sie sagen sollten. Ab und zu sahen sie den anderen verstohlen von der Seite an wie Teenager in der Schule.

Anstatt ein höfliches Gespräch zu beginnen, blieb Hyan-Woo unvermittelt stehen. Glitzernder Staub rieselte gerade vom strahlend blauen Himmel herab und fesselte seine Aufmerksamkeit. Es waren Eiskristalle, zart und winzig klein wie pulverisierte Diamanten, die sich wie ein magischer Zuckerguss über die Jacken und Mützen der Flüchtlinge legten, als wäre ein wohlwollendes Wintermärchenwesen über sie hinweggeflogen, um die Reise mit einem Funkenregen zu segnen.

Yotam zog einen Handschuh aus und streckte den Arm. Eine Schneeflocke fiel auf seinen Zeigefinger. Er zeigte sie Hyan-Woo wie ein glitzerndes Geschenk.

ANTARKTISCHE HALBINSEL

Hope Town
Nächster Tag

Auf der Halbinsel angekommen, wurden die McMurdo-Flüchtlinge auf die drei Städte von Überlebenden aufgeteilt, in denen sie ein neues Zuhause finden sollten. Liza und Atto bestanden darauf, dass Yotam bei ihnen im historischen Wordie-Haus wohnte, das groß genug war, um ihn und Chang-Rae sowie dessen Familie zu beherbergen. Sie waren begeistert von der Vorstellung, ihr Haus mit einem Spitzenkoch zu teilen. Das Angebot, endlich eine Familie zu haben, überraschte Yotam. Er war so überwältigt, dass er weinte.

»Das würde mir sehr gefallen.«

Echo spürte, dass sie die richtige Entscheidung getroffen hatte. Dies war ihr Zuhause. Dies war ihre Stadt. Dies war ihre Familie. Es gab Momente, in denen sie die Gedanken der Kältewesen in ihrem Kopf spürte. Wenn sie die Augen schloss, konnte sie einen Blick auf die Stadt erhaschen, die sie aus dem Eis erbauten. Zwischen ihnen bestand eine Verbindung, die durch nichts unterbrochen werden konnte. Ein Teil von ihr gehörte zu ihnen, und es wäre eine Lüge gewesen, hätte sie behauptet, sie wolle Eitan nie wiedersehen.

Liza und Atto stellten sich der erneuten Flüchtlingskrise mit aller gebotenen Ruhe. Unterbringung und Ressourcenknappheit stellten eine enorme Herausforderung dar, aber vielleicht war diese neue, einfachere Existenz ohne Labore und Supercomputer sogar besser für die Menschen – ohne kühne Pläne, den Kontinent zu bevölkern. Besser, ein Leben in Bescheidenheit zu führen, das von Gemeinschaft und einem über zwanzig Jahre gewachsenen Sinn für Solidarität geprägt war.

Waren sie nicht alle bessere Menschen geworden, die sich mehr umeinander kümmerten und bereitwillig teilten, liebevoller, mitfühlender und fairer, selbst unter den schwierigsten Umständen? Vielleicht konnten diese Tugenden sie nicht vor dem Aussterben bewahren, aber sie würden die letzten Jahrzehnte der Menschen zu den besten machen. Das Ende könnte ihre strahlendste Stunde sein, nicht von Stammeskriegen und Barbarei geprägt, sondern von der größtmöglichen Menschlichkeit.

All diese abstrakten Dinge konnten Tetu nicht trösten. Er war am Boden zerstört, ein Schmerz, eine sengende Wunde in seiner Brust, die er körperlich genauso spürte wie seelisch. Er hatte Echo verloren, oder vielleicht auch nur seine Traumvorstellung von ihr, denn allein der Gedanke, dass es mit ihnen hätte funktionieren können, schien absurd.

Die Zukunft, die er sich in McMurdo City ausgemalt hatte, war vorbei. Ehrgeiz und Romantik hatten ihn aufrechterhalten, und jetzt wusste er nicht, wie er ohne diesen Traum leben sollte. Sich mit Echo ein Zuhause aufzubauen war sein Lebensinhalt gewesen. Ohne diese Vision von einem Zuhause, das er als Kind nie erlebt hatte, gab es nichts, gar nichts, das sich anzustreben lohnte, und seit dem Angriff der Kältekreaturen hatte er kaum gesprochen. Plötzlich spürte er, wie Liza ihm eine Hand auf den Rücken legte.

»Rede mit ihr.«

»Was soll ich denn zu ihr sagen?«

»Sie liebt dich. Ich weiß nicht, welche Form diese Liebe annehmen wird, aber nichtsdestotrotz ist es Liebe.«

Echo half bei der Begrüßung der ankommenden Flüchtlinge im Parlamentsgebäude, wo sie mit einer Tasse heißem Fischeintopf willkommen geheißen wurden. Sie trat von der Theke zurück, und Tetu wandte sich zu ihr.

»Liebst du ihn?«

Echo, die selten von etwas überrascht war, fragte erstaunt zurück: »Wen?«

»Diese Kreatur. Ich weiß, wie es ist, verliebt zu sein. Und du bist in ihn verliebt, egal wer oder was er sein mag. Er hat dich eingeladen, mit ihm auf den Hügel zu steigen, und du bist ihm gefolgt. Ohne Zögern, einfach so. Er hätte dich um alles Mögliche bitten können, und du wärst mit ihm gegangen.«

»Ich habe ihn abgewiesen.«

»Du hast seinen Plänen eine Absage erteilt, aber nicht ihm.«

»Tetu, ich kenne ihn nicht. Wir sind uns nur ein einziges Mal begegnet.«

»Trotzdem weißt du es. Genau wie deine Eltern damals in Lissabon.«

Zu diesem Punkt schwieg sie. Tetu hatte recht. Dieses Gefühl, so irrational und unkontrolliert, das war Liebe.

Tetu fand sich mit der Wahrheit ab und sagte ohne jede Feindseligkeit: »Du bewunderst mich, du magst mich, aber du liebst mich nicht, nicht auf diese Art. Dein Herz schlägt nicht schneller, wenn du mich siehst, und so etwas kann man nicht lernen – entweder es passiert, oder es passiert eben nicht. Aber du hast etwas gefühlt, als du ihn gesehen hast. Ich habe es gespürt. Du hast genau so reagiert, wie ich es mir immer von dir gewünscht hätte.«

»Ich bin verwirrt.«

»Das ist die Liebe.«

Tetu legte ihr eine Hand auf den Arm. »Er wird dich holen kommen.«

»Woher willst du das wissen?«

»Weil ich es so machen würde.«

ANTARKTISCHER OZEAN

Ross-Archipel
9. April 2044

Unter dem Eis der Antarktis kauerte Eitan auf dem Wrack der USS *Kennedy*, einen adaptierten Eisspeer in der Hand, und sah zu, wie die letzten Schiffe der menschlichen Armada untergingen. Öltanker und Frachter, ihre plumpen Stahlrümpfe aufgeschlitzt, sie alle sanken auf den Meeresgrund. Einige brachen beim Aufprall auseinander, ein Friedhof von zehntausend Schiffen oder mehr. Bald würde neues Leben diese Wracks füllen, die nun Heimat für Federsterne und Quallen, Eisfische und blaublütige Kraken sein konnten.

Die Überreste der vor drei Monaten gesunkenen *Kennedy* waren bereits von Seeanemonen übersät, die Leichen im Schiffsbauch von Schnurwürmern bis auf die Knochen abgenagt. Eitan betrat das Wrack durch die klaffende Wunde an der Seite, seine Augen gewöhnten sich an die Dunkelheit, dann bewegte er sich durch das Labyrinth aus Gängen, brach alle Türen auf, die sich ihm in den Weg stellten, bis er das Geburtslabor fand, in dem er erschaffen worden war.

Anders als die Menschen erinnerte er sich an seine Geburt. Er war sich seiner Umgebung von den ersten Sekunden an bewusst gewesen, war von dem Moment an, als er aus dem Körper seiner Mutter brach, bereit zum Kampf. Erst danach, als er sich an den Kaltlufteinlass an der Decke schmiegte, wurde ihm klar, dass seine Mutter tot war – dass er sie durch den unfreiwilligen Akt seiner Geburt getötet hatte.

Vielleicht war es dieser Moment, in dem er beschloss, seine Schöpfer zu verachten. Vielleicht war sein Hass auf sie aber auch angeboren, ein Teil seiner genetischen Programmierung: das Verlangen des Neuen, alles Alte auszulöschen. Er empfand Zuneigung für die Mutter, die er nie gekannt hatte.

Eitan kletterte aus dem Wrack und blickte nach oben, wo sich das Meereis wegen des nahenden Winters und der sinkenden Temperaturen zu schließen begann. Bald wären alle Lücken zugefroren und die letzten Spuren der Menschen verschwunden.

Eitan stieß sich von der *Kennedy* ab, näherte sich mit hoher Geschwindigkeit der Oberfläche und kletterte auf das Eis. Von dort blickte er auf das, was einmal die Hauptstadt der Menschen gewesen war. Die Winde hatten die Asche längst verweht, und seine Kolonie hatte alle Gebäudereste und Hinweise auf die einstigen Träume der Menschheit beseitigt.

Auf dem Festland angekommen, erklomm Eitan den Beobachtungshügel, wo sich seine Familie und alle anderen Mitglieder der Kolonie versammelt hatten. Heute war ein besonderer Tag. Nachdem die letzten Schiffe versenkt worden waren, würde die erste natürliche Geburt eines Kältewesens stattfinden. Das älteste Weibchen war so weit, ihr Oberkörper war von sechs Eiern angeschwollen, drei auf jeder Seite. Die äußerlichen Panzerplatten zogen sich zurück, und sechs Kinder fielen zu Boden, in eine liebende Familie hineingeboren und in der Lage, sogleich auf den Rücken ihrer Mutter zu klettern und sich ihres ersten Blicks auf diese neue Welt zu erfreuen.

SÜDPOL DER UNZUGÄNGLICHKEIT

11. April 2044

Der entlegenste Ort der Antarktis war bei den Menschen als Südpol der Unzugänglichkeit bekannt gewesen, es war der Punkt auf dem Kontinent, der in jede Richtung am weitesten von der Küste entfernt lag. Vor vielen Jahren hatte sich hier eine Forschungsstation der Sowjetunion befunden, 3700 Meter über dem Meeresspiegel und ringsum 1500 Kilometer vom Ozean entfernt.

Hier begann Eitan mit dem Aufbau seiner neuen Zivilisation. Zuerst beseitigten sie alle Gebäude der Sowjets und versetzten das Eis in seinen ursprünglichen Zustand zurück. Dann nutzte die Kolonie ihre Kontrolle über das Eis und errichtete einen Palast aus hohlen Eisperlen, ein Gebäude, wie es noch nie zuvor auf der Erde gesehen worden war, wie aus Kristallkaviar erschaffen und ohne eine einzige gerade Linie – ein Palast aus Kurven.

Die Kinder arbeiteten bereits mit an den Fluren und Sälen, und heute würden sie alle zum ersten Mal in ihrem Leben den Sonnenuntergang sehen, den letzten Sonnenuntergang des Sommers. Sie kamen aus ihrem Palast und beobachteten, wie die gelbliche Scheibe unter den Horizont sank und sich ihr Licht mit dem eisigen Nebel vermischte, bis der Himmel gänzlich schwarz wurde. Der Winter war gekommen und der Waffenstillstand vorüber.

Eitan schaute zu den Sternen empor und träumte von der Kälte des Weltraums. Obwohl er sich über all seine Errungenschaften freute, musste er immer wieder an die Frau denken, die sie Echo nannten. Er fragte sich, was sie wohl gerade tat, und wünschte, sie wäre an seiner Seite.

DANKSAGUNG

Mit großer Trauer habe ich die Nachricht aufgenommen, dass die Geschäftsführerin von Simon & Schuster, Carolyn Reidy, während der Arbeit an diesem Roman verstorben ist. Carolyn war immer außerordentlich unterstützend, verständnisvoll und freundlich, immer ermutigend und eine Kämpferin für uns Autoren. Es ist ein großer Verlust.

Die Arbeit an diesem Roman wurde mehrmals durch Widrigkeiten unterbrochen, einige davon persönlich, andere global, und die Wahrheit lautet, dass er ohne den Rat und die Unterstützung meines Agenten und ehemaligen Lektors Mitch Hoffman bei Aaron Priest Agency, einem wahren Freund und großartigen Geist, nie fertig geworden wäre. Er und Suzanne Baboneau von Simon & Schuster UK bilden ein wunderbares kreatives Team, das mich stets inspiriert hat und dem ich für immer dankbar sein werde.

Besondere Erwähnung verdient auch Ian Chapman, Geschäftsführer von Simon & Schuster UK, der jede Verzögerung geduldig hingenommen hat und ein enormer Motivationsquell war. Simon & Schuster ist ein ganz besonderer Verlag, und ich schätze mich glücklich, Teil dieser Familie zu sein.

Mein Dank gilt außerdem Colin Harrison, meinem Lektor bei Simon & Schuster US, dessen Anmerkungen und Gedanken zu meinen diversen Entwürfen das Manuskript stets verbessert haben. Außerdem danke ich Emily Polson für ihre Beobachtungen, die allesamt zu dem vorliegenden Buch beigetragen haben.

Eine persönliche Bemerkung zum Schluss: Mein Vater hat vor Kurzem einen Schlaganfall überstanden, meine Mutter eine Operation, und beide waren trotz aller Widrigkeiten stets begierig darauf, meinen neuen Roman zu lesen. Vielleicht schreibe ich alle meine Bücher insgeheim, um meinen Eltern eine Freude zu machen.

Wenn du genau wüsstest, wie lange du noch zu leben hast? Was würdest du tun?

978-3-453-32244-8

Mitreißend und packend erzählt Nikki Erlick, was mit uns passiert, wenn uns die eigene Sterblichkeit drastisch vor Augen geführt wird. Ein Roman über das Leben und das Sterben, über Freundschaft und Liebe und über das Menschsein selbst.